La Religieuse de l'obscurité

Olivier Seigneur

La Religieuse de l'obscurité

ÉDITIONS DU MASQUE

Les personnages historiques

Louis XIV. Né en 1638, il devint roi de France et de Navarre en 1643. Son épouse, la reine Marie-Thérèse, mourut en 1683.

Françoise d'Aubigné, marquise de Maintenon. Née en 1635, elle fut nommée en 1669 gouvernante des enfants que le roi avait eus avec Madame de Montespan en 1669. Elle épousa sans doute le souverain.

Louis-Auguste de Bourbon, duc du Maine. Fils illégitime du roi et de Madame de Montespan, il naquit en 1670.

Louise-Marie-Thérèse, la « Moresse de Moret ». Elle arriva à Moret en 1664 et devint bénédictine en 1695.

Alexandre Bontemps, premier valet de chambre de Louis XIV. Né en 1626, il entra au service du roi en 1659.

Nabo, ancien page de la reine, né en Afrique.

Les personnages romanesques

Mère Claire de Saint-Jacques, supérieure du couvent de Moret.

Sœur Hélène de Saint-Augustin, bénédictine.

Sœur Anne de la Vraie Croix, bénédictine.

Sœur Gabrielle de l'Eucharistie, bénédictine.

Une Espagnole, ancienne femme de chambre de la reine Marie-Thérèse.

Un homme, fils des anciens gardiens de la Ménagerie de Versailles.

1

Chez les morts

Soudain, il comprit que son âme chutait dans un gouffre sans fin, un puits de terreur. Sa vie, son corps étaient aspirés, entraînés par des flots obscurs et encombrés de braises, les eaux d'un fleuve tumultueux qui allait se jeter dans un abîme de mort. En un instant, sa peau s'était couverte d'une sueur âcre et glacée, qui coulait déjà dans son cou, dans son dos, le long de son torse. Il pensa qu'il ne reverrait jamais plus la lumière du jour. Il n'aurait plus la force de remonter ces marches hautes, inaccessibles. Il resterait là. Il allait devenir fou. Il se tordrait à même le sol, il hurlerait et rirait, se mangerait les doigts, les mains.

Sans qu'il y prenne garde, il s'était mis à haleter. Il ouvrit la bouche pour reprendre son souffle. Il lui sembla que les humeurs méphitiques qui rôdaient dans la crypte s'engouffraient entre ses lèvres, ravies de l'aubaine. L'homme pensa que ces vapeurs lourdes, nauséabondes, ces odeurs de mort et de pourriture allaient le corrompre par l'intérieur, pourrir ses viscères. Venues au secours de son effroi, ces humeurs allaient l'empêcher de retrouver le monde des vivants, là-haut.

Il tenta de se raisonner. Il voulut appeler à son secours des visages amis, le souvenir de plaisirs, afin qu'ils luttent contre ces affres. Mais il n'y parvint pas, et cela accrut son épouvante. Des frissons irrépressibles s'emparèrent de son corps, de ses mains, de ses bras, de ses jambes. Mais sa peur l'avait tant replié sur lui-même qu'il prit soudain conscience du vacarme qui emplissait les immenses caves voûtées. Ce battement sourd qui grandissait à chaque instant, ce tonnement formidable... Ce ne pouvait être que celui de puissances infernales qui venaient le chercher depuis les enfers. Des diables frappaient sur des tambours énormes, sans doute...

Dieu s'indignait qu'un misérable puisse ainsi venir profaner un lieu consacré et s'en prendre à des sépultures. Il laissait les démons quitter les profondeurs pour le saisir. Les princes des ténèbres, il le savait, piochaient et détruisaient les rocs qui, dans les entrailles du sol, retardaient leur course. Ils se frayaient un chemin jusqu'à lui en perçant la terre.

Le grondement croissait. Dans un instant, les créatures infernales, yeux d'escarboucle, mains fourchues et haleine brûlante, allaient percer la paroi à l'aide de leur trident de fer. Sous les pierres qui tomberaient de la voûte, au milieu des flammes et des fumées, ils se saisiraient de lui et l'emporteraient dans un monde de souffrances éternelles. L'homme était déjà damné. Comment avait-il osé commettre pareil sacrilège ?

Alors, il comprit que ce tonnerre en marche, le pilon gigantesque qui tentait de jeter à bas les colonnes et les murs humides de la crypte n'était autre que son cœur, qui battait à tout rompre et allait sans doute s'arrêter, à force de taper ainsi. De surprise, l'homme laissa choir la lanterne qui tomba sur le sol dallé. Le métal raya la pierre, ce qui produisit un bruit aigu. Là-haut, les Cent-Suisses qui patrouillaient sous les arcs de pierre brisés allaient accourir, s'apercevoir que le caveau était grand ouvert. Les soldats donneraient l'alerte...

Les vitres de la lampe s'étaient toutes quatre fêlées. La bougie avait quitté son logement. Elle léchait la pierre d'une flamme mourante et était sur le point de s'éteindre. En proie à la peur, l'homme allait donc être happé par la nuit ? Non, c'était atroce, il ne pouvait demeurer ici, dans le noir, parmi ces cercueils.

Il se pencha, plongea la main à l'intérieur de la lanterne. Il s'écorcha sur les verres brisés, se râpa sur une plaque de fer mal polie, et la cire le brûla. Mais il n'y prit garde... Il ne sut jamais comment il réussit à sauver la flamme, au moment où celle-ci allait être engloutie par l'obscurité. Il remit la bougie dans la lanterne.

Cette manœuvre désespérée lui permit d'ordonner un peu ses pensées. Les convulsions qui affectaient ses membres s'espacèrent. Certes, il avait toujours aussi froid. Mais il parvint à se reprendre. Les diables n'étaient plus à craindre. Et sa lanterne, si elle était endommagée, lui procurait encore la lumière indispensable. Il devait retrouver ses esprits et éviter de se montrer encore aussi maladroit. Quant aux humeurs qui rôdaient dans l'atmosphère, il tenta de se persuader qu'elles n'existaient que dans son imagination.

– D'ailleurs, murmura-t-il, personne n'est jamais mort d'avoir erré dans un cimetière...

Le son de sa propre voix, fausse, nasillarde, hésitante, ressourça une peur finissante plus qu'il ne le réconforta. N'était-ce pas la voix d'un fou ? Alors, il décida de se taire... Comme cela, les miasmes mortifères ne pourraient pénétrer en lui par les voies aériennes... Certes, nul n'avait perdu la vie après s'être promené au milieu de tombes. Mais personne, avant lui, ne s'était jamais aventuré, la nuit, dans la crypte où dormaient de leur dernier sommeil les membres de la dynastie des Bourbons.

Si les fantômes n'étaient pas à redouter, n'était-il pas une proie toute désignée pour les vapeurs putrides qui, depuis de longs mois, de longues années, rôdaient ici, sans pouvoir sortir de ces catacombes noires et empuanties ? La bougie eut un sursaut et, soudain, jeta une lueur plus vive. Des bières, partout.

Tous, ils étaient là : le roi Henri IV, l'assassiné, enterré exsangue, et son épouse, la grosse reine Marie de Médicis, et le roi Louis XIII, et Anne d'Autriche, morte dans les pires douleurs, tous les princes et les princesses de la maison de Bourbon, disparus jeunes ou vieux...

Allait-il périr ici, étouffé par ces exhalaisons ? Il ne le savait pas. De toute manière, il était trop tard pour reculer. Alors, il décida de rester un peu ; il devait reprendre son souffle et ses esprits, recouvrer son calme et, surtout, la pleine possession de ses moyens. Loin d'être hors de danger, il lui faudrait ensuite procéder au plus affreux, à la tâche la plus pénible avant de quitter ce sépulcre.

Dans la demi-pénombre, il voyait les cercueils de chêne, humbles, dénués d'ornements, posés sur de simples tréteaux. Tantôt, les boîtes étaient droites, tantôt, elles épousaient la forme des dépouilles qu'elles contenaient. Seules luisaient, un peu, les plaques de cuivre qui portaient le nom de ces puissants personnages, ces morts augustes que l'homme venait déranger.

Il frémit et crut un moment que la peur allait reprendre le contrôle de sa personne. Mais cela ne pouvait être. Tout à l'heure, l'effroi qui avait manqué l'emporter dans une folie sans retour l'avait comme pressé de toutes parts, avait extrait de son corps et de son esprit la dernière goutte de panique. Maintenant, la terreur n'avait plus de prise sur lui. Restait le dégoût.

À pas lents, il passa devant les bières. Les plaques de métal étaient ternies, mais aucune poussière ne venait en gêner la lecture. Enfin, il parvint, près de la muraille, devant le cercueil qu'il cherchait : « Ici est le corps de la puissante et pieuse Marie-Thérèse, reine de France et de Navarre, décédée au château de Versailles le trentième jour du mois de juillet de l'année 1683. *Requiescat in Pace.* » Si la Maison du roi avait procédé avec ordre et, peut-être, un peu d'humanité, l'autre caisse funéraire devait se trouver non loin du cercueil de la souveraine...

L'homme fit quelques pas. Voilà. La caisse mortuaire était là, toute petite, toute triste... Le plus pénible restait à faire. L'homme poussa un énorme soupir qui lui parut chasser un peu de l'air vicié qui refermait son enveloppe molle autour de lui. Il posa sa sacoche de toile brune sur le sol et en sortit ses outils. Puis il approcha la lanterne de l'arête du cercueil. C'était bien celui qu'il cherchait. Et le moine[1] qu'il avait interrogé avait dit vrai : le couvercle ne tenait que par quelques points.

Il fallait faire vite. Bientôt, là-haut, les Cent-Suisses viendraient dans l'église afin de préparer les matines. En silence, avec les mêmes gestes recommencés, ils déposeraient les petites lampes en fer-blanc sur le bord des stalles de bois noir. Mal éclairés par ces lueurs indécises, les moines quitteraient le monastère pour célébrer le Très-

(1) C'était des bénédictins qui veillaient sur la basilique de Saint-Denis.

Haut. Alors, ils passeraient devant la porte ouverte de la crypte et s'apercevraient du sacrilège…

L'homme se mit au travail. À mesure que le temps passait, il s'habituait à l'air raréfié sans s'en rendre compte. Son attention était, maintenant, tout entière consacrée aux efforts qu'il faisait pour ôter les grosses vis l'une après l'autre.

L'homme avait du mal à ne pas trembler : il était occupé à profaner le lieu consacré où, depuis mille ans, les souverains qui se succédaient sur le trône de France étaient enterrés[1]. Pourquoi ne briseraient-ils pas leur sarcophage, leur bière, puisqu'on attaquait l'un des leurs ? Pourquoi ne se lèveraient-ils pas, tous, pour protester, châtier celui qui troublait le repos, attentait à la majesté royale ?

L'homme avait présumé de ses forces. Comment avait-il pu penser qu'il était de taille à défier ces morts augustes ? Craignant sans doute la colère des trépassés, une grosse araignée passa devant lui, accrochée par les pattes à la voûte humide qui tenait lieu de plafond. La bête ne se souciait pas de l'ombre démesurée, mouvante et velue qu'elle laissait derrière elle…

Voici. La dernière vis quitta en crissant son logement de bois. L'homme savait ce qui lui restait à accomplir, avant, peut-être, de contempler l'horreur. De la sacoche, il tira un flacon et une pièce d'étoffe. Il déboucha le premier et versa son contenu sur la seconde. Une odeur âcre assaillit ses narines, et il se reprocha de ne pas avoir eu recours plus tôt aux senteurs épicées de cette fiole : cette odeur piquante ruinait tout à fait les pestilences sourdes qui flot-

---

(1) Le Mérovingien Dagobert Ier fut le premier roi à être inhumé à Saint-Denis, en 639.

taient ici-bas. Afin de prévenir les puanteurs à venir, il noua le linge juste au-dessous de son nez. À présent, il était fin prêt.

Il prit le couvercle à pleines mains et, tout doucement, commença à le faire pivoter. Il fallait l'ôter de son logement sans brusquerie, de façon à ne pas le faire tomber. Quoiqu'il se trouvât à plusieurs pieds sous le pavage de la basilique, le bruit aurait pu être entendu par les moines ou les gardes.

Et, soudain, il grelotta de nouveau. Mais, cette fois, ce n'était plus d'effroi. La colère, la fureur le submergeait. Comment avait-il pu se montrer si sot, si inconséquent, si étourdi ? Voici des mois, des semaines qu'il préparait cette aventure, la grande affaire de sa vie. Il avait volé, trompé, trahi, promis, acheté afin de pénétrer ici la nuit venue. Il avait menti pour pouvoir entrer en possession d'un double des clefs qui demeuraient, l'année durant, non pas chez les moines mais chez les officiers du roi. Surtout, il avait été protégé par l'un des plus puissants personnages du royaume. Il était parvenu à tromper la vigilance des Cent-Suisses qui, passé le coucher du soleil, patrouillaient dans l'église, accompagnés de dogues dressés à déchiqueter l'intrus. Il avait échappé aux vérifications soigneuses des bedeaux, casaque bleue à bordure de velours cramoisi. Et, maintenant, il se heurtait à un linceul de métal... Alors ! Il ne pouvait s'arrêter si près du but.

Il s'empara de la barre à mine dont il avait pris la précaution de se munir. Maintenant, il devait attaquer, détruire, démolir l'enveloppe de plomb qui chemisait l'intérieur de la bière. Il leva le bras, et s'arrêta soudain, pétrifié. Il avait oublié que le son allait retentir, s'élever, s'engouffrer dans l'escalier qui menait hors du caveau des Bourbons, résonner contre les piliers de pierre. Le vacarme allait monter jusque sous les voûtes ogivales, faire trembler les vitraux antiques et, sans égard pour les gisants de pierre, donner l'alerte de façon certaine. L'homme se maudit. Faire preuve d'une telle défaillance, c'était absurde...

Soudain découragé, il reposa la barre de fer. Depuis un long moment, déjà, ses yeux s'étaient accoutumés à la pénombre qui régnait ici. Parce que le couvercle avait assez glissé, il vit alors, par l'interstice ainsi ménagé, que l'enveloppe de plomb avait été mal sertie par les croque-morts. Le métal gris s'effilochait de part et d'autre d'une petite ouverture située là où aurait dû se trouver la tête. La chance lui souriait. Il n'avait qu'à introduire le pieu métallique dans cette fente, puis trouver un point d'appui et repousser, doucement, les langues de plomb qui se déchireraient et agrandiraient assez cette boutonnière monstrueuse pour lui permettre de voir...

Mais le métal lui opposa une résistance inattendue. Il lui fallut redoubler d'efforts. Cette besogne affreuse n'était pas aisée à mener à bien. L'intrus se trouvait dans un renfoncement. Et le fond du caveau était trop étroit, trop empli des cercueils pour que l'air puisse en être renouvelé. Il s'arrêta, puis se remit au travail.

La chaleur devint très vite insupportable. Les lames de plomb s'étaient à peine écartées l'une de l'autre, il fut néanmoins contraint de s'accorder de nouveau un instant de répit. Il posa la barre à mine. L'ombre portée sur le sol par la flamme de la lanterne formait une sorte de lance acérée qui pointait vers le coin le plus sombre du souterrain, vers la porte de l'enfer.

– Tout ceci est insensé, murmura-t-il.

Cette fois, le son de sa voix lui fit du bien. Il aurait préféré, à ce moment, entendre un autre timbre. Mais c'était impossible : il était seul ici, et les morts ne parlent pas.

Il était occupé à profaner une tombe et allait, d'un moment à l'autre, contempler sans doute le plus horrible des spectacles qu'il avait jamais vu. Du moins s'il s'était trompé... Avant de reprendre son labeur, il prit soin de nouer plus fort l'étoffe qui protégeait ses narines. Pour se donner du courage et des forces, il se plut à imaginer quelle serait sa vie future s'il parvenait à ses fins. La raison enivrée par les promesses que lui fit alors son avidité, il revint vers le cercueil, la lanterne à la main. Sans plus attendre, avant même d'avoir repoussé les feuilles de plomb, il s'approcha, leva davantage la bougie. Maintenant, la brèche était assez large pour lui permettre de voir ce qui se trouvait à l'intérieur de la bière. Sous le linceul, un fin voile blanc enveloppait le corps tout entier. Au travers du voile, deux beaux yeux noirs le regardaient, grands ouverts, avec calme et, presque, un brin de curiosité.

Alors, il hurla. Ce cri, cette vocifération aurait semé l'effroi dans la basilique et le monastère voisin s'il y avait été entendu. Peut-être quelques vieux bénédictins perçurent-ils ce hurlement de bête. Mais ils s'empressèrent de remonter leurs couvertures par-dessus leur tête. Ils pensèrent que dans les souterrains de l'abbatiale, des diables menaient une sarabande infernale. Mieux valait ne pas s'en mêler.

L'homme, lui, ne parvenait pas à faire taire cette clameur. Il se mit à pleurer. Il ne savait si c'était de joie ou de rage, d'horreur ou de soulagement. Il sanglota longtemps dans la crypte de la basilique de Saint-Denis...

Quelques mois passèrent...

2

La pensionnaire des bénédictines

– Et après tout, pourquoi donc, madame, devrais-je prononcer mes vœux ?

À cette étape des préparatifs, la remarque était inattendue. Elle décontenança un peu Madame de Maintenon, dépêchée là par Louis XIV. Mais dotée d'un caractère endurci par maintes épreuves du passé, la marquise ne laissa rien paraître de son trouble. Sur le ton de l'évidence, elle répondit avec un calme teinté de désinvolture à la remarque :

– Vous prendrez le voile, madame, parce que vous avez décidé de confier votre âme à Dieu. Ne vous souvenez-vous pas de nos conversations passées ?

– Oui, je me remémore fort bien nos entretiens. Mais j'avoue que ce sont surtout vos propos habiles qui sont demeurés dans mon esprit. Car je n'ai pas le souvenir d'avoir prononcé des paroles catégoriques, de m'être engagée aussi fermement. Du moins, je ne me souviens pas que nous ayons déterminé la date que vous me dites.

Madame de Maintenon avait eu l'habitude, lorsqu'elle était enfant, d'être promenée de haut en bas, de Charybde en Scylla, de connaître la gêne, puis l'aisance et de nouveau le dénuement. Sa situation, cependant, s'était tout à fait améliorée depuis qu'elle avait la faveur de Louis XIV[1]. Depuis de nombreuses années, elle était la femme la plus puissante de France. Les paroles de la pensionnaire du couvent des bénédictines de Moret[2] lui furent donc insupportables. Se pouvait-il que, à l'encontre de ce que voulait la marquise, la femme souhaite échapper à son destin ?

Madame de Maintenon décida alors de simuler le chagrin et l'embarras :

– Mon enfant, vous me peinez.

– Je vous en demande bien pardon, ce n'était pas dans mon intention.

Voilà, songea la marquise. Elle avait trouvé le chemin de la persuasion...

– Donc, madame, vous ferez votre profession ?

La femme se leva et lui tourna le dos. Elle fit quelques pas vers la cheminée qui occupait tout le fond de la pièce. Là, elle demeura devant le miroir accroché au-dessus de l'âtre et se regarda, longtemps. On aurait dit qu'elle prenait conseil auprès de son propre reflet. Enfin, elle se retourna :

– Ce sera vous, madame, qui me donnerez le voile ? Et je serai unie à Notre Seigneur Jésus-Christ devant la Cour ?

---

(1) Le roi et Mme de Maintenon s'étaient sans doute mariés dans la nuit du 9 au 10 octobre 1683, à Fontainebleau. Cette union secrète fit de la marquise l'épouse morganatique du roi.

(2) La petite ville de Moret-sur-Loing, édifiée en bordure de la forêt de Fontainebleau, se nommait autrefois Moret-en-Gastinois.

Madame de Maintenon soupira :

– Oui. Nous en sommes déjà convenues, ce me semble. Il y aura Sa Majesté, et aussi le dauphin[1], Monsieur et Madame[2] et d'autres princes.

– Oui. C'est bien. Et donc, le roi mon père me fera remettre une pension ?

Cette fois, la marquise protesta :

– Je vous ai déjà demandé, madame, de ne pas parler ainsi de Sa Majesté. C'est inconvenant. Certes, soucieux d'assurer le bonheur de ses sujets, le roi s'intéresse à vous et a bien voulu vous constituer une dot[3] lorsque vous arrivâtes dans ce couvent, afin que vous puissiez y vivre sur un mode convenable. Sa Majesté a aussi décidé de vous accorder une gratification de 3 000 livres[4], qui vous sera portée dans quelques jours, après votre prise de voile. Mais le reste n'est que ragot et fantaisie. Il faut, décidément, ôter de votre esprit que le roi de France est votre père. Votre sottise, les manières que vous vous donnez, les airs que vous affectez, tout cela indispose vos compagnes et les fait rire. Elles se moquent et se plaignent de vous. Votre supérieure me le répète à chacune des visites que je vous rends.

– Madame, la peine que prend une dame de votre élévation de venir exprès ici pour me dire que je ne suis pas fille de roi me persuade que je le suis[5].

---

(1) Le Grand Dauphin.

(2) Le duc d'Orléans, frère du roi, et son épouse, Élisabeth-Charlotte, princesse Palatine.

(3) Une dot de 20 000 écus, selon Voltaire.

(4) Cette somme d'argent fut remise à la jeune religieuse le 15 octobre 1695.

(5) Cette phrase est rapportée par Voltaire.

La justesse et la concision de la remarque eurent raison de la patience de Madame de Maintenon, qualité d'ordinaire inépuisable chez elle.

– Madame, vous êtes une insolente. Mais peu importe la peine que vous me faites en vous montrant si têtue et si fière. Ce que je pense et ce que j'éprouve ne présente aucune importance. Je vous demande, cependant, par égard pour le voile que vous allez bientôt ceindre, d'accueillir dans votre cœur la modestie et l'humilité qui devront s'y trouver le jour de votre ordination.

Une nouvelle fois, la femme s'approcha de la cheminée. Une nouvelle fois, elle contempla ses traits dans le miroir scellé sur le manteau.

Madame de Maintenon songea que cette marque de coquetterie était tout à fait incompatible avec l'état de bénédictine. Mais elle jugea cependant qu'il était préférable de ne pas ouvrir un second théâtre d'affrontement. Alors, elle prit son mal en patience et attendit que sa protégée se détourne de son image.

C'était la fin de l'année 1695. Madame de Maintenon allait fêter son soixantième anniversaire d'ici quelques semaines. La seconde épouse du roi de France ne paraissait pas son âge : son visage était encore beau et son maintien irréprochable. Nombre de femmes de quarante ans qui voyaient avec désespoir leur vieillesse s'annoncer étaient en situation de l'envier. Madame de Montespan, qui l'avait précédée dans le cœur du roi, achevait de se flétrir, de grossir et de se rider, loin de la Cour, donc loin de la vie. La marquise de Maintenon, elle, n'en finissait pas de donner à voir le spectacle de sa beauté épanouie et mûre, mais non éteinte.

La carnation blanche et admirable de la marquise offrait un contraste saisissant avec le teint de la femme qui paraissait hésiter à accepter son destin ou, tout au moins, faisait semblant de l'être. La future religieuse avait la peau noire. Cette particularité la distinguait absolument de ses compagnes claustrées, et aussi de tous les habitants de la petite et antique cité de Moret.

Quant à la pièce où se trouvaient les deux femmes, elle offrait un aspect assez étrange. C'était une combinaison de simplicité et de luxe. Le dépouillement était celui que l'on était en droit d'attendre dans la chambre de la pensionnaire d'une telle communauté, quand bien même cette pièce était complétée par une garde-robe et une toute petite chambre. Les meubles étaient peu nombreux et ne pouvaient celer que l'on se trouvait dans un couvent. Mais la commode, les chaises et le fauteuil étaient tous de bonne facture ; ils n'auraient pas déparé l'intérieur d'un bourgeois très aisé. Certains objets, même, était très beaux, tels un petit tableau représentant une Crucifixion, une carafe et ses verres, et la glace enchâssée au-dessus de la cheminée dont les chenets, eux aussi, étaient fort bien travaillés. Et il y avait la façon de bouger, de parler et de se mouvoir de la Noire, son port à la fois noble et gracieux, un peu insolent, dédaigneux. Rien, dans toutes ces manières, ne rappelait celles des autres bénédictines de Moret.

Si l'on prenait en compte ce mobilier choisi et le teint de la pensionnaire, il n'était pas difficile d'imaginer un conte de fée semblable à ceux de Charles Perrault qui, cette année-là, commençaient à être lus à la cour et à la ville[1]. On aurait pu penser qu'une princesse africaine avait

---

(1) Les premiers contes de Perrault furent publiés en hommage à une princesse d'Orléans, en 1695.

séjourné un temps dans le couvent des bénédictines de Moret avant d'en repartir et d'y laisser sa fille, pourvue de tout le mobilier nécessaire et indispensable à une princesse.

La femme noire se retourna vers Madame de Maintenon.

– Et si je donne mon accord, quand donc aura lieu la cérémonie ?

La marquise sentit un frisson lui étreindre le corps et l'esprit : comment la femme pouvait-elle, de nouveau, se permettre de se montrer ainsi incertaine ?

– Le roi a manifesté son souhait que vous prononciez vos vœux pendant que la Cour réside à Fontainebleau[1]. Compte tenu du retour à Versailles qui est d'ores et déjà prévu, cela nous laisse trois ou quatre jours tout au plus. Je vais tâcher de m'en entretenir avec votre supérieure, demain au plus tard. Ensemble, nous déterminerons la date la plus propice.

– Et c'est donc ce moment que, ce soir, vous communiquerez au roi mon père ?

– Votre père, dites-vous ? Ah ! Ça ! Vous recommencez ! s'exclama Madame de Maintenon.

Elle fit disparaître dans sa manche le joli chapelet – des grains d'ambre poli – qu'elle tenait et caressait du bout des doigts. Puis elle reprit :

– Je vois que vous avez l'humeur querelleuse, aujourd'hui. Vous avez trouvé les confins de ma tolérance : je vous laisse à vos grands airs. Je reviendrai bientôt. J'espère vous trouver dans de meilleurs sentiments.

---

(1) À partir du règne de Louis XIV, la cour résida à Fontainebleau chaque automne.

La femme eut sans doute conscience que, cette fois, elle ne s'était montrée ni assez prudente ni assez obéissante. L'expression de son visage changea du tout au tout. En quittant le petit appartement de la future bénédictine, la marquise eut la satisfaction de la voir adopter un maintien empreint de modestie. Enfin ! Cette enfant la ferait périr...

Le petit logement de la femme noire était situé au rez-de-chaussée du couvent. La marquise de Maintenon n'eut donc pas un long chemin à accomplir pour gagner la sortie. Mais, sur son passage, elle eut pourtant le temps d'entendre les murmures des religieuses qui la suivaient des yeux. Les bénédictines se moquaient du règlement de leur ordre qui leur recommandait de ne pas parler sans une bonne raison. Elles chuchotaient et commentaient en gloussant cette nouvelle visite de Madame de Maintenon, la plus puissante dame de France, celle qui faisait trembler jusqu'à leur supérieure.

Derrière les portes entrouvertes, au milieu des odeurs de sucre cuit, se pressaient les plus jeunes des pensionnaires, celles qui n'avaient pas prononcé leurs vœux, ne les prononceraient peut-être jamais, et songeaient déjà à s'enfuir de l'établissement où les avaient menées l'avarice ou le dénuement familial. Mais, à leurs côtés, se tenaient aussi les plus âgées des nonnes. Toutes, elles voulaient voir Madame de Maintenon, encore une fois. Elles ne se lassaient pas d'épier la marquise. Au gré de ses visites, elles aimaient, inlassablement, à se demander pourquoi cette grande dame venait, depuis tant d'années, s'entretenir avec leur compagne noire. Toutes les bénédictines savaient que la jeune femme était protégée par la Cour et ses membres les plus éminents. Toutes savaient, à Fontainebleau ou à Versailles, que la femme noire, prénommée Louise-Marie-Thérèse, était connue sous le surnom de la

« Moresse ». Toutes les nonnes savaient que le plus grand des mystères revêtait l'origine de cette femme et les raisons de sa présence à Moret.

3

La maison de la Croix rouge

Depuis cette masure bâtie à l'ombre de la Grosse Tour, il n'y avait pas à marcher longtemps pour se rendre chez les bénédictines. Pourtant, l'homme prit le chemin opposé au lacis de ruelles et de passages qui menait du château au couvent. Il aurait pu aisément éviter l'église Notre-Dame-de-Moret, dont les abords étaient toujours très fréquentés. Mais traverser la Grande Rue qui partageait la cité en deux parts à peu près égales aurait présenté de grands risques. Là, il aurait été aperçu. Et ensuite, des villageois trop curieux auraient pu le suivre. Mieux valait donc se rendre à la Croix rouge.

Se mêler aux paysans qui quittaient la ville lui fut aisé. Les abords de Moret étaient encombrés de charrettes qui allaient et venaient, entraient et sortaient de la cité pour partie encore murée. Et il y avait, aussi, l'animation régnant tout autour des maisons qui, par groupes de deux ou de trois, tenaient lieu de faubourgs à la petite ville. Déjà, des lambeaux de forêts alternaient avec des masures, des champs et des parcelles cultivées.

Le lieu-dit de la Croix rouge ne jouissait pas d'une bonne renommée. Pour les uns, cette triste notoriété était le fruit de la prudence des templiers qui, autrefois, aimaient à s'entourer de mystères pour mieux se soustraire à la curiosité populaire. Pour d'autres, au contraire, l'endroit était devenu maudit après que les moines-soldats avaient été arrêtés, emprisonnés, dépouillés et torturés par les gens de Philippe IV le Bel. Quoi qu'il en soit, seule demeurait, un peu en retrait de la route, une ruine depuis longtemps sans toit et mangée par les ronces.

L'homme traîna un peu sur la route. Il n'y avait plus qu'à attendre le moment propice. Après le passage de ce chariot qui venait de Fontainebleau, et quand se seraient éloignés ces paysans qui allaient à pied, il quitterait le chemin sans se faire voir, passerait derrière la haie puis gagnerait les vestiges de la maison ruinée.

C'était étrange... La maison se trouvait là, à quelques pas du chemin. Et, avant lui, nul ne semblait s'être aventuré au milieu de ces pierres. Fallait-il que les ombres des templiers soient encore puissantes pour ainsi tenir à distance les habitants de Moret, par-delà les siècles... Cette année 1307, lorsque avaient chu les moines-soldats, quelle ignominie avait été commise ici pour que les pierres de l'ancienne commanderie, érodées par le gel, les pluies et les vents, continuent à effrayer les passants ?

Mais à quoi bon se poser ces questions ? Rien de tout cela n'importait. L'essentiel était que, aujourd'hui, ces superstitions ridicules et ces craintes, ces traditions et ces mystères lui offraient la plus efficace des protections. Ils lui permettaient d'aller et venir à sa guise, d'entrer et sortir de la ville close de Moret comme bon lui semblait.

Agile, l'homme se glissa entre les plantes qui, de toutes parts, enserraient la maison templière. Une fois parvenu au milieu des quatre murs encore assez hauts pour le soustraire aux regards indiscrets, il se dirigea sans hésiter vers une grosse brassée d'orties qui croissaient contre la muraille. Les herbes se plaisaient là. Leur hauteur et leur vigueur en témoignaient. Sans craindre que les poils urticants ne l'irritent, l'homme pénétra dans le buisson aux mille duvets vert-de-gris. Il souriait. L'avenir était prometteur, radieux.

Bien entendu, il aurait aimé que la vision atroce, insupportable, qui s'était imposée à lui à Saint-Denis finisse par s'estomper, lui laisse quelque repos, cesse de crier dans sa tête... Mais, s'il n'avait pu se rendre en personne dans la basilique, il ne serait pas parvenu à constater, de ses yeux, ce qui l'avait ensuite mené à Moret. C'était ainsi, il lui fallait en prendre son parti. L'horreur de Saint-Denis était porteuse d'espoir. Là était peut-être la leçon de la vie. Parfois, toujours, de la pourriture et de l'horreur naissent la joie et l'espérance...

4

L'arrière-cour du couvent de Moret

La religieuse plongea la main dans un sac de jute et en tira deux bâtonnets mordorés, translucides. Elle s'approcha de la brèche qui zébrait le mur de haut en bas.

– Tiens. Prends-les. Vois comme ils sont beaux. Ne dirait-on pas des rayons de soleil ?

La bénédictine passa la main par la lézarde. Elle reprit :

– Tu ne dis rien ? Tu n'en as pas envie ?

Le gros garçon qui se tenait de l'autre côté de l'enclos des religieuses regardait les friandises avec envie et, aussi, un peu d'appréhension.

La nonne comprit qu'il avait peur. Pour vaincre cette crainte, elle se résolut à ajouter un bonbon à ceux qu'elle offrait déjà au crétin. Puis elle jeta un regard derrière elle. Rares étaient les religieuses qui s'aventuraient dans cette petite arrière-cour où une moniale faisait pousser des fleurs chétives sur un sol trop pauvre. Mais elle préférait faire montre de prudence. Elle aurait été fort embarrassée s'il lui avait fallu s'expliquer sur sa présence en ce lieu et, surtout, sur son attitude.

Jean-les-Gros-Pieds demeura immobile. Seuls des grognements sourds s'échappèrent de ses lèvres, ainsi qu'un mince filet de bave. La nature n'avait pas seulement omis de lui donner une intelligence véritable. Elle s'était aussi amusée à le doter d'une paire de pieds d'une grosseur peu commune, et qui demeuraient nus à longueur de journée. Avec les poils noirs qui les recouvraient, leurs ongles cassés et la terre qui s'était immiscée dans chaque pli et chaque ride, ils semblaient être ceux d'une bête. Pour le reste, Jean-les-Gros-Pieds était pourvu d'une stature exceptionnelle, et aussi de bras et de mains puissants propres à décourager ceux qui auraient souhaité se moquer de lui.

Le garçon ne semblait comprendre ni les gestes ni les paroles de la moniale. Il se balançait doucement en prenant appui sur l'un de ses pieds monstrueux, puis sur l'autre. De nouveau, la religieuse se retourna. Le temps pressait. Chaque instant qui passait menaçait de la mettre en danger.

– Allons, tu vois bien que c'est pour toi ! Attrape !

Du bout des doigts, elle donna un coup sur la poitrine de l'imbécile, mais regretta aussitôt de s'être montrée si brusque. Jean-les-Gros-Pieds sursauta. Elle songea qu'il allait s'enfuir. Pourtant, il n'en fut rien. Un immense, un énorme sourire apparut sur le visage du demi-fou qui avança la main.

– Vois ! Comme cela va être bon ! dit la religieuse, tandis que le garçon fourrait le sucre d'orge dans sa bouche.

– Mais si tu en veux d'autres, demain, et les jours qui viendront après la nuit prochaine, alors, il ne faut rien dire, n'est-ce pas ?

Jean-les-Gros-Pieds regarda la nonne.

Comprenait-il ses propos ? Comment savoir ? Dans l'incertitude, songea-t-elle, mieux valait continuer son exposé. Au demeurant, elle n'avait guère le choix.

– C'est notre secret : tu viens ici, moi aussi, et je te donne des bonbons. De la même façon, il ne faut pas dire ce que tu vois, quelquefois, quand tu t'approches du mur. Sinon, je serais très ennuyée, et je ne pourrais plus te rendre visite et te faire des cadeaux.

Le garçon donna de grands coups de dents dans le premier sucre d'orge. Sa bouche était emplie de grosses pépites parfumées, caramélisées. Mais cela ne lui suffisait pas. Et il commença à dévorer le second bonbon.

– Tu ne diras rien, n'est-ce pas ? répéta la nonne.

Jean-les-Gros-Pieds secoua la tête. La religieuse s'interrogea. Qu'est-ce que cela signifiait ? L'imbécile comprenait-il ses paroles et se rangeait-il à ses vues ? Ou bien voulait-il lui faire savoir que ces mots n'avaient aucun sens pour lui ?

Elle redoutait d'être surprise par ses compagnes. À cette peur s'ajoutait l'agacement éprouvé face au silence qu'observait le jeune voisin des bénédictines... Et où donc était passée l'autre nonne ? Tout de même, elle aurait pu l'attendre...

La sœur s'emporta contre elle-même : elle s'y était mal prise. Elle aurait dû faire promettre le garçon d'abord et après seulement lui donner les sucreries. Elle ne serait pas contrainte, à présent, de le regarder manger, bavant, éructant, les yeux perdus dans la dégustation d'un bonheur sans mélange.

– M'as-tu comprise ?

Au travers de la brèche, l'imbécile la regarda soudain, immobile, figé. Des larmes apparurent dans ses yeux. La muraille empêchait la religieuse de s'approcher du crétin autant qu'elle l'aurait voulu. Jean-les-Gros-Pieds ne bougeait plus, ne paraissait plus respirer. Le cœur qui faisait vivre cette énorme masse de chair et d'idiotie venait-il de s'arrêter ? La nature s'était autrefois amusée à imprimer un cours dévié à cette existence. Aujourd'hui, avait-elle décidé de mettre un terme à cette vie ? Le garçon vacilla, ses yeux s'affolèrent, et il chercha en vain son souffle. Soudain, son corps bascula et la nonne le vit pour partie disparaître.

Tout de suite, la religieuse adressa une prière au Ciel. Dieu avait eu pitié et lui avait pardonné. Il avait décidé de rappeler à lui celui qui aurait pu témoigner contre elle et qui, de toute façon, ne s'amusait guère ici-bas.

– Le Seigneur est sagesse, que Sa Volonté soit faite, murmura la sœur, en matière d'épitaphe.

Un tremblement ultime agita le grand corps terrassé dont la nonne ne voyait plus que les jambes. Elle se pencha, tâcha d'apercevoir la grosse face, que des herbes lui cachaient.

– Jean vouloir un autre...

Le crétin n'était donc pas mort. Déjà, il se relevait, déjà, il passait de nouveau sa tête par la lézarde. Et il se léchait les doigts, à la recherche de cristaux sucrés. Il avait eu du mal à avaler à la suite les gros bouts de sirop solidifié, et des arêtes trop dures lui avaient blessé la gorge. Il avait manqué s'étouffer sans bien comprendre, d'ailleurs, ce qui lui arrivait et, ne sachant que faire, il s'était laissé tomber. Maintenant, cela allait beaucoup mieux. Et Jean-les-Gros-Pieds n'était pas rassasié de douceurs. À travers le mur, il tendit la main vers la nonne.

– Je n'en ai plus... tenta d'expliquer la bénédictine.

– Oui ! Encore ! s'énerva le crétin.

Cet imbécile allait donc alerter la ville entière...

– Tu en auras, aujourd'hui, dit la religieuse. Non, demain.

Elle s'était souvenue que, après la prière commune, elle ne pourrait plus gagner le jardin.

– Manger le bon ! hurla le garçon.

Elle sentit un frisson de peur l'étreindre toute entière. Elle ne pouvait demeurer ici un instant de plus. Cet idiot allait finir par attirer l'attention des autres sœurs et des voisins. On allait venir...

– Va-t'en ! Pars d'ici, lança la nonne au garçon, devenu tout rouge, et qui tapait du pied.

– Sucer du sucre !

Excédée et paniquée, sans s'assurer qu'il lui obéissait, elle tourna les talons, chapelet et voile au vent. Se faire piéger par la faute d'un imbécile ! Dès qu'elle en aurait l'occasion, elle proposerait à ses compagnes de faire réparer ce mur. Il n'y aurait qu'à dire, à demi-mot, que des hommes venaient par ici tenter d'apercevoir les sœurs. Ce propos susciterait de petits cris étouffés, des regards affolés. Mais peu importait. Il ne fallait pas que se reproduise la scène qui venait de se dérouler, au même endroit. La religieuse ne voulait plus se trouver dans cette situation embarrassante à l'extrême. Et heureusement que le crétin préférait les joies du palais à celles de la chair. Autrement, il aurait pu être plus difficile de le faire décamper...

Vite ! Tout à son désir de revenir incontinent auprès de ses compagnes, la nonne ne prit pas garde aux plantes malingres qui croissaient dans cet enclos. Elle piétina plusieurs légumes, poursuivie par la peur et les cris de Jean-les-Gros-Pieds.

Grâce à Dieu, enfin, sœur Anne de la Vraie Croix n'avait

plus devant elle, échappées d'un pantalon possédant plus de trous que de boutons, les chairs intimes de Jean-les-Gros-Pieds qui se balançaient.

5

Sur la route de Fontainebleau

Sur la route aux méchants pavés qui menait à Fontainebleau, Madame de Maintenon tentait de retrouver son calme. La tête au plus près de la porte du carrosse, elle regardait les épaisses frondaisons rousses qui croissaient, pleines de vie, de part et d'autre du chemin. Les branches des chênes et des hêtres qu'incendiait l'été finissant se rejoignaient même par-dessus la voie et lui donnaient l'aspect d'un long tunnel. Madame de Maintenon se demandait si ce corridor de feuilles représentait sa vie. Hormis les coudes ménagés pour contourner un hameau, un tertre, un amas de rocs, il était droit : les ingénieurs des rois avaient bien travaillé et doté la forêt de belles allées. Oui, pensa la marquise, telle était et telle devait être son existence : rectiligne, tout à la gloire de Dieu, quel qu'en soit le prix.

Lointain écho des futaies poitevines qui avaient jadis accueilli ses promenades d'enfant, la forêt de Fontainebleau aidait la marquise à retrouver peu à peu sa sérénité. La dame songeait à cette femme noire sur laquelle elle veillait depuis de longues années. Tel était son destin, elle qui n'avait jamais donné le jour : elle avait à s'occuper des enfants des autres. Du temps de son premier mariage, elle n'avait jamais été en situation de porter la progéniture de son époux[1], trop contrefait, trop invalide, trop malade. Grâce aux précautions prises une fois qu'elle était devenue veuve, elle était ensuite parvenue à ne pas se trouver grosse, quoiqu'elle ait alors eu plusieurs aventures galantes.

Un jour, le roi lui avait demandé de prendre soin des garçons et des filles[2] qu'il avait eus avec Madame de Montespan, alors la favorite toute-puissante. Durant de longues années, Madame de Maintenon avait donc élevé les petits bâtards dans le plus grand secret. Maintenant, ces enfants n'avaient plus besoin des soins de la marquise. Mais, depuis de longues années, elle devait s'occuper de la Moresse, même si celle-ci n'était plus en âge d'être instruite et éduquée...

D'ailleurs, elle éprouvait à l'égard de la protégée du roi des sentiments mêlés, sans liens avec la couleur de sa peau, ni avec les révélations que le roi et son premier valet de chambre, Alexandre Bontemps, lui avaient autrefois présentées.

En fait, la marquise était décontenancée par l'attitude de la femme, qu'elle n'était jamais parvenue à saisir. Malgré le don d'intuition qu'elle se flattait de posséder, Madame de Maintenon se demandait depuis longtemps si la Moresse acceptait ou non son sort, si son cœur abritait la haine ou l'amour, le désir ou le renoncement.

---

(1) L'écrivain Paul Scarron.

(2) Le duc du Maine, le comte de Vexin, Mademoiselle de Nantes, etc.

Madame de Maintenon s'éloigna de la portière. Elle était frileuse et voulait se défendre contre l'air qui s'engouffrait dans le carrosse. La marquise avait hâte d'arriver à Fontainebleau. Non qu'elle se plaise outre mesure dans ce château immense. D'une manière générale, Madame de Maintenon détestait les dorures et l'apparat, les scintillements et les miroitements. Fontainebleau n'était pas aussi pompeux que Versailles. Ses ailes, ses tours et toutes ses galeries avaient été bâties au hasard des règnes et des désirs des rois, sans plan d'ensemble, sans grand dessein. Mais tout cela était trop imposant pour elle qui, de plus, devait maintenant habiter le superbe appartement de cinq pièces - incommode, sujet au froid l'hiver et au chaud l'été - que le roi avait fait aménager pour elle[1].

Mais enfin, au total, Fontainebleau lui plaisait davantage que Versailles. Elle y était moins épiée et moins surveillée par les courtisans. Surtout, elle pouvait plus facilement aller secourir les pauvres, en cachette. D'ailleurs, songeat-elle, si le roi ne la faisait pas demander auprès de lui, après le dîner, elle irait trouver en secret cette famille de nécessiteux, près dc l'église...

Un vigoureux cahot vint tirer la marquise de ses pensées. Elle entendit le cocher crier. Projetée contre la portière de la voiture, elle s'y cogna le front et manqua tomber de la banquette. Chahuté et malmené, le carrosse sauta sur les grosses pierres mal enchâssées sur leur lit de sable et de gravier. Puis, de nouveau, le cocher cria. Mais le vent, les claquements sonores des sabots et les grincements du bois de la voiture ne permirent pas à la marquise

---

(1) Cet appartement se trouvait dans le bâtiment de la Porte dorée, entre la galerie Henri II et la salle des Gardes.

de saisir ses paroles. Elle attrapa le cordon qui courait à côté d'elle. Le carrosse s'arrêta.

Un instant plus tard, le cocher vint à la portière.

– J'espère que madame la marquise n'est pas blessée...

Madame de Maintenon ne répondit rien. C'était trop, que tout cela. Après l'insolence décourageante de Louise-Marie-Thérèse, cet accident qui manquait l'estropier...

Indifférent à ce silence, le domestique reprit :

– Que madame la marquise me pardonne, pour ce sursaut. Mais je n'y suis pour rien, et mes chevaux non plus. C'est à cause d'une sorte de monstre qui a manqué se jeter sous les roues du carrosse. Juste quand nous passions, il est sorti du fourré qui borde la forêt, après le Grand Chêne des pendus. D'ailleurs, je ne saurais dire si c'était un homme ou une femme. Vous ne l'avez donc pas vu ?

L'épouse secrète du Roi-Soleil ne répondit pas. Elle considérait le cocher, un homme qui était à son service depuis de nombreuses années. Elle le connaissait bien et savait donc que la peur qui se lisait sur ses traits n'était pas feinte. Et l'apparition d'un pauvre bûcheron qui, sans doute, vivait dans quelque cabane de la forêt n'avait pu causer cette peur à elle seule. Ce cocher avait déjà versé dans la route qui allait à Marly, estropié des chevaux dans la descente de Saint-Germain, renversé et tué deux ou trois gueux sans s'en émouvoir outre mesure.

– Madame, il m'a semblé que c'était une créature sortie tout droit des enfers ! Je l'assure devant Dieu !

La remarque déplut à la marquise qui appréciait la mesure et n'aimait pas que les anges ou les démons soient invoqués à tout propos. Et ce n'était pas la peine de déranger l'Éternel pour si peu : avec les guerres incessantes, il avait mieux à faire.

Mais le conducteur ne discerna pas son agacement et poursuivit :

– Oui, un être infernal. À bien y réfléchir, je crois que c'était une femme. Elle était toute brune, toute velue. Elle était si sale, si crasseuse qu'elle en paraissait toute noire. On aurait dit une démone !

Cette fois, la marquise se raidit :

– Mon ami, tu as vu l'une de ces pauvres femmes qui vivent dans les bois. Elle voulait sans doute me demander l'aumône, voilà tout. Je tâcherai, bientôt, de la retrouver et de lui faire porter quelque secours.

Cette explication parut rassurer le cocher. Il se retourna pour tenter d'apercevoir la pauvresse. Mais la route était à présent déserte. Quant à la marquise, elle quitta la portière, tira le rideau et se rassit au fond du carrosse. L'homme retourna à sa place. Il lui tardait d'arriver à Fontainebleau. Il n'aimait pas cette portion de la route : les futaies qui la bordaient de part et d'autre étaient trop sombres, trop épaisses. Et la rumeur disait que, derrière les chaos de rocs, là-bas, vers le ravin des chèvres, des brigands avaient jadis établi leur quartier général et guettaient les voyageurs attardés. Qui sait s'ils n'avaient pas envoyé cette femme en reconnaissance ?

Le cocher ne trouvait pas convenable qu'une dame de qualité telle que la marquise de Maintenon aille ainsi sur les routes sans valet de pied et sans escorte. Il lui faudrait s'en ouvrir à Bontemps, le premier valet de chambre du roi[1] : c'était lui qui avait la haute main sur de tels dossiers, regardant les affaires publiques et privées du Roi-Soleil.

---

(1) Également intendant du château et de la ville de Versailles, Bontemps était très proche du roi.

Le carrosse se remit en route. Le cocher connaissait assez bien ses chevaux pour se rendre compte que les bêtes avaient discerné une odeur inhabituelle dans l'air automnal chargé des senteurs de la forêt. Elles étaient à la fois humides et musquées, entêtantes, lourdes fragrances de feuilles tombées à terre et entrées en décomposition, de racines mises à nu par les eaux et se mourant à l'air libre, de bêtes crevées, de sables gorgés d'eau. À mesure qu'il s'éloignait du plus sombre et du plus profond de ces vallons boisés, le cocher fut rassuré de rencontrer de plus en plus de paysans, de forestiers. Soudain, par une trouée, il aperçut de longs toits de tuiles grises. C'était le palais de Fontainebleau. Il était sauvé. Sitôt dételés les chevaux et remisé le carrosse, il irait retrouver Madeleine. La tête enfouie entre ses deux gros seins, il pourrait lui raconter de quelle manière - il en était certain - il venait de rencontrer le Grand Veneur[1], cet homme sombre, noir, obscur, qui parcourait la forêt, ses landes et ses futaies les plus impénétrables. Car c'était bien ce spectre qu'il avait vu. Même si, pour ne pas effrayer la marquise, il avait parlé d'une femme. Le cocher avait hâte de se réconforter auprès de Madeleine. Tout contre le corps de sa bonne amie, il ne craindrait plus rien.

Tout de même, se demandait-il, pourquoi donc le Grand Veneur lui était apparu dans le plus grand des silences ? Pourquoi donc la stupéfiante apparition, le fantôme redouté ne s'était-il pas jeté en travers du carrosse de la marquise au son de la meute invisible, des cris des piqueurs et du plaintes des cors qui, selon la légende,

---

(1) Personnage qui, selon la tradition, hantait la forêt de Fontainebleau.

accompagnaient chacun de ses gestes et chacune de ses apparitions ?

Madeleine, qui connaissait le secret des plantes et des philtres, pourrait-elle le garantir, à l'avenir, contre les assauts du Grand Veneur ? Et pourquoi donc ce personnage venu d'un autre monde s'était-il porté sur son chemin ? Le cocher avait encore, gravé en son esprit, le ténébreux de son œillade, la noirceur de sa peau. Le regard qui avait croisé le sien ne pouvait être celui d'une apparition, c'était celui d'un homme bien vivant qui, au dernier moment, avait renoncé à s'en prendre à lui et à la marquise...

6

Le jardin des religieuses

Il y eut un bruit de pas. Les deux religieuses se turent. Ce n'était qu'un gros merle qui cherchait sa nourriture. L'oiseau prit peur, soudain, des voiles portés par les deux nonnes. Et il s'envola loin du petit jardin des plantes médicinales.

La veille, les deux bénédictines avaient assez travaillé pour ne pas risquer de se trouver en difficulté devant leur supérieure si, d'aventure, celle-ci leur demandait de rendre compte de leur travail du jour : elles avaient même pris de l'avance. Les jardinets du couvent des bénédictines avaient crû dans le désordre, en fonction des parcelles ou des maisonnettes que les sœurs achetaient parfois, au gré des successions. Au total, tout cela ne constituait pas une propriété bien grande. Mais comme la basse-cour et les magasins à provisions, le jardin des simples offrait un asile assez sûr aux nonnes qui souhaitaient briser un temps le silence qui leur était imposé durant une large partie de la journée. Et aussi s'isoler un peu.

Sœur Hélène de Saint-Augustin, la plus petite, et de quelques années la plus âgée, des deux religieuses reprit la parole :

– Comme j'ai commencé à te l'expliquer avant que nous soyons dérangées, parfois, Madame de Maintenon vient ici en compagnie d'une ou de plusieurs autres personnes de la Cour. Mais, le plus souvent, elle est seule. Elle commence par s'entretenir avec notre supérieure, toutes portes closes. Ensuite, elle se rend chez celle de nos sœurs qui est toute noire. Là aussi, elle demeure dans son appartement. De temps à autre, elles aiment se promener dans le jardin. Mais, qu'elles déambulent toutes deux ou restent sur le banc de pierre, nous avons pour ordre de ne pas les déranger, de ne pas nous approcher d'elles.

– Est-ce la mère supérieure qui a ordonné de procéder ainsi ? demanda l'autre religieuse.

Plus jeune de corps et d'esprit que sa compagne, sœur Anne de la Vraie Croix la dépassait d'une tête au moins.

Sœur Hélène possédait un corps trapu. Son visage aurait pu être fort agréable s'il n'avait présenté des traits un peu trop lourds, des mâchoires trop fortes. Elle reprit son souffle puis répondit :

– Je n'en sais rien. Voici des années que la marquise se rend à Moret, jusqu'à plusieurs fois lors de chacun des séjours de la Cour à Fontainebleau.

– Mais quand a-t-elle commencé à venir ?

– Ces visites se déroulaient déjà depuis plusieurs années lorsque je suis arrivée ici. Je crois que seules les plus vieilles de nos compagnes se souviennent des premières visites de Madame Scarron.

– De qui parlez-vous ? interrogea sœur Anne.

Élancée, cette dernière aurait sans doute illuminé la cour de sa beauté vigoureuse et fraîche, si la ruine de sa famille n'avait pas incité ses parents à la placer dans un couvent, afin de mieux marier son aînée.

– C'est ainsi que s'appelait la marquise de Maintenon[1] avant qu'elle devienne la favorite du roi. Cela fait plus d'un quart de siècle qu'elle vient ici et prend soin de notre compagne à la peau sombre.

– Je ne le savais pas. Je crois vraiment que cela n'est su de personne hors les murs de ce couvent.

Sœur Hélène soupira. La charité et les préceptes chrétiens qu'elle avait fait siens depuis longtemps l'aidèrent à grand-peine à contenir l'agacement que les propos de la jeune nonne suscitaient en elle.

– Détrompez-vous. Nombre de personnes, ici, à Moret, n'ignorent rien de ces rencontres. Et je crois qu'il en va de même à la Cour.

– Mais comment est-il possible que vous connaissiez tout ceci, puisque nous demeurons à l'écart du monde ?

L'étonnement qui se lisait sur les traits de sœur Anne acheva d'agacer l'autre nonne :

– Il est temps, ma sœur, d'aller laver les moules à sucres d'orge[2]. Si nous attendons trop, le sucre va devenir aussi dur que de la pierre, et nous aurons bien du mal à l'ôter des recoins.

– Un instant, encore, je vous prie...

– Que voulez-vous savoir ?

---

(1) Elle acheta en 1674 la terre de Maintenon qui fut érigée en marquisat en 1688.

(2) Aux XVIIe et XVIIIe siècles, les bénédictines fabriquaient une sucrerie qui existe encore aujourd'hui, toujours marquée des lettres RM (religieuses de Moret).

– Notre compagne, qui s'apprête à prononcer ses vœux... Qui est-elle vraiment ?

– Je ne vous comprends pas, voulut mentir sœur Hélène.

Mais elle mesura aussitôt la grossièreté de cette tromperie. Comment pouvait-elle, un instant, ne pas souscrire à l'étonnement de sa compagne ? Dans le royaume de France, les religieuses noires auxquelles rendaient visite de puissants personnages n'étaient pas si nombreuses...

Pourtant sœur Hélène de Saint-Augustin réussit aisément à se tirer de l'embarras où la plaçait la question de sa compagne :

– La supérieure sait sans doute, elle, quelle est l'histoire de notre Louise-Marie-Thérèse. Du reste, elle nous a signifié depuis fort longtemps que nous ne devions pas parler de ceci entre nous. Elle nous a même lu une lettre de Monseigneur l'évêque qui allait dans ce sens.

Anne de la Vraie Croix ne put cacher son désappointement :

– Cependant, le jour même de mon arrivée ici, l'on a glissé une lettre sous ma paillasse, un mot qui m'incitait à témoigner des plus grands égards envers notre sœur mauresque[1].

Une lueur de curiosité apparut soudain dans le regard de l'autre nonne :

– Un message ? Mais que comportait-il ?

– Je viens de vous l'apprendre : à mots très voilés, il me recommandait d'observer la plus grande politesse à

---

(1) Au XVIIe siècle, les termes de more (moresse), maure (mauresque) étaient indifféremment employés pour désigner les personnes à la peau brune.

l'égard de notre compagne, il m'invitait à céder à ses envies et à ses caprices lorsqu'elle les exprimerait, et à multiplier les prévenances à son endroit. Le nom de notre sœur ne figurait certes pas dans ces quelques lignes. Et il m'a fallu attendre plusieurs jours avant de comprendre à quelle personne de notre petite communauté ce message faisait allusion.

– Ce papier, demanda sœur Hélène, l'avez-vous encore ?

– Non. Je ne sais pourquoi, mais j'ai préféré m'en défaire. Je l'ai brûlé dans l'un des fourneaux où nous mettons le sirop de sucre à chauffer.

Les questions pressantes de sœur Hélène parurent troubler la jeune religieuse. Cette confusion lui mit du rouge aux joues. Sa propre gêne ne lui échappa pas et elle résolut de la dissimuler en questionnant à son tour :

– Mais pourquoi, ma sœur, vous montrez-vous si intéressée par ce papier ? Est-ce vous qui l'avez écrit avant de me le remettre ?

– Non. Mais il m'est arrivé la même mésaventure voici plusieurs années. Un message semblable m'avait été remis. J'avoue que, sur le moment, je l'avais oublié et c'est votre récit qui vient de rappeler cette circonstance à mon esprit.

– Ma sœur, ce que vous me dites est peu commun. Qui donc, pensez-vous, nous a mises ainsi en garde ? demanda Anne de la Vraie Croix. Est-ce notre supérieure ?

– Je ne le crois pas. Quel besoin aurait-elle eu de recourir à un moyen semblable alors qu'il lui aurait suffi de nous convoquer dans son appartement et de nous exposer ses volontés de vive voix ?

– Vous avez raison. Le procédé est étrange et peu glorieux...

– Je crois qu'il s'agit plutôt d'une autre de nos compagnes...

Cette avalanche de questions et la révélation de ces petits mystères achevèrent de faire tourner la tête à la sœur Anne. Cela n'échappa pas à l'autre bénédictine. Pour le moment, elle éprouvait l'envie de poursuivre cette conversation secrète qui, à bien des égards, lui donnait du contentement. Et elle souhaitait reprendre au calme et au secret le tête-à-tête interrompu par Jean-les-Gros-Pieds, et qui paraissait si prometteur :

– Au rebours de ce que vous avez fait, j'ai, quant à moi, conservé le papier qui me fut remis voici quelques années.

Cette nouvelle étonna beaucoup sœur Anne.

– Vous l'avez gardé ! Mais ne craignez-vous pas qu'il soit découvert dans votre chambre et, donc, que l'on vous accuse d'en être l'auteur ?

– Rassurez-vous. Il est à l'abri. Je serais fort étonnée qu'on le trouve là où je l'ai placé. Cependant, j'aimerais pouvoir vous le montrer : vous seule pouvez me dire si le message que vous avez reçu est bien semblable.

Une lueur d'inquiétude passa dans le regard de sœur Anne. Sa compagne le comprit et elle s'empressa de préciser :

– Je vous assure qu'une telle action ne présente aucun risque. Que craignez-vous donc ?

– Rien, mentit la jeune nonne. Mais je ne parviens pas à comprendre les raisons de cette curiosité.

– Permettez-moi, chère sœur, de garder le secret sur mes desseins, du moins pour le moment. Vous me faites confiance, n'est-ce pas ?

– Oui, fut contrainte de répondre la jeune religieuse, à son grand regret.

– Bien. Dès que je serai parvenue à retirer le papier de la cachette où je l'ai mis, je vous le dirai et nous tâcherons de trouver un procédé propre à ce que je puisse vous le montrer en toute quiétude.

La sœur Anne n'appréciait pas le tour qu'avait pris cette conversation qui, de surcroît, n'aurait pas dû avoir lieu. Elle aimait encore moins l'affaire du papier caché et le projet qu'avait conçu sœur Hélène de le lui montrer. Sans craindre, à présent, de se montrer abrupte, elle s'exprima avec vivacité :

– Je crois que nous sommes assez demeurées ici, ne pensez-vous pas ? Le service de Dieu nous appelle.

Sans rien ajouter, les deux moniales quittèrent le petit enclos par une sorte de passage étroit qui, serré entre deux murs couverts de lierre, menait aux bâtiments conventuels. Le silence ne se fit pas pour autant dans le jardin. Par-dessus les murs, il y avait un bruit très éloigné et très diffus, un chant auquel on ne prêtait d'abord pas attention, un murmure dont les sources étaient multiples.

Cette musique chaotique, c'était le brouhaha doux et calme de la cité de Moret, les complaintes des charrettes que ballottaient les ornières, les grognements des porcs et les cancanements des oies qui parcouraient les venelles pentues, les chansons incertaines des marteaux, des scies, des maillets et des roues à aube.

Si l'une ou l'autre des deux bénédictines était demeurée là, peut-être se serait-elle interrogée. Elle aurait pu se demander, puisque le chant de la ville s'entendait jusque dans le jardin, si quelque villageois, occupé à bêcher derrière ce mur, n'avait pas entendu leur conversation.

7

L'appartement de la Porte dorée

– Elle m'effraye, soupira la marquise de Maintenon. Depuis plusieurs mois, elle a tout à fait changé. Je ne reconnais plus la petite fille que j'ai vue grandir dans la femme qu'elle est devenue.

– Madame, puis-je vous dire la vérité ?

– Vous savez que nous avons l'habitude, vous et moi, de nous parler avec une franchise qui, d'ordinaire, n'est pas de mise à la Cour. Et s'il fallait un motif de plus pour justifier cet entretien, je vous rappelle que nous prenons soin de cette femme, vous et moi, en nous concertant depuis de nombreuses années.

– Cette pensionnaire du couvent de Moret qui jouit de vos bontés et, par mon entremise et sur son ordre, de celles du roi, ne...

Le vieil homme avec qui s'entretenait la marquise se tut, et elle se demanda s'il rechignait, quoi qu'il en dise, à exprimer sa pensée, ou bien s'il avait simplement perdu ses mots... Madame de Maintenon jeta un rapide coup d'œil au vieillard. Celui-ci paraissait si fatigué... Alexandre Bontemps[1], le plus influent des quatre premiers valets de chambre du roi, servait Louis XIV avec trop de zèle et depuis trop longtemps.

Par égard pour lui, la marquise ne voulut pas laisser un silence s'installer dans cet échange. Elle reprit donc un temps la parole, afin de laisser au vieil homme le temps de recouvrer ses esprits :

– Je sais que je ne devrais pas établir ce rapprochement. Mais je ne puis m'empêcher de comparer cette personne à mes filles de Saint-Cyr[2]. Celles-ci se montrent attentionnées et attentives à ce que je leur dis. Et je connais assez le genre humain pour savoir que leur tendresse n'est pas feinte. Je n'éprouve aucune honte à vous confier que je ne trouve rien de tout cela chez notre protégée du couvent de Moret.

– Je ne puis me permettre, madame, de rapprocher votre situation de la mienne. Mais je crois que je saisis parfaitement votre discours.

– Et chacune de ses remarques, chacune de ses demandes me déconcerte. Ma vie a été assez riche en circonstances diverses pour que je puisse me flatter de connaître un peu l'âme humaine. J'ai trop vu de personnes qui, jadis, se moquaient de moi et maintenant me vénèrent, pour ne pas savoir lire un peu dans les âmes. Or,

---

(1) Alexandre Bontemps naquit en 1626. Reprenant la charge de son père, Jean-Baptiste, il entra au service de Louis XIV en 1659 et y demeura jusqu'à sa mort, en 1701.

(2) Les pensionnaires de la Maison d'éducation de Saint-Cyr, fondée en 1686 par Madame de Maintenon en faveur de 250 jeunes filles nobles et pauvres.

j'avoue que je suis incapable de comprendre l'esprit de cette personne.

– Madame, elle a en effet beaucoup changé...

– Ou, plutôt, lorsque je crois saisir sa tournure d'esprit, je me rends compte, l'instant suivant, que je me suis trompée absolument.

– Croyez-vous, madame, qu'il nous faut en parler à Sa Majesté ?

Elle considéra le premier valet de chambre du roi. L'un et l'autre étaient, pour des raisons différentes, dépositaires des secrets du Roi-Soleil. À maintes reprises, la marquise s'était entretenue avec le serviteur de la femme noire. Depuis de nombreuses années, l'épouse du roi de France et le serviteur dévoué avaient l'habitude de se concerter et d'agir en bonne intelligence. Pour ce qui regardait la pensionnaire des bénédictines de Moret, cette tâche était d'ailleurs fort délicate. Car la marquise et Bontemps le savaient : l'existence de la jeune femme était, pour Louis XIV, tout à la fois un sujet d'inquiétude et d'intérêt, de satisfaction et de désagrément, selon les événements qu'il avait à connaître ou les décisions qu'il devait prendre.

Cette fois, Madame de Maintenon songea qu'il ne serait pas agréable à Louis XIV de devoir se consacrer à la Moresse. Elle quitta le fauteuil profond où elle avait pris place et s'approcha de la grande fenêtre. Le logement de la marquise se trouvait au premier étage de la Porte dorée. Dépourvue de volets intérieurs et dotée d'un chambranle mal ajusté, cette baie n'empêchait pas – ou peu s'en fallait – un brouhaha étourdissant de pénétrer dans la pièce. Résonnaient dans le salon les conversations et les rires des courtisans qui demeuraient souvent attroupés devant l'ancienne porte d'honneur du palais[1], s'apostrophaient et s'amusaient.

Avec fermeté mais sans illusions, la marquise tira elle-même le lourd rideau. Comme elle s'y attendait, ce geste fut sans grande efficacité : le vacarme demeura le même. Mais, en revanche, il plaça soudain la pièce dans une demi-pénombre.

Madame de Maintenon fit quelques pas vers la cheminée. Elle caressa du bout des doigts la tapisserie d'un écran que les demoiselles de Saint-Cyr avaient brodée pour leur bienfaitrice. Sans se retourner vers Bontemps, elle lui demanda :

– Mais enfin, que croyez-vous qu'elle sache ?

– Cela, précisément, je ne le sais pas.

– Se peut-il qu'elle ait appris quoi que ce soit grâce à ses compagnes moniales ?

Alexandre Bontemps hocha la tête :

– Je ne le crois pas. Et l'origine de mon assurance vient de ce qu'aucune d'entre elles n'a jamais été mise dans le secret.

– Pas même la supérieure ?

– C'est la deuxième qui préside aux destinées de ce couvent, depuis cette affreuse année 1664. Elle n'a donc pas été le témoin de l'installation de notre protégée.

Le feu que des valets silencieux venaient d'allumer dans la cheminée fit briller les lambris dorés à la feuille. Indifférente à ces splendeurs, Madame de Maintenon regardait sans les voir les meubles magnifiques dont le roi

(1) Sous le règne de Louis XIV, la Porte dorée perdit son statut d'entrée principale du palais au profit de la cour du Cheval Blanc.

avait meublé son logement. D'une voix un peu lasse, elle remarqua :

– Mais il se peut que l'ancienne abbesse ait informé celle qui lui a succédé des détails de cette circonstance...

– Vous savez bien que ces deux supérieures ne se sont jamais rencontrées. Le roi avait fait prendre toutes les précautions.

Cette affirmation ne satisfit pas la marquise :

– Mais ne se peut-il que la première abbesse ait laissé des papiers, une sorte de testament ?

Bontemps œuvrait dans l'ombre de Louis XIV depuis si longtemps, il secondait et connaissait si bien son maître qu'il traitait d'égal à égal, ou presque, avec la marquise. Il ne craignait pas de lui parler sans détour :

– Pourquoi aurait-elle agi ainsi ?

– Je ne sais pas. Elle aurait pu vouloir se confier à une sorte de journal intime, afin de trouver la paix de l'âme avant de trépasser... Cela lui aurait été d'autant plus facile qu'elle ne savait pas pour qui elle écrivait et s'adressait ainsi à la postérité.

Madame de Maintenon se tut, sans doute pour mieux envisager cette éventualité. Le serviteur du roi reprit alors la parole et n'hésita pas à faire preuve d'un brin de causticité :

– Mais quand bien même il existerait des papiers secrets établis par la première supérieure, je ne vois pas comment notre future bénédictine aurait pu en avoir connaissance... Elle n'a tout de même pas pu sonder les murs ou retourner le jardin sans que ses compagnes s'en aperçoivent...

Cette conversation, l'évocation des mystères, des dangers et des secrets qui regardaient la femme de Moret avaient fatigué Bontemps. Le premier valet de chambre était très las. Malgré son désir de continuer à servir le roi, il redoutait de devoir, une fois de plus, être confronté aux tracas que la pensionnaire des bénédictines suscitait depuis plus de trente ans. L'homme de confiance du Bourbon et la marquise demeurèrent silencieux. Ce fut l'épouse cachée de Louis XIV qui, la première, reprit la parole :

– Je vais retourner dès demain à Moret. Je dois m'entretenir de nouveau avec l'abbesse. Elle seule peut me dire ce que sait, ce que devine cette malheureuse enfant. Et nous devons aussi fixer le jour de la cérémonie.

– Demain ? s'étonna Bontemps. Ne pensez-vous pas, madame, que ces visites successives à Moret sont de nature à troubler notre protégée et ses compagnes, et également à nourrir les soupçons ?

– Que voulez-vous que je fasse ? Je n'ai guère le choix.

La marquise regarda la pendule. Les aiguilles de bronze doré indiquaient neuf heures. Louis XIV achevait de causer, de complimenter et de se promener dans le Grand Appartement où la Cour jouait, mangeait, buvait, cancanait. D'un instant à l'autre, le monarque allait arriver dans le logement de son épouse. Là, en compagnie de deux ou trois secrétaires d'État, comme à son habitude, il tiendrait un petit conseil particulier jusqu'à ce que sonne l'heure du souper.

La marquise appréhendait beaucoup cette séance de travail. Elle savait qu'il allait lui falloir batailler ferme pour défendre l'honneur – et aussi peut-être l'avenir – de son cher protégé, le duc du Maine[1]... Quant à Bontemps, il

(1) Fils de Louis XIV et de Madame de Montespan, il avait été élevé par Madame de Maintenon, qui le regardait comme son fils.

tombait de fatigue. Il préférait ne pas rencontrer Louis XIV maintenant. D'autant qu'il avait un entretien important à mener, une conversation si essentielle qu'il avait préféré ne pas en parler à Madame de Maintenon.

8

L'appartement de Bontemps

– En es-tu certain ? demanda Bontemps.

– Monsieur, je n'ai pu le voir de mes propres yeux. Mais la description qui m'en a été faite par plusieurs personnes dignes de confiance ne laisse aucun doute.

– Oui, soupira Bontemps. Il y a peu d'hommes tels que lui, et il est aisé de le reconnaître et de le suivre. Mais tu n'as donc pas trouvé moyen de me prévenir, lorsqu'il est parti de Calais ?

– Monsieur, je n'ai plus beaucoup de relais dans les provinces du nord du royaume. Vous savez que les guerres incessantes ont désorganisé le réseau que vous aviez bâti.

– Oui, je sais tout cela, il est inutile de me le rappeler, soupira Bontemps.

Exténué, n'aspirant plus qu'à pouvoir, enfin, se coucher au pied du lit du roi, il laissa déferler sa colère. C'était un spectacle désagréable que de voir ce vieillard fatigué s'impatienter et s'emporter.

– Je ne pouvais donc quitter cet homme sous peine de le perdre.

– Et c'est pourtant ce qui s'est passé, grommela le premier valet de chambre. Il t'a échappé...

L'espion baissa les yeux[1]. Il attendait que Bontemps laisse de côté sa colère. Mais il n'en fut rien.

– Comment veux-tu que nous le retrouvions, à Paris ?

– Monsieur, vous l'avez dit : un homme semblable à lui peut aisément se reconnaître.

– Idiot ! Et s'il ne sort qu'à la nuit tombée ? Et s'il prend soin de dissimuler son visage ? Et s'il se mêle à l'une de ces bandes de comédiens et de baladins errants qui vont par les routes, de village en hameau, vêtus, grimés et maquillés ?

L'informateur se trouvait sur un gril. Depuis qu'il était au service de Bontemps, et donc, de Louis XIV, il avait accompli des missions périlleuses. Parfois, il avait échoué ou rencontré des demi-succès. Jamais, jusqu'à aujourd'hui, il n'avait été contraint de reconnaître un tel échec et, surtout, d'encourir la fureur du premier valet du roi. L'espion s'efforçait de conserver son calme, quoique cela ne lui soit pas chose aisée. Il s'estimerait heureux si Alexandre Bontemps se contentait de le renvoyer. Certes, il ne connaîtrait plus l'aventure, ne pourrait plus faire bonne chère, ne saurait plus attirer les servantes d'auberge, apprivoisées par quelques piécettes. Mais il serait libre. Il en irait tout autrement si Bontemps suggérait au roi de punir cet espion maladroit. Alors, en désespoir de cause, l'homme tenta une ultime justification. Et il osa s'opposer à lui :

(1) Pour le service du roi, Bontemps avait mis en place un réseau d'indicateurs (valets, gardes, etc.) qui espionnaient les courtisans.

– Tout de même, monsieur, je ne veux pas croire qu'il lui soit aussi facile que vous le dites de se mêler aux sujets de Sa Majesté lorsque l'on est tel que lui.

Là, l'informateur marqua un temps d'arrêt, afin de mieux souligner l'information qu'il avait tue jusqu'alors pour clore cet échange à son avantage :

– Je n'ai pas tout à fait perdu sa trace. Je ne voulais pas vous révéler ce fait car je craignais de vous livrer un élément dont je n'ai pas pu vérifier par moi-même s'il était digne de foi. Mais j'ai de bonnes raisons de penser que cet homme a séjourné il y a peu aux portes de Paris.

Loin d'être rassuré par ce propos, le premier valet de chambre s'emporta :

– Que ne m'as-tu dit cela plus tôt ! Où était-il ? Comment le sais-tu ?

– Monsieur, il a été vu dans une auberge du bourg de Saint-Denis. C'est le patron du *Lion couronné* qui me l'a assuré. Cet aubergiste, par le passé, m'a donné maints renseignements. Et je n'ai jamais eu qu'à m'en féliciter. Certes, l'homme que nous recherchons ne se trouve plus là. Mais du moins, nous savons où il était voici quelques semaines. Je ne désespère pas de retrouver assez facilement sa trace. Il me suffit d'interroger sans relâche les ouvriers des manufactures de cuir et des teintureries qui abondent en ce lieu, les cochers qui ont l'habitude de rallier le bourg de Saint-Denis à Paris, les paysans des alentours. Ce sera bien le diable si personne n'a vu passer cet homme. Car, encore une fois, il est aisément reconnaissable.

L'espion s'attendait à ce que son récit retourne la situation à son profit et rassure Alexandre Bontemps. Il n'en fut rien. Tout au contraire.

Le premier valet devint pâle, si blanc que la peau de son visage ridé parut soudain être celle d'un cadavre. Ses paupières fatiguées s'alourdirent ainsi que les chairs qui soutenaient son menton. Au total, ce furent les assauts de plusieurs années qui, d'un coup, se saisirent de lui.

– Saint-Denis... murmura-t-il. La basilique... S'il vient ainsi près de la crypte, c'est donc qu'il a décidé de connaître la vérité.

L'agent secret ne comprit ni le changement d'attitude du vieillard ni ces mots prononcés sans logique. Désemparé, désolé, désormais en proie à la peur, il demeurait interdit. Il ne savait que faire.

Enfin, Bontemps, lentement, leva la tête :

– Va-t'en. Pars, sur-le-champ. Retrouve-le. Interroge, fouille, questionne. Il y va de ta liberté et, peut-être, de ta vie.

Les derniers pans de son assurance avaient quitté l'espion. Sa voix, aussi, était déjà altérée par la frayeur :

– C'est que, monsieur, il me faut de l'argent pour cela...

À pas lents mais le geste sûr, les traits fermés, sans regarder son homme de main, Bontemps se dirigea vers un petit secrétaire. Il en tira une bourse de cuir.

– Tiens. Songe à chaque pièce que tu en sortiras pour la donner, que c'est un peu de ta vie que tu joues. À présent, cours où bon te semble. Je veux que, lors de notre prochain entretien, tu sois en mesure de me signifier son emprisonnement ou sa mort.

L'homme sortit sans plus attendre. Il le savait déjà, il ne retournerait jamais auprès du premier valet de chambre. Rien ne lui plaisait dans cette histoire, et il préférait gagner une province lointaine et y demeurer jusqu'à son dernier soupir...

Quant à Bontemps, le malheur qui venait de s'abattre sur lui le conduisit à parler à haute voix. Était-ce pour tenter d'y voir plus clair ? En disant les mots, voulait-il leur ôter une part de leur violence inacceptable ? Ou bien était-ce parce que sa stupeur était simplement trop grande, et l'amenait à une manière de retour en enfance ? Bontemps lui-même n'aurait pu le dire...

– S'il s'est rendu à Saint-Denis, c'est parce qu'il a décidé de voir, de vérifier, de savoir par lui-même. Ensuite, il est allé à Versailles. Et il est sans doute ici, à Fontainebleau... Lors de son séjour à la Cour, voici tant d'années, il a eu tout le loisir d'y nouer des amitiés qui, aujourd'hui, lui ont été très utiles. Des complicités lui ont permis, c'est certain, de pénétrer dans l'église et de la visiter. Il est prêt à tout et n'a pas hésité à déranger les morts... Mais que dis-je ? Je perds la tête ! Non, c'est impossible. On s'est détourné de lui. Il n'a pu rien apprendre, rien constater. Tout cela n'est qu'une farce. Et comment aurait-il eu le loisir d'accéder aux tombeaux ? C'est là une pensée grotesque, ridicule... N'entre pas qui veut dans la basilique. Il y a des moines, et des Cent-Suisses qui surveillent les portes. Et, la nuit venue, des dogues dressés pour se jeter à la gorge des bandits attirés par les richesses inestimables de l'église – ces croix de diamants, ces reliquaires d'or, ces ciboires d'argent, les habits du sacre des rois, tant d'autres trésors[1]... Et les moines, leurs domestiques, les prêtres de passage, qui logent à l'abbaye. D'ailleurs, les clefs du caveau demeurent à Versailles, chez les officiers du roi ! Les moines eux-mêmes n'ont pas le droit de les

(1) Le sceptre de Dagobert, la couronne de Charlemagne, la tasse de saint Louis, l'épée de Jeanne d'Arc, etc.

conserver. Comment, donc, aurait-il pu circonvenir tout ce monde et s'approcher du cercueil ? Il a dû renoncer.

Oui, pensa Bontemps, l'entreprise de ce vaurien s'était brisée à Saint-Denis, là où l'âme de tant de rois disparus veillait sans doute sur la destinée de leur successeur, le Roi-Soleil. À cette heure, l'homme croupissait dans une geôle, après s'être fait surprendre, et Bontemps allait bientôt l'apprendre. Il ne pouvait en aller autrement. Sinon, ce serait l'honneur de Louis XIV et des Bourbons qui serait jeté à terre et piétiné. Il y avait là de quoi ruiner le système des alliances nouées par Versailles et, *a contrario*, donner un grain amer à moudre aux puissances qui s'opposaient à la France. Le scandale serait immense, dans toute la chrétienté. Et cela, Dieu ne pourrait jamais l'accepter : le roi très chrétien n'était-il pas son représentant en ce monde ?

9

La chambre de la postulante

La postulante noire se trouvait seule dans sa chambre. Pour s'éclairer, plusieurs de ses compagnes devaient se contenter de chandelles qui palpitaient, pleuraient, crépitaient et daignaient parfois donner une méchante lumière jaune et maigre. La Moresse, elle, disposait de plusieurs beaux chandeliers d'argent qui, tous, portaient des bougies, bien blanches et bien lumineuses. De la même manière, les autres bénédictines du couvent devaient partager leur logement avec deux ou trois autres jeunes filles. La Moresse, elle, se trouvait seule dans le sien.

Elle était assise dans un grand fauteuil de tapisserie, quoique ce soit maintenant la nuit et qu'elle aurait dû se trouver au lit. Figée dans une pose étrange, les jambes trop droites et les bras ballants, le regard sans vie ni éclat, la paupière inerte, elle paraissait perdue dans des rêves dénués d'images. Son visage, légèrement incliné, était tourné vers la cheminée. Des flammes crépitantes, des braises rougeoyantes auraient pu attirer son attention, la fasciner. Il n'en était rien. En cette fin de journée d'automne, l'âtre, soigneusement balayé, était vide.

La pièce ne paraissait receler aucune vie. Mais, tout doucement, des sons étouffés commencèrent à se faire entendre. La Moresse se leva d'un bond, et commença à aller et venir dans sa chambre, fiévreuse, soupirant, les poings fermés. Les bruits se poursuivaient, s'amplifiaient. Tantôt c'était des coups sourds, tantôt des raclements de pierre, le ricanement d'un métal que l'on frotte sur un roc. D'abord désordonnés, les bruits se firent plus réguliers, beaucoup plus proches. La plus grande agitation gagnait peu à peu la Moresse. Et, enfin, le foyer de la cheminée pivota.

L'homme eut un peu de mal à passer par cette ouverture. Mais son corps souple avait déjà franchi cet obstacle : ses muscles, ses bras et ses jambes se souvinrent des mouvements à accomplir pour quitter le boyau qui s'enfonçait dans les entrailles de la terre. Avec tout autant d'agilité, l'homme se redressa. De haute taille, musclé, il était beau et portait longs ses cheveux noirs et bouclés.

– Les templiers devaient se recruter parmi les nains, dit-il en riant. Je ne m'explique pas qu'ils aient aménagé des souterrains et des passages aussi étroits.

– Je vous avais interdit de revenir ici ! Les sœurs vont vous entendre !

– Il n'y a aucun danger. Elles dorment toutes, à cette heure.

– Mais comment osez-vous aller à l'encontre de ma volonté et forcer ainsi la clôture ? Je vous répète que je ne souhaitais pas vous revoir en ce lieu !

Avec de grands gestes, le nouveau venu épousseta ses habits, sans se départir d'un sourire.

– Oui. Sans doute me l'avez-vous dit. Mais reconnaissez que si vous aviez vraiment voulu m'empêcher de revenir ici, il vous suffisait, après notre dernier entretien, d'aller prévenir votre supérieure. Ou bien, simplement, d'allumer un feu dans cette cheminée : la chaleur m'aurait tenu à distance !

– Moi, aller chez l'abbesse ? Vous n'y pensez pas ! C'était admettre que vous aviez pénétré dans cet appartement. Voulez-vous que je me perde ?

L'homme marcha droit sur le fauteuil que venait de délaisser la Moresse, s'y assit mais se releva aussitôt :

– Je comprends le souci qui est le vôtre de préserver votre réputation. Mais, en ce cas, et je vous le répète, il suffisait de bloquer l'entrée secrète, avec cette belle paire de chenets. L'affaire était entendue : je demeurais coincé dans le souterrain. Si vous n'avez pas agi ainsi, c'est sans doute parce que, malgré vos propos, vous aviez envie de me revoir !

La Moresse bondit :

– Comment osez-vous dire cela ?

– Ah ! voyez comme vous êtes changeante ! Maintenant, c'est à vous de crier... Vous devriez vous montrer plus prudente, car vous allez donner l'alerte !

– Pour la dernière fois, sortez, monsieur ! dit la femme.

Elle fit un pas, mais s'aperçut qu'elle s'était mise devant la cheminée et empêchait ainsi l'intrus de s'en aller, s'il avait voulu lui obéir.

La Moresse fulminait, d'autant plus irritée que chacun de ses gestes démentait le précédent, chacune de ses paroles était désavouée par la suivante. L'homme décida tout à la fois de la tirer de ce mauvais pas et de renouveler le discours qu'il lui présentait pour la troisième fois.

– Je m'en irai, c'est entendu. Mais avant, dites-moi si, ainsi que je vous l'avais conseillé, vous avez parlé de votre propre personne à la marquise de Maintenon.

– Monsieur, vous êtes, décidément, bien insolent. Songez au péril que vous me faites courir si l'on vous trouve ici ! Peut-être, à cette heure, la supérieure prévenue va-t-elle frapper à cette porte...

– Allons, je vous l'ai déjà dit : une femme de sang royal n'a pas à se justifier auprès d'une abbesse ! Une princesse de France ne rend compte qu'au roi !

La Moresse se détourna soudain de l'homme.

– Taisez-vous ! N'employez plus ces mots-là. Ils ne recèlent qu'illusions et chimères.

– Mais, pourtant, vous aviez convenu, lors de ma précédente visite, que vous étiez du sang le plus illustre.

La future religieuse ne répondit pas. Pour cacher sa gêne, elle voulut tourner le dos à son visiteur. Mais celui-ci fit quelques pas, de manière à se placer face à elle. Et, cette fois, la Moresse n'osa pas accomplir un nouveau demi-tour. Enhardi, l'homme reprit :

– Vous demeurez muette ? Certes, vous pouvez m'écarter, me dénoncer : je suis à votre merci. Mais vous ne pouvez ignorer ni votre véritable origine ni les droits de princesse qui sont les vôtres. Car enfin, en venant ici et en vous parlant, depuis quelque temps, je n'ai fait, me semble-t-il, que vous dire de vive voix ce que votre conscience vous murmurait depuis de longues années. Vous saviez, au fond de votre cœur, que vous n'avez rien en commun, ou si peu, avec vos compagnes. Quoique vous ne soyez guère sortie de ce couvent, vous savez que la couleur de votre peau vous distingue. Vous savez, surtout, que votre naissance est placée sous le signe du plus grand des mystères. Croyez-moi enfin. Vous appartenez à une race illustre. Comment justifier, autrement, que plusieurs des plus puissants personnages de la cour vous rendent visite ? De quelle autre manière serait-il possible d'expliquer que la marquise de Maintenon et le premier valet de chambre du roi viennent ici prendre de vos nouvelles et vous procurer mille agréments ? Regardez tout autour de vous : ainsi que vous me l'avez fait remarquer vous-même voici quelques jours, cet appartement et ces meubles, ce linge et ces livres, ces ornements ne sont pas ceux d'une simple postulante. Ils crient, ils proclament la grandeur de votre véritable état. Ils disent que vous êtes d'une naissance illustre.

– Cela n'est pas vrai, tenta de protester Louise-Marie-Thérèse, sans conviction.

– Allons, vous l'avez vous-même reconnu devant moi. Du reste, les visites que vous rend la famille royale sont de notoriété publique. À Versailles, il n'est question que de vous. Partout, depuis les antichambres jusqu'aux galetas, des écuries aux jardins, les courtisans et les domestiques ne parlent que de votre personne.

– Vous vous gaussez... Vous voulez me faire tourner la tête...

– Non, je ne suis pas venu pour me moquer de vous. Tout au contraire, je vous le répète : je suis ici pour vous proposer mon appui, mon aide. Je suis, à Versailles, bien introduit à la Cour. Là-bas, sur votre requête, je puis chercher, fouiller, enquêter. J'en suis certain : il n'est pas écrit que vous devez passer votre vie dans ce couvent. Un mot de vous, et je me place sous vos ordres. Vous êtes recluse et, si vous suivez le chemin que d'autres ont tracé pour vous, vous allez l'être encore plus dans peu de jours, après que vous aurez prononcé vos vœux. Accordez-moi votre confiance : vous êtes née pour ordonner et régner, et vous voilà ici, à vous morfondre. Vous n'avez qu'une parole à dire, et mon aide vous est acquise. Je ne devrais pas vous en parler, mais une personne plus puissante que moi est prête à vous secourir. Cependant vous devez en faire clairement la demande.

– Monsieur, vraiment... je ne sais plus que penser. Mes idées sont sens dessus dessous. Depuis votre première visite, je sais, je sens que s'effondrent en moi toutes mes anciennes certitudes.

– C'est que vous acceptez de suivre le chemin de la raison.

– Mais qu'attendez-vous de moi ? demanda la postulante.

– Que vous me promettiez de me donner votre cœur lorsque vous serez sortie d'ici. Je vous l'ai dit, je vous aime depuis la première fois où je vous ai aperçue.

– Vous vous raillez de moi.

– Non je vous conte fleurette.

La Moresse s'offusqua de cette remarque :

– Allons ! N'oubliez pas que vous parlez à une future bénédictine !

Mais elle parut aussitôt oublier cette insolence presque sacrilège et demanda :

– Mais enfin, que voulez-vous que je fasse ?

– La prochaine fois que vous la verrez, tenez à Madame de Maintenon le langage de la vérité. Elle règne, vous le savez, sur l'esprit et le cœur du roi. Il se dit même qu'elle est unie à lui par les liens qu'un mariage secret a mis en place voici plusieurs années. Dites-lui que vous savez qui vous êtes. Et ajoutez que vous souhaitez jouir de tous les droits et privilèges qui vous sont donnés par la naissance, de manière très légitime.

– Mais ce serait mentir car, précisément, je ne sais pas qui je suis.

– Certes. Cela, je le sais comme vous. Et, comme vous, je ne puis faire que des suppositions, même si je pense entrevoir la vérité. Mais Madame de Maintenon, elle, ne peut pas deviner ce que vous connaissez. Si vous savez vous montrer assez habile, vous pourrez apprendre ce que voulez auprès de la marquise. Puisque, je le sais, vous m'accordez votre confiance, vous n'aurez qu'à me dire ce qui vous aura été révélé. Ensemble, nous pourrons ensuite déterminer la meilleure manière de faire valoir vos justes droits, au mieux de vos intérêts. À moins, bien entendu, que vous ne désiriez demeurer parmi les bénédictines jusqu'à la fin de vos jours, tandis que d'autres profiteront des avantages qui, je vous le répète, devraient vous revenir.

L'homme avait parlé avec fougue, empressement et persuasion. Il était demeuré tout ce temps debout, la main simplement posée sur un meuble. La Moresse avait, au début de ce long discours, marché de long en large dans la chambre, pris un chandelier pour le poser ailleurs avant de le remettre à son emplacement premier, déplacé un livre, puis un broc de faïence. Mais, à mesure que l'homme parlait, elle semblait peu à peu recouvrer son calme. En fait, à lire sur son visage, il était aisé de comprendre qu'elle se trouvait dans l'embarras le plus extrême, sans doute le prélude à une sorte de conversion. D'ailleurs, l'homme comprit qu'il fallait laisser le temps de la réflexion à la Moresse. Pour respecter le trouble de la postulante, il décida de terminer cet entretien sur un ton éloigné de la flamboyance qui en avait caractérisé le milieu.

– Je dois, maintenant, retourner à Fontainebleau. Passée une certaine heure, la route qui traverse la forêt n'est plus sûre. Et je ne souhaite pas non plus que mon arrivée tardive soit remarquée des courtisans et des domestiques que je connais. J'ai certes pris toutes les précautions nécessaires pour que mon absence ne soit pas remarquée, ni ne suscite de questions. Mais il y va aussi de votre sûreté.

L'homme salua Louise-Marie-Thérèse. Avec tout autant de souplesse qu'il en avait montré en arrivant, il baissa la tête et s'engagea dans l'âtre. Un instant plus tard, le sombre de ses habits se confondait avec la pierre qui tapissait l'intérieur du couloir secret.

– Quand vous reverrai-je ? demanda la femme, qui s'était approchée de la cheminée.

L'homme n'eut pas le temps de répondre. Les ressorts du mécanisme secret étaient déjà à l'œuvre, et la plaque de fonte se remit en place derrière lui. Il se trouvait désormais dans l'obscurité. Il s'aperçut alors qu'il avait oublié de se munir d'un bougeoir. Mais peu lui importait. Il connaissait le chemin et, au demeurant, n'avait guère l'occasion de se perdre : il fallait suivre la muraille à tâtons jusqu'à la chambre souterraine où, par précaution, il avait laissé une chandelle et de l'amadou. Nulle bifurcation, nul puits, nul cul-de-sac ne le guettait, il le savait. Surtout, les derniers mots prononcés par la femme à la peau d'ébène lui laissaient apercevoir un avenir très doux. Ce ne serait rien de continuer, dans le noir, jusqu'au terme de ce souterrain. Ce ne serait rien de repousser les pierres, les planches et les herbes qui, dans la maison de la Croix rouge, obstruaient l'entrée du conduit. Ce ne serait rien, une fois parvenu à l'air libre, d'éviter les ombres et les truands qui sortaient, la nuit, de la forêt voisine, le coutelas à la main. Ce ne serait rien, du moins si ce qu'il avait contemplé dans la basilique de Saint-Denis ne venait pas le plonger dans la folie.

10

La bataille de Namur

La guerre de la ligue d'Augsbourg n'en finissait pas de dévaster l'Europe. Quelques années auparavant, les troupes du roi de France avaient ravagé le Palatinat[1], violé les femmes, rasé les châteaux, détruit les ponts, incendié les villages et les maisons. Des succès, des demi-victoires puis des défaites s'étaient succédé. Réputés imprenables, la ville et le château de Namur, aux Pays-Bas espagnols, avaient été soumis par les armées de Louis XIV[2]. L'historiographe Nicolas Boileau avait mis en vers la gloire du Roi-Soleil :

À cet Astre redoutable
Toujours un sort favorable
S'attache dans les combats :
Et toujours avec la Gloire,

---

(1) En 1689.
(2) En juin 1692.

Mars amenant la Victoire,
Vole, et le suit à grands pas[1].

Mais les armées du Bourbon n'avaient pu conserver la cité et sa citadelle que durant trois années. Au mois d'août, Guillaume III, le roi d'Angleterre détesté[2], avait repris la ville. Le fort s'était rendu en septembre. Depuis, en secret, la Cour se déchirait, les courtisans s'opposaient. Le Roi-Soleil était de fort méchante humeur et Madame de Maintenon fort ennuyé.

– Madame, je vous sais gré de vos efforts. Mais sachez que mon opinion est faite. Et je sais que rien ne pourra la faire changer.

Le temps était loin où le roi faisait battre les cœurs. Dans sa jeunesse, le souverain savait se montrer gracieux. Sans être vraiment beau, il avait jadis fière allure, savait danser avec grâce, portait bien l'habit. Son orgueil lui donnait une grande prestance. Les jeunes femmes de la cour succombaient sans déplaisir à ses prévenances, tout au contraire. Maintenant, le roi était âgé, presque chauve, il ne possédait guère plus de dents. Aujourd'hui, les jeunes personnes de qualité ou les simples femmes de chambre qu'il troussait au détour d'une antichambre n'étaient plus aussi bien disposées que leurs devancières. Lorsqu'elles subissaient l'assaut du roi, elles songeaient désormais moins à leur plaisir qu'aux faveurs qu'elles espéraient obtenir du monarque repu.

---

(1) Fragment de l'*Ode sur la prise de Namur*.

(2) En 1688, le prince d'Orange, stathouder de Hollande, avait chassé Jacques II Stuart, cousin de Louis XIV, et était monté sur le trône d'Angleterre sous le nom de Guillaume III.

Ce jour-là, aux tracas de la vieillesse s'ajoutaient, dans l'esprit de Louis XIV, les tourments d'un père.

– Sire, je vous assure que je ne dis là que la vérité.

– Madame, je sais que mes ministres, plusieurs personnes de la Cour, ont voulu me faire croire que tout cela était de la faute de monsieur de Villeroi.

– Mais Votre Majesté l'a maintes fois lu dans les rapports qui lui ont été adressés et l'a aussi appris de la bouche des témoins de la prise de la ville. C'est bien le duc de Villeroi qui, malgré ses grandes qualités, n'a pu empêcher que le prince d'Orange s'empare de Namur.

– Vous vous répétez, et c'est inutile ! Toute la vérité ne m'a pas été dite d'emblée. Mais je la connais maintenant. Le duc du Maine, qui commandait l'aile gauche de mes armées à Namur, n'a pas obtempéré aux ordres qui lui ont été donnés par monsieur de Villeroi. Malgré les remarques, les supplications et les discours de ses officiers, il est demeuré dans sa tente, à prier et à se confesser. Le duc du Maine est de mon sang, mais c'est un couard. C'est à cause de lui si le prince de Vaudémont[1] est parvenu à s'enfuir alors que nous aurions dû – alors que nous aurions pu – le vaincre aisément. Certes, tout cela, je l'ai appris et compris avec retard. Mais, du moins, désormais je le sais.

– Pourtant, Sire, le duc de Villeroi en personne l'a écrit à Votre Majesté : « La diligence dont monsieur de Vaudémont a usé dans sa retraite l'a sauvé de mes espérances que j'avais crues certaines ». La malchance dont vos

(1) Sous les ordres du prince d'Orange, il commandait une partie des troupes que combattait la France.

armées ont souffert, et aussi l'habileté du prince de Vaudémont, et elles seules, sont la cause de nos insuccès.

Le roi ne s'emportait que très rarement en présence de Madame de Maintenon. Mais, cette fois, son visage s'empourpra. Il se leva, se saisit de la canne qu'il avait posée, désinvolte, contre le mur, et la brisa sur le marbre de la cheminée.

– Pour la dernière fois, madame, je vous adjure de cesser ce discours. Je sais qu'en vous chargeant jadis de son éducation, vous vous êtes attachée au duc du Maine et que vous l'aimez sans doute plus que sa propre mère, Madame de Montespan. Je sais que vous avez œuvré dans l'ombre, pour que les rapports qui accablent mon fils ne me soient pas remis. Je veux croire qu'en agissant de la sorte, vous avez voulu ménager tout à la fois l'estime que j'ai pour lui et son orgueil. Je ne vous en blâme pas, mais je souhaite que vous cessiez maintenant ce travail de persuasion. Je vous demande, même, de ne plus jamais aborder devant moi cette affaire de bataille.

Certes, Madame de Maintenon savait qu'elle disposait d'un ascendant certain sur la personne du roi. Elle avait l'habitude de le mener à accepter ses propres vues, sans en avoir l'air. Mais elle n'ignorait pas que, parfois, il ne servait à rien de vouloir s'opposer au monarque, surtout lorsque cela regardait ses affaires de famille, l'honneur et la réputation de ses enfants. Après tout, la marquise n'était ni la reine, ni la mère du duc du Maine. Elle devait donc se taire. Et, pour ne pas irriter davantage Louis XIV, elle choisit de ne pas même lui répondre pour se justifier et lui présenter ses excuses.

Quant au roi, il voulait interrompre au plus vite cette conversation vaine, stérile, et qui l'incommodait :

– Madame, vous avez, je crois, effectué cette après-midi une visite chez les religieuses de Moret. Avez-vous pu, de conserve avec la femme sur laquelle vous voulez bien veiller à ma demande, achever de mettre au point sa future prise du voile ?

– Oui, Sire. Notre chère et future bénédictine est prête. Durant notre entretien, elle n'a eu de cesse de me donner de nouvelles marques de son humilité et de se montrer désireuse d'obéir en tous points à Votre Majesté, de se conformer à tous ses ordres.

Le tour nouveau pris par cette conversation parut contenter le roi, lui faire même oublier tout à fait son emportement. Son visage donna à lire une sorte d'attendrissement, une sollicitude profonde.

– Et donc, ainsi que vous me le dites depuis plusieurs années, les soupçons qui se trouvaient dans son esprit s'en sont allés à jamais ? Il n'est désormais plus question, dans ses paroles, des chimères qu'elle s'était mises en tête de je ne sais quelle manière ?

Ainsi qu'elle avait coutume de le faire depuis plusieurs années lorsqu'elle avait à rendre compte au roi de ses visites chez les bénédictines, la marquise mentit :

– Sire, rien dans ses propos ne laisse à penser qu'elle s'interroge encore sur le mystère de sa naissance. Elle a, depuis longtemps, appris à accepter sa présence en ce lieu. Voilà tout. Je vous en renouvelle l'assurance : la couleur de sa peau ne vient jamais dans nos conversations, et elle ne paraît préoccupée que par sa prise de voile.

Ce sujet était, pour le Bourbon, une question trop brûlante pour qu'il ne cherche pas à en savoir davantage :

– Mais enfin, que croit-elle ? De quelle manière explique-t-elle qu'elle se trouve chez les bénédictines, alors qu'elle présente cette... cette particularité. Et que pense-t-elle de ces visites que lui rendent nombre des personnes de ma famille ?

– Sire, je crois qu'elle n'a jamais songé à ne pas accepter ce qui lui a été dit lorsque, enfant, elle est entrée dans ce couvent grâce aux bontés de Votre Majesté. On lui a dit qu'elle a été abandonnée par une troupe de bohémiens, au beau milieu de la forêt, près du palais de Fontainebleau. Il lui a aussi été raconté de quelle manière la reine, qui passait par là, l'a découverte peu après et l'a fait porter dans son propre carrosse pour la réchauffer. On lui a assuré que cette reine a dès lors voulu la protéger et comment, après sa disparition, Votre Majesté a voulu respecter ce vœu...

Ces propos parurent satisfaire le roi et le convaincre pleinement. Louis XIV oublia même les maux de ventre et de dents qui ne lui laissaient plus guère de répit. Il s'approcha de la fenêtre qui, par-delà la loggia qui poursuivait l'appartement de la marquise, offrait une vue magnifique sur le parc de Fontainebleau, maintenant dans l'obscurité. Le front posé contre la vitre, le roi demeura un long moment ainsi, à scruter les ombres des grands arbres, les flots noirs de l'Étang des carpes, les bosses claires des pavés de la route et jusqu'au carrefour que l'on pouvait deviner, là-bas.

Insensible aux courants d'air que laissait passer la croisée, le roi murmura quelques mots, que la marquise ne comprit pas :

– La pauvre femme... Il est heureux qu'elle n'ait jamais connu une autre maison que ce petit couvent, d'autres murs que ceux de sa clôture. Peut-être n'accepterait-elle pas si aisément son sort...

Puis le Bourbon se détourna de la fenêtre et des jardins obscurs. Ses yeux se posèrent aussitôt sur la pendule de bronze doré. Il était près de dix heures : le moment était venu de souper. Le roi avait juste le temps de passer dans ses cabinets particuliers pour y revêtir un habit très riche. À ce repas, Madame de Maintenon n'allait ni participer ni assister : elle n'était pas la reine, et ne pouvait donc prendre ses repas en compagnie de son époux. La marquise ne savait pas si, après avoir mangé une poire ou quelques figues, Louis XIV allait revenir la voir ce soir-là. Peu importait, elle avait de toute façon le temps d'écrire un billet au duc du Maine. Elle voulait le rassurer, le persuader qu'elle parviendrait à faire changer le roi d'avis, à raccommoder le fils et le père...

Au même moment, Alexandre Bontemps faisait porter un tout autre message au chef des Cent-Suisses qui demeuraient à l'abbaye de Saint-Denis. Le premier valet de chambre devait savoir, au plus vite, si quelque profanation avait été commise là où reposaient les cendres des rois de France. Jusqu'à ce jour, il n'avait rien appris de tel. Pour autant, son esprit n'était pas en paix. Si un sacrilège s'était produit, il se pouvait fort bien que les religieux de Saint-Denis, de connivence avec les Cent-Suisses, n'aient pas osé alerter le roi. Le monarque aurait pu laisser sa fureur s'abattre sur l'abbaye, retrancher des privilèges et des avantages, supprimer des fermages et des rentes, retirer même certains des trésors conservés dans la sacristie afin de les confier à un autre établissement. Quoi qu'il en soit, Bontemps devait savoir, au plus vite. Ensuite, il aviserait et verrait s'il fallait prévenir le roi ou réparer les dommages subis par les tombeaux, au plus vite, et sans en rien dire à personne.

11

Au couvent de Moret

Le lendemain matin, au rebours de son habitude qui voulait qu'elle ne se rende jamais deux jours deux suite à Moret, Madame de Maintenon alla chez les bénédictines. Elle était maintenant prise à son propre piège. La veille, auprès du roi, elle n'avait pas voulu confesser la rébellion sourde qui animait la postulante depuis plusieurs jours, sinon plusieurs mois, plusieurs années. La marquise mentait depuis longtemps au roi de France. Chaque jour, avant même de devenir son épouse, elle trompait Louis XIV. En revenant de Moret, lorsque la Cour se trouvait à Fontainebleau, elle lui dépeignait un ange de douceur et de résignation, alors que, de jour en jour, la pensionnaire des nonnes ne cessait de s'insurger contre le sort qui lui était fait. La marquise n'avait pourtant pas ménagé sa peine. Elle avait manié la menace et la promesse, la douceur et la fermeté, la persuasion et la contrevérité.

Mais, impuissante à conjurer la montée des périls, elle avait dû mesurer, d'année en année, chaque fois que le roi et la Cour revenaient à Fontainebleau, les progrès accomplis par la Moresse sur le chemin de l'émancipation. Tremblante, incapable de comprendre les raisons d'une telle attitude, la marquise contemplait, incrédule, en proie à une panique glacée, la marche de ce bouleversement. Surtout, il y avait le roi, auquel elle n'avait pas voulu faire le tableau exact de ce désastre et qui risquait fort, un jour prochain, de se rendre compte qu'elle le bernait. Tapie, inquiète et soupirant dans le fond de son carrosse, Madame de Maintenon se morfondait, s'affolait. Enfin, sa voiture parvint devant les remparts de Moret. Un instant plus tard, elle passa sous le porche de la cour du couvent.

La marquise fut introduite dans l'antichambre de la supérieure. Une fois de plus, elle devait s'entretenir avec l'abbesse du déroulement de la prise de voile prochaine. La religieuse qui l'avait accompagnée là s'apprêtait à s'en aller lorsque, soudain, Madame de Maintenon leva les yeux sur elle et s'arrêta. Elle resta un temps silencieuse. Puis, hésitante, elle demanda :

– Marguerite, Marguerite de Saint-Amand, est-ce toi ?

La nonne sourit un peu. Elle soupira :

– Voici des années que je désespère. J'avais fini par penser que tu ne te rappellerais jamais de moi.

– Mais pourquoi ne t'es-tu pas manifestée plus tôt ? J'aurais pu continuer à te voir sans te reconnaître...

– Je ne sais pas... Je n'osais pas, voilà tout.

Madame de Maintenon prit le bras de la bénédictine :

– Marguerite, ne nous sommes-nous pas juré de ne jamais cesser de penser l'une à l'autre, jadis ?

– Puis-je... puis-je t'appeler Françoise, comme autrefois ?

– Bien entendu : rien n'est modifié. Mais comment se fait-il que je ne t'ai pas reconnue avant ?

– Je ne sais pas. Est-ce donc que j'ai tant changé depuis les ursulines de Niort[1] ?

– Non. Pas du tout, je t'assure. Sans doute est-ce cet habit de religieuse... Mais tu n'as pas répondu à ma question : pourquoi ne t'es-tu pas fait reconnaître plus tôt ?

– C'est que tu es devenue une très grande dame, maintenant, puisque tu as la faveur du roi. J'ai bien vu, dès la première fois où tu es venue ici, il y a déjà de nombreuses années, que tu ne me prêtais pas attention. Alors, je n'ai pas osé te parler ni relever mon voile, ni cette fois-là, ni les suivantes.

La marquise était très émue. Avec son amie d'enfance, c'était un monde qui surgissait devant elle. Ce furent les années de pauvreté passées à Niort ou dans les châteaux délabrés qui, dans les environs, accueillaient sa famille. Ce furent des souvenirs de dénuement, même. Le temps que ces songes s'estompent, et Madame de Maintenon mesura, pour la millième fois, le chemin qu'elle avait parcouru depuis ces temps misérables, elle qui était maintenant l'épouse secrète du Roi-Soleil.

Dans le même temps, la marquise ne pouvait s'empêcher de scruter les traits de la nonne. Elles avaient toutes deux le même âge, à une poignée de jours près. Naguère, elles étaient l'une et l'autre deux petites filles charmantes et rieuses. Aujourd'hui, l'une, à qui le sort avait souri, était belle et épanouie. L'autre, grise et vieillie, voûtée et triste. De cela, Madame de Maintenon, qui n'avait jamais négligé sa beauté et sa toilette, en était très satisfaite.

---

(1) Madame de Maintenon fut placée chez ces sœurs, chargées de l'éducation des petites filles, en 1649.

– Mais, Marguerite, es-tu ici depuis longtemps ? demanda la marquise, la voix un peu tremblante.

– Ce n'est plus Marguerite qui se trouve devant toi. Sache que je me nomme à présent sœur Gabrielle de l'Eucharistie. J'ai prononcé mes vœux voici de longues années...

L'expression de joie mêlée de tristesse qui se lisait sur le visage de la marquise céda alors la place à un étonnement teinté d'inquiétude :

– Dans quel établissement ? À Paris ?

– Non, ici, à Moret. Je suis arrivée en ce lieu il y a bien longtemps. Et j'ai pris le voile peu après. Ce qui a tout à fait satisfait ma tante... Je me souviens encore de son bonheur, lors de la cérémonie.

Madame de Maintenon n'était plus troublée, mais soucieuse, nerveuse :

– Ta tante ? La connaissais-je ? Est-ce que je l'avais autrefois rencontrée à Niort ?

– Non, c'est impossible. Elle n'y a jamais habité. Ma tante, qui n'est plus de ce monde, a passé l'essentiel de sa vie ici, à Moret.

La nonne baissa la voix et ajouta :

– D'ailleurs, elle est enterrée dans le cimetière du couvent, là-bas, de l'autre côté de la buanderie. Le jour venu, j'espère que je pourrai être placée à ses côtés.

La marquise ne se laissa pas émouvoir par cette pensée pieuse. Et, cette fois, elle cria presque :

– Mais, ta tante était-elle parente de l'une des familles nobles de la cité, ou de ses alentours ?

– Non, répondit simplement sœur Gabrielle.

Elle ne semblait pas comprendre pourquoi Madame de Maintenon s'intéressait tellement à sa tante et la pressait ainsi de questions.

– Mais qui était-elle donc ?

– La supérieure de ce couvent.

– Veux-tu dire, la mère Élisabeth de la Visitation ?

– Oui. C'était la sœur de mon père, que tu as d'ailleurs connu, à Niort.

La marquise se rendit enfin compte que ces questions pressantes étaient sur le point d'indisposer son amie retrouvée, de susciter sa méfiance. Alors, elle s'efforça de donner à cette conversation un ton plus banal :

– Je ne l'ai pas connue. Mais je suis certaine qu'elle était très pieuse.

– Oui, durant de longues années, elle a veillé sur notre petite communauté et sur chacune de nos sœurs. Mais, dans le même temps, et avec la permission de Monseigneur l'évêque, elle n'a jamais cessé de se consacrer à sa passion.

– Quelle était donc ce passe-temps ?

– La généalogie. De tout le royaume, elle se faisait adresser des copies d'actes anciens, écrivait à des notaires, en recevait des réponses, échangeait une correspondance nombreuse avec les greffes des parlements. Elle était même en relation étroite avec des religieuses et des moines portugais et espagnols qui partageaient sa passion.

La sœur Gabrielle était intarissable, mais l'occupation de sa défunte tante ne semblait guère intéresser la marquise :

– Accepte que j'en revienne à ma question première : durant toutes ces années, pourquoi ne t'es-tu pas manifestée auprès de moi ? Même si ce n'était pas toi qui ouvrais chaque fois le portail, tu savais bien que je venais ici et tu me voyais passer, n'est-ce pas ?

– Je te l'ai dit, Françoise. Nos chemins s'étaient séparés depuis trop longtemps. Tu es toute-puissante et moi je ne suis rien. Et je n'étais pas certaine que tu te souviennes de moi ou que tu acceptes d'examiner ces souvenirs. Il y a si longtemps. De plus, tu le sais, nous n'apprenons pas, ici, à nous montrer curieuses. Les seules initiatives que nous pouvons prendre concernent la fabrication des sucres d'orge, que nous vendons au bénéfice des pauvres de la paroisse. Et je ne suis pas certaine que les autres sœurs et la supérieure apprécient que nous nous parlions ainsi.

Madame de Maintenon ne répondit pas. Ce n'était pas les craintes de la sœur Gabrielle qui la captivaient. En fait, elle était toute entière préoccupée par la poursuite de cet entretien, et elle redoutait que l'abbesse actuelle ne survienne et n'y mette un terme. Une question brûlait les lèvres de la marquise. Mais toute la difficulté résidait dans la manière de la poser, sans éveiller les soupçons de la Sœur Gabrielle. Il lui fallait, en fait, commencer par renouer les liens de l'enfance, apprivoiser la religieuse, s'en faire une compagne, une complice, endormir sa méfiance ou, plutôt, tenir cette défiance à la lisière de la conversation.

Alors, courant depuis les prés jusqu'aux vignes, cet entretien agréable se poursuivit un peu. La marquise voulait évoquer les ursulines, Niort et ses rues pentues, les eaux de la Sèvre qui, au printemps, noyaient les maisons bâties trop près de la berge. Elle pensa même rappeler à sœur Gabrielle de quelle manière, pour se venger d'une punition qui leur avait paru injuste, elles avaient toutes deux apporté une paire de rats, capturés dans la ville basse, pour les lâcher dans le jardin des ursulines. Mais elle pensa que tout cela lui demanderait trop de temps, lui mangerait ce capital précieux qui lui faisait justement défaut. Elle devait, au plus vite, dès que possible, maintenant, apprendre ce que savait la sœur

Gabrielle au sujet de la Moresse. La marquise souhaitait ardemment découvrir si feue l'abbesse avait parlé à sa nièce, si elle s'était confiée à elle, si elle avait laissé quelque cassette. À mesure que Madame de Maintenon cherchait la manière de lire dans les pensées les plus profondes de son ancienne amie, elle sentait croître en elle une certitude. L'abbesse aujourd'hui morte n'avait pu garder pour elle ce lourd secret. Puisqu'une religieuse de son sang s'était trouvée auprès d'elle, il était difficile de penser qu'elle n'avait pas cherché à soulager sa conscience.

Mais ce que, à cet instant, elle redoutait le plus se produisit. Une porte s'ouvrit. La sœur Gabrielle disparut aussitôt dans l'ombre. Un instant plus tard, la marquise pénétrait chez la supérieure, la mère Claire de Saint-Jacques, celle qui, depuis plusieurs années, remplaçait la tante de sœur Gabrielle, la bénédictine qui se trouvait là ce jour noir d'encre et de tempête, de vents gémissants et de pluies diluviennes, celle qui avait vu l'arrivée de la Moresse, en 1664.

12

La bonté de la reine de France

Madame de Maintenon ressortit de chez la supérieure assez rassérénée. La marquise s'y entendait pour interroger son monde sans qu'il y paraisse, et obtenir des réponses sans avoir eu l'air de poser des questions. L'abbesse des bénédictines de Moret savait, certes, que son couvent abritait une pensionnaire propre à susciter la curiosité, cette Moresse qui recevait la visite des plus grands personnages du royaume. Elle n'ignorait pas que, non seulement, tout ceci recevait l'assentiment du Roi-Soleil, mais était même mis en œuvre à sa demande.

L'ignorance, l'obéissance et, somme toute, un manque d'imagination criant : Madame de Maintenon songea que l'abbesse présentait toutes les qualités requises pour veiller sur le destin de la femme noire. La marquise n'avait pu savoir si la supérieure connaissait les doutes et les atermoiements de la Moresse. Mais, du moins, elle n'en avait pas fait état, et l'épouse cachée du roi avait préféré ne pas en parler. La conversation, donc, avait permis de mettre au point les derniers détails de la cérémonie prochaine, concernant la place, dans la chapelle du couvent, des membres de la famille royale.

Restée seule, la marquise choisit de demeurer quelques instants dans un recoin du cloître, à contempler les buis taillés. Pourquoi le monde n'était-il pas tout entier à l'image de ces arbustes, si drus, si massifs, si solides ? Et de quelle manière allait-elle, maintenant, persuader la Noire de s'unir à Dieu dans quelques jours ?

– Madame, je suis prête à prononcer mes vœux.

La marquise sursauta. Elle n'avait pas entendu venir la Moresse, qui ne lui laissa pas le temps de répondre et, sans crainte de se montrer insolente, poursuivit :

– Mais j'y mets une condition, et cette requête ne souffre aucun appel.

La femme à la peau sombre marqua une nouvelle pause, se plaça bien en face de l'épouse du roi de France et reprit :

– Aujourd'hui, je veux savoir qui je suis et pourquoi une dame telle que vous, pourquoi les princesses de la Maison des Bourbons viennent me rendre visite si souvent et font montre de tant d'amabilités à mon endroit.

Madame de Maintenon regarda tout autour d'elle, effarée. Elle était habile à manœuvrer dans l'ombre, à tisser des intrigues, à user de manipulations et de persuasion. Mais elle ne détestait rien tant que l'affrontement, la confrontation, surtout lorsqu'elle ne se trouvait pas à l'abri d'une chambre retirée.

– Parlez moins fort ! Vos compagnes pourraient nous entendre.

– Rassurez-vous, madame, à cette heure, elles se trouvent toutes dans la chapelle. Vous pouvez donc me répondre sans crainte d'être entendue, ni même vue en train de me parler. Voyez-vous, je sais que la reine Marie-

Thérèse a mis au monde une princesse au mois de novembre 1664. J'ai de bonnes raisons de penser que je suis cette enfant-là. Je ne puis croire que je suis la fille de bohémiens qui m'auraient abandonnée. Sinon, pourquoi donc la reine de France se serait-elle intéressée à moi ?

La marquise regarda la Moresse. Elle comprit que, face à tant de détermination, elle ne pouvait qu'accéder à la demande pressante qui lui était faite, presque un commandement. Ou, du moins, faire semblant.

– C'est bon. Je vais vous ouvrir mon cœur plus complètement que je ne l'ai fait jusque-là. Mais avant, il faut que vous sachiez que seule la générosité du roi et sa compassion expliquent votre présence en ce lieu. En commerçant avec vous, je ne fais qu'exécuter sa volonté.

Avant même la fin de ce petit discours, la voix de Madame de Maintenon s'était quelque peu altérée. Elle jugea qu'elle ne pourrait achever le récit qu'elle comptait faire si elle ne se ménageait pas par ailleurs : elle avait fière allure mais, en dedans, son corps criait bien souvent sa fatigue. Alors, elle désigna le banc de pierre placé face à la fontaine qui occupait le centre du cloître. De conserve, les deux femmes allèrent y prendre place. À la dérobée, la marquise scruta le visage de la Moresse, à l'expression toujours volontaire. Non, décidément, il n'y avait pas moyen de se dérober. Elle se résolut à reprendre :

– En effet, l'année 1664, la cour de France a été affectée par un événement qui a causé de vives douleurs au roi et à la reine son épouse. Au début du printemps de cette année-là, la reine Marie-Thérèse avait pu concevoir l'espérance de donner un nouvel enfant au roi. Mais sa maternité ne s'annonça pas sous les meilleurs auspices. Bien sûr, je n'étais pas moi-même encore arrivée à la Cour. Mais, depuis que le roi veut bien m'honorer de ses bontés, j'ai eu maintes fois l'occasion de recueillir les témoignages et les souvenirs de tous ceux qui, alors, furent les témoins de cette grossesse difficile. Pendant de longues semaines, la reine eut des chaleurs et des vapeurs. Ses jours étaient la proie de pensées sombres et ses nuits de cauchemars tout aussi effrayants. On dit même qu'en plusieurs occasions, la reine fit part au roi de son envie de faire des culbutes sur les tapis de son appartement. Elle entreprit de manger toutes sortes de mets extravagants. La délivrance de Sa Majesté vint avant le terme prévu par la nature. C'était le 16 novembre. L'accouchement eut lieu à onze heures et demie du matin, au château du Louvre, à Paris. Il y avait tant de monde dans la chambre de la reine que celle-ci faillit manquer d'air et crut étouffer. Selon moi, ce même air fit défaut au nouveau-né : une petite fille. Cette enfant n'était pas née pour vivre : au premier cri qu'elle poussa, d'une petite voix plaintive et geignarde, il était aisé de comprendre qu'elle était malade. Les jours suivants, les nourrices et les remueuses se succédèrent, les médecins se concertèrent. Mais rien n'y fit. Cette courte existence ne fut qu'une longue agonie. La fille du roi et de la reine rendit le dernier soupir peu après, le 26 décembre. Quelques jours plus tard, l'un des carrosses de Louis XIV prenait le chemin de l'abbaye de Saint-Denis. Sous les ors et les damas, déposé dans un couffin tendu de soie, un petit corps sans vie y était ballotté sous l'œil de serviteurs dévoués.

– Madame, je vous arrête. Ne suis-je pas, moi aussi, née ce jour-là ?

– Si, en effet. C'est même à cause de cela que la regrettée reine s'est prise pour vous d'une grande affection.

– Je ne vous comprends pas.

– On n'aurait pas dû vous mentir. En effet, vous n'êtes pas l'enfant trouvée que des bohémiens auraient abandonnée. Cette fable a été inventée pour atténuer votre peine, ainsi que vous allez le comprendre aisément dans un moment. Votre mère, mon enfant, est morte en couches, quelque temps après votre venue au monde ce même 26 décembre. La reine Marie-Thérèse y a vu un message du Ciel venant certes de lui ravir un enfant, mais lui offrant de prendre soin d'un nouveau-né totalement démuni. Sitôt connue la nouvelle de votre naissance, Sa Majesté a tenu à assurer votre subsistance et votre édification. La reine Marie-Thérèse a procédé à votre établissement en ce lieu, en puisant dans sa cassette personnelle. Elle a eu le temps, avant de périr de manière inopinée dix-neuf ans plus tard, de demander à maintes reprises au roi de veiller à votre avenir. Sa Majesté, en vous faisant chaque année verser une pension, ne fait que respecter le vœu de sa défunte épouse.

– Ah ! Madame, c'est la première fois que vous me parlez ainsi et que j'entends ce propos dont j'ignorais tout jusqu'à présent. Mais qui était donc ma mère ?

– C'était une personne à la peau brune, née dans l'une des nombreuses possessions africaines des rois d'Espagne. À la suite de plusieurs circonstances qui me sont inconnues, elle est arrivée à la cour de Madrid. Quoiqu'étant servante, elle a partagé les jeux de la future reine de France alors que celle-ci, encore infante, demeurait dans les palais royaux de son père, le roi d'Espagne Philippe IV. Bien plus tard, lorsqu'a été conclu le mariage qui devait l'unir à son cousin le roi de France, Marie-Thérèse obtint de venir de ce côté des Pyrénées avec plusieurs de ses serviteurs, ses chiens, ses tasses à chocolat, ses nains et ses bouffons.

Vous avez compris, mon enfant, que votre mère appartenait à l'entourage de la reine.

– Mais quel était son nom ?

– Cela, je ne le sais pas. Je vous le répète : je ne suis arrivée à la Cour que cinq années plus tard. J'étais, à cette époque, bien loin de penser que je m'y montrerai un jour... Au demeurant, ce nom n'a guère d'importance...

– Mais ma mère était-elle d'une ancienne famille ? Comment se nommait-elle ?

– Pour ce qui est de votre première question, je ne le crois pas. Quant à son nom, je le redis : je ne l'ai jamais connu.

– Et mon père ? Qui était-ce ?

– Madame, vous m'avez demandé de vous dire la vérité...

– Oui. Vous savez donc, aussi, qui est mon père, n'est-ce pas ?

– Je vous assure que je ne le sais pas. Sans doute l'un des domestiques qui faisait partie de la Maison de la défunte reine ? Oui, vous avez compris où je voulais en venir : vous êtes née, malheureuse enfant, hors des liens sacrés du mariage. Nul ne voulait vous le révéler, par égard pour votre pudeur et pour vous épargner d'éprouver une honte bien compréhensible. Mais vous m'y contraignez aujourd'hui. La fable de votre abandon sur une route, par des bohémiens épuisés par la misère, n'avait d'autre but que de vous préserver de ce fardeau si lourd à porter : vous n'êtes pas née d'une union bénie par notre Sainte Mère l'Église...

La Moresse sembla accablée. Elle demeura silencieuse, puis reprit la parole :

– Mais mon père est peut-être... il est sans doute encore en vie.

– Je ne le sais pas. Il n'est pas certain, après tout, qu'il s'agisse d'un membre de la domesticité de la regrettée reine.

À haute voix, et non sans délectation, Madame de Maintenon se plut alors à passer en revue différentes hypothèses. Le père de la Moresse pouvait, certes, être l'un des anciens valets de la reine, mais peut-être, un paysan, un artisan de Saint-Germain ou de Compiègne, de Vincennes, voire de Fontainebleau, venu installer une glace, peindre un lambris, réparer un parquet ou gâcher du plâtre...

– La Cour, à cette époque, aimait à vagabonder de palais en château. Et le roi n'avait pas encore fixé le siège de la monarchie à Versailles... De solides gaillards venaient, dans toutes ces demeures, se saisir des meubles, les chargeaient sur des charrettes, les déchargeaient ensuite...

Il était patent que cette énumération, cette accumulation de pères plaisait à la marquise, bien qu'elle n'en laissât rien paraître...

– D'ailleurs, tous ces questionnements, mon enfant, ne donnent que plus de mérite au geste de la reine, et cela doit vous inciter à louer sa bonté et sa miséricorde. Songez que la reine Marie-Thérèse n'ignorait rien de tout ceci, de tout ce désordre. Et, malgré cela, elle a tenu à vous ménager un avenir qui assure à la fois le salut de votre âme et votre bien-être : ici, vous ne manquez de rien. La reine ne s'est-elle pas ainsi montrée une grande princesse, très pieuse et très charitable ? Vous savez que le roi a pour moi mille bontés et m'honore de sa confiance. Il a bien voulu me choisir pour perpétuer le souhait de son épouse. C'est ainsi que, depuis plusieurs années, je vous rends visite et veille sur vous. Vous savez, maintenant, tout le secret de votre naissance. Par égard pour la mémoire de votre mère – une pauvre pécheresse à qui Dieu, j'en suis certaine, a ouvert les portes du Paradis –, vous comprendrez pourquoi je m'étais jusqu'à ce jour montrée discrète. Mais sans doute avez-vous eu raison de me pousser dans mes retranchements, mon enfant. Vous êtes en âge d'apprendre. Et, du reste, par une vie emplie de piété et de prières, vous pourrez, bientôt, remercier le Seigneur d'avoir eu pitié de vous et d'avoir placé la reine de France sur votre chemin. Et aussi, Lui demander de pardonner à votre mère et à votre père...

– Vous mentez !

Madame de Maintenon avait cru écarter l'orage. En grondant, celui-ci revenait vers elle...

– Que dites-vous, ma chère enfant ?

– Vous ne dites pas la vérité. Ou, plutôt, vous ne la dites qu'à demi.

– Je vous en prie. Reprenez-vous ! Vous êtes fatiguée...

– Non, madame, je vais très bien. Et, de la même manière, j'y vois fort clair dans votre jeu. Je veux bien croire que ma mère soit celle que vous dites. Voilà qui explique enfin pourquoi mon teint est si différent de celui de mes camarades et de celui des personnes qui peuplent le royaume de France, du moins si j'en juge à ce qui se dit. Voilà pourquoi j'appelle les regards, les rares fois où il m'est permis de m'éloigner des murs de ce couvent. Je suis, donc, une demi-Barbaresque, je suis prête à l'admettre et, ainsi, à accepter une partie de cet exposé...

– Ah ! Vous voyez : vous en venez à me croire...

– Je vous l'ai dit : je reçois la moitié de votre récit. Car pour ce qui est de mon père, je connais fort bien et son nom, et sa situation, et même son visage.

– Vous êtes donc de nouveau la proie et la victime de votre insolence ! Que dites-vous, mon enfant ? C'est impossible !

– Mon père est le roi de France. Je l'ai toujours su et toujours dit. Au contraire de vous, je n'ai jamais eu le bonheur d'aller à la Cour. Mais je ne suis pas ignorante des usages qui y sont respectés. Je ne puis ignorer que si je n'étais pas la fille du Roi-Soleil, je ne serais pas l'objet de sa sollicitude, quoi que vous en disiez. Le roi ne prendrait pas autant soin de moi si je n'étais pas de son sang ; il se contenterait de me faire verser la pension dont vous m'avez parlé. Mais il ne permettrait pas aux membres de sa famille de me rendre visite. Oubliez-vous que je reçois, en ce modeste couvent, la visite de princes et de princesses ?

– Madame, votre entendement s'égare.

– Non. Étudiez mon visage et regardez le profil qui orne cette pistole : ne voyez-vous pas, madame, que je possède les traits du roi ?

La marquise se releva soudain. Elle était toute rouge.

– Je ne puis, je ne veux pas en entendre davantage. Avec douleur, je m'aperçois que, loin de vous mener à la raison, la révélation de ce qui est la vérité ne fait qu'accroître le désordre de votre esprit. J'en suis bien chagrinée, mais je ne puis que le constater. Vous me peinez et je ne veux pas en entendre davantage. Adieu, madame.

Une odeur étrange, mélange de sucre et d'humidité, de salpêtre et de caramel, parvint jusqu'aux narines de la marquise et l'indisposa un peu. Cette senteur était à l'image de ce que l'épouse secrète du roi éprouvait dans ce couvent, visite après visite. Tantôt, la Moresse se montrait docile, tantôt, elle relevait la tête et se rebellait...

Sans la regarder davantage, elle gagna la porte du couvent à grandes enjambées, avec autant de dignité qu'il lui était possible. Durant toute cette conversation, elle avait manqué d'autorité et d'à-propos. Il fallait, au moins, qu'elle réussisse sa sortie. L'entêtement de Louise-Marie-Thérèse et la rage que la marquise concevait de cette obstination aiguisait son esprit. Qui donc avait pu placer de telles idées dans l'esprit de la femme à la peau noire, qui vivait en quasi recluse depuis sa naissance ? De quelle manière avait-elle pu acquérir une vision si juste du monde, une façon d'évaluer les discours qui lui étaient tenus et de les rejeter s'ils ne lui semblaient pas dignes d'être acceptés ?

Madame de Maintenon frémit. C'était Marguerite ou, plutôt, sœur Gabrielle de l'Eucharistie. Elle en était certaine : la nonne avait parlé à la Moresse. Elle s'était confiée à la postulante, forte des confidences que lui avait présentées sa tante, Élisabeth de la Visitation, l'ancienne abbesse de Moret, plusieurs années auparavant... Voilà qui expliquait l'assurance et l'effronterie de la Noire. La marquise enrageait. Depuis des années elle allait de succès en réussite, tant pour ce qui regardait sa propre personne que le royaume : non seulement elle avait réussi à se faire épouser par le roi mais, de surcroît, elle était le plus souvent parvenue à ce que celui-ci adopte les mesures qu'elle préconisait. Et voici qu'aujourd'hui, elle était jouée, trahie par une amie d'enfance... C'était intolérable.

La marquise donna un grand coup de pied dans le flanc d'un jeune chat, maigre, éthique, qui était venu lui demander à manger. Cet acte cruel ne put apaiser la colère de la dame. Seule la pensée que sœur Gabrielle de l'Eucharistie allait payer sa déloyauté réussit à lui apporter un peu de la paix nécessaire à la mise en œuvre de cette résolution nouvelle.

13

Le récit de l'officier des Cent-Suisses

Intendant des châteaux, des parcs, des domaines et des dépendances de Versailles, Alexandre Bontemps était, auprès du roi, un véritable secrétaire particulier. Premier valet de chambre, il était l'homme de confiance du monarque, possédait les passe-partout qui lui permettaient d'aller et venir dans les palais à sa guise. À Versailles, Bontemps pouvait aisément entrer et sortir du palais sans être vu, recevoir des visites tout aussi discrètes. Ici, à Fontainebleau, c'était encore plus facile. Le château était un véritable désordre, né de la juxtaposition de bâtiments qui dataient de Saint Louis, de François Ier ou d'Henri IV. Les appartements étaient somptueux mais mal distribués et les salons souvent mal éclairés. Les vestibules, nombreux, étaient aménagés dans l'ombre, sans logique. Pour se rendre d'un appartement à un autre, valets et courtisans étaient souvent contraints de passer par des corridors tortueux qui épousaient au mieux les irrégularités du palais.

C'était la première fois que l'officier des Cent-Suisses venait ici, à Fontainebleau. Intimidé, anxieux, il avait encore l'esprit empli des décors flamboyants mais obscurs, des fresques passées de mode aux arabesques flambantes qu'il avait contemplés avant de parvenir chez Bontemps

– Donc, vous en êtes certain... L'intrus, cet impie, cette canaille infâme, n'a pu descendre dans la crypte.

– Je m'en porte garant, mentit le militaire. Sur ce point, vous pouvez faire taire vos craintes. Les serrures n'ont été ni manœuvrées ni forcées.

– C'est bien. Je prends acte de votre déposition et de votre assurance.

Bontemps regarda le soldat qui réussit à ne pas rougir. Puis il reprit :

– Je ne comprends pas pourquoi vous ne m'avez pas averti de cette intrusion. Si je ne vous avais pas fait porter ce billet, hier soir, et si vous n'y aviez pas répondu en venant ici, je n'aurais rien su de cette tentative de profanation. Et pourtant, si je vous écoute, voici plusieurs semaines qu'elle a été commise.

– Je vous le répète. Certes, un homme est parvenu à entrer dans l'abbaye, une nuit. Je ne sais quelles étaient ses intentions. Mais il est certain que nos rondes, la présence des mâtins et la vigilance des moines ne lui ont pas permis de s'approcher du caveau.

– Ne vous montrez pas si insolent. Toutes ces précautions ne lui ont cependant pas interdit de pénétrer dans l'édifice.

Le soldat avait l'habitude de ne répondre qu'à ses supérieurs, mais il savait que le premier valet de chambre du roi avait de grands pouvoirs. Il pâlit :

– Je suis sûr qu'il n'a pu faire que quelques pas sous ces voûtes sacrées. Très vite, sa conscience lui a fait voir l'horreur de son geste. À peine a-t-il marché dans l'église qu'il s'est arrêté. Il a regardé tout autour de lui, a été frappé par la majesté des tombeaux, la lueur des cierges, la beauté des sculptures. Sitôt saisi de tremblements, il n'a eu de cesse de revenir en arrière et de s'éloigner à la hâte.

– Mais pas plus que cette fuite discrète, vous ne pouvez éclaircir les circonstances de son intrusion.

Le militaire ne pouvait pas répondre de manière directe à cette remarque. Il choisit un chemin de traverse :

– Je réponds, encore une fois, de tous mes hommes. Pour ce qui est des moines, je ne pourrais en dire autant. Ils se sont montrés dans le passé bien indignes de la confiance de Sa Majesté !

Adroite, concise et bienvenue, la remarque atteignit son but, car elle avait réveillé un souvenir récent et encore bien douloureux. Bontemps tressaillit. L'officier, aux abois l'instant précédent, venait de se tirer d'affaire : il savait que le premier valet de chambre était, entre tous, l'ennemi des désordres.

Bontemps avait été le premier averti, voici quelques mois, du scandale qui avait manqué éclater sous les voûtes gothiques de la basilique des rois. Deux des religieux chargés de veiller sur les tombeaux sacrés avaient choisi de renier leurs vœux de chasteté à l'entrée du potager où croissaient des asperges de Hollande. Derrière les potirons, ils avaient été surpris, le froc relevé par-dessus les genoux et le reste, en compagnie de l'un des moines mendiants que l'abbaye de Saint-Denis accueillait par vocation.

– Les scélérats, murmura Bontemps. Se livrer à de tels agissements de bêtes, à un pas de ces morts illustres...

– Oui. Pour sûr...

– Pourquoi le roi n'a-t-il pas permis qu'ils soient châtiés ?

Le soldat était certes un militaire, mais il n'était cependant pas sot. Il savait que l'avantage se trouvait maintenant dans son camp : tout autant que le roi son maître, le premier valet de chambre était l'ennemi de la débauche. Il était même – sur le chapitre du respect des bonnes mœurs – plus sévère, plus exigeant que le Roi-Soleil : ni le pardon, ni la magnanimité ne lui étaient permis.

La victoire, donc, s'offrait au soldat, à condition qu'il sache refréner son exaltation : il ne devait pas indisposer Bontemps. Il choisit de se taire : Bontemps était âgé. Terrassé par l'image des moines débauchés, il n'allait pas tarder à vouloir abréger cet entretien...

Le soupir du premier valet de chambre vint donner raison au militaire :

– C'est bon. Le roi ne saura rien de tout cela. Puisque les tombes n'ont pas été profanées, je ne lui parlerai pas de cette intrusion. Mais sachez que si vous ne m'avez pas dit la vérité, il en ira tout autrement...

Le militaire lut aisément la menace que recelait son propos. Il manqua s'emporter : par quel étrange caprice de la destinée devait-il, lui, un guerrier valeureux, rendre compte à un domestique, fût-il l'homme de confiance du roi de France et de Navarre ? Mais il réussit à dompter son ardeur et s'effaça.

Ivre d'une colère rentrée, le soldat fut mené par un jeune laquais dans le labyrinthe que formaient les appartements du château de Fontainebleau et leurs dégagements. Enfin, il parvint au rez-de-chaussée de la Cour des offices. De là, il gagna le poste de garde où plusieurs des soldats de son corps se trouvaient, ripaillaient et se querellaient. Auprès d'eux, le militaire allait pouvoir s'amuser un peu, avant de regagner Saint-Denis. Mais il n'allait pas boire, du moins pas trop : il craignait de parler, de raconter les désordres survenus dans l'abbaye. Et cela, Bontemps le lui avait défendu. Allons ! Un pichet de vin, un seul, ne pouvait lui faire perdre la raison au point d'oublier son devoir !

D'ordinaire, en cette saison, au début de la journée, une lumière chaude s'emparait des pierres blondes, des briques ocre et des ardoises de Fontainebleau. Elle les caressait doucement jusqu'à en faire surgir des ors, des pourpres et des violets qui incendiaient pendant longtemps la résidence royale, rehaussaient ses splendeurs. Ce jour-là, une fois de plus, les rayons d'un soleil décidément parent du roi trouvèrent de nouvelles forces peu avant midi. Ce jour allait être magnifique. Soudain, un lourd nuage apparut par-dessus les cimes de la forêt voisine. Il vint tout obscurcir tandis qu'un vent violent, semblable à celui d'un orage, s'ajoutait à ce spectacle triste et effrayant.

Le plus étrange fut que le même phénomène se produisit tout à la fois au-dessus de l'abbaye de Saint-Denis, de la petite cité de Moret et du palais du Louvre, à Paris. Quant aux paysans et autres forestiers qui habitaient au milieu des hautes futaies de Fontainebleau, ils se souvinrent pendant longtemps de la figure farouche qui, cette nuit-là, parcourut la forêt à la lueur d'une torche résineuse que chaque souffle de vent menaçait de souffler. C'était le Grand Veneur, sans doute, qui était occupé à chercher les chiens de sa meute, dispersés par cette tempête inattendue.

14

La vitre maléfique

Après une prière adressée à la Vierge, la supérieure demanda à sœur Gabrielle de la rejoindre dans son appartement. L'amie de Madame de Maintenon se rendit sans plaisir chez l'abbesse. Depuis qu'elle avait quitté la marquise, la sœur Gabrielle était tout entière occupée par la fureur qui croissait dans son cœur. Il y avait eu, autrefois, deux petites filles élevées par les ursulines de Niort. Pauvres l'une et l'autre, quasi abandonnées par leur famille, elles étaient toutes deux promises à un futur édifiant, à défaut d'être glorieux. Elles avaient alors paru accepter cet avenir de bon cœur. Mais la Providence en avait décidé autrement. Si l'une avait suivi le chemin qui s'annonçait à elle dès son plus jeune âge, l'autre avait mené une vie de liberté, puis était devenue une presque reine. Ces deux destins, la sœur Gabrielle les rejetait avec force, les haïssait. Elle se détestait elle-même et, plus encore, abhorrait la marquise.

L'intensité de cette haine, d'autant plus violente qu'elle venait de naître, ne pouvait se comparer qu'à celle des regrets éprouvés par la sœur Gabrielle. La vie n'était pas ce qu'elle avait vécu. Toutes ces années passées dans l'ombre, à se morfondre, à jeûner, à prier n'auraient pas dû être.

– Vous connaissez Madame de Maintenon ? lui demanda l'abbesse. Vous avez donc l'habitude de vous entretenir ici avec elle ?

Au prix d'un effort surhumain, sœur Gabrielle de l'Eucharistie parvint à répondre :

– Pas jusqu'à ce jour. Je savais que la marquise venait parfois ici, à Moret. Mais je ne l'avais pas rencontrée. C'est maintenant chose faite.

– Donc, d'emblée, vous vous moquez de moi, ma sœur... Oubliez-vous qui je suis et quels sont vos devoirs ?

– Ma mère, je ne comprends pas... Que voulez-vous dire ?

La supérieure redoutait depuis de longues années que la présence de la Moresse entre ces murs ne lui apporte un jour des tracas sans fin et sans nom. Aujourd'hui, sans doute, la catastrophe annoncée était occupée à lancer ses premières vagues à l'assaut du modeste couvent.

– Comment puis-je croire un seul instant, que vous n'aviez jamais causé avec Madame de Maintenon jusqu'à ce jour ? Ne croyez-vous pas que je sache ce qui se passe, ici, dans le couvent dont j'ai la charge ?

Le nom, elle avait répété le nom maudit de la marquise... Les flammes nées du désespoir – et surtout de la rage – commençaient à embraser l'âme de la sœur Gabrielle. Assez âgée, elle estimait en savoir suffisamment sur la vie pour ne pas hésiter à tenir tête à la supérieure. La voix plus dure, elle ne redouta pas de se montrer presque rebelle :

– Je connaissais certes Madame de Maintenon...

– Ah ! Vous voyez ! Ne vous souvenez-vous donc pas que le mensonge est un péché ?

– Pour la dernière fois, je vous le répète : certes, j'ai vécu jadis en compagnie de la marquise, lorsque nous étions toutes deux des enfants, et pensionnaires des ursulines. Je ne l'avais jamais revue : lors de ses visites précédentes, je m'étais toujours tenue à distance. Moi aussi, je connais la règle des bénédictines, ma mère... Dieu en est le témoin.

– Peu importe, en vérité. Que lui avez-vous dit, aujourd'hui ?

La sœur Gabrielle maudissait son destin, la marquise et la supérieure. Sa révolte éclata au grand jour :

– Ma mère, rentre-t-il dans les attributions de votre ministère de le savoir ?

– Vous êtes d'une insolence stupéfiante ! Je constate, une nouvelle fois, que vous fomentez ici une manière de rébellion. Monseigneur l'évêque le saura. Et ce n'est pas le souvenir de votre tante – l'ancienne abbesse de ce couvent – qui, cette fois, pourra vous garantir contre les dévastations suscitées par votre orgueil et votre insubordination.

Ces paroles décidèrent la sœur Gabrielle à laisser s'épancher complètement sa fureur, son mépris et sa détestation :

– Ma tante ! Vous n'êtes guère prudente d'en parler ! Ma parente, elle, se montrait digne de sa tâche, puisqu'elle ne mentait point !

– Mais vous vous égarez ! Que voulez-vous donc dire ?

– Vous avez parfaitement saisi mon propos : l'ancienne abbesse, elle, n'avait jamais proféré de contrevérités.

– Mais vous joignez l'irrespect à l'impudence ! Sortez !

L'abbesse se leva, mais elle ne sut faire face à la sœur et comprit qu'elle avait déjà perdu cette bataille.

– Je reste. Mais je ne conteste pas que mon propos est marqué par l'impatience. Mon indignation est à la mesure de votre rouerie et de votre couardise. Je sais tout. Vous n'êtes pas digne d'être la supérieure de ce couvent.

– Le Démon vous habite ! Arrière, malheureuse !

– Taisez-vous ! Je suis certaine que, pour plaire au roi et à Madame de Maintenon, sur leur ordre, vous n'avez jamais osé dire la vérité à notre compagne à la peau sombre, alors que vous connaissez, depuis toujours, le secret de sa naissance. Je suis sûre que la précédente abbesse, ma tante, vous avait exposé le mystère douloureux qui explique la présence en ce lieu de cette pauvre recluse.

La sœur Gabrielle eut un sourire affreux.

– Une recluse, dites-vous ? Non pas ! Elle s'apprête à s'unir à Dieu ! La plus grande liberté s'offre à elle. Dans un jour ou deux, au contraire, elle viendra au monde ! Elle naîtra !

– Plutôt, elle va s'enterrer vive ! Mais je vais lui parler, la dissuader de commettre une telle folie !

– C'est vous qui êtes insensée ! Le Diable est en vous !

– Vous avez peut-être raison. Au moins, de la sorte, un autre corps connaît le mien et le pénètre ! Ce n'est pas trop tôt !

Malheur ! Blasphème !

Stupéfaite, abasourdie, l'abbesse ouvrit la bouche. Mais elle ne put émettre aucun son. Alors, elle bondit vers le mur et s'empara du crucifix qui y était accroché. Enfin, la parole lui revint :

– Sortez, malheureuse ! Je vois que je suis impuissante à vous faire retrouver votre raison ! Vous êtes possédée !

– Tout au contraire ! Ma raison m'est revenue aujourd'hui toute pleine et entière !

L'exaltation de la sœur Gabrielle était telle que la supérieure eut peur et tenta dès lors de la calmer. Aussi changea-t-elle de ton :

– Je veux placer ces égarements effarants sur je ne sais quel trouble de l'âme. Demain, nous reparlerons de tout ceci. Je vous pardonnerai, vous ferez pénitence et, avec toutes nos sœurs, nous prierons pour la guérison de votre esprit.

– Demain, j'adresserai le même discours à Madame de Maintenon. Et, toutes deux, vous ferez bien de moi ce que vous voudrez ! À présent, tâchez de dormir, vieille chienne !

La guimpe de travers, sœur Gabrielle sortit de l'appartement de la supérieure. Soudain, celle-ci se retrouva seule. La pièce était silencieuse. Le couvent aussi. Tout au plus, dans le lointain, l'abbesse entendait le bruit des casseroles qui s'entrechoquaient dans l'office. Les nonnes travaillaient à la fabrication des sucres d'orge en forme de cœurs dorés. Tout était paisible. La sœur Gabrielle de l'Eucharistie n'était jamais venue. La supérieure des bénédictines de Moret ne s'était pas entretenue avec elle. Et la sœur Gabrielle, bien entendu, n'avait pas proféré ces paroles qui, pourtant, faisaient encore trembler la mère Claire de Saint-Jacques.

La supérieure n'avait reçu aucune visite. Pourquoi donc cette illusion s'était-elle emparée de son esprit ? À cause, sans doute, de la perspective toute proche qu'offrait la cérémonie qui verrait la Moresse prononcer ses vœux. Dans l'ombre, un cortège de mystères avait assailli son âme, ces secrets et ces paroles interdites qui accompagnaient la Noire depuis son arrivée dans le couvent. Les apparitions du Grand Veneur dont les battues se faisaient plus nombreuses depuis plusieurs jours – depuis que la Cour résidait à Fontainebleau – avaient concouru à dessiner ce paysage troublant... Mais comment avait-elle pu imaginer que la sœur Gabrielle s'en prenait ainsi à elle ? La supérieure perdait donc la raison ? Peut-être. Et le motif en était fort simple : Claire de Saint-Jacques n'avait pas l'âme assez bien trempée pour conserver longtemps, pour elle seule, le lourd secret dont elle était la dépositaire.

La religieuse songea à prier pour demander à Dieu de l'aider à chasser les pensées qui, de manière de plus en plus fréquente, prenaient possession de son esprit. Elle se leva et s'approcha de la fenêtre : elle savait qu'à la lumière des lanternes, la contemplation du cloître étroit, de sa fontaine et de ses buis la réconforterait et achèverait de la persuader que la sœur Gabrielle n'était jamais venue la voir.

Il était tard... Les odeurs de sucre chaud s'immisçaient sous la porte. La petite communauté était encore au travail. Oui. Il lui fallait recouvrer son calme. Un jour viendrait où la Moresse, cette malheureuse, ne lui serait plus un souci. Madame de Maintenon, Bontemps, le roi sauraient quoi faire... La supérieure écarta le rideau épais qui, à la mauvaise saison, garantissait sa chambre contre les courants d'air humides venus des rives du Loing, tout proche. Elle s'approcha, caressa du regard un chapiteau de pierre ciselée. Soudain, parut sœur Gabrielle. La nonne, qui lui tournait le dos, marchait droit vers le fond du cloître. Puis, elle fit volte-face, redressa la tête et adressa une grimace affreuse à la supérieure.

L'abbesse fit un bond en arrière. À sa grande stupeur, la sœur Gabrielle de l'Eucharistie en fit autant. Le visage de la bénédictine prise de folie s'agrandit subitement, jusqu'à gonfler comme une vessie boursouflée et atteindre la taille d'une tête de bœuf ; ses yeux, son nez grossirent et, depuis le cloître paisible, traversant l'espace, s'approchèrent au plus près de la supérieure. Quant au corps de la Sœur Gabrielle, il s'enfla lui aussi et parut vouloir entrer dans l'appartement de la mère Claire de Saint-Jacques, tout en demeurant lui aussi dans la petite cour ombragée.

La peur fit monter une nausée jusqu'aux lèvres de l'abbesse. Le diable et ses maléfices étaient dans le couvent ! Elle s'attendait à ce que, d'un instant à l'autre, sœur Gabrielle la rejoigne et la batte, puisqu'elle se trouvait tout à la fois dans le cloître et dans son appartement. Folle de peur, incapable d'affronter le démon, la supérieure alla s'allonger puis ferma les yeux et attendit que la religieuse possédée fonde sur elle par-delà l'espace, que les puissances infernales lui donnent la mort. Et, en un instant, la supérieure promise au supplice revit sa vie passée. Elle songea à son arrivée au couvent de Moret, entendit, comme si cette scène s'était déroulée la veille, les mises en garde de Madame de Maintenon et du premier valet de chambre du roi. Tout ceci avait suscité la colère de Dieu qui s'était détourné du couvent et laissait donc le Diable s'emparer de Moret...

Mais le coup de grâce attendu tardait à venir. La mère Claire de Saint-Jacques se releva. Elle était seule dans la chambre. Le cœur battant, la jambe qui tremblait, ne comprenant pas pourquoi une mort acceptée tardait à s'emparer d'elle, la supérieure marcha jusqu'à la fenêtre. Parce qu'elle était résignée, elle regarda cette fois sans crainte dans le cloître. La sœur Gabrielle ne s'y trouvait plus. Qu'était-ce à dire ? La nonne ne savait plus que penser.

Un oiseau, que ce sortilège n'effrayait pas se posa alors sur l'herbe. L'innocent sautilla et piqua le sol de son bec. Lorsqu'il releva la tête, la supérieure vit qu'il tenait un vers qui se tordait dans tous les sens. Cette scène, mille fois contemplée, acheva de rassurer l'abbesse Claire de Saint-Jacques. Soudain, le vermisseau se mut en un serpent écailleux. Alors, la supérieure comprit.

C'était cette vitre, ce verre irrégulier qui était la cause de ses visions, de ces images de folie. Des bulles, des imperfections, des grains de silice qui n'avaient pas su se fondre dans le four du verrier déformaient les êtres vus au travers de cette fenêtre, transformaient un ver en reptile, une mouche en dragon.

– Certes, murmura Claire de Saint-Jacques. Mais ce n'est pas cette fenêtre qui a fait de la sœur Gabrielle une démone. Cette nonne était bel et bien possédée par le Diable.

Oui, les propos de la bénédictine rebellée risquaient fort de précipiter le couvent de Moret et toute la petite communauté dans un gouffre. Mais pourquoi donc l'Éternel laissait-il son ennemi s'emparer de l'une de ses brebis égarées, chez ces religieuses qui lui étaient dévouées ? Pourquoi n'armait-il pas un bras pour mettre la sœur Gabrielle hors d'état de nuire, de célébrer les mérites de l'Ange déchu ?

La supérieure se demanda que faire. Elle était si désemparée et si lâche qu'elle décida de passer la nuit prochaine à prier et à réfléchir. Dieu, sans doute, l'éclairerait. Il serait toujours temps d'aviser, demain.

15

Le prince aux jambes contrefaites

Selon ce qui se disait à la Cour, le duc du Maine – l'aîné des enfants que Madame de Montespan avait donnés au roi – considérait Madame de Maintenon comme sa mère, et ce sentiment trouvait un écho dans le cœur de la marquise. Jadis, Madame de Montespan avait maintes fois voulu que son fils, alors petit enfant, contribue à composer le décor somptueux où elle aimait vivre. C'était au temps où Louis XIV lui accordait toutes ses faveurs. Du matin au soir, le petit duc du Maine devait donc faire sa cour à sa mère et au monarque. Il était contraint de se laisser habiller et pomponner sans cesse, de boire du champagne, de manger des mets trop épicés, de veiller tard pour assister aux concerts et aux fêtes. Tout ce temps, Madame de Maintenon, sa gouvernante, n'avait eu de cesse de protester, de protéger l'enfant dont elle avait la charge, d'essayer de le soustraire aux caprices d'une mère insensible. Grâce à ses soins, le duc du Maine, son « mignon », avait survécu. Par-delà l'enfance, l'attachement éprouvé par la marquise à l'endroit de l'enfant illégitime du roi avait perduré. Et, à mesure que celui-ci avait grandi, elle avait vu son cœur concevoir les doux sentiments maternels qu'elle avait cru ne jamais pouvoir connaître.

Tout ceci, le duc le savait. Mais peu lui importait. Le roi de France, son père, pensait qu'il était un lâche. Cela, le duc du Maine ne pouvait l'endurer. Il lui fallait, coûte que coûte, reconquérir l'estime et la confiance de Louis XIV. Le bâtard était, pour cela, prêt à tout.

Et, pourtant, il ne parvenait pas à se mentir à lui-même : Namur, prise par les armées du Roi-Soleil quelques années auparavant, avait été perdue par sa faute durant le dernier été. Les hennissements des chevaux éviscérés, l'odeur pénétrante de la poudre, le son terrifiant du canon et le vent des boulets, les uniformes tachés de sang des blessés portés à l'arrière des lignes par leurs camarades, tous ces cris, ces lamentations et ces hurlements étaient venus aisément à bout de son courage. Au plus fort de la bataille, le duc du Maine s'était tapi dans sa tente, en compagnie du prêtre à qui il avait décidé de confier ses pensées. Tout à la fois pour tâcher de retrouver courage mais aussi pour confier son âme à Dieu dans le cas où il aurait péri. Des coliques, le spasme de ses jambes maigres et torses, les lèvres qui avaient commencé à trembler sans raison : autant d'éléments qui l'avaient incité à demeurer là, à ne pas répondre aux ordres de Villeroi, à se terrer derrière ces fragiles murs de toiles.

Depuis qu'il était revenu à Versailles, le duc ne voyait que des visages changés. C'était l'ironie des autres, ceux qui n'étaient pas des bâtards, les Condé, les Conti, les Orléans, tous des Bourbons qui s'étaient couverts de gloire. C'était les regards, autant de questionnements de son propre frère, le comte de Toulouse. Surtout, c'était le roi son père qui n'avait rien dit, rien laissé paraître du mépris, du mécontentement abyssal et de la fureur que lui avait causé la conduite du duc du Maine.

Il fallait, maintenant, reconquérir l'estime et l'amour de Louis XIV. Non. C'était impossible. Le duc savait qu'il détestait les champs de bataille et ne pourrait jamais s'y montrer brave. Que faire, alors ? Il y avait beaucoup réfléchi. Il devait abaisser un autre que lui. Ou bien donner en pâture au roi un autre sujet d'irritation. Permettre à Louis XIV de connaître d'autres tracas, si grands et si obsédants qu'il ne se soucierait plus de la couardise de son fils bâtard, oublierait peu à peu cette veulerie.

Pour cela, le duc du Maine devait faire porter au plus vite un message à une carmélite qui demeurait à Paris, dans un établissement de la rue Saint-Antoine. Il ne saurait s'y rendre, sous peine d'être reconnu et de devoir expliquer sa présence en ce lieu. Mais il pensait qu'une lettre suffirait peut-être. La destinataire ne pourrait se soustraire à ses obligations, et il connaîtrait la vérité, longtemps devinée mais jamais vérifiée.

L'homme se leva. Ses jambes malingres ployèrent sous sa personne et manquèrent refuser de le porter. Il lança le bras en avant pour retrouver son équilibre. Il y réussit, mais il jugea que c'était là un bien mauvais départ.

16

Le cimetière des templiers

Longtemps, l'homme avait hésité. Devait-il renoncer à revenir chez les bénédictines de Moret ? Peut-être. Son absence allait sans doute exacerber la passion naissante qui, il le savait, était occupée à grandir dans le cœur de la Moresse. Et, en se tenant à l'écart, il laissait croître et s'éclore les interrogations qu'il avait semées dans le cœur de cette femme. La nuit, le jour, à la messe et au réfectoire, la femme songeait aux révélations que lui avaient faites Madame de Maintenon. Car l'homme n'en doutait pas : la postulante avait interrogé la marquise. De sa bouche, elle avait appris qu'elle était d'une race illustre et, depuis ce moment, elle réévaluait sa vie passée et future à la lumière de ces révélations fabuleuses. Elle songeait à ce qu'elle allait dire à la supérieure. Mais elle ne parvenait pas à arrêter la conduite à tenir. Alors, elle serait contrainte de recueillir l'avis de l'homme qui lui rendait visite depuis quelques jours et qui était, en fait, son seul interlocuteur véritable.

Mais il songeait aussi que, peut-être, il ne s'était pas montré assez persuasif. Sa voix, ses paroles n'avaient pas su s'adresser à la raison de la Moresse, qui allait choisir de tourner à jamais le dos à son passé et à la vérité. La Noire allait renoncer à s'élever contre la volonté du roi et de la marquise de Maintenon. Si elle prononçait ses vœux, elle demeurerait à jamais entre les murs de l'humble couvent de Moret.

– Non ! Cela ne se peut ! s'écria l'homme.

Il lui était impossible d'envisager ce sombre tableau. Il devait retourner chez les bénédictines.

Comme à l'accoutumée, un chariot semblable à mille autres, puis un sentier détourné lui permirent d'approcher des murailles de Moret et de la maison en ruine de la Croix rouge. Dans le caveau où commençait le long souterrain qui menait jusque chez les religieuses, l'homme avait eu la prudence, au fil des jours, de constituer une provision de torches. Mais la lumière que dispensait les flambeaux était presque inutile : il avait tant de fois suivi ce trajet qu'il aurait pu marcher dans l'obscurité, même là où les siècles et les pluies avaient déchaussé des pierres qui obstruaient désormais en partie le couloir.

En revanche, sans lumière, l'homme n'aurait pu contempler, comme il aimait à le faire, les inscriptions, gravées sur le roc enfoui dans la terre que la galerie mettait en partie à nu et contournait. Il n'était pas assez savant pour pouvoir déchiffrer ces lettres aux formes anciennes, ces écussons, ces dessins mangés par la mousse. Mais, chaque fois qu'il passait devant cette étrange pierre enterrée, il ne manquait pas de la caresser du doigt. Il lui semblait, en agissant ainsi, qu'il puisait dans le roc un peu de la force cachée des anciens templiers, qu'il ressourçait son courage dans l'intrépidité et la bravoure dont avaient autrefois témoigné les moines-soldats.

Parvenu auprès de la roche tatouée, l'homme effleura le message venu du Moyen Âge. Sans doute la torche était-elle dotée d'une plus grande vigueur que les précédentes : cette fois, sa lumière ne laissa pas dans l'ombre la paroi du couloir qui, à cet endroit s'élargissait. Tracées dans la pierre, de grandes croix étaient alignées. Des tombes... C'était sans doute une nécropole jadis aménagée par les templiers pour enterrer les leurs hors des cimetières paroissiaux. Peut-être, même, ces sépultures avaient-elles été aménagées après la confiscation des biens de l'ordre par Philippe IV le Bel, afin de soustraire à la colère du monarque les dépouilles et les dernières richesses des moines-soldats parvenus à lui échapper...

Les odeurs de terre mouillée et de racines mortes, ces senteurs d'air vicié et ce souffle aigre n'incommodaient pas l'homme. Et les sépultures étaient loin de l'impressionner. Même, il lui semblait que les cendres des templiers accroissaient ses forces. Il respectait ces dépouilles, les admirait et ne pouvait, ne devait donc pas les craindre. Il souhaitait tant parvenir à ses fins qu'il était certain de ne pas être en danger.

Surtout, il savait que, sous ces pierres tombales, seuls demeuraient des ossements blanchis, des poussières qui n'avaient rien d'effrayant, et qui n'étaient pas de nature à bouleverser son esprit. Ce cimetière oublié, paisible, pensait-il, était bien différent des sépultures rassemblées dans la basilique de Saint-Denis. Ici, sous cette voûte faite de moellons grossiers, si l'homme avait à nouveau creusé de ses mains la terre qui l'avait étée voici plusieurs siècles, aucun spectacle stupéfiant ne se serait présenté à lui.

En revanche, il en allait bien autrement dans la somptueuse nécropole des rois de France. Et l'homme ne put s'empêcher de songer au spectacle incroyable qui, il y a quelques mois, s'était offert à lui, là-bas, à Saint-Denis... À cette pensée, son esprit s'emballa de nouveau. Il fut obligé de s'arrêter, de dompter sa peur. Non. Il ne devait plus jamais songer à Saint-Denis. Tout au moins, quand il comprendrait que le souvenir de ce qu'il avait vu dans l'abbaye s'imposait à lui, il devrait s'efforcer d'appeler d'autres pensées... Plus jamais Saint-Denis...

17

Le tableau de la souveraine

Le garçon bleu[1], un jeune rouquin, était partagé entre la satisfaction et la crainte. La certitude d'apporter un renseignement de prix à son maître, Alexandre Bontemps, suscitait en son esprit le premier sentiment ; les questions du vieil homme étaient trop pressantes, sa curiosité trop apparente pour qu'il en allât autrement. Une même exaltation effrayait le petit serviteur : il redoutait d'avoir mis la main dans une affaire qui le dépassait, et regrettait presque d'être venu se confier au premier valet du roi.

Ce balancement des idées, cette incertitude quant à son avenir étaient aisées à percevoir : le garçon bleu se dandinait, s'appuyait tantôt sur un pied, tantôt sur l'autre, mettait la main dans sa poche avant de la ressortir aussitôt, en tremblant un peu. Pourtant, à y bien réfléchir, le valet roux ne devait concevoir aucun regret : il avait pour mission d'espionner pour le compte de Bontemps, et donc

(1) Domestique ainsi nommé en raison de la couleur de son habit.

pour celui du roi depuis son arrivée à la Cour. Il n'avait pas le choix de ses actes.

– En es-tu certain ?

– Monsieur, je me tenais là-bas, et j'ai tout entendu, même si, lui, il n'a d'abord pas fait attention à moi. Du reste, il paraît bien que, d'après ce que disent mes camarades, l'homme avait déjà tenté, et à plusieurs reprises, de pénétrer dans l'appartement de feue la souveraine. Bien entendu, il n'y était jusqu'à présent jamais parvenu. Sans doute connaît-il assez bien le château et les usages en vigueur à la Cour. Lorsqu'il a appris, lors du dernier appartement[1], que le roi faisait ouvrir, pour que les courtisans puissent circuler plus commodément, les salons autrefois dévolus à l'usage de la reine Marie-Thérèse, il s'est empressé d'accourir.

Bontemps était soucieux. Il interrogea :

– Ne l'avais-tu donc jamais vu ici ?

– Je ne puis le dire, monsieur. Je vous le répète : je n'ai toujours pas pu le rencontrer. Je ne fais que rapporter les propos de ceux de mes camarades qui l'ont approché.

– Mais comment a-t-il pu passer devant les gardes sans que ceux-ci l'arrêtent, selon toi ?

– Il se sera maquillé, monsieur. Les comédiens du Pont-Neuf, à Paris, qui ont la peau aussi rose que vous et moi, savent se grimer. Je les ai vus faire. Ils enduisent leur figure de je ne sais quelle mixture et, ainsi, se font passer pour des Africains. Pourquoi le contraire ne serait-il pas possible ?

Bontemps réfléchit.

---

(1) Nom donné aux réceptions organisées dans les palais royaux.

– Tu as peut-être raison. Lorsque l'homme les a interrogés, qu'est-ce que les valets lui ont répondu ?

– Mais la vérité, monsieur. Aucun d'entre eux n'avait jamais entendu parler de ce tableau, ni ne se souvenait d'avoir vu cette peinture, que ce soit ici ou à Versailles. Et pourtant, je connais plusieurs de mes compagnons qui auraient aimé satisfaire la curiosité de l'homme.

– Pourquoi donc ? demanda Bontemps.

Il était étonné par cette remarque et le sourire qui venait d'apparaître sur le visage du garçon bleu.

– Parce que, monsieur, ce gentilhomme a déclaré qu'il était prêt à donner un louis à celui qui serait capable, de mémoire, de lui procurer un dessin ou une esquisse de ce tableau.

Le premier valet de chambre s'emporta :

– Mais que voulait-il donc de plus, puisque les domestiques venaient de lui dire qu'une telle œuvre ne s'était jamais trouvée dans l'appartement de feue la reine !

Bontemps tapa du pied sur le parquet. Compte tenu de son âge avancé et de sa constitution à présent chétive, cela n'en impressionna que plus le jeune valet.

– Mais pourquoi n'est-on pas venu me chercher sur-le-champ ?

Le garçon bleu devint très pâle. Il balbutia :

– Monsieur, vous n'aviez pas donné d'ordre qui allât dans ce sens. Mes camarades ne savaient pas... Ils se sont amusés, je crois, de l'insistance de cette personne. Celui-ci les a peut-être distraits et même intrigués. Mais, jamais ils n'auraient supposé qu'il puisse tant susciter votre intérêt.

Alexandre Bontemps considéra le valet. Celui-ci était donc bien insolent ! En un autre temps, les remarques de ce rouquin futé auraient provoqué sa colère. Mais, ce jour-là, le confident de Louis XIV se laissa aller à admirer la pertinence de ce propos. En fait, songeait Bontemps, mieux valait être servi par un tel domestique que par un benêt.

– C'est bien. Mais tâche d'obtenir un portrait fidèle de la part des serviteurs présents ce jour-là dans les appartements. Je veux que, désormais, chacun d'entre vous se tienne sur ses gardes. À la minute où cet homme franchira de nouveau les grilles des jardins ou les portes du château, j'entends, j'exige d'en être averti sur-le-champ. Me comprends-tu ?

Le garçon bleu s'inclina. Bontemps lui fit signe de sortir.

Demeuré seul, le premier valet de chambre laissa son esprit s'abîmer dans un questionnement qui ne le laissa pas en paix de toute la nuit suivante. Devait-il ou non prévenir Louis XIV ? Devait-il ou non dire au monarque qu'un inconnu tentait de percer l'un des secrets les mieux gardés de la famille royale ? Ou bien révéler au roi qui avait osé revenir auprès des Bourbons, bravant ainsi les ordres de Sa Majesté ? Bontemps ne savait pas. Une telle confidence l'aurait conduit à reconnaître que le système de renseignements qu'il avait mis en place, voici de nombreuses années, n'était guère efficace. Mais, si l'on était seulement en la présence d'un demi-fou, d'une coïncidence extraordinaire, c'était aussi prendre le risque d'alarmer le roi inutilement. Louis XIV avait, aujourd'hui, fort à faire avec des soucis véritables : la guerre qui s'éternisait, le duc du Maine, son fils bâtard qui se couvrait de honte, des maux de dents qui, plus que jamais, le faisaient souffrir, les menées secrètes de Madame de Maintenon, qui savait au mieux tirer parti de son état d'épouse cachée pour influencer le roi, contrer les désirs de ses ennemis...

Du reste, si l'homme trop curieux avait poursuivi ses recherches et rencontré quelque succès, qu'aurait-il donc pu découvrir de compromettant ? De nombreuses années auparavant, Bontemps avait pris toutes les précautions nécessaires... Du moins, c'est ce qu'il pensait sincèrement.

Et, soudain, un temps révolu revint à la surface de sa mémoire plus imprécise chaque jour... Bontemps se trouva porté plus de trente ans en arrière : un passé pénible à évoquer.

Il était alors dans la force de l'âge. Ce jour de décembre 1664, il avait dû, en hâte et en secret, vite, plus vite encore, exécuter les volontés du roi et, même, les deviner et les devancer. Avec diligence, il s'était emparé des langes et des linges et les avait brûlés. Ensuite, il était allé trouver les domestiques et, la plupart avaient signifié leur congé. Il avait alors puisé largement dans la cassette que le roi mettait depuis toujours à sa disposition. Avec de pleines poignées de louis, il était parvenu à acheter les silences, à réduire les scrupules. Ceux des domestiques qui avaient manifesté des réticences avaient été renvoyés de la Cour, très loin, en province. Certains étaient morts depuis, Bontemps le savait bien. Au total, bien peu des valets et des servantes présents au palais du Louvre en cette fin d'année 1664 étaient encore de ce monde.

Quant au tableau, Bontemps savait que le solliciteur mystérieux ne pourrait jamais le contempler. Sans même prendre la peine de demander de l'aide à l'un des laquais qui se trouvaient sous ses ordres, sans même se faire accompagner d'un soldat, le premier valet de chambre s'était, une nuit, rendu dans une suite de petites pièces qui, à Fontainebleau, doublait, dans les entresols, le grand appartement de la reine Marie-Thérèse. Il avait décroché le tableau et l'avait emporté. La toile se trouvait aujourd'hui enveloppée dans un drap, et cachée dans son propre appartement.

Dès demain, Bontemps ferait porter la peinture dans la maison qu'il louait, tout près du palais. Cela valait mieux. Néanmoins le premier valet de chambre était inquiet. Depuis maintenant douze années la reine Marie-Thérèse était morte, douze ans que la petite salle où se trouvait jadis l'œuvre d'art était demeurée fermée. Cette pièce n'avait vu personne, hormis quelques serviteurs chargés d'y faire le ménage et quelques princesses de la famille royale, logées là à la demande du roi, au gré des séjours que la Cour effectuait chaque automne à Fontainebleau... Qui d'autre que l'ancien serviteur de la reine de France pouvait se souvenir de cette peinture ?

La nuit venue, ces questions empêchèrent le premier valet de chambre de dormir...

18

Le corps de la nonne

Comme il avait l'habitude de le faire, il frappa contre le mur qui, dans l'âtre, masquait l'arrivée de la galerie souterraine. Il n'obtint pas de réponse mais renonça à cogner de nouveau : il risquait d'alerter tout le couvent car les pensionnaires venaient à peine de se lever. Louise-Marie-Thérèse avait dû quitter son appartement pour aller prier ou s'entretenir avec la supérieure. Sans plus attendre, l'homme décida donc de sortir du souterrain. Il attendrait la Noire dans sa chambre. Avec précaution, il fit pivoter le pan de muraille.

Il s'attendait à ce que la lumière du jour lui fasse mal aux yeux. Mais il n'en fut rien, car l'aube n'était pas encore levée, et il ne faisait guère plus clair dans la pièce que dans le tunnel qu'il venait de quitter. L'homme referma la trappe. Il fit un pas, un autre...

Un corps, là, devant lui... La peur lui arracha un cri bref, tandis qu'un souffle glacé courait sur sa peau. Puis, très vite, le désir, la curiosité chassèrent cet accès de terreur. Déjà, il se reprochait sa couardise. Et, parce que son désir ne demandait qu'à surgir, il se demanda aussitôt si cette bouffée d'effroi n'allait pas lui faire perdre des forces maintenant plus que jamais nécessaires : la Moresse était allongée. À demi nue, elle l'attendait, couchée.

Deux longues jambes à moitié repliées, tendues de part et d'autre d'un corps offert ; les draps avaient été savamment jetés sur son corps pour le vêtir sans le cacher. Les senteurs de fleurs séchées qui flottaient dans la pièce achevèrent d'attiser le désir de l'homme. Celui-ci exultait : la Moresse s'était rangée à ses avis les plus hardis. Elle avait demandé à Madame de Maintenon quel était le secret de sa naissance. À présent, elle pensait qu'elle était une princesse et avait donc décidé qu'elle ne prononcerait pas ses vœux. Puisqu'elle était désormais instruite des droits auxquels elle pouvait prétendre, elle avait l'assurance de recevoir les richesses et les honneurs les plus grands. La Moresse l'attendait, afin de fêter le début de sa nouvelle vie. Elle voulait remercier son bienfaiteur et, aussi, commencer à goûter à des plaisirs inconnus.

Dans l'ombre, il s'approcha. Il marcha vers la femme, devina un sourire, posa la main sur un pied et le caressa avant d'avancer ses lèvres. Il songea que la Moresse n'avait guère l'habitude de se livrer à des étreintes. Il choisit donc d'ôter lui-même ses vêtements, de sa main libre. Son désir était grand, et il ne tarda pas à être nu.

Après le pied, le mollet, la cuisse : les doigts de l'homme prenaient leur temps. La pensionnaire des bénédictines respirait avec force. Celui qui allait l'aimer, lui, retenait son souffle. Il savourait les premiers instants d'un voyage qui les mènerait très loin. Mais, sitôt l'ancre levée, le navire qui devait le porter avec la Moresse jusqu'à une terre de félicité parfaite sombra corps et bien.

Cette peau... Cette texture grenue, ces rides que la main devinait dans l'ombre, ces plis rugueux... C'était donc là le secret de la Noire, le mystère qu'elle cachait sous ses voiles et qui la rendait si soucieuse, à ce point peu assurée... L'homme voulut passer outre, repousser au loin le dégoût qui, dans son cœur, venait de chasser la convoitise. Sa main se fit plus pressante. Elle rencontra une chair molle et flasque. Ses doigts se firent plus insistants, plus curieux. Quelle était cette peau sèche ? Un souffle de vent se décida à venir chasser les ultimes illusions de l'homme. Il écarta le rideau. Un pâle rayon de soleil pénétra dans la pièce. Ce visage, ce corps, ces formes molles... C'était une femme inconnue, vieille et laide, la chevelure tondue.

Il se jeta en arrière. D'un mouvement désespéré, la nonne écarta un peu plus les cuisses. Cette offrande vouée à l'échec, cette posture grotesque, ce geste pathétique, mûri durant de longues années, était surtout effrayant. Un grand sursaut arracha à l'homme un cri rauque. L'écœurement et l'effroi l'avaient pétrifié. Le souffle coupé par la terreur, il ne songeait pas même à s'enfuir. La manière de torture qui lui était infligée semblait ne pas devoir cesser. Mais l'enchantement maléfique s'interrompit enfin lorsque la femme ramena sur elle des draps qu'elle n'aurait jamais dû rejeter.

– Qui êtes-vous ? demanda une voix haletante, geignarde, désespérée, dont l'homme eut bien du mal à comprendre qu'elle était la sienne.

– Tu ne me connais pas. Mais moi, je sais tout de toi. Voici des jours et des semaines que je te regarde, que je te contemple, que je t'admire. Comment as-tu pu espérer pénétrer dans cet enclos sacré sans être vu ? Je guette chacune de tes arrivées. J'épie et j'écoute les conversations que tu as, ici, dans cet appartement...

L'homme voulait mettre un nom, au plus vite, sur le visage ridé qui lui parlait, ce corps qui roulait sur le lit de la Moresse et menaçait à chaque instant de se dévoiler à nouveau.

– Mais qui êtes-vous ?

– Autrefois, je m'appelais Marguerite. Ici, je suis sœur Gabrielle de l'Eucharistie. Sers-toi du nom qui te plaît le plus. Je puis, si tu le désires, en revêtir un nouveau, un troisième, pour t'être agréable, pour que tes sens en soient charmés.

– Que souhaitez-vous ?

– Je te veux, toi. Pourquoi me serais-je dénudée ainsi ? Pourquoi me serais-je glissée dans cette chambre qui n'est pas la mienne ? Il y a peu, je me suis perdue aux yeux de l'abbesse de ce couvent. Mais cela m'est égal, pourvu que je te connaisse enfin !

– Et la femme qui était ici, qu'est-elle devenue ? Où se trouve-t-elle ?

– Laisse-la donc en paix. Elle est occupée à accepter sa destinée.

– Que voulez-vous dire ?

– Tu m'ennuies, avec toutes tes questions. Mais puisque tu insistes, je vais te répondre : la personne à laquelle tu t'intéresses a présenté une requête à la supérieure. Elle a obtenu de quitter son appartement pour quelques jours. Maintenant, es-tu satisfait ?

La Moresse, songea l'homme, avait enfin compris qu'elle ne pouvait s'enterrer vive entre ces murs. Elle était maintenant prête à faire valoir ses droits. Elle s'était donc rendue à Fontainebleau pour rencontrer la famille royale. Mais pourquoi donc ne lui avait-elle pas demandé de l'accompagner ? Peut-être n'était-il pas trop tard pour se lancer à sa poursuite, la rattraper et lui faire adopter ses propres vues ? Elle ne devait pas jeter à bas l'édifice fragile qu'il avait bâti avec peine.

– Quand a-t-elle quitté le couvent ?

Sœur Gabrielle soupira. Puis, dédaigneuse, elle répondit :

– Vraiment, je ne comprends pas pourquoi tu te préoccupes tant de cette Mauresque. Mais tu m'as mal comprise. Elle n'a pas quitté notre établissement. Elle a seulement demandé à pouvoir passer un jour et une nuit dans la chapelle. L'une des nonnes est chargée de lui porter sa nourriture après chacun des offices que nous célébrons là-bas. J'ai profité de ce que les autres sœurs se livrent à leurs ablutions matinales pour venir jusqu'ici sans que personne ne me voit.

Tout n'était donc pas perdu, pensa l'homme. Puisque la Moresse se trouvait encore ici, à Moret, il ne lui restait plus qu'à quitter au plus vite cette pièce et cette demi-démente.

– Mais j'en ai assez de parler. Tu te doutes bien que je ne me suis pas arrangée pour être ici en ta compagnie dans le but de manier les seuls plaisirs de la conversation.

– Je ne saisis pas... tenta l'intrus.

– Tu me comprends très bien, tout au contraire. Je lis dans ton esprit. Me crois-tu donc folle ? Penses-tu que j'ai songé un instant que tu pourrais vouloir chérir de ton plein gré ce pauvre corps qui a vieilli ici sans être aimé ? Non. Il n'en est rien. Je crois que j'étais belle, jadis. Mais je n'ai jamais nourri d'illusions quant aux charmes qui auraient survécu à ces années de privations, d'ombre et d'abstinence. Cependant, et parce que j'ai l'âme délicate, j'ai voulu te laisser la possibilité de m'aimer, du moins de faire semblant. Tu aurais pu, en arrivant ici, répondre par des baisers à mes appels, laisser ton corps satisfaire à mes sollicitations. Parce que tu es sot, tu n'en as rien fait. Tant pis pour toi. De toute manière, dans un instant, tes bras vont se refermer sur moi, et nous allons être unis dans une même, une seule, une longue étreinte.

– Que voulez-vous dire ?

– Tu avais le choix. Mais tu n'as pas su t'engager sur le bon chemin, celui qui t'aurait conduit à adopter une conduite élégante. Plutôt que de te montrer affable et attentif, tu m'as dédaignée, méprisée peut-être. Cela me laisse indifférente, et je ne veux pas le savoir. Maintenant, tu es contraint de passer sous mes fourches. Viens. Couche-toi et aime-moi. Sinon, je crie, je hurle et je dénonce ta présence en ce lieu.

– Vous avez perdu la raison.

– Non. Je suis la compagne de la fille du roi de France.

– Qu'est-ce que cela a à voir ?

– Tout. Crois-tu que Sa Majesté ferait preuve de clémence envers celui qui commet un tel sacrilège, de surcroît dans le couvent où son enfant a trouvé refuge ?

– Vous savez donc, vous aussi, que la Moresse n'est autre que la fille du roi.

– Cela suffit. Nous avons assez parlé d'elle. Je crois que cette Moresque est suffisamment présente dans ton esprit. Maintenant, viens, tais-toi, étreins-moi, révèle-moi ce que j'ignore depuis toujours et que je suis contrainte d'imaginer depuis trop d'années.

– Vous divaguez. Reprenez-vous...

– Obéis-moi. Et ne te trompe pas : ces mots sont tout autant un appel qu'une menace. Hâte-toi. Et ne sois pas tenté de t'enfuir : mes cris retentiraient aussitôt dans tout le couvent, et jusqu'aux murailles qui enceignent la cité avant que tu ne sois parti.

L'homme comprit que le désir de la nonne était grand, sa détermination aussi. S'il déclinait l'invitation qui lui était faite, il allait être dénoncé. Mais l'imminence de sa chute ne lui donnait pas la force qui lui aurait permis de se tirer de ce mauvais pas. Ce fut un geste de la nonne qui l'incita, enfin, à reprendre l'initiative. Du pied, la sœur Gabrielle de l'Eucharistie repoussa tout à fait les draps et la courtepointe. Elle se leva. Debout plutôt que couchée, l'aspect de la malheureuse était encore plus pitoyable, plus effrayant aussi.

L'homme recula d'un pas. Mais il heurta le pied d'un fauteuil. Le meuble tomba et l'emporta dans sa chute. Une violente douleur lui brisa les reins. Il voulut se relever. Sa main rencontra une boule de métal froid et dur. C'était la tête de lion qui ornait l'un des chenets de la cheminée. Le salut ?

19

La bassine de cuivre

Dès le début de l'office, l'absence de sœur Gabrielle de l'Eucharistie fut aisément remarquée. La petite communauté des bénédictines de Moret n'était pas nombreuse : la disparition de l'une d'entre elles ne pouvait passer inaperçue. À peine la célébration du mystère sacré fut-elle achevée que les nonnes se mirent à chercher la disparue, sous la conduite de la mère supérieure.

Le corps de la sœur Gabrielle ne fut pas long à être découvert. Celui - celle ? - qui avait tué la nonne n'avait pas pris la peine de cacher sa dépouille. Le cadavre avait été jeté à la hâte dans l'une des grandes marmites en cuivre où les sœurs préparaient le sirop qui servait à la fabrication des sucres d'orge.

Le spectacle était affreux et il aurait pu être également pitoyable, si l'horreur n'était pas le trait dominant de la scène. Il flottait dans l'air confiné de la pièce une odeur très douce, agréable, celle du sucre qui commence à se caraméliser. La supérieure semblait atterrée, tout à fait incapable de donner un ordre de bon sens. Elle ne pouvait qu'articuler des mots sans suite. Elle ne faisait qu'avancer des idées, des suggestions qui se contredisaient les unes les autres.

– Il faut faire prévenir le roi. Et aller chercher de l'aide. Non, avant tout, il faut sortir notre sœur de cette pièce et la faire porter dans sa chambre. Il n'est pas convenable qu'elle demeure ici. Non, surtout, Sa Majesté ne doit rien savoir. Un prêtre, vite ! Elle n'est peut-être pas morte. Elle est peut-être capable de rassembler ses dernières forces et de confier son âme à Dieu. Ah ! Voyez, mes sœurs ! Elle ne respire plus, son visage est tout à fait livide ! Non. Elle a péri, c'est certain. Mais il ne faut pas quitter le couvent, ni faire prévenir les gens de la ville. En nous y mettant toutes, en joignant nos forces, nous allons être capables de l'arracher à cette bassine odieuse et de la porter dans sa chambre.

Les religieuses étaient désemparées par le spectacle qu'offraient tout à la fois leur malheureuse sœur et la pusillanimité de la supérieure. Accoutumées à recevoir des ordres et à obéir, elles étaient incapables de se déterminer. Une seule pensée leur venait à l'esprit : l'inaptitude de la mère Claire de Saint-Jacques à se conduire en supérieure du couvent.

Une voix emplie de fermeté et non dénuée de sollicitude s'éleva alors dans la salle.

– Mes sœurs, il n'est pas convenable que nous laissions plus longtemps notre compagne en ce lieu désormais maudit.

Les religieuses se retournèrent. C'était la Moresse qui leur avait parlé. Elle poursuivit aussitôt :

– Unissez vos forces, saisissez ce triste corps et mettez un terme à cette situation inconvenante.

Jusqu'à ce jour, elle ne s'était jamais départie de sa hauteur, de cette morgue qui indisposait nombre de ses compagnes. Mais c'était la première fois qu'elle adoptait une telle attitude, qui ne souffrait certes pas la contradiction mais qui était également marquée par un grand naturel et une assurance indiscutable.

Les plus jeunes et les plus robustes des bénédictines avancèrent d'un pas. La Moresse fit de même et, le geste sûr et le regard perçant, elle dirigea leurs efforts. Tout à la fois guidées et soutenues, les nonnes réussirent à surmonter leur répulsion et leur appréhension. Elles se saisirent de la sœur Gabrielle. Mais le sucre avait commencé à durcir et à former une manière de gangue qui collait aux habits de la morte. Tout le temps que dura l'affreuse manipulation, les vêtements désormais sucrés, caramélisés, crissèrent contre le bord de la cuve ; leurs fils et leur trames se brisèrent avec de petits craquements secs qui arrachaient à chaque fois des cris d'horreur aux nonnes : il leur semblait que la vie de leur compagne infortunée était passée dans ses habits, maintenant dotés d'une existence propre. Tout cela était insoutenable. Enfin, au prix de grands efforts et de non moins grandes frayeurs, le corps de la sœur Gabrielle fut tiré hors de la bassine, où il n'aurait jamais dû se trouver.

Exténuées, tremblantes, les nonnes n'accordèrent aucune attention à la supérieure, qui avait reculé dans un coin de la salle dallée de pierre. La mère Claire de Saint-Jacques n'inspirait plus que le désintérêt, la mésestime. Elle le savait mais, effacée, elle était soulagée qu'une autre ait pris la situation en main.

Indifférente à ces états d'âme, la Moresse regarda autour d'elle. Elle aperçut une grande planche de chêne, polie par les ans et le feu des fourneaux qui la léchaient parfois.

Cette plaque servait d'ordinaire à transporter les sucres d'orge qui sortaient des moules encore chauds, puis à les laisser refroidir jusqu'à ce qu'ils prennent une belle couleur ambrée. Un large morceau de bois qui formerait une civière très convenable...

La femme à la peau sombre fit signe à l'une des nonnes, très corpulente. Embarrassées par leur habit, les deux femmes se saisirent de la planche et la déposèrent auprès du corps de la sœur Gabrielle, non sans maladresse. Les réticences de la grosse religieuse accrurent cette gaucherie.

– Mais comment fera-t-on, ensuite, pour y déposer nos sucreries ?

Louise-Marie-Thérèse ne put s'empêcher de hausser les épaules :

– Bien entendu, nous ne pourrons plus nous en servir ! Comment voulez-vous faire autrement ? Nous la brûlerons !

Il flottait dans la salle des senteurs douces, arrondies, plaisantes, des odeurs de sucre : le corps de la sœur Gabrielle, tiré hors de la bassine de cuivre, avait libéré de puissantes et nouvelles fragrances. Les moins émues des religieuses se demandaient comment elles allaient pouvoir continuer à brasser les sirops et les essences de plantes si ceux-ci, à l'avenir, leur rappelaient le souvenir de la morte et l'image du corps de sœur Gabrielle de l'Eucharistie.

20

Des soupçons dans la nuit

La supérieure du couvent de Moret s'était retirée dans son appartement. Tout le temps qu'avait duré le transport du corps de la morte depuis les cuisines jusqu'à sa propre chambre, la mère Claire de Saint-Jacques ne s'était pas départie de son mutisme, de son apparente indifférence. Désemparées, avides de recevoir des ordres, les nonnes s'étaient donc regroupées tout autour de la Moressc, sans s'arrêter au fait que celle-ci n'était pas encore tout à fait l'une des leurs.

En peu de temps, il fut décidé de faire porter un billet à Madame de Maintenon. Celle-ci s'intéressait d'assez près à la Moresse, et donc au couvent, pour adopter l'attitude la plus sage.

Chacune des nonnes regagna donc sa chambre. Il restait peu de temps avant le prochain service, qui conduirait les sœurs à se rassembler dans la chapelle pour célébrer les louanges de l'Éternel.

La Moresse renonça à rejoindre la chapelle où elle avait commencé à prier et retourna dans son appartement, dont l'aspect n'avait rien qui pût la choquer. Fatiguée, tremblante, elle voulut se coucher, se reposer un instant, sans se dévêtir. Mais, à peine s'était-elle mise au lit qu'elle entendit un léger cognement. D'abord, la femme à la peau brune pensa qu'il s'agissait de l'homme dont, depuis quelque temps, elle attendait, espérait et redoutait les visites. Il était revenu. Par extraordinaire, il savait déjà que la sœur Gabrielle avait été assassinée. Aussitôt, il s'était mis en route et venait jusqu'à Moret pour sauver la Moresse, la garantir contre toute attaque, empêcher qu'elle soit tuée comme sa compagne qui reposait maintenant dans sa chambre, les habits encore poisseux et sucrés.

D'un bond, elle se leva et, pieds nus, courut à la cheminée. Le marbre froid était immobile. Même en y posant la main ou en approchant l'oreille, on n'y décelait aucune des vibrations, aucun des bruits sourds qui, d'ordinaire, annonçaient la venue de l'homme.

Un peu dépitée, et aussi soulagée de ne pas devoir soutenir une nouvelle conversation éreintante en ce jour de deuil, la Moresse allait se recoucher lorsqu'elle comprit que le léger grattement provenait de la porte. Une visite ? À cette heure ? Ce ne pouvait être que la supérieure, ou bien une nonne chargée de mener la Moresse jusqu'à l'appartement de la mère Claire de Saint-Jacques. La femme noire alla ouvrir. C'était sœur Hélène de Saint-Augustin.

– Puis-je entrer un instant ? Je dois vous parler.

Malgré la mort atroce de la sœur Gabrielle, la Moresse n'avait pas cessé de songer à son propre sort, à son avenir et, surtout, à son passé. Elle crut que la sœur Hélène allait s'entretenir avec elle à ce sujet. Mais il n'en était rien, ainsi que la nouvelle venue l'annonça d'emblée.

– Je sais qui a tué sœur Gabrielle de l'Eucharistie.

Depuis la découverte du corps, la Moresse savait que ce moment devait arriver. Mais elle ne pensait pas, jusqu'à présent, qu'il se produirait si vite...

– Avez-vous assisté au meurtre ?

– Non. Cela, je ne puis le dire. Mais j'en sais suffisamment, j'ai entendu assez de paroles et aperçu trop d'ombres qui s'effaçaient et s'enfuyaient sur mon passage pour ne pas avoir eu envie de venir vous trouver.

– Mais que voulez-vous donc, ma sœur ?

– M'entretenir avec vous, c'est tout. Comme toutes nos compagnes, je n'ai pu, après la découverte du corps de la sœur Gabrielle, que contempler la couardise, la lâcheté de notre supérieure. C'est, je crois, la première fois que nous causons toutes deux ainsi, sans témoin. C'est donc la première fois que je puis vous dire que je sais qui a tué sœur Gabrielle.

La Moresse sursauta. La surprise, les prémices d'une colère, aussi, se lisaient sur son visage sombre.

– Pourquoi donc n'avez-vous rien dit, tout à l'heure ?

– C'est que... Enfin, j'ai peut-être parlé un peu vite. Je voulais seulement dire que je crois savoir qui a occis notre compagne.

– Ne faites aucun détour pour me parler, je vous en prie.

– J'irai droit au but. C'est Jean-les-Gros-Pieds.

– L'imbécile qui se charge de porter jusqu'au Loing les pots de la chaise de garde-robe ?

– Oui. Il avait l'habitude de retrouver sœur Gabrielle.

Cette révélation suscita l'étonnement de Louise-Marie-Thérèse. Déconcertée, elle apprit qu'elle partageait avec la religieuse morte le privilège illicite de recevoir des visites.

– Que voulez-vous dire ?

– Elle lui donnait rendez-vous, quelquefois, près de la muraille au lierre, là où les pierres se sont déchaussées et permettent de passer d'un jardin à l'autre ou, tout au moins, de s'entretenir aisément avec une personne demeurée hors de la clôture. Là, sœur Gabrielle avait l'habitude de jeter ses vœux aux orties, ou très peu s'en fallait.

– Votre propos me paraît flou. Ne pouvez-vous être plus claire ?

– Je vous en prie... Il me coûte d'être plus précise. Ne pouvez-vous saisir le sens de ce récit sans que je sois réduite à offenser la pudeur ?

La Moresse considéra Hélène de Saint-Augustin. Elle ne savait que penser. Était-ce là la vérité ? Un mensonge délibéré ? Une illusion née dans le seul esprit de cette bénédictine ?

La nouvelle venue comprit que la femme à la peau brune n'était pas encore tout à fait convaincue. Alors, elle précisa :

– Ces rencontres avaient lieu presque chaque jour, pendant que les sucres d'orge achèvent de refroidir sur le marbre. Vous le savez, à ce moment, nos compagnes désertent le jardin du puits. Avant le service religieux, certaines se retirent un moment dans leur chambre. D'autres ont l'habitude de revenir dans la cuisine, pour s'assurer que les bonbons ne se fendillent pas, ce qui les rendrait impropres à la vente. Il y a donc là un moment où il est possible de se soustraire à la vie de la collectivité.

La Sœur Hélène se tut. Puis, la voix altérée, elle reprit :

– J'ai vu... Je les ai vus tous deux commettre ces horreurs. Je ne me suis pas résolue à aller parler à notre supérieure, je ne sais pourquoi. Mais il fallait que je m'exprime, aussi est-ce vous que je suis venue trouver.

La Moresse détourna son regard pour éviter celui de sœur Hélène. Elle redoutait en effet que celle-ci ne lise dans ses pensées. Sans qu'elle puisse se l'expliquer - et encore moins se maîtriser - la postulante était la proie d'une vision insensée, inconvenante, mais somme toute intéressante. Ce n'était pas la sœur Hélène qui se trouvait dans le jardin, mais elle-même. Quant à Jean-les-Gros-Pieds, il avait le corps, le visage et l'apparence de l'inconnu qui lui rendait parfois visite, en secret. Et cette pensée la bouleversait.

- Hier, je me suis attardée dans le jardin plus que de coutume. Vous savez, il y croît un pied d'herbe amère qui donne un parfum inimitable aux gourmandises que nous fabriquons. Je ne pouvais voir la brèche qui se trouve dans la muraille car un arbre me la cachait. Mais je les ai entendus parler, elle et l'idiot. Aussi, je me suis tue et me suis efforcée de ne pas être aperçue. N'y voyez pas de malice. Simplement, je ne voulais pas contrarier la sœur Gabrielle et lui faire voir que je l'avais surprise...

À demi-mot, à contrecœur, la sœur Hélène raconta ensuite à la Moresse de quelle façon la bénédictine épiée s'était disputée avec Jean-les-Gros-Pieds, l'avait menacé, s'était fait insulter par l'imbécile avant de le rabrouer, de le supplier et de le menacer à nouveau.

- La raison de cette dispute ? demanda la postulante.

- J'avoue que je ne l'ai pas comprise. Mais sœur Gabrielle a soudain quitté l'idiot. Elle est passée devant moi. Faites-moi la promesse que vous ne parlerez à personne de cet aveu, supplia sœur Hélène.

Cette demande vint trouver la Moresse au plus profond de sa rêverie. Et c'est sans plaisir que la Noire dut revenir de cette contrée, et fut contrainte d'accomplir un effort considérable pour répondre à la bénédictine :

– Je comprends que vous souhaitiez que le secret soit gardé sur ces agissements. Mais pourquoi donc, en ce cas, êtes-vous venue me parler ?

– Je ne puis le dire. Je devais soulager ma conscience. C'est tout. Je ne pouvais le faire que devant une personne de qualité. Et il y a tout ce que l'on murmure dans le couvent...

– Que voulez-vous dire ?

La nonne fut soudain très embarrassée, plus encore que lors du récit, certes succinct, des turpitudes de la sœur Gabrielle.

– On dit que vous... que la protection de la Cour... C'est votre naissance qui...

– Taisez-vous ! ordonna la Moresse.

Le ton avait été si brusque que celle-ci se ravisa aussitôt. Elle prit doucement le bras de la religieuse, lui présenta ses excuses, la remercia d'être venue la voir et lui promit le secret demandé. Puis elle ajouta :

– Je vous remercie de la confiance que vous m'accordez. Mais vous ne m'avez pas livré toutes vos pensées : notre voisin infortuné, Jean-les-Gros-Pieds, qu'a-t-il à voir avec le meurtre de sœur Gabrielle ?

– Je ne le sais pas exactement...

– En ce cas, que voulez-vous que je pense, suggère et dispose ?

– Cela est fort embarrassant. Je... je ne puis le dire. Ah ! C'est affreux !

– Je vous en prie. Vous êtes venue me trouver : allez donc au terme de votre aveu !

Sœur Hélène de Saint-Augustin se releva d'un bond. Elle fit demi-tour, marcha droit vers la porte et, avant de l'ouvrir, sans se retourner, déclara enfin :

– Lorsqu'elle est passée devant moi, j'ai vu que sœur Gabrielle avait dégrafé son col. Sa gorge était à demi nue.

La Moresse conçut une grande difficulté à ne pas témoigner de la surprise que suscitait en elle cette dernière parole. Mais, déjà, la soeur Hélène avait disparu.

21

La mère morte

Peu de temps après, un carrosse qui venait de Fontainebleau passa sous la porte de Samois. Madame de Maintenon avait jusqu'à présent l'habitude de se rendre sans escorte à Moret. Mais, cette fois-ci, sa voiture était accompagnée de plusieurs gardes. Lorsque la marquise pénétra dans le couvent, les militaires demeurèrent sur la petite place qui le flanquait, du côté de la Grande Rue.

Peu après, l'épouse secrète du Roi-Soleil pénétrait dans l'appartement de la Moresse. Au début, la conversation fut des plus banales, quoique cette visite matinale laissât augurer qu'elle ne devait pas l'être. Mais la marquise était trop gênée pour se montrer directe et franche. Enfin, après avoir évoqué la qualité des sucres d'orge puis, sans transition, les conditions affreuses de la découverte du corps de la sœur Gabrielle, Madame de Maintenon déclara :

– L'annonce de ce trépas horrible m'a bouleversée, comme vous pouvez vous en douter. J'ai réfléchi, à la mort de cette bénédictine et aussi à votre destinée. Aussi ai-je changé d'avis.

– Mais à quel propos, madame ?

– En effet, mon enfant, je vous ai menti. C'était pour votre bien.

Un silence épais prit aussitôt possession de la pièce, au milieu d'un fracas à la fois assourdissant et inaudible. La Noire et la marquise se fréquentaient depuis de longues années. Parce qu'elle était l'épouse du roi, toute-puissante et libre, la marquise était, très naturellement, jusqu'à ces derniers jours, toujours parvenue à asseoir et conserver l'autorité qu'elle exerçait sur la Noire, recluse, souffrant de ne pas être certaine de ses origines et, donc, doutant d'elle-même et de tout. Confusément, elles savaient l'une et l'autre que ce rapport de forces risquait fort de basculer bientôt, si ce n'était déjà fait. Sous les interrogations de la Moresse se trouvait une détermination immense, qui ne demandait qu'à surgir. La marquise craignait l'apparition de cette ardeur qui la vaincrait peut-être, tandis que la postulante s'effrayait de cette éclosion probable. Déjà, elle devinait l'existence de cette vigueur et ne savait qu'en faire.

– Croyez que je n'ai agi que pour votre bien, même si, peut-être, j'ai eu tort. D'ailleurs, j'étais contrainte d'opérer ainsi.

Madame de Maintenon fit un pas sur le côté, de manière à placer son visage dans l'ombre. De la sorte, elle donnait de la force à ses paroles en soustrayant son visage à la vue de la Noire. Et, dans le même temps, elle empêchait celle-ci de contempler son trouble grandissant. Enfin, elle se résolut à parler :

– Votre mère, madame... votre mère n'était autre que la sœur Gabrielle.

L'affirmation était si énorme, si fantastique, que la Moresse ne la comprit pas. Du moins pas immédiatement. Il fallut que le silence s'installe pour qu'elle prenne la mesure de cette déclaration.

Alors, Madame de Maintenon décida de profiter de l'avantage que lui conférait cet effet de surprise. Elle reprit :

– Vous aviez raison, madame. Votre père n'est autre que le roi de France. Je vois qu'il n'est plus temps, à présent, de vous celer la vérité. D'ailleurs, je viens de m'entretenir avec Sa Majesté. C'est avec sa permission et sur son conseil que je viens vous faire cet aveu. J'ajoute que je connaissais votre mère, quoique je ne savais pas depuis longtemps qu'elle se trouvait ici. Elle était l'une de mes amies d'enfance, mais avant la journée d'hier, je ne l'avais encore jamais rencontrée dans ce couvent, où je ne fais que de très courts séjours.

– Ah ! Madame ! Quelle surprise !

La Moresse était tout aussi pâle que la marquise. Cellc-ci poursuivit :

– Voici fort longtemps, je vous en parlerai plus longuement une autre fois, votre mère, qui était d'une maison illustre quoique désargentée, a été aimée du roi. De cette union est née une petite fille. Vous l'avez compris, vous êtes cette enfant.

– Vous vous moquez, madame !

– Point du tout, je vous l'assure !

– Enfin, la sœur Gabrielle n'avait pas le teint hâlé. Quant au roi de France, je ne l'ai jamais vu. Mais je n'ai jamais entendu dire que sa peau était sombre.

La Moresse sourit, mesura l'effet de cette remarque puis reprit :

– Est-ce que je me trompe ? Donc, puisque les deux personnes dont vous venez de me parler ont une carnation aussi pâle que la vôtre, j'en conclus que votre récit est marqué par la fausseté la plus grande et la plus sotte.

– Détrompez-vous. Et reportez-vous à la situation qui prévalait à la cour de France, quelques mois avant votre naissance... Je sais que vous en connaissez assez pour accepter le récit que je vais vous faire.

» Durant cette année 1664 qui vous a vue naître, le roi était très épris de Madame de La Vallière. Au mois de mai – toute la Cour s'en souvient encore – Sa Majesté avait organisé, en l'honneur de cette personne, la plus extraordinaire de toutes les fêtes : *les Plaisirs de l'Île enchantée*. La reine Marie-Thérèse avait été contrainte d'assister à cette réjouissance destinée à célébrer sa rivale. Comme à son habitude, elle avait accepté son infortune en souriant. Il n'en allait pas de même de la propre mère du roi, la reine Anne d'Autriche, que cette liaison indisposait. Le scandale était grand.

» Mais, quoique cela me coûte de vous le dire, le roi ne regardait pas du seul côté de Louise de La Vallière. Vous l'avez compris : votre mère fut de celles qu'aima Sa Majesté. Dès le commencement de ces fêtes inoubliables, elle comprit qu'elle vous portait en ses flancs, en conçut de grands remords et regretta tout à la fois son inconduite et celle du roi. Votre père ne pouvait laisser s'accroître le désordre. Sitôt que vous fûtes venue au monde, votre mère implora Sa Majesté et reçut la permission de pouvoir se retirer chez les bénédictines. Parce qu'elle avait sa faute en horreur, elle obtint surtout du roi de pouvoir vous prendre à son côté, dans la clôture. Loin de constituer un soulagement, votre présence, je ne vous le cache pas, n'avait d'autre but que de lui rappeler toute l'étendue de son péché. Bref, celle qui se nomma durant de longues années sœur Gabrielle de l'Eucharistie ne vous voulut auprès d'elle que pour mieux implorer la clémence du Créateur miséricordieux. Dans le même temps, elle pouvait veiller, de loin, sur votre éducation.

La Moresse était tout à fait décomposée. Elle crut, même, qu'elle ne pourrait pas exprimer la moindre parole. D'une voix à peine audible, elle parvint cependant à déclarer :

– Madame, ce que vous me dites là me bouleverse, vous le comprenez aisément. Ainsi donc, j'ai cherché ma mère pendant de longues années, et je ne savais pas que je la côtoyais chaque jour.

– Vous ne vous êtes donc jamais rendu compte de rien ?

– Non... jamais.

– Faut-il que votre mère ait été dotée d'une grande force de caractère ! Vous lui ressemblez donc beaucoup.

– Cependant... Il y a la couleur de ma peau, que vous ne m'avez toujours pas expliquée...

– Si. Je viens de le faire, à demi-mot. Votre mère n'avait pas cessé de concevoir les pensées les plus noires tout le temps que vous demeurâtes en elle. Selon les médecins, ce sont ces idées funestes, ces repentirs qui expliquent le teint qui est le vôtre depuis votre venue au monde. Votre mère était trop pieuse : son corps a fabriqué ses propres regrets. Selon les médecins, il s'est vu des prodiges plus grands...

– Ma mère... ma mère que j'aurais tant voulu appeler ainsi. Sœur Gabrielle...

Éprouvée, la Moresse alla s'asseoir.

– Comme il est étrange, madame, de connaître sa mère le jour où elle meurt, et de savoir qu'on a vécu en sa compagnie sans jamais pouvoir l'appeler ainsi...

– Mon enfant... je devine, si je ne puis les connaître tout à fait, les sentiments qui sont les vôtres. Sachez que désormais, plus que jamais, je veille sur vous.

La consultante s'abîmait dans des réflexions sans fin. Et les plus secrètes de ces pensées, elle ne pouvait les présenter à Madame de Maintenon. En un seul et même jour, elle apprenait la mort d'une personne qui partageait sa solitude depuis toujours, découvrait que celle-ci était sa mère. De surcroît, elle était en droit de supposer que cette mère avait été assassinée, à moins d'admettre que l'infortunée avait chu par hasard dans une marmite emplie de sucre bouillant, ce qui était peu probable. De plus, elle devait accepter le fait que cette mère disparue accordait ses faveurs à un idiot de village, du moins si elle en croyait l'une de ses compagnes. En outre, elle savait désormais qu'elle était aussi la fille du roi de France et de Navarre. Assurément, tout cela représentait nombre de révélations. Une autre que la Moresse en aurait conçu un grand désarroi.

– Mais, madame, vos visites...

– Elles n'avaient d'autre but que de renseigner le roi sur votre état. Votre mère ne pouvait le faire, puisqu'elle ne devait pas quitter le couvent. Je le répète : je savais que le roi était votre père et qu'il avait jadis aimé une femme qui vous avait mise au monde. Mais j'ignorais, jusqu'à hier, que votre mère et sœur Gabrielle ne faisait qu'une seule et même personne. À ce sujet, vous n'avez qu'un seul jour de retard sur moi. Maintenant que vous connaissez la vérité, vous êtes libre de prononcer vos vœux ou non.

– Vous comprendrez aisément que votre récit m'incite à réfléchir. Souffrez que je puisse me retrouver seule, à présent.

Sans dire un mot de plus, Madame de Maintenon se leva. Très émue, elle décida de quitter Moret sans attendre, sans même voir la supérieure, sans s'incliner devant la dépouille de la sœur assassinée, son ancienne amie. Peu après, elle se retrouva une fois de plus ballottée dans un carrosse grinçant, soumise aux vents froids que n'arrêtaient pas les portières et leurs volets tirés, offerte aux frimas qui se riaient de sa pelisse doublée de petit-gris. Que ne se trouvait-elle dans sa chambre, à l'abri de sa guérite tapissée d'étoffes épaisses, qu'elle ne quittait jamais, ou presque ? Pourquoi ne pouvait-elle, à cet instant, réchauffer son pauvre corps en buvant une tisane bouillante ?

La marquise se demandait combien de fois elle avait accompli ce voyage. Elle ne le savait pas. D'ailleurs, cela lui était égal. Ce qui lui importait le plus, c'était de mettre un terme à ces désordres. Pourtant, elle en était réduite, depuis peu, à voir céder sous ses yeux les barrages qu'elle édifiait sans cesse. Cette fois-ci, pourtant, en inventant la fable concernant la maternité de la sœur Gabrielle, elle pouvait se vanter d'avoir fait du bon travail : la morte ne parlerait pas, elle ne pourrait détromper la Moresse.

22

La brèche dans le mur

La supérieure ne voulait pas effrayer le garçon. Mais elle parvenait de plus en plus mal à maîtriser son exaspération. Et sa voix commençait à trembler. L'impatience, le désir de mettre un terme à ce désordre, la volonté ardente de refonder son pouvoir...

– Mais si, je t'assure, tu peux venir ici. Si je le pouvais, je passerais dans cette brèche. Mais, vois-tu, je suis trop grosse, et je suis gênée par mon habit de religieuse. Tandis que toi, tu es plus souple que moi, tu vas y arriver sans difficulté.

Jean-les-Gros-Pieds frissonnait de peur. Il se tordait les mains, poussait des gémissements qui étaient autant de soupirs, se dandinait en prenant appui sur un pied puis sur l'autre :

– Je n'ai pas le droit. C'est la clôture, la clôture. Il ne faut pas y aller.

– Oui, je le sais. De ce côté-ci du mur, c'est un enclos où nul n'a le droit de pénétrer. Tu as retenu la leçon, et c'est très bien. Mais moi, je suis la supérieure de ce couvent, tu le sais aussi. Et je te dis, à présent, de passer par ce trou. Nous devons nous parler, et nul ne doit nous déranger.

La mère Claire de Saint-Jacques avait haussé le ton, un peu. Elle craignit un moment d'avoir été trop loin, redouta que l'idiot s'enfuie. Mais il n'en fut rien. Jean-les-Gros-Pieds s'approcha du mur, sourit, et glissa la jambe dans le passage étroit. La supérieure se força à reculer d'un pas. Elle voulait inciter le garçon à la suivre. Celui-ci grogna encore, s'avança, prit peur lorsqu'une pierre anguleuse retint son habit, crut qu'il allait demeurer coincé, manqua crier puis, enfin, pénétra dans le jardin des bénédictines.

– Joli... dit-il en regardant les pelouses d'herbe rase, les buis taillés au cordeau, les roses d'automne.

La satisfaction de la supérieure était si grande qu'elle fut sur le point de taper dans ses mains. Elle se retint et, après un compliment, passa aussitôt à l'attaque :

– Bravo, je suis très fière de toi. Dis-moi, tu l'aimes bien, sœur Gabrielle ?

– Oui. Elle donne du bonbon à travers le mur. Elle est gentille.

La supérieure n'avait pas fait venir ici le garçon pour en obtenir de tels renseignements. Mais, tant qu'à faire, elle jugea qu'aucune information n'était à négliger. Son autorité avait été battue en brèche, l'ascendant qu'elle devait exercer sur les nonnes avait pâli. Elle devait tout mettre en œuvre pour recouvrer son pouvoir. Alors, elle décida de procéder à un court interrogatoire avant de prendre une décision :

– Elle t'offre des douceurs ?

– Oui. Quand je lui laisse voir mon guilleri à travers le trou du mur, répondit Jean-les-Gros-Pieds.

La démone, songea la supérieure. L'enfer où elle devait être à présent était une contrée trop riante, trop accueillante pour une telle pécheresse.

– Et il est arrivé souvent que tu lui montres ton... que tu lui présentes ce que tu dis ?

L'évocation de ces agissements semblait faire naître des sentiments mêlés dans l'esprit de l'imbécile : la honte et la peur, mais surtout le plaisir.

– Oui. Tous les matins de tous les jours.

L'horreur. L'abomination. La mère Claire de Saint-Jacques ferma les yeux pour échapper, un instant, à cette infamie. Puis elle reprit :

– Écoute, je suis ici pour te protéger. Je sais ce qui s'est passé, car j'étais là-haut, dans ma chambre, et j'ai tout vu. La dernière fois que tu t'es trouvé en compagnie de la sœur Gabrielle, tu as voulu qu'elle te donne davantage de sucreries. Alors, tu l'as suivie dans la salle où nous fabriquons les sucres d'orge. Elle a voulu t'empêcher d'entrer, vous vous êtes battus. Et, sans le faire exprès, tu l'as poussée dans la grande cuve. C'est bien cela, n'est-ce pas ?

La supérieure s'approcha de Jean-les-Gros-Pieds. Son visage donnait à lire la sévérité qui, dissimulée sous une bienveillance de façade, ne demandait qu'à apparaître :

– Dis-le, reconnais-le. Je sais bien que ce n'est pas de ta faute, je le dirai au petit Jésus.

– Oui. Mais pas voulu faire du mal.

La mère Claire de Saint-Jacques leva les yeux vers le ciel :

– Puisses-Tu lui pardonner, Seigneur !

Elle murmura une courte prière, puis s'adressa de nouveau à l'idiot.

– Heureusement, la sœur Gabrielle n'est pas morte. Tu as cru qu'elle disparaissait dans le grand chaudron mais, par chance, il n'en est rien. Avec l'aide des anges, elle a réussi à quitter cette cuve, car il y avait une issue, tout au fond. Elle vient d'en ressortir, là-bas.

La supérieure montra le puits qui ornait la cour étroite. Un fer forgé qui retenait une poulie de bois patiné par une ronde incessante, un lierre aux muscles noueux, le puits offrait un spectacle charmant. L'idiot sourit.

– Tu vois, la sœur Gabrielle est maintenant dans le puits, et il faut l'en sortir. Toute seule, je ne peux réussir. Mais si tu m'aides, je ne doute pas que nous allons y parvenir.

– Sauvée ? demanda Jean-les-Gros-Pieds. Encore bonbon ?

Sur l'invitation de la supérieure, le garçon s'approcha du puits. Pataud, il se pencha par-dessus la margelle. De sa voix à la fois hésitante et brusque, grave et aiguë, il cria le nom de la nonne.

– Est-ce que tu l'aperçois ? demanda la supérieure. Ne distingues-tu pas son visage, au fond ? N'a-t-elle pas l'air d'être bien en vie ?

Jean-les-Gros-Pieds appuya son buste trop gros sur le rebord du puits, cligna des yeux et s'accoutuma très vite à cette demi-pénombre qui régnait là-bas, dans ce trou humide qui sentait un peu la mousse. Il vit son propre reflet, un peu déformé par le léger clapotis qui agitait l'eau, le prit pour celui de la sœur Gabrielle. Derrière lui, la supérieure relevait ses manches.

– Oui. Je la vois, brailla l'imbécile, tout joyeux. Il se mit à gesticuler et répéta :

– Je la vois ! Pas morte ! Pas morte !

– C'est bien. Penche-toi et donne-lui la main. Je suis certaine qu'elle a encore plein de sucres d'orge dans sa poche ! Tu vas te régaler.

– Oui ! C'est elle ! s'exclama l'idiot en se redressant.

La bave aux lèvres, il se retourna vers la bénédictine et vit ses deux bras tendus. Ce mouvement figé, qui s'apprêtait à donner la mort, l'imbécile le prit pour un geste d'affection. Joyeux, content de retrouver bientôt sœur Gabrielle et ses sucreries, il se blottit contre la supérieure. Cette étreinte, à la fois exceptionnelle et inattendue, déconcerta la religieuse. Quel était donc ce sentiment qui s'emparait d'elle, ce trouble et ce dégoût ? L'émoi éprouvé par l'abbesse ne s'évanouit pas lorsque le sot s'écarta d'elle. Cette chaleur qui lui réchauffait le ventre et révélait des pensées, des sensations réprimées depuis longtemps fit bientôt place à la fureur. Cette colère vint grossir une détermination qui ne demandait qu'à s'afficher.

Jean-les-Gros-Pieds retourna vers le puits. Il voulait, vite, tout de suite, retrouver la disparue. Il se pencha une fois de plus :

– Gabrielle ! Remonter ! Revenir !

La supérieure sentait encore la chaleur de l'imbécile parcourir son corps et surtout son âme, de fond en comble. Il fallait, absolument, mettre un terme à ces tergiversations, aux pensées qui naissaient en elle et qui étaient tout autant d'interrogations. Il fallait empêcher cet idiot de corrompre d'autres âmes, avec ce grand corps trop vigoureux, cette absence complète de pudeur, cette franchise désarmante. Pourquoi donc Dieu permettait-Il à de telles créatures de vivre ? La supérieure du couvent de Moret n'avait-elle pas le droit, le devoir, de rectifier, un peu, l'œuvre divine ? Vite, agir, avant que ce crétin n'ameute les autres bénédictines...

La Mère Claire de Saint-Jacques releva sa robe. Puis elle prit son élan.

23

L'indignation du prince

Le duc du Maine s'emporta. Il tapa du pied, sans penser que ce geste allait réveiller la douleur, due à la goutte, qui le tenaillait depuis plusieurs jours...

– Mais c'est un mensonge grossier. Dans ce récit, il n'y a rien de vrai !

Le souffle coupé par le mal qui venait de se rappeler à lui, le prince se tut.

– Votre Altesse, déclara l'homme qui se trouvait là, ce sont pourtant les mots que j'ai compris. J'étais demeuré dans le réduit situé derrière la cheminée. Et j'attendais, ainsi caché, le moment propice pour en sortir. Je n'ai certes pas vu Madame de Maintenon, mais j'ai clairement entendu son propos. À peine la marquise est-elle partie que j'ai décidé de rebrousser chemin moi aussi, sans même me montrer ni m'entretenir avec la future bénédictine. J'ai fait aussi vite que possible, et je suis venu vous trouver...

– Mais vous avez pu vous tromper, ou prendre la voix d'une sœur pour celle de Madame de Maintenon...

– Vraiment, au plus profond de mon âme, je ne le pense pas.

– Je vous crois. Dans ce cas...

– Me permettez-vous de parler, Votre Altesse ? Ne concevrez-vous pas quelque colère de ce dont je puis vous faire part ?

– Confiez-vous à moi. Vous avez ma parole.

L'homme se tut, il hésitait. Cette fois, n'avait-il pas fait preuve de témérité et d'impudence ? Le puissant personnage auquel il s'adressait n'allait-il pas se mettre en colère ? Si, sans doute... La marquise comptait tant pour ce bâtard royal... Et puis, devait-il confesser que la sœur Gabrielle avait tenté de le séduire, avant qu'il parvienne à gagner le refuge de la cheminée ?

L'homme regretta d'avoir tant parlé et, pour une fois, avec tant de franchise. Il sentit la terreur étreindre son cœur, d'une manière presque physique. La peur qu'il avait ressentie, voici quelques mois, en pénétrant la nuit venue dans la basilique de Saint-Denis ne pouvait être comparée à l'effroi qui était le sien maintenant. Il était si mal à l'aise qu'il aurait préféré, plutôt que d'être ici, se trouver de nouveau devant le petit cercueil entrouvert, occupé à contempler les deux yeux qui, depuis trente ans, attendaient sans doute sa venue.

Devait-il, sans tarder, présenter ses excuses les plus plates, implorer le pardon du prince, se jeter à ses genoux ? N'était-il pas trop tard ? Il allait parler lorsque le duc du Maine reprit la parole :

– Monsieur, vous connaissez l'intérêt que je porte à Madame de Maintenon ; il ne saurait, cependant, voiler ma lucidité. Je ne doute pas que la marquise, aux abois, soit parvenue à inventer de toutes pièces cette légende. D'ailleurs, celle-ci est très maladroite. Il n'est pas difficile de poser quelques questions à des personnes instruites de tout ceci et de s'assurer que la sœur Gabrielle n'a jamais vécu la passion qui lui est prêtée. Il y a même de la puérilité à croire qu'il puisse en aller autrement. Ne croyez-vous pas ?

À grand peine, l'homme parvint à cacher la joie, les vagues de soulagement qui déferlaient maintenant dans son esprit, et emportaient sur leur passage les brumes de peur qui y demeuraient. Donc, il avait eu raison de laisser libre cours à sa franchise... Mais il était déterminé à aller au terme de la tâche qu'il s'était fixée. Aussi, il réussit à reprendre ses esprits et répondit sans plus attendre :

– Certes, Votre Altesse. Mais convenez que procéder à un tel travail de vérification est hors de portée pour une personne telle que la Moresse.

– Je vous rappelle que je n'aime guère ce sobriquet !

– Pardonnez-moi, Votre Altesse. Mais c'est ainsi qu'elle est nommée à la Cour et à la ville...

– Cela m'est égal. Je vous ai déjà demandé de ne pas utiliser ce surnom, qui est désagréable à mes oreilles.

– Je voulais dire que la marquise a pu penser que la future bénédictine ne pourrait jamais démêler le faux du vrai : la sœur Gabrielle a péri...

– Je vous engage, monsieur, à regagner au plus tôt le couvent. Parlez à la personne qui nous intéresse. Dites-lui que Madame de Maintenon lui a menti.

– Mais, Votre Altesse, n'y a-t-il pas de dangers chaque jour plus grands à ce que je me rende à Moret ?

– Sans doute. Mais vous n'êtes pas homme à vous arrêtez à cela, n'est-ce pas ?

Il s'inclina. À la vérité, il ne savait que penser de ses propres capacités. Mais, de toutes les façons, il ne pouvait s'opposer aux vœux du bâtard, qui étaient tout autant des ordres.

Fort du soutien du prince, l'homme allait retourner à Moret ou, plus exactement, jusqu'à la Maison de la Croix rouge. Il connaissait à présent assez bien la route qui menait de Fontainebleau aux abords de la petite cité fortifiée. Il savait prendre les raccourcis et les chemins de traverse propres à éviter les bourgs trop fréquentés. Il se montrait assez habile pour se cacher dans les fourrés les plus épais, le temps de laisser passer les paysans qui auraient pu le voir et s'étonner, s'ils le reconnaissaient, qu'il fasse ce voyage jusqu'à plusieurs fois par semaine.

Le temps de laisser son cheval dans une bâtisse située à l'écart, achetée et mise à sa disposition par le prince... Le temps de faire quelques pas sur un chemin creux qui serpentait entre les champs, et l'homme ne tarderait pas à pénétrer dans les ruines, désormais familières, de la Maison de la Croix rouge. Peu après, il marcherait dans le souterrain qui le mènerait, vite, auprès de la Moresse. Alors, il dépeindrait à la future bénédictine toute l'étendue des mensonges de Madame de Maintenon.

24

Dans la Petite Galerie

Comme chaque jour, le roi et la famille royale se rendirent à la messe. Depuis plusieurs décennies, le service divin était célébré dans la Chapelle des trinitaires[1]. Depuis sa consécration, sous le roi Louis XIII, celle-ci était préférée à la Chapelle du roi, moins vaste, moins somptueuse.

Quand elle le pouvait, Madame de Maintenon préférait entendre le sermon du prêtre, dès son réveil, avant la messe royale, devant un autel secondaire. Elle aimait se glisser, ombre grise, dans les couloirs du palais encore déserté, seulement peuplé de domestiques tôt levés qui portaient des seaux d'eau, balayaient des immondices pestilentielles, menaient des chèvres jusqu'aux logements des princes. Mais, ce jour-là, la dame avait mal dormi et elle avait manqué la messe du petit matin. De plus, elle

(1) Aujourd'hui Chapelle de la Sainte-Trinité, elle fut ainsi nommée jusqu'à la Révolution, car elle dépendait d'un couvent voisin.

avait dû aller à Moret. Il ne restait plus qu'à écouter l'office du roi.

Parce qu'elle n'était pas l'épouse officielle du Bourbon, Madame de Maintenon se rendit de son côté dans la salle consacrée. Parce qu'elle n'était pas reine, elle allait presque seule, accompagnée seulement de quelques vieilles amies, tout aussi pieuses.

Aménagés sur le flanc de la Cour ovale, les appartements du roi et de la marquise se trouvaient séparés de la Chapelle des trinitaires par la Petite Galerie[1]. À moins de descendre par l'un des nombreux escaliers à vis qui desservaient le palais – en traversant des cours et des jardins, marchant dans la boue et les immondices, en passant par une porte dérobée, en parcourant des couloirs sombres et empuantis, des antichambres malcommodes et des corridors ventés – la somptueuse galerie aménagée par le fastueux roi Valois constituait, sur le chemin de la messe, un point de passage obligé pour Madame de Maintenon.

Et, pour de nombreuses raisons, la dame haïssait cette longue salle, le cœur véritable du palais de Fontainebleau. D'abord, il y avait cette débauche de fenêtres qui, au sud et au nord[2], faisait de la galerie une sorte de pont, une sorte de passerelle ouverte sur le monde. D'un côté, de l'autre, à toute heure de la journée, la lumière pénétrait à flots dans cette longue salle. Là, sans jamais se l'être avoué, la marquise avait l'impression d'être nue.

---

(1) Aujourd'hui appelée Galerie de François Ier.

(2) Les fenêtres aménagées du côté nord ont disparu avec la construction, sous Louis XVI, d'un appartement intérieur dévolu au roi.

Il y avait aussi ces innombrables angelots, au corps jeune et musclé, que la marquise s'efforçait de ne pas regarder, bien qu'ils soient partout répandus, au-dessus des lambris de chêne sculpté, entre les baies et jusque sous le plafond à caissons.

En outre, il y avait la foule des courtisans qui se pressaient là sans cesse, pour épier, apprendre, entendre, médire, dénigrer, s'amuser. Ces yeux qui se posaient sur elle, Madame de Maintenon les haïssait. Qu'ils expriment la jalousie, l'admiration, la détestation ou simplement l'envie, elle répugnait à se mêler à cette bousculade permanente, à attirer ces regards, elle qui se plaisait tant à demeurer en retrait.

Surtout, participaient à cette cohue les gantiers et les orfèvres, les parfumeurs et les brodeurs, les libraires et les marchands de colifichets, tous ces « marchands suivant la Cour » qui avaient le droit d'installer là leurs étals. Madame de Maintenon n'ignorait pas que, parmi ces commerçantes et ces jeunes gens, les plus dépravés des seigneurs de la cour choisissaient les victimes d'étreintes fugaces qu'ils leur imposaient au détour d'un couloir sombre, dans une soupente humide.

À force de patience, au prix d'efforts immenses, et grâce à la miséricorde divine, songeait la marquise, elle était parvenue à placer le roi dans le chemin de la rectitude. De nombreux nobles, soucieux de se faire bien voir, avaient adopté la même attitude que le monarque. Mais la décence était loin de régner dans tous les cercles de la Cour ; à l'inverse, la débauche continuait à triompher dans l'ombre. Et c'était à ce constat désagréable, insupportable, que renvoyait chaque passage de la dame dans la galerie.

Alors, une fois de plus, elle se résolut à traverser cette longue salle bruyante et bondée, véritable antichambre de l'Enfer. L'épouse secrète du Roi-Soleil émit un soupir, et se prépara à supporter ce supplice dont elle faisait déjà l'offrande à l'Éternel. D'emblée, il lui parut qu'il y avait plus de monde que d'ordinaire dans la Petite Galerie. Et aussi plus de bruit. Ainsi qu'elle en avait l'habitude, la marquise voulut porter au loin son regard, par-delà tous ces mauvais sujets, qu'ils soient nobles ou manants.

Les particuliers qui avaient eu le loisir d'approcher le roi et de lui remettre un placet cherchaient maintenant, dans la cohue, à quitter la galerie. Les autres, ceux qui espéraient s'adresser au souverain au retour de la messe, tentaient à leur tour de se frayer un chemin jusqu'au milieu de la galerie, de façon à être placés le mieux possible. Quant aux gardes, ils s'efforçaient de maintenir libre le passage qui, tout à l'heure, permettrait au Roi-Soleil de regagner son appartement. Madame de Maintenon se raidit à la pensée qu'elle allait devoir traverser cette foule.

Elle fit quelques pas dans la galerie et voulut baisser les yeux. Mais, soudain, un regard la transperça de part en part. La haine. C'était la haine qui se lisait dans ces prunelles noires, les yeux de cette marchande de mouchoirs, là-bas, derrière les courtisans qui parlaient si fort. Ce regard... Soudain, elle se retrouva plongée dans un passé qu'elle pensait, à tort, avoir oublié depuis toujours. Ces yeux sombres, cette peau très hâlée, par-delà l'ordinaire, cette femme à la chevelure plus que brune, elle l'avait connue, autrefois, ou tout au moins croisée.

Mais où était-elle passée ? La marquise ne le savait pas. Autour d'elle se pressaient, se bousculaient les courtisans, les simples bourgeois, les pauvres qui quémandaient une aide, une faveur.

– Madame ! Au nom de la charité...

– Vous êtes si bonne... Recevez, je vous prie, ce placet. Remettez-le au roi. Sa Majesté le lira plus sûrement si vous le lui donnez en main propre.

La marquise regarda sans le voir un vieil homme, vêtu pauvrement. Que voulait-il ? Une charge pour son fils ? L'arrêt d'un procès inique ? Un secours ? Peu importait. D'un geste, elle demanda aux gardes de la délivrer de ces importuns. Elle releva la tête, regarda autour d'elle. Non, la marchande de mouchoirs n'était plus là. Mais son souvenir, tout à coup revenu, était, lui, bien présent dans la mémoire de la marquise... C'était il y a bien longtemps. Quelques années plus tôt, Madame de Maintenon, qui ne portait pas encore ce nom, s'occupait en secret de la progéniture du roi et de Madame de Montespan. Elle allait alors régulièrement porter des nouvelles au père et à la mère des bâtards royaux. Par souci de discrétion, elle évitait les salons trop fréquentés et passait souvent par les offices, les antichambres. À maintes reprises, au Louvre, à Saint-Germain, elle avait eu l'occasion de croiser, de rencontrer les femmes de chambre espagnoles de feue la reine Marie-Thérèse qui n'avaient pas encore été renvoyées en Espagne. La marquise le savait : cette femme, qu'elle venait d'entrevoir l'espace d'un instant, faisait partie de la domesticité que la reine avait alors à sa disposition, et qui l'accompagnait partout.

Elle savait ce qu'elle dirait à ses familiers, ou bien à la supérieure du couvent de Moret. L'une des femmes qui avait osé trahir le roi de France avait échappé à la colère et à la sanction royale... Madame de Maintenon n'aimait pas que la volonté du Roi-Soleil soit ainsi bravée. La femme, donc, était parvenue à se soustraire à la volonté de Louis XIV. Certes, elle ne se trouvait plus au service de la reine, mais elle avait réussi à demeurer en France, auprès de la Cour. Là, de palais en château, à Compiègne ou à Versailles, elle vendait des colifichets...

Dès la fin de la messe, elle tâcherait de s'entretenir avec le roi. En prenant bien soin de laisser quelques portes ouvertes, de parler devant des serviteurs, elle lui dirait qu'une ancienne femme de chambre de la Cour était revenue. La marquise dirait ne pouvoir tolérer que l'autorité de son roi, de son époux, soit ainsi bafouée. Ensuite, elle retournerait dans son appartement.

La dame laissa vagabonder son esprit : elle savait ce qu'elle se plairait à raconter, à détailler un jour prochain : le roi, en fait, n'avait pas cessé de séduire les femmes de sa Cour. Sur les instances des prêtres, de ses confesseurs et des prédicateurs, et à la demande de Madame de Maintenon, il ne plaçait plus les duchesses et les comtesses dans sa couche. Cela eût été trop voyant. En revanche, parce que ses sens étaient demeurés prisonniers du pouvoir des femmes, il n'avait jamais cessé de rechercher la compagnie des servantes, des chambrières, des frotteuses qui se trouvaient en grand nombre dans les demeures royales. Louis XIV, peut-être, avait aimé jadis cette Espagnole.

Oui, tout ceci, la marquise pourrait l'affirmer et s'en porter garante. L'Espagnole avait réussi à rester en France après que ses compagnes avaient dû regagner les mornes palais de Madrid ; elle s'était éloignée de la Cour durant de nombreuses années, puis y était revenue. Avec ou sans l'appui d'un grand seigneur, elle avait acquis un petit commerce, obtenu les lettres l'autorisant, comme d'autres, à dresser son étal dans les corridors des palais. Cette intrigante était demeurée dans le pays où, sans doute, vivait sa fille. Certes, elle ne pouvait rendre visite à la Moresse. Mais, tout au moins, lorsque la Cour venait à Fontainebleau, elle savait que le fruit du péché, l'enfant qu'elle avait eu du Roi-Soleil, se trouvait non loin d'elle. Voici ce que pourrait dire et assurer la marquise. Ce serait bien commode.

25

La Chapelle des trinitaires

– *Miserere mei, Deus, secundum magnam misericordiam tuam.*

Madame de Maintenon avait éprouvé bien des difficultés à annoncer à la Moresse que sa mère n'était autre que feue sœur Gabrielle. Les phrases, les mots avaient manqué demeurer dans sa gorge, et elle avait eu du mal à maîtriser les tremblements qui s'étaient alors emparés d'elle. Mais, ce faisant, la marquise savait qu'elle avait agi pour le mieux. C'est ce que lui disait le décor fastueux de la Chapelle des trinitaires, ces tapis épais qui recouvraient le dallage aux marbres de toutes les couleurs, les peintures édifiantes et les stucs de la voûte, la décoration riche qui habillait le maître-autel.

– *Et secundum multitudinem miserationum tuarum, dele iniquitatem meam.*

Le visage aperçu dans la Petite Galerie avait beaucoup troublé la dame. À présent, celle-ci recouvrait peu à peu sa sérénité. La lecture de son missel, l'écoute des chants sacrés, la contemplation des tableaux, l'attention accordée au prêtre l'aidaient même à recouvrer toute son intelligence, les ressources d'une imagination qui lui permettaient sans cesse de tisser une nouvelle toile, de tendre de nouveaux rets.

La marquise savait ce qu'elle devait accomplir. Cette femme, cette ancienne femme de chambre, elle allait la faire emprisonner. Elle recommanderait d'observer le plus grand des secrets. De la sorte, elle était certaine que, peu de jours après, la ville et la Cour, Paris et le royaume l'apprendraient.

– *Et peccatum meum contra me est semper.*

L'incarcérer, certes. Mais comment s'y prendre ? Bien que l'épouse du roi, Madame de Maintenon était dénuée de tout pouvoir. Elle n'était même pas reine... Elle ne régnait que sur le cœur et l'esprit de Louis XIV, sur Nanon Balbien, la domestique qui la servait depuis l'époque où elle était encore mariée à Scarron, et sur la petite communauté de Saint-Cyr. Tout cela n'était pas rien. Mais elle n'avait pas pour autant l'autorité, la force nécessaires pour s'assurer de l'Espagnole effrontée.

Alors, que faire ? La marquise réfléchit. Elle avait beau tourner et retourner le problème dans tous les sens, elle comprit qu'elle ne pouvait que faire appel à Alexandre Bontemps.

Depuis qu'elle était l'épouse du roi, la dame avait eu maintes fois l'occasion de s'entretenir avec le premier valet de chambre. Dès l'arrivée de la marquise à la Cour, les deux personnages avaient trouvé un *modus vivendi*, avec d'autant plus de facilité qu'ils savaient ce qu'ils représentaient tous deux pour le souverain. Ils ne l'ignoraient pas, Louis XIV ne se séparerait jamais ni de l'un ni de l'autre. Le monarque aurait toujours besoin d'avoir à son côté son vieux serviteur et sa seconde épouse. Sitôt qu'ils s'étaient vus, Bontemps et Madame de Maintenon avaient – sans se concerter – abandonné l'idée d'anéantir l'autre, avant même qu'elle naisse.

Cette sorte de paix armée, la marquise devait aujourd'hui, pourtant, la remettre en question. La requête qu'elle se proposait de présenter à Bontemps risquait de mettre à bas l'édifice. Cependant, il n'y avait pas à hésiter. Sitôt la messe terminée, la dame s'efforcerait de fermer sa porte au roi. Elle prétexterait une fatigue soudaine, un mal de tête.

Madame de Maintenon sourit : pour éviter le souverain, elle lui dirait que le feu des cheminées de son appartement lui avait donné une indisposition passagère. De la sorte, elle ferait d'une pierre deux coups. Car elle parviendrait peut-être enfin à ce que Sa Majesté donne à ses maçons et à ses architectes l'ordre de rectifier les âtres et les conduits. Depuis des années, dans sa chambre, elle devait choisir entre se tenir près des fenêtres ouvertes ou s'approcher des cheminées qui ne tiraient pas et, donc, endurer les plus grands frimas ou bien se laisser enfumer et rôtir.

– *Benigne fac, Domine, in bona voluntate tua Sion : ut aedificentur muri Jerusalem.*

Maintenant rassurée, Madame de Maintenon laissa aller son regard sur les fidèles. Elle se réjouit de voir tant d'attitudes pieuses, tant de visages graves et pénétrés. Cette affluence dans les lieux consacrés était son œuvre. Avec déplaisir et quelque agacement, elle songea à la Cour des débuts du règne, qu'elle n'avait certes pas connue, mais dont elle avait beaucoup entendu parler. Ce n'était alors que plaisirs, moqueries, dérision, futilité, irréligion. Depuis qu'elle était entendue du roi, la piété régnait en maître dans les palais de Louis XIV ; les courtisans se rendaient en nombre aux offices divins, se confessaient, faisaient donner des messes. À l'inverse, les mécréants s'exposaient à ce que le roi se détourne d'eux, les oublie, ce qui provoquait une sorte de mort civile. Si seulement il n'y avait pas tant de galons, de diamants, de soieries répandus à profusion sur les habits...

Tout à la fois pour remercier le Très-Haut d'avoir guidé son bras et, aussi, l'implorer de l'aider dans la tâche ardue qui l'attendait, la marquise leva les yeux. Là-haut, sur la voûte, le peintre[1] avait figuré *la Chute des Anges*. La marquise espéra très fort qu'il fallait voir là une manière d'annonce : puissent ses ennemis - donc ceux du roi et de Dieu - périr ainsi, et chuter sans fin dans des gouffres enténébrés...

- Tunc acceptabis sacrificium justitiae, oblationes et holocausta :

tunc imponent super altare tuum vitulos.

(1) Martin Fréminet, le « Michel-Ange français ».

26

L'emmuré vivant

Enfin, il revint à lui. Bien qu'il avait perdu connaissance, il ne tarda pas à se remémorer les moments terrifiants qu'il venait de vivre et, surtout, à mesurer toute l'horreur de sa situation. Sa bouche était en effet pleine de terre, de fragments de racines et de cailloux qui menaçaient de le faire suffoquer à chaque instant. C'était même un miracle que, sans connaissance, il n'eut pas déjà péri étouffé.

Dans l'obscurité la plus complète, toussant, éperdu de peur, le cœur battant à tout rompre, il se força à déglutir, à cracher pour chasser la boue qui lui pesait sur la langue. Ses paupières retenaient captifs des fragments rocheux qui lui meurtrissaient les yeux. Soudain, il se demanda s'il n'était pas devenu aveugle. Certes, il se trouvait maintenant dans un trou noir. Certes, la galerie s'était écroulée, l'avait enseveli sous ses pierres et ses moellons, et avait fait tomber un amas de roches qui obstruaient le passage à ses deux extrémités. Mais avait-elle aussi écrasé sa torche, ou bien avait-il perdu la vue ?

Comment le savoir, à présent que l'obscurité la plus totale régnait autour de lui ? Peu à peu, il lui revint en mémoire ses derniers gestes. Il marchait dans le couloir, tout entier tenaillé par les mensonges de Madame de Maintenon. Puis, c'était un filet de sable qui s'échappait d'une arcade de pierre taillée et coulait devant lui, sans bruit. Et un craquement, un second grondement, suivi d'un autre. Il n'avait eu que le temps de se courber pour mettre sa tête à l'abri. Ensuite, le coup reçu dans le dos – une pierre plus grosse que les autres – lui avait coupé le souffle. Un roc s'était chargé de l'assommer.

Très vite, parce qu'il lui paraissait ne souffrir que de contusions, il reprit pleinement ses esprits. Sans doute aurait-il mieux valu qu'il en aille autrement, qu'il soit resté dans les brumes de l'inconscience ou, même, qu'il ne se soit jamais réveillé. La peur. La terreur la plus absolue. Il était enterré vivant. Nul ne savait qu'un homme se trouvait enfoui, quelque part, dans les profondeurs de la terre. Nul ne savait qu'il se trouvait sous les vieilles maisons de Moret. Personne, à l'exception de Louis-Auguste de Bourbon, duc du Maine, son maître et son protecteur. Et il était peu probable que le fils bâtard du roi de France donnât l'alerte. Mourir. Il allait périr ici, sans que nul ne le sache. Telle une bête. Allait-il manquer d'air et, peu à peu, étouffer, gratter la terre à la recherche d'un souffle d'air, sentir ses poumons brûler dans sa poitrine, ses veines se gonfler, ses narines frémir, affolées ? Allait-il se tordre, en quête d'une ultime bouffée que lui refuseraient les entrailles du sol, indifférentes à son agonie ?

Alors, il se repentit. Oui, à y bien réfléchir, la mort affreuse qui allait être la sienne lui était assenée par l'Éternel, soucieux de punir un homme qui avait trop manié la duperie, qui s'était trop joué d'une femme innocente, la Moresse.

Il regretta d'avoir joué devant cette femme noire la comédie de l'amoureux transi. Il eut honte de lui avoir fait croire qu'il ne venait la trouver dans sa chambre que pour ses beaux yeux. À y bien réfléchir, le destin de la future bénédictine n'était qu'une suite de malheurs. Dès son premier jour, l'enfant à la peau brune n'avait suscité que le désarroi autour d'elle, et en avait recueilli sa part. Sitôt cachée à la vue de la plupart de ses contemporains, elle avait été placée dans ce couvent modeste dont elle n'était jamais sortie, ou presque. Depuis de longues années, elle grandissait ici, loin des fastes de la Cour auxquels sa naissance lui donnait pourtant droit. Appelée à prononcer bientôt ses vœux, une vie sans joie s'offrait à elle.

Et lui, par cupidité, afin de recueillir la récompense promise par le duc du Maine, il avait accepté de contrefaire l'amour, la passion. Il avait menti, dit des mots qui étaient nés dans son esprit et pas dans son cœur, inventé des tendresses sans fondements. Il avait feint l'intérêt, la passion, alors qu'il n'existait rien de tout cela dans son âme.

Bref, il avait fait éclore chez la femme un amour naissant qui, chez lui, n'avait aucun reflet. Vraiment, il était un misérable, de s'être ainsi moqué d'un être aussi fragile, aussi vulnérable, aussi démuni que la Moresse. Et Dieu n'avait pas voulu que cette infamie se poursuive plus longtemps. C'était bien ses anges qui, sur un ordre du Créateur, avaient causé la rupture de la voûte et enseveli sous la terre et le roc cet homme indigne de vivre.

Oui. Il était normal qu'il périsse ainsi, et ici. Il l'avait pleinement mérité. Il allait mourir. Mourir. L'homme hurla. Ce cri n'alla nulle part. Il se brisa très vite sur les parois de terre humide qui l'enserraient de toutes parts, l'entouraient d'une sorte de gangue boueuse qui menaçait à chaque instant de glisser davantage, de s'emparer de ses jambes, de ses bras, de son torse, de l'ensevelir tout à fait.

L'homme allait périr. Il recommanda son âme à Dieu, espéra que son repentir serait assez sincère pour que le Créateur lui pardonne. Sa conscience mise au net, il laissa ensuite son esprit vagabonder un peu. Durant ce moment de répit, il se demanda où il se trouvait. Il essaya de s'orienter, de compter les pas qu'il avait accomplis sous la terre. Il espéra, alors, qu'il se trouvait non loin de l'église de Moret. À tout le moins, ses cendres se trouveraient sous la protection de Notre-Dame, puisque la Vierge était la patronne de l'édifice. Peut-être, un jour, son corps serait découvert par des maçons occupés à agrandir une crypte.

Les yeux. Soudain, il se souvint des yeux, du regard à la fois froid et fiévreux, calme et déterminé, qui l'attendait dans la basilique de Saint-Denis, le regard qui s'était emparé de lui le jour où il avait ouvert le cercueil de chêne. Dans un an, dans un siècle, dans mille ans, le jour où son corps serait mis au jour, adresserait-il le même regard à ses inventeurs ? Non. Lui, avant longtemps, il serait revenu à l'état de poussière. Il ne contemplerait pas celui qui l'arracherait à la tombe. Brisé de fatigue et de peur, l'homme s'évanouit de nouveau.

27

Les hésitations de la marquise

Cette conversation recelait bien des périls. Et, pourtant, la marquise de Maintenon savait que cet échange devait avoir lieu. Quand bien même elle allait devoir, tout au long de l'entretien ne pas en dire trop, mais en déclarer suffisamment pour en apprendre davantage. Lorsqu'Alexandre Bontemps, venu à sa requête, pénétra dans son appartement enfumé, la marquise ne savait pas encore de quelle manière elle allait obtenir du vieil homme qu'il agisse selon son désir.

Mais, avant que la porte se referme sur le premier valet de chambre du roi, elle vit, dans l'entrebâillement, un garçon bleu qui s'éloignait. La marquise le savait depuis longtemps. Ce valet appartenait à la police secrète qui, dans les palais royaux, espionnait pour le compte de Bontemps. Madame de Maintenon sourit.

– Je ne vous comprends pas bien, madame. Je ne suis pas en charge de la police du château. Les gens de la prévôté sont là pour ça...

– Je croyais, monsieur, que le roi vous avait chargé de le renseigner sur les allées et venues des personnes auxquelles il s'intéressait...

Alexandre Bontemps considéra la marquise. Il hésitait sur la conduite à tenir. Jusqu'à présent, il avait toujours considéré que, en tant qu'épouse du roi son maître, il devait la plus grande fidélité et le respect le plus complet à Madame de Maintenon. Ils étaient l'un et l'autre comme deux vieux lions placés de part et d'autre du trône. Ils surveillaient et le monarque et les alentours. Ils s'épiaient l'un l'autre, sans jamais s'être attaqués ni même gênés. Jusqu'à présent, Bontemps avait toujours veillé à maintenir cette symétrie. La première attaque, le premier geste risquait fort de rompre cet équilibre, de briser ce pacte tacite, de jeter à bas l'édifice et de causer la mort – symbolique – de l'un ou de l'autre.

Du reste, que voulait donc lui dire la marquise, à demimot ? De qui souhaitait-elle parler ?

– Madame, j'ai toujours à cœur de m'acquitter au mieux des missions que Sa Majesté m'a confiées.

Bontemps était mal à l'aise. La dame avait-elle entendu parler de l'homme de Calais ? Sans doute. Et, de plus, Madame de Maintenon avait appris que ce vaurien, cet aventurier infâme était revenu à Paris et se trouvait maintenant à Fontainebleau...

– Donc, vous avez déjà informé Sa Majesté de la présence dans ce palais d'une personne qui n'est pas son amie...

Avant de répondre à la marquise, le premier valet de chambre s'interrogea sur les conséquences d'un différend, d'une dispute qui viendrait à opposer deux des plus puissants personnages du royaume, après le roi.

Bontemps songea que, tout autant que Madame de Maintenon, il avait une chance de l'emporter. D'un côté, il était lui-même dépositaire de tous les secrets du roi et de l'État, et avait assisté à maintes réunions des ministres. Depuis trente-cinq ans, il servait Louis XIV dans la discrétion, l'abnégation la plus totale. Il était le double du monarque, connaissait ses pensées les plus intimes. Il se souvenait des jours où la guerre avait été déclarée, ou la paix envisagée. Sur un registre plus plaisant, lui seul pouvait dire le nom de toutes les femmes, titrées ou roturières, qui avaient cédé au roi. Louis XIV, donc, ne pouvait se séparer de lui sans peine.

D'un autre côté, Madame de Maintenon pouvait se vanter d'être la seule de ses amantes que le roi avait épousée. Elle était en droit de se flatter d'avoir vu la déchéance de la flamboyante Madame de Montespan, et d'avoir incité le souverain à ne plus honorer qu'une seule femme, elle-même, ou peu s'en fallait. Son train de vie, fait de discrétion et d'austérité, constituait aussi, aux yeux du roi, un mystère singulier, propre à susciter le respect et l'admiration. Surtout, à présent que Louis XIV avait renoncé au harem d'autrefois, la dame était seule en droit de le satisfaire.

Donc, se demandait Bontemps, était-ce la paix ou bien la guerre ? Et si c'était une lutte à mort qui s'engageait aujourd'hui, quelle en serait alors l'issue ? Non, ce serait la paix, songea le premier valet de chambre. Du moins si la marquise le voulait bien. Quant à confesser qu'il avait perdu la trace de l'homme dont il surveillait le moindre geste depuis trente et un ans, cela lui était impossible. Mieux valait mentir qu'attenter à son amour-propre.

– J'ai pensé, madame, que, pour le moment, mieux valait laisser le roi dans l'ignorance de sa venue. Comme vous le savez, ses maux de dents ont recommencé à tourmenter Sa Majesté. Il ne sert à rien d'ajouter à ses soucis.

– Je comprends. Mais peut-être auriez-vous pu m'en informer ?

– Madame, je sais trop l'intérêt que le roi vous porte pour ne pas vous témoigner les mêmes égards.

Madame de Maintenon reconnut que la réponse était adroite. Que Bontemps mente ou non, qu'il ait un temps songé à la prévenir ou bien toujours voulu la laisser dans l'ignorance, sa réponse habile ne donnait aucune prise au reproche.

– Je vous remercie de vos attentions. Et maintenant, que comptez-vous faire ?

Bontemps avait perdu la trace de l'homme venu de Calais. La marquise, elle, paraissait savoir où il se trouvait.

– Madame, croyez que toutes les mesures sont prises. Les officiers qui commandent la Maison militaire du roi ont été prévenus. Il n'y a rien à craindre.

Elle se demanda ce qu'il y avait à redouter d'une ancienne domestique espagnole qui vendait maintenant des cols de dentelle… Sa présence était désagréable, mais peu dangereuse.

– En effet, je crois que vous avez adopté une conduite sage, répondit-elle, un peu au hasard.

– D'ailleurs, il n'est pas si aisé que cela, pour une telle personne, d'approcher Sa Majesté sans se faire remarquer…

– Je m'en réjouis, assura la marquise, que le propos du premier valet de chambre rendait à chaque instant plus perplexe. Embarrassée, la dame laissa flotter sur son visage un demi-sourire.

Bontemps vit que Madame de Maintenon, dont il avait craint la colère, retrouvait peu à peu sa gaieté. Aussi se risqua-t-il à plaisanter :

– À moins, bien entendu, que Sa Majesté ne donne un bal masqué...

Un bal masqué ? La marquise ne comprenait plus. Pourquoi l'ancienne femme de chambre de la reine souhaiterait-elle et oserait-elle participer aux fêtes de la Cour ? Et, dans ce cas, qu'y aurait-il à craindre ? D'ailleurs, à ce bal, à supposer qu'elle puisse se mêler aux courtisans invités, qu'y aurait-elle fait, cette Espagnole ?

Surtout, pourquoi donc cette femme agissait-elle ainsi, au rebours de tout ce qui avait été prévu ? En fait, l'épouse cachée ignorait dans quelles conditions exactes l'ancienne domestique de la reine avait été éloignée de la Cour, l'année 1664. Mais, en fait, peu importait. Madame de Maintenon était outrée. Qu'espérait-elle, cette insolente ? Cependant, et pour que son projet reçoive une application pleine et entière, elle devait obtenir de Bontemps que l'Espagnole soit arrêtée et mise au secret.

Alors – et quels que soient les risques encourus – la marquise choisit de se dévoiler :

– Un bal masqué ? Et que voulez-vous donc que cette femme y fasse ?

Ce fut au tour du vieil homme de s'étonner. De toute évidence, Madame de Maintenon ne parlait pas de la même personne que lui. Alors que Bontemps n'avait en tête que l'homme de Calais, c'était à une dame que la marquise songeait. Voilà qui était surprenant et inattendu.

Mais le premier valet était assez maître de lui pour ne pas laisser paraître son étonnement. Il songea que, pour apprendre ce qu'il ignorait, mieux valait donner l'impression qu'il savait tout. Autrement, l'épouse du Roi-Soleil ne manquerait pas de se fermer comme une huître afin d'enfouir au plus profond de son esprit ce qu'elle déciderait de ne pas lui révéler... Il lui fallait, donc, trouver quelques mots à dire, propres à la satisfaire, sans risquer d'alerter sa raison en sommeil.

Mais Madame de Maintenon était sans doute pressée de conclure. Car ce fut elle qui parla de nouveau et qui, dans le même temps, instruisit Bontemps.

– Monsieur, je vais être franche. Je ne sais pourquoi cette personne a jadis été chassée de la Maison de feue la reine. Mais je n'ai pas entendu qu'elle avait été autorisée à revenir en France et encore moins dans les palais de Sa Majesté. Je comprends les précautions qui ont été jusqu'à maintenant les vôtres. Croyez-moi. Elles ne sont, à présent, plus de mise. Faites arrêter cette marchande de mouchoirs. La Cour se passera bien d'elle.

Bontemps s'inclina. Il s'agissait donc de l'une des boutiquières qui se tenaient dans la Petite Galerie ? Il ne serait pas difficile de s'assurer d'elle. Il suffirait d'adresser quelques mots à l'un des officiers de la Maison militaire du roi. Le soir venu, à l'heure où les marchands repliaient leurs tréteaux et emballaient la marchandise qu'ils n'avaient pas vendue, il ferait envoyer quelques gardes et, au détour d'un couloir ou d'un escalier dérobé, la femme serait mise hors d'état de nuire...

– Madame, vous satisfaire est un plaisir. Permettez-moi de me retirer... Je pense que la vue de cette personne ne vous offensera plus. Avant ce soir, elle sera à la Bastille.

Le premier valet de chambre se tut. Lorsque la marquise l'avait fait venir chez elle, il craignait que la dame ne souhaite l'entretenir du couvent de Moret et de sa pensionnaire. Il avait redouté qu'elle n'ait entendu parler de l'homme de Calais. À sa plus grande joie, il voyait qu'il n'en était rien. Madame de Maintenon souhaitait simplement être débarrassée d'une femme que le roi avait autrefois honorée.

En un instant, le vieil homme se trouva transporté dans un passé lointain. Louis XIV avait jadis troussé plusieurs des femmes de chambre espagnoles qui appartenaient à la Maison de son épouse, la reine Marie-Thérèse. Ce souvenir, aux contours assez flous, n'en demeurait pas moins présent dans son esprit. Celui-ci se rappela même les hésitations que le monarque avait alors manifestées lorsqu'il s'était agi de renvoyer ces Espagnoles dans leur pays, après qu'elles avaient été convaincues de travailler pour le roi d'Espagne : les étreintes de l'une des ces femmes avaient l'heur de plaire, beaucoup, au Roi-Soleil... Madame de Maintenon n'appartenait pas encore à la Cour. Mais elle avait sans doute entendu parler de cette femme savante. Elle connaissait trop les faiblesses du roi pour tolérer que d'anciens démons puissent resurgir.

Voici quelques années, elle était parvenue à évincer de la Cour sa grande rivale, Madame de Montespan[1]. Elle ne pouvait courir le risque de voir revenir auprès du roi une aventurière, quand bien même celle-ci n'était pas noble.

Bontemps s'efforça de se souvenir des traits de cette Espagnole habile, mais n'y parvint pas. Alors, il reprit :

– À la vérité, je crois qu'un couvent serait préférable. Ce serait un séjour plus discret. Surtout, je n'aurais qu'à solliciter une abbesse qui m'est dévouée et il sera inutile de faire une lettre de cachet. Que diriez-vous des bénédictines de Moret ?

---

(1) Madame de Montespan avait définitivement quitté la Cour en 1691.

À sa grande surprise, le premier valet de chambre vit Madame de Maintenon se raidir :

– Monsieur, je ne trouve pas qu'en ce moment, la mention de cet établissement soit du meilleur goût !

– La Bastille, madame, balbutia Bontemps. Ce sera donc la Bastille.

Cette promesse faite, il s'inclina et s'en alla au plus vite. Donc, hurlait la voix intérieure du serviteur, la marquise savait. Elle n'ignorait pas que l'homme de Calais était revenu. Cela avait-il à voir avec cette Espagnole ? Sans doute. Bontemps s'était trompé lorsqu'il avait pensé que Madame de Maintenon agissait en tant qu'épouse tremblante. En fait, elle ne craignait plus les incartades du roi. Elle avait depuis longtemps réussi à le détourner des chemins de la tentation : mieux qu'une autre, mieux qu'un prêtre, elle savait décrire les tourments infernaux des damnés, évoquer la Géhenne. Bref, songeait-il, elle était passée maître dans l'art et la manière de faire entrer le Roi-Soleil dans sa seule couche. Elle ne redoutait donc pas que le monarque retombe dans des amours ancillaires.

Si la marquise s'intéressait tant à l'Espagnole réapparue, si elle voulait que celle-ci soit emprisonnée, c'est que l'ancienne femme de chambre de la reine Marie-Thérèse était, d'une manière ou d'une autre, liée à la Moresse...

Bontemps manqua défaillir. Chez elle, il n'avait pas été incommodé par les fumées que refoulaient des cheminées aménagées par des architectes incompétents. Ce n'était pas davantage les troubles de la vieillesse qui venaient lui rappeler son grand âge.

Pour la première fois de sa carrière de premier valet de chambre, Alexandre Bontemps craignait de manquer aux devoirs que lui dictait sa charge. Il redoutait de faillir et, ce faisant, de trahir son souverain. Il fallait mettre la main sur l'Espagnole coûte que coûte.

La Moresse... Voici de longues années qu'il avait pris en main le destin de cette personne, à la demande du roi de France. Il revit cette sombre journée de la fin de l'année 1664. Il se trouvait face aux chambres obscures du vieux Louvre, forteresse encore médiévale, humide, inquiétante. Il entendait les hurlements de la reine Marie-Thérèse, les cris des femmes de chambre. Il apercevait, dans l'ombre, des personnages qui écartaient des tapisseries, des portes secrètes qui s'ouvraient et se refermaient. Il contemplait les ruelles de la bonne ville de Paris, empuanties, dangereuses, emplies de fange. Puis, il fut de nouveau jeté sur des routes peu sûres, peuplées de brigands. Une fois encore, dans sa mémoire, il se présenta à la porte de la petite cité de Moret. Déjà, de vieilles bénédictines ouvraient un portail grinçant. Un bébé criait...

28

La fuite de l'Espagnole

La femme savait qu'elle avait été aperçue. Elle avait peut-être manqué de prudence et, outrepassant les ordres, elle n'avait pris assez de soin à cacher sa présence. Mais, aussi, que pouvait-elle faire d'autre que de s'installer ici, dans la Petite Galerie, pour apercevoir le roi ? À Versailles et à Compiègne, il ne lui avait pas été possible d'installer son étal. Avec l'aimable désordre qui présidait aux séjours de la Cour à Fontainebleau, en revanche, elle avait réussi à se substituer à une autre marchande, une de ses amies dévouées.

L'ancienne femme de chambre se doutait qu'à cette heure, la marquise était occupée à donner des ordres, à parler au roi. Il lui fallait s'en aller, au plus vite. Mais elle ne devait pas songer à se mêler aux courtisans qui allaient et venaient. En revanche, il lui serait sans doute possible de se cacher au milieu des marchands lorsque ceux-ci rangeraient leurs biens. Mais non, c'était absurde. Elle n'aurait pas le temps d'attendre le soir. D'un instant à l'autre, des gardes de la porte[1] allaient s'approcher d'elle. Dans l'indifférence générale, ils lui demanderaient de les suivre...

Fuir. Maintenant. En laissant là son étal, ses mouchoirs et ses cols. Oublier sa quête, du moins pour le moment, et renoncer à le revoir. Tâcher de quitter le palais au plus vite. Puis, gagner la forêt voisine. Trouver de l'aide auprès de paysans compatissants et s'en aller de ce lieu.

L'Espagnole devait agir vite. Il y avait, à cette heure, une grande affluence dans la Petite Galerie. C'était une chance. La fausse boutiquière s'efforça de regarder autour d'elle pour deviner de quel côté les gardes risquaient d'arriver. Mais, dans le même temps, elle tâcha de ne pas attirer l'attention des courtisans qui déambulaient, à la recherche de la parure qui susciterait l'attention du roi ou de ses familiers.

Soudain, l'ancienne femme de chambre tressaillit. *Les voici*. Les soldats venaient d'apparaître à l'extrémité orientale de la Petite Galerie. Elle se reprocha aussitôt sa sottise. C'était là-bas, près de la Salle du buffet, que se trouvait la Salle des gardes de Sa Majesté. N'aurait-elle pu s'en souvenir ? Cela lui aurait évité de demeurer ici, à attendre ses poursuivants. L'air de rien, regardant le parquet, l'Espagnole décida de tenter sa chance. Si elle réussissait à gagner l'autre extrémité de la galerie, elle parviendrait peut-être à emprunter l'escalier du Fer à cheval, qui en constituait le prolongement. Une fois arrivée dans la Cour

---

(1) Membres de l'un des corps qui composaient la Maison militaire du roi. Le jour, ils veillaient dans les intérieurs des palais royaux.

du Cheval blanc[1], elle se faisait fort de se mêler aux nombreux domestiques qui allaient et venaient. Mais comment avait-elle pu s'imaginer qu'elle se promènerait incognito dans le château ?

– Combien, cet éventail ?

L'Espagnole ne put s'empêcher d'adresser un regard chargé de haine au courtisan qui la questionnait. Ne voyait-il pas que cette simple question la condamnait ?

Elle voulut faire semblant de ne rien avoir entendu. Déjà, elle s'éloignait de son étalage.

– Hé ! Je te parle ! Reviens me voir, si tu veux ton argent !

Par jeu, le noble mit l'éventail dans sa poche. Il reprit :

– Tant pis ! Je le vole, puisque tu ne veux pas de ma bourse !

L'homme se retourna et s'adressa à la cantonade :

– Voyez ! Cette femme est bien folle, puisqu'elle ne veut pas de mes sous !

Le courtisan ne tarda pas à attirer d'autres nobles, amusés par cette situation peu habituelle. Ceux-ci s'arrêtèrent devant l'étal déserté. Fier de ce succès, l'importun continua :

– Mais où pars-tu si vite ? Il me semble que tu es une nouvelle, n'est-ce pas ? Mais je n'ai pas eu le temps d'apercevoir ton visage ! Reviens donc !

L'Espagnole aurait souhaité pouvoir le tuer, cet imbécile qui beuglait derrière elle. D'un instant à l'autre, les gardes de la porte allaient la rejoindre...

---

(1) Ainsi nommée en raison d'une statue en plâtre installée là par Catherine de Médicis.

– Servez-vous, mes amis ! Sa Majesté a dû donner l'ordre à ces marchands de nous faire crédit. Ou alors, celle-ci se hâte d'aller à la chapelle, pour plaire à une certaine marquise !

Plusieurs des amis du courtisan ne goûtèrent pas cette plaisanterie. Ils eurent peur que ces propos irrévérencieux soient rapportés à Madame de Maintenon. Vite, ils se dépêchèrent de s'écarter de l'imprudent qui, un peu tard, prit la mesure de son inconséquence.

Ce mouvement jeta une certaine confusion dans la Petite Galerie. Les militaires, dépêchés à la demande de Bontemps, avaient reçu l'ordre d'opérer avec toute la discrétion requise. Ils ne pouvaient donc utiliser la manière forte pour se frayer un chemin. Gênés par les courtisans, les soldats virent disparaître l'Espagnole du côté de la longue salle qui regardait vers la Chapelle des trinitaires. Cela n'était pas grave, songea l'officier qui commandait le groupe. Il y avait, là-bas, d'autres gardes. La gueuse n'irait pas loin.

29

Le fantôme de la reine

Alexandre Bontemps ne doutait pas que, d'un instant à l'autre, l'officier des gardes de la porte allait venir lui annoncer que la marchande de la Petite Galerie avait été arrêtée, conformément aux ordres donnés. En attendant, donc, cet échange imminent, le premier valet de chambre souhaitait ne pas ouvrir le coffre placé auprès de son lit, ni même l'approcher.

Mais, à mesure que le temps passait, l'impatience du confident du roi grandissait. Bontemps jetait des regards de plus en plus pressants aux serrures compliquées. Il paraissait craindre que ces ferrures ne cèdent d'un coup, que la malle ne s'ouvre en grand et ne laisse s'échapper un passé inavouable.

Le vieil homme hésitait à se rendre dans la Salle des gardes. Il préférait attendre chez lui. Du reste, si le roi avait besoin de lui, c'est ici qu'il ferait prévenir Bontemps.

Soudain, il y eut un craquement. D'abord, il songea que c'était l'officier. Il était de retour. Le premier valet de chambre alla lui-même ouvrir la porte. Mais personne ne se trouvait sur le seuil, et la pièce attenante était vide. Mal ajustée, en porte-à-faux, dévorée par les vers, une boiserie ancienne lui avait joué un tour. Il voulut s'asseoir. Il s'arrêta soudain. Ce grincement, c'était le coffre qui l'avait émis, la malle qui s'ouvrait, mue par une force surhumaine qui, enfin, pouvait s'en extraire. Devant Bontemps, pétrifié de terreur, le couvercle renforcé de fers forgés se redressa. Une main noire apparut, une main d'ébène, ridée et rugueuse. Ce ne pouvait être la main de l'Espagnole : celle-ci n'était pas aussi hâlée. D'ailleurs, aussitôt, le premier valet de chambre chassa au loin cette pensée. Cette idée était ridicule. Comment donc la fausse marchande aurait-elle pu s'y prendre pour échapper aux soldats du roi de France, pénétrer dans le petit appartement du vieil homme, trouver la clef du coffre et y pénétrer, sans qu'aucune de ces actions ait été vue ? Une main noire ? Était-ce Louise-Marie-Thérèse ?

Mais Bontemps n'eut pas davantage le temps de s'interroger. Après la main, vint un bras. Puis, d'un coup, le couvercle fut repoussé. Apparut la reine Anne d'Autriche, l'épouse de Louis XIII, la souveraine morte depuis presque trente années[1] mais qui venait aujourd'hui dans le plein éclat de sa maturité triomphante. D'une main gantée de soie noire, la reine repoussa les parois du coffre qui s'ouvrit devant le serviteur du roi, tel un fruit gorgé d'eau et parvenu à maturité, qui éclate dès que l'on effleure son enveloppe.

– Tu te souviens de moi, n'est-ce pas, Alexandre Bontemps ?

(1) Anne d'Autriche mourut en 1666.

Oui. C'était bien Anne d'Autriche, la reine élégante et belle, la souveraine dont la Cour de France se languissait depuis sa disparition, la reine dont la nièce[1], dépourvue de charme et d'esprit, n'avait jamais pu vraiment la remplacer.

– Je t'ai connu, Bontemps. Te souviens-tu ? Durant sept longues années, je t'ai vu servir le roi mon fils et je t'ai fait mille recommandations.

Bien que ses membres le fissent souffrir, Bontemps se jeta à genoux, tremblant de peur et d'émotion :

– Majesté...

– Ne crois pas que, depuis le lieu où je me trouve en ce moment, j'ignore ce qui se passe ici, au palais de Fontainebleau, et aussi à Moret. Est-ce donc ainsi que tu sers les Bourbon ?

– Grande souveraine, je...

– Que puis-je faire, puisque je ne suis plus de ce monde... Sur qui puis-je désormais compter si tu apportes aujourd'hui la preuve de tes défaillances ?

La reine Anne ôta ses gants. Dans un geste de désespoir, elle se tordit les mains qui, de son vivant, et par-delà la mort, passaient pour être les plus belles du monde.

Les yeux à terre, le premier valet de chambre entendit la mère du Roi-Soleil soupirer. Il se redressa un peu. Il vit alors naître des perles noires au coin des yeux de la reine, des larmes de jais qui roulèrent sur ses joues. Quel était donc ce nouveau prodige ?

Le vieil homme tenta de protester, de dire qu'il avait toujours voulu s'acquitter au mieux de sa tâche, expliquer

(1) Anne d'Autriche était la sœur du roi d'Espagne Philippe IV, père de la reine Marie-Thérèse.

que continuer à s'occuper de la Moresse était désormais au-dessus de ses forces. C'est alors qu'un grattement attira son attention. Cette fois, ce bruit ne provenait pas du coffre. Grand ouvert, désarticulé, celui-ci ne pouvait d'ailleurs plus receler aucun secret.

Bontemps décida de ne pas aller voir. Tant pis pour l'officier des gardes de la porte. Il ne pouvait être question de lui donner à voir l'apparition de la reine Anne. Mais la porte s'ouvrit. C'était un jeune laquais dont le roi se servait d'ordinaire pour faire porter des messages à Bontemps, et qui avait l'ordre et la permission de pénétrer dans l'appartement du serviteur sans attendre d'y être convié, afin que Louis XIV n'attende pas.

Le garçon regarda le premier valet de chambre. Celui-ci s'attendait à ce que le nouveau venu hurle ou éructe de terreur. Mais il n'en fut rien.

– Sa Majesté vous demande, monsieur, dit simplement le jeune laquais.

Il y eut ensuite un court silence. Enfin, Bontemps se résolut à demander :

– Tu ne dis rien de plus ? Tu ne souhaites pas me faire part d'une autre pensée ?

La garçon eut l'air un peu étonné.

– Non, monsieur. Le roi ne m'a confié que ce message.

Se pouvait-il, se demanda Bontemps, que le petit laquais demeure ainsi impassible, alors que se tenait, juste devant lui, la belle Anne d'Autriche ou, plutôt, son spectre ? Le vieil homme se retourna. Seul le coffre se trouvait là. Nul fantôme n'en était jamais sorti.

Avant l'arrivée du jeune serviteur, Bontemps était demeuré seul dans sa chambre, en compagnie d'une imagination sénile qui s'était emparée de son esprit.

– J'arrive, déclara-t-il simplement. Mais attends-moi et prête-moi ton bras. Il fait si noir, dans ces corridors...

Le premier valet de chambre se demanda s'il devenait fou. Ce n'était pas certain. La Moresse lui causait un tel souci... Il se promit de s'accorder un moment de repos en revenant de chez le roi, du moins si Sa Majesté lui en laissait le loisir.

30

La fureur du roi

Le jeune laquais s'effaça devant Bontemps puis s'en alla sans bruit. Le premier valet de chambre et le roi se trouvaient seuls dans la Grande Chambre[1]. Par trois fenêtres larges et hautes, celle-ci s'ouvrait sur le Jardin de Diane. Mais, parce que la pièce regardait vers le nord-ouest, elle n'était éclairée que par une lumière froide, en attendant que le coucher du soleil vienne rehausser ses ors à présent éteints.

Le premier valet de chambre se demandait si le roi de France avait eu vent de la présence à la Cour de l'homme de Calais... Voici de nombreuses années, un demi-fou venait dans les palais du roi pour se plaindre de lui, le prendre à partie, raconter son infortune à qui voulait bien l'écouter. Celui-ci n'était autre que l'époux de la marquise de Maintenon. L'homme trompé avait été exilé et des espions chargés de prévenir le roi d'un retour du mari

(1) Aujourd'hui la Chambre du Trône.

ridicule. À présent, il semblait que le destin – la Puissance divine ? – organisait une sorte d'écho à ces débordements...

– Un acte d'une gravité extrême, un attentat tel que je n'en ai jamais entendu parler vient d'être porté à ma connaissance, déclara le roi.

– Sire, Votre Majesté sait que mon dévouement n'a pas de bornes...

– Je viens de recevoir une missive qui m'est envoyée par l'officier des Cent-Suisses chargé de veiller sur la basilique de Saint-Denis.

La voix de Louis XIV se brisa. L'émotion et, surtout, la rage du roi étaient immenses. Bontemps le comprit, et il manqua se jeter aux pieds du monarque. Certes, le serviteur savait qu'un intrus avait pénétré l'édifice. Mais ce bandit ne s'était livré à aucune déprédation... Le premier valet de chambre devait-il, dès maintenant, implorer le pardon du roi ? Devait-il dire au souverain que, s'il ne l'avait pas prévenu, c'était pour ne pas l'inquiéter ?

Le Bourbon s'approcha de l'une des fenêtres qui ouvraient sur le Jardin de Diane. D'ordinaire, il aimait regarder ces compartiments fleuris et la fontaine gracieuse qui agrémentaient cette cour[1]. D'habitude, et bien qu'il n'en soit pas l'auteur, il se plaisait à suivre des yeux le dessin joyeux des fenêtres et des pilastres qui habillaient le bâtiment faisant face à son appartement. Mais, cette fois-là, l'esprit du souverain n'était nullement habité par une humeur d'architecte, ou un désir de bâtisseur. Louis XIV était la victime d'un acte qui le blessait, le révoltait, l'hor-

(1) Depuis la destruction de deux bâtiments opérée sous Louis XV, le Jardin de Diane n'est plus une cour et il s'ouvre sur la ville.

rifiait au plus profond de lui-même. Il se décida, enfin, à en faire part à Bontemps :

– Voici quelques semaines, malgré les dogues, les Cent-Suisses et les moines, un criminel est parvenu à entrer dans l'église.

Une fois de plus, la voix du souverain se brisa. Mais le Roi-Soleil se reprit vite et poursuivit :

– L'officier qui m'a écrit indique que, d'une manière qui demeure encore inconnue, l'homme a réussi à tromper la vigilance de tous ces gardiens. De la même façon, nous ignorons par quelle traîtrise il était muni des clefs qui permettent d'ouvrir la crypte et qui, pourtant, sont conservées à Versailles. Il a pénétré dans le caveau des Bourbons...

Bontemps retenait son souffle. Il était impensable que le serviteur presse le roi et le questionne. Et, cependant, il brûlait d'entendre Louis XIV reprendre et achever son discours. Le souterrain consacré... Oui, le garde qui était venu à Fontainebleau lui avait donc menti, et il n'avait pas été renvoyé. Le misérable avait bel et bien réussi à se rendre dans la crypte... Plus tard, lorsque toute l'affaire serait close, Bontemps ferait rechercher ce militaire menteur... Du moins si celui-ci ne s'était pas enfui dans les montagnes de sa Suisse natale. Qui sait ? Ce soldat était peut-être de mèche avec la bête impie qui avait souillé le lieu consacré et importuné ses morts ?

Le roi se leva. Ses yeux brûlaient de fureur. Il regarda tout autour de lui, paraissant chercher l'objet, le meuble qu'il lancerait dans la cheminée afin de calmer un peu sa fureur. Puis, d'un coup, il se saisit de sa canne et en asséna un grand coup à une pièce de faïence posée sur une table.

– C'est un affront ! C'est un crime ! C'est un acte de lèse-majesté ! s'emporta le roi, blanc de rage.

Non, songea alors Bontemps, ce n'était pas le moment d'évoquer la probable présence à Fontainebleau de l'homme de Calais et celle, avérée, de la femme de chambre espagnole restituée par un passé qui resurgissait...

Le bris de la canne avait permis au souverain de recouvrer un peu de sérénité. Tout à la fois pour le serviteur et pour lui-même, il murmura :

– Comment savoir... Comment savoir ce qui s'est vraiment passé ?

Le premier valet de chambre comprit que cette remarque l'invitait à parler.

– Sire, j'aurais pensé que l'officier des Cent-Suisses qui vous a écrit vous avait fait le détail de ce crime odieux...

La remarque de Bontemps déclencha un nouvel orage. Le roi tempêta :

– Justement, il n'en est rien. Il n'a pas suffi à cet incapable de ne pas savoir s'acquitter de la mission qui lui était assignée. Il n'est pas même parvenu à achever sa lettre. Je vous ai dit tout ce qu'elle contient. Le misérable m'avertit que, impuissant à m'exposer la scélératesse dans toute son étendue, il implore mon pardon et recommande son âme à Dieu.

– Je ne comprends pas, Sire... Que vient faire ici son âme ?

– Il s'est donné la mort. Voyez vous-même !

Le roi tendit la lettre de l'officier à Bontemps. Mais il n'attendit pas que le serviteur en décrypte les dernières lignes. Il précisa :

– Incapable d'affronter ma colère, il m'avertit qu'il s'est passé son épée au travers du corps sitôt après avoir tracé ces lignes...

À la pensée que l'officier bon à rien échappait à sa colère et à des châtiments mérités, Louis XIV tapa du pied. D'un coup, son haut talon rouge se brisa et le laissa sur une assise instable. Un instant, la perruque de travers, le corps jeté sur le côté, luttant pour conserver son équilibre, le Roi-Soleil ressembla à une sorte d'échassier égaré, incapable de prendre son envol. Mais le cocasse de la situation échappa tout à fait à Bontemps. Assurément, celui-ci redoutait d'essuyer la colère du roi : il savait - du moins en partie - et il n'avait rien dit.

- Prenez la plume, ordonna alors Louis XIV. Écrivez au supérieur de l'abbaye. Dites-lui que je sais ce qui est survenu à Saint-Denis mais que je veux en apprendre davantage. Lorsque j'aurais signé cet ordre, vous le ferez porter en toute hâte chez les moines. Que les courriers crèvent sous eux tous les chevaux qu'il faudra. Mais qu'ils portent ce message et ramènent ici au plus vite sa réponse !

- Oui, Sire, répondit simplement Bontemps.

Le vieil homme frémissait. Sa main tremblait tant qu'il craignait de ne pouvoir tracer les lettres sur le papier. Donc, pris de remords, l'officier s'était confié au roi avant de se donner la mort...

Soudain, un grand fracas vint s'abattre sur les vitres des fenêtres. Le roi et le serviteur sursautèrent. Qu'était-ce donc que ce nouveau désagrément ? Bontemps s'approcha de la croisée. Une tourmente, ce n'était rien d'autre qu'un grain soudain qui s'abattait sur le palais. Occupés par l'affaire de Saint-Denis, les deux hommes n'avaient pas prêté garde aux lourds nuages sombres, énormes et menaçants qui, depuis peu, avaient accouru et paraissaient s'être donné rendez-vous au-dessus du château.

La pluie tombait si dru que Bontemps craignit un instant qu'elle ne réussisse à fracasser les carreaux. Il regarda Louis XIV : Sa Majesté était-elle importunée par ce bruit tonnant, et le serviteur devait-il fermer les volets ? Non, c'était inutile, comprit celui-ci. Depuis toujours préoccupé de sa seule grandeur, le Roi-Soleil ne s'était jamais soucié de son confort, des pluies et des vents. D'ailleurs, le Bourbon fronça le sourcil. Et, sans répondre à Bontemps, il se contenta de remarquer :

– Cet ouragan paraît provenir de l'Orient, du côté de Moret.

Le roi savait-il ? se demanda le vieil homme. Connaissait-il par le menu les événements qui, depuis peu, assombrissaient tout autant que la tourmente le palais de Fontainebleau et le couvent des bénédictines de Moret ? Ou bien le monarque éprouvait-il un simple pressentiment ?

31

Un duc et deux marquises

La marquise de Maintenon ne doutait pas que l'ancienne femme de chambre de la reine Marie-Thérèse allait être bientôt arrêtée et placée sous bonne garde. Elle choisit donc de se désintéresser du sort de cette rebelle. Il serait bien temps, ce soir ou demain, d'apprendre qu'elle avait été jetée dans l'un des cachots de la Bastille. Ensuite, elle aviserait. Alors, elle décida d'aller rendre visite à son mignon, le cher duc du Maine, le seul homme en vérité, qu'elle regardait comme son fils.

Les relations qui existaient entre le duc et la marquise auraient pu ne pas être ce qu'elles étaient, songeait Madame de Maintenon en traversant les antichambres obscures. À vrai dire, il était même étrange qu'ils ne se détestent pas, tous deux. Bien entendu, ce n'était pas la première fois qu'elle se faisait cette réflexion. Mais, ce jour-là, elle résolut de s'en ouvrir au duc. Quelques instants plus tard, et après s'être fait annoncer, la marquise entrait dans l'appartement du bâtard :

– Voyez, monsieur, je n'ai jamais eu le bonheur de porter un enfant. Mais Dieu a eu pitié de sa servante. Et Il vous a donné à moi.

– Madame, je suis votre fils, et vous êtes ma mère. Et je sais tout ce que je vous dois. Je n'ignore pas que, lorsque j'étais enfant et que je ne pouvais marcher, vous êtes parvenue à me guérir de mon infirmité. Je sais que si Madame de Montespan est celle qui m'a mis au monde, c'est vous qui avez veillé sur mes premiers pas et mes premiers sommeils, mes premiers chagrins et mes premières joies. Je sais que mon père est le roi de France. Tout aussi sûrement, je sais que vous êtes ma mère.

En s'efforçant de ne pas trop boiter, le duc du Maine s'approcha de la marquise et l'étreignit.

– Et avez-vous, justement, des nouvelles de Madame de Montespan ? demanda le duc.

– Oui. Vous savez, nous nous écrivons de façon assez régulière. Je crois qu'elle reçoit beaucoup d'amis dans son appartement de la rue Saint-Dominique, à Paris, qu'elle rit, qu'elle parle et que tout le monde est content.

Madame de Maintenon se garda bien de raconter au duc du Maine de quelle manière Madame de Montespan parlait d'elle et se moquait de sa personne. Elle ne voulait pas que l'homme s'en offusque et prenne tout à fait le parti de son ancienne gouvernante contre celui de sa génitrice.

La marquise avait élevé tous les enfants que Madame de Montespan avait donnés à Louis XIV. Ou, du moins, ceux qui avaient survécu aux maladies de la petite enfance. Mais c'était bien le duc du Maine qu'elle avait toujours préféré.

– Vous souvenez-vous, mon mignon, de cette petite maison de Vaugirard, lorsque vous jouiez avec les lapins et les canards qui allaient et venaient dans le jardin ?

– Madame, ces souvenirs sont les plus beaux que je possède.

– Cette maison m'est bien plus chère que le royaume de France et je donnerai tout pour y demeurer encore.

Le duc du Maine se mit à rire :

– Je crois, madame, que votre fortune est assurée, désormais. Sans doute, si vous le voulez, vous pourriez acheter cette cabane et le jardin qui va avec.

À son tour, la marquise sourit :

– Je ne sais pas qui habite aujourd'hui dans ce logis. Mais je suis certain que cette famille y est aussi heureuse que nous y avons jadis été. Je ne veux pas attenter à leur bonheur et les chasser de là. Au contraire, il m'est agréable de penser qu'elle est habitée par d'autres. Et j'espère de tout cœur qu'elle sait se montrer généreuse et bienfaisante à leur égard. Vraiment, nous avons beaucoup de chance de posséder ce passé et de pouvoir nous en souvenir.

La marquise se tut. Elle caressa le jeune duc du regard puis reprit :

– Mais j'en reviens à votre mère véritable, Madame de Montespan. D'après vos questions, dois-je comprendre que vous ne la voyez guère et que vous ne lui écrivez même pas ?

– En effet. Mais cela n'est pas tout à fait de ma faute. Vous savez bien qu'elle ne s'est jamais réellement occupée de moi. D'ailleurs, il en va de même pour mes frères et sœurs : elle s'est toujours désintéressé de nous. Ou, en tout cas, elle ne nous considérait vraiment que lorsque nous rendions visite au roi notre père et que ce dernier nous interrogeait, nous questionnait, nous embrassait. D'ailleurs, depuis l'année 1691, ma mère me bat froid.

Madame de Maintenon se réjouit dans son for intérieur. Mais elle ne voulut rien en laisser paraître, car elle aurait été obligée de gronder un peu le duc du Maine pour sa barbarie alors que, dans le secret de son âme, elle se réjouissait beaucoup d'un acte qu'elle devait pourtant condamner officiellement.

Cette année-là, en effet, Madame de Montespan ne jouissait déjà plus de la faveur du roi. La marquise l'avait depuis longtemps remplacée. Alors, l'ancienne favorite s'était un moment retirée auprès des religieuses du monastère Saint-Joseph, qu'elle avait du reste fondé. Elle ne se résolvait pas à vieillir et à ce que son crédit soit épuisé. Elle était certaine que la Cour allait se languir d'elle, de ses bons mots et de ses reparties cinglantes. En fait, il n'en avait rien été. Nul courtisan ne l'avait regrettée. Le roi lui-même n'avait pas demandé de ses nouvelles. Pour être certain que sa mère abhorrée ne revienne pas à Versailles, son propre fils, le duc du Maine, s'était hâté de faire vider son appartement, situé au rez-de-chaussée du palais[1] : vite, il avait fait porter les meubles de la favorite déchue dans des charrettes. Dans le même temps, il s'était installé dans les pièces ainsi laissées libres et les avait faites aménager à sa convenance.

De la déconvenue, de la colère, du dépit de Madame de Montespan, l'épouse secrète de Louis XIV riait encore, du moins en secret.

– Je suis bien aise de vous avoir rendu visite. Mais souffrez, monsieur, que je me retire. le roi va sans doute me demander à son côté. Il y a, de plus, une vilaine affaire qui m'occupe un peu. Et je voudrais y consacrer quelques instants.

---

(1) L'ancien Appartement des bains, célèbre pour la somptuosité de sa décoration.

– Quel est ce souci qui vous tracasse, madame ?

– Il est de peu d'importance, en vérité. Il s'agit d'une sorte d'aventurière qui est parvenue à entrer dans le palais sous une fausse apparence. Je m'intéresse à elle parce que je pense qu'il serait préférable qu'elle ne soit pas ici. Mais à vrai dire, cela importe peu, je vous le répète.

– Vraiment madame ? Mais rien de ce qui vous regarde ne m'est étranger. Parlez-moi de cette femme. Je suis certain que vous en serez soulagée...

– Bien. Puisque vous insistez...

La marquise baissa la voix. Mais cela n'empêcha pas l'Espagnole d'entendre le discours que Madame de Maintenon tint alors au duc du Maine.

La situation de l'ancienne femme de chambre n'était guère agréable : le bâtard avait été quelque peu pris de court par la visite inopinée de l'épouse du Roi-Soleil. Aussitôt, il avait adressé un signe à la fugitive. Que celle-ci se cache dans ce cabinet de garde-robe, vite !

Confinée dans ce réduit obscur dépourvu de fenêtre, l'Espagnole tâchait depuis de demeurer coite et, surtout, de ne pas succomber aux effluves abominables qui montaient d'un siège percé d'un large trou. La tête tout entière envahie par ces puanteurs macérées, l'ancienne femme de chambre dut, de surcroît, entendre les paroles de Madame de Maintenon.

Dans ce récit, il était question d'une femme au teint hâlé, qui s'était laissée séduire par le roi de France, il y a bien longtemps, quelque trente années ou un peu plus.

– En fait, précisa la marquise, c'est plutôt notre roi qui a succombé à des charmes que la malheureuse reine Marie-Thérèse ne possédait pas. L'Espagnole, donc, a été aimée par votre père. Quelques mois plus tard, un enfant est né. C'était une fille.

Impuissante, la femme de chambre fut obligée d'écouter la suite du récit de Madame de Maintenon.

– Aussitôt, le monarque avait proposé à la femme de chambre d'épouser un honnête boutiquier de sa bonne ville de Paris ; le souverain tenait, pour cela, une bourse propre à acheter le silence du futur père de complaisance et à l'aider à faire vivre sa petite famille durant de longues années. Mais, ivre de fierté, l'esprit sans doute gâté par sa maternité, la jeune mère s'y était opposée avec hauteur. Elle s'était mis en tête de recevoir du roi un titre de noblesse et de grands biens. Elle était même parvenue à convaincre plusieurs des femmes qui, à son image, étaient venues d'Espagne pour servir en France la reine Marie-Thérèse. Plusieurs d'entre elles avaient été honorées par le Roi-Soleil. Toutes, elles avaient décidé de défendre le point de vue et les intérêts de la jeune accouchée et du bébé...

Dans son placard malodorant, l'Espagnole étouffait. Dix fois, cent fois, elle voulut sortir de sa retraite. Ces fragrances empoisonnées qui lui donnaient le tournis. Et, lorsqu'elle entendit prononcer le nom de la Moresse, elle s'évanouit tout à fait. Dans sa chute, son front heurta la chaise d'affaire qui se trouvait là. Cela fit un bruit sourd.

32

La boue de la mort

Combien de temps était-il demeuré ainsi, dans un état de demi-inconscience ? Il n'aurait pu le dire. Il sommeillait toujours lorsqu'il sentit une douce tiédeur étreindre son corps. Son esprit n'était pas encore tout à fait éveillé. Mais il comprit néanmoins qu'il avait été secouru et tiré hors de ce souterrain infâme où il avait manqué périr étouffé. Des mains, sans doute, l'avaient saisi et mené à l'air libre. Peut-être, même, était-il enveloppé dans une couverture douillette qui le réchauffait. Il aimait cette chaleur. Alors, malgré sa fatigue, il réussit à chasser les songes qui le berçaient encore un peu loin de la réalité. Et, enfin, il s'éveilla.

L'horreur. Lorsqu'il s'était endormi, il était prisonnier, enfermé dans une cave noire, privé de lumière et contraint de respirer un air vicié. Maintenant, c'était pire. Dehors, il pleuvait sans doute. Lui, il ne pouvait creuser la terre pour retrouver la liberté. Mais l'eau tombée du ciel, elle, n'avait eu aucun mal à trouver le chemin de sa prison souterraine. Sournoise, patiente, sûre de sa force, elle ruisselait de toutes parts, se glissait entre les rocs enfouis, suivait les racines. Et, peu à peu, tous ces ruisseaux cachés convergeaient vers l'antre où l'homme demeurait enfermé. Déjà, la terre s'était mise en mouvement. C'était des langues de boue, des draperies d'humus chargées de puanteurs qui glissaient, doucement insidieuses, redoutables et traîtresses. Peu à peu, ces boues fétides prenaient possession du réduit où l'homme sentait sa raison vaciller. C'était la tiédeur de ces fanges qui l'avait tiré de son sommeil et, un temps, lui avait fait croire qu'il était sauvé. C'était la caresse mortelle de cette bourbe qui lui avait donné à espérer mais qui, en fait, allait le tuer.

Les yeux ! Les yeux du tombeau de Saint-Denis ! Ils étaient là ! Ils brillaient dans l'obscurité. Ils contemplaient son agonie. Ils se vengeaient : l'homme les avait dérangés, il les avait tirés du néant contre leur gré. Maintenant, prévenus par des forces infernales, ils avaient accouru, par-delà les murs et le temps, ils étaient venus le regarder expirer...

Et l'air, qui se raréfiait encore davantage. L'homme savait qu'il allait devenir fou. Mais n'était-ce pas mieux ainsi ? Mourir lui serait sans doute plus aisé – qu'il périsse asphyxié ou bien que la terre le dévore avant qu'il ne soit tout à fait inerte – s'il ne comprenait pas qu'il était en train de trépasser.

Non. Il ne pouvait périr. Il hurla, agita les bras, les mains, voulut repousser ces vagues chaudes qui s'étaient refermées sur ses pieds et sur ses jambes et qui, à présent, tentaient d'ensevelir son corps, de l'étreindre sous leurs baisers gluants et chauds.

Non ! L'homme refusait de se laisser engloutir par cette terre à l'onctuosité mortelle. Il avait à maintes reprises donné l'espoir dans l'appartement de la Moresse, alors qu'il ne lui apportait que le malheur. Il avait, durant de longues semaines, menti à la femme noire. À présent qu'il était sur le seuil de la mort, il voulait lui dire la vérité. Il souhaitait se confesser à elle, lui demander pardon. Surtout, il voulait lui dire qu'il l'aimait. Mais, pour cela, il devait vivre. Vivre !

33

Les lettres de la Moresse

– Ainsi, c'était donc vous ? Vous n'allez pas le nier, tout de même ?

La Moresse se redressa et fit front à la supérieure du couvent de Moret.

– En effet. Je ne puis soutenir le contraire. D'ailleurs, je ne le désire pas.

La mère Claire de Saint-Jacques arracha à la Noire le papier que celle-ci tenait encore dans ses mains.

– Je n'ai pas besoin de lire cette lettre pour savoir ce qu'elle contient. Car je suppose que, à l'image de toutes celles qui l'ont précédée, elle ne recèle rien d'autre que vos éternelles récriminations, n'est-ce pas ? Ou, plutôt, devrais-je dire, elle ne relate rien d'autre que vos assertions orgueilleuses.

La supérieure déplia le papier. Un instant plus tard, elle explosa, triomphante :

– Voilà ! Une fois de plus, vous proclamez que vous êtes la fille du roi ! Si ce n'était pas ridicule, odieux, ce serait drôle ! Je ne comprends pas, décidément, de quelle façon est fait votre esprit. D'ici peu, vous allez prononcer vos vœux. Et, pourtant, vous n'avez en tête que ces sottises, ces idées fausses et pétries de prétention ! Vraiment, je me demande quels enseignements vous avez tirés des années passées ici, au milieu de nos sœurs !

Un peu calmée par cette diatribe, l'abbesse se plut à lire les mots tracés par la Moresse :

– « À l'image des nombreuses princesses tout aussi pieuses qui l'ont précédée sur le chemin de la dévotion, c'est en présence de toute la Cour et du roi son père que notre compagne Louise-Marie-Thérèse prononcera bientôt ses vœux. »

La supérieure replia le mot et le glissa dans sa robe. Elle reprit :

– Notre compagne, l'infortunée sœur Gabrielle de l'Eucharistie vient tout juste d'être assassinée, et vous ne songez qu'à vous draper dans des honneurs qui ne vous sont pas dus ! Dieu m'est témoin que, pourtant, je n'aurai jamais cherché à vous mettre en tête de telles sottises et que j'aurai, au contraire, tout fait pour qu'il en soit autrement !

– Vous vous trompez, dit simplement la Moresse. Cela n'est pas.

– Que dites-vous ? Osez-vous prétendre ne pas être l'auteur de ce mot que vous vous apprêtiez à placarder sur la porte de notre réfectoire, tandis que les sœurs de notre petite communauté sont occupées à emballer nos sucres d'orge ?

– Votre propos est exact sur plusieurs points. Mais il est faux sur l'essentiel. C'est bien moi qui ai rédigé toutes les lettres qui, depuis tant d'années, proclament que je suis la fille du roi. Si mes sœurs en ont pris ombrage, je leur demande de bien vouloir me pardonner. Mais c'était le seul moyen dont je disposais pour faire valoir mon point de vue et, donc, mes droits. Je suis la fille du roi de France et de Navarre. À cela, ma mère, vous n'avez rien à redire. Si vous ne parvenez pas à vous en persuader, sachez que ce que je sais depuis toujours m'a été confirmé par Madame de Maintenon.

– Et, de plus, vous mentez !

– Pas du tout. Ce serait d'ailleurs tout à fait ridicule de ma part. Car il ne vous est pas difficile de vérifier la véracité de mon propos auprès de la marquise. Du reste, c'est vous, ma mère, qui êtes dans une situation fausse : je puis croire que vous ne saviez pas que le roi était mon père. Peut-être n'avez-vous jamais vu Sa Majesté, je ne le sais pas. Mais j'éprouve des difficultés plus grandes à admettre que vous ignoriez qui était vraiment la défunte Sœur Gabrielle.

La supérieure était devenue très pâle :

– Que voulez-vous dire ?

– Durant de longues années, vous avez côtoyé sœur Gabrielle. Je puis concevoir que celle-ci ne s'est jamais confiée à vous : en effet, elle n'est jamais venue me parler ; elle a pu faire de même avec vous. Mais je vous connais et je sais que vous faites souvent preuve de la plus grande intuition. Je ne peux croire que vous n'avez jamais compris que sœur Gabrielle était ma mère.

L'abbesse leva les yeux au ciel :

– Ah ! Que dites-vous ? Vous avez donc perdu la raison !

– Pas du tout. Je puis vous le répéter en vous regardant droit dans les yeux : je sais tout. La sœur Gabrielle de l'Eucharistie m'a mise au monde voici trente et un ans. Bien entendu, je pleure sa disparition odieuse et je me lamente. Cependant, je me réjouis d'avoir pu vivre à son côté durant tant d'années. À l'avenir, je saurai me souvenir des moments passés en sa compagnie et je les chérirai. Je ne doute pas que si ma mère est morte, c'est précisément parce qu'elle était ma mère et, à ce titre, dépositaire d'un secret redoutable. Mais le jour qui me verra prononcer mes vœux, je me jetterai aux pieds du roi mon père et je le supplierai de tout mettre en œuvre pour retrouver l'assassin de ma mère et le punir avec toute la sévérité requise. Si, toutefois, ce criminel n'est pas retrouvé et châtié d'ici là.

Ce discours plongea la supérieure du couvent dans un abîme de perplexité.

– Parlez moins fort, je vous prie. Je préfère que, pour le moment, nos compagnes n'entendent pas cet échange. Pour ce qui est du meurtre odieux de la sœur Gabrielle – que celle-ci soit ou non votre mère – sachez que j'ai prévenu Monseigneur l'évêque. Celui-ci, en effet, m'a fait demander de ne rien dire encore, et il a même regretté que Madame de Maintenon ait été informée de ce drame affreux. J'avoue que, rapporté à votre discours, cette demande insolite me trouble...

La Moresse triompha :

– Ah ! Voyez ! Si Monseigneur l'évêque vous a donné un tel ordre, c'est qu'il connaît lui aussi la vérité pour ce qui regarde ma naissance ! Par mesure de précaution, et par égard pour moi, il préfère recueillir l'avis du roi avant d'entreprendre quoi que ce soit.

– J'avoue que je ne sais plus que croire. Vous avez peut-être raison. Encore une fois, je vous demande, à l'égard des bénédictines, de garder le secret sur tout cela.

La supérieure regarda tout autour d'elle. Rassurée de voir qu'elle ne pouvait être entendue d'aucune de ses compagnes, elle ajouta :

– Vous êtes forte et, qui que soient vos parents, votre caractère est bien trempé. À vous, je puis donc le dire. Le meurtre de la sœur Gabrielle n'est pas le seul drame qui jette une ombre sur notre petite communauté. Un autre danger rôde autour de nous, même si pour le moment, il est infiniment moins redoutable.

– Quel est ce péril ?

– Avez-vous entendu parler du Grand Veneur ?

Louise-Marie-Thérèse hocha la tête. Alors, la mère Claire de Saint-Jacques raconta que ce fantôme noir et farouche qui hantait les futaies de la forêt paraissait se plaire, depuis peu, à s'approcher des villages et des hameaux, à faire résonner les cors de ses gens dans les ravins qui striaient la forêt, jusqu'aux portes de Moret.

– Je ne crains guère les apparitions, sourit la Moresse.

– Moi non plus, remarqua l'abbesse. Du moins, lorsque j'ai un bon crucifix à portée de la main. Cependant...

De nouveau, la supérieure regarda tout autour d'elle. Puis elle se retourna vers la femme au teint noir :

– Suivez-moi. Dépêchez-vous. J'entends le bruit des casseroles. Nos compagnes doivent être en train de verser le sucre brûlant sur le marbre. Elles ne vont pas tarder à sortir de la cuisine.

Un instant plus tard, les deux femmes pénétraient dans l'appartement de la supérieure. Celle-ci prit soin de refermer la porte derrière elle. Puis elle alla ouvrir une armoire scellée dans le mur. Elle en sortit un paquet, enveloppé d'un tissu grossier, qu'elle déposa sur une table. Ses gestes d'ordinaire brusques étaient devenus prudents, hésitants. La Moresse, qui connaissait bien l'abbesse, se demanda s'il fallait mettre ce changement d'attitude sur le compte de la peur ou du dégoût.

L'étoffe dépliée laissa apparaître de nouveaux tissus. Ceux-là étaient très fins, délicats, ornés de dentelles. C'était des langes, un bonnet de bébé, une couverture minuscule, tous taillés pour un petit enfant. Fait surprenant et inhabituel, voire inquiétant, toutes ces étoffes étaient d'un noir de jais.

– Voyez, ces vêtements ont été déposés devant la porte du couvent hier soir. Figurez-vous que dans le même temps, plusieurs des habitants de la ville assurent qu'ils ont vu le Grand Veneur, son équipage et ses piqueurs rôder du côté de la porte de Samois.

– C'est donc ainsi que sont faits des vêtements d'enfant, murmura la Moresse. Je n'en avais jamais vus, ajouta-t-elle en caressant un mouchoir.

– Détrompez-vous. Je n'en ai jamais contemplé de semblables. D'ordinaire, ils sont blancs. C'est bien la première fois que j'en vois de si sombres...

– C'est égal. Ils sont beaux, poursuivit la Moresse.

Il sembla alors à la supérieure que la future bénédictine aurait pu demeurer encore longtemps à admirer les petits habits noirs. Mais, dans le couloir, un murmure vint prévenir les deux femmes que les religieuses avaient terminé leur ouvrage. En attendant que la pâte à bonbon refroidisse et puisse être découpée, les nonnes regagnaient qui le cloître, qui la chapelle, qui sa cellule. Il était temps de les retrouver...

34

Les souvenirs du duc

Le bruit causé par la chute de l'ancienne femme de chambre ne passa pas inaperçu pour Madame de Maintenon. Parce qu'elle était depuis quelques jours soumise à rude épreuve, celle-ci ne put s'empêcher de regarder le duc du Maine. En une autre occasion, elle se serait montrée plus fine et plus discrète, et aurait fait semblant de ne rien avoir entendu. Un instant, d'ailleurs, la marquise songea à faire comme si de rien n'était. Mais un gémissement de l'Espagnole acheva de troubler l'épouse et le fils du roi.

Aussitôt, le duc du Maine pensa qu'il allait éprouver les plus grandes difficultés à se tirer d'embarras. Il allait en effet devoir expliquer pourquoi et comment se trouvait cachée dans son appartement une femme recherchée par les soldats du roi et considérée par la marquise comme une espèce de criminelle.

– Ah ! Monsieur, vous n'étiez donc pas seul...

Le duc du Maine demeura silencieux. D'un instant à l'autre, il s'attendait à ce que s'ouvre la porte du cabinet de garde-robe et à ce qu'apparaisse l'Espagnole. Tout s'écroulait donc. Non seulement le plan magnifique qu'il venait d'échafauder avec l'aide de l'ancienne femme de chambre allait être découvert. Mais, de surcroît, Madame de Maintenon allait mettre son double jeu au jour.

Et le bâtard royal se trouva alors replongé dans le passé. Il voulait s'amuser avec ses camarades de jeu dans le beau jardin fleuri qui entourait la maison de Vaugirard – où le Roi-Soleil faisait élever dans le secret les enfants nés de sa liaison avec Madame de Montespan. À cinq ans passés, il ne marchait toujours pas. Pour s'emparer d'une poupée de chiffon que lui disputait un jeune chaton, il se traîna à même le sol. Il cria, il pleura, il gémit, il enrageait de ne pas pouvoir se tenir sur ses deux jambes comme les autres enfants. À force de volonté, il réussit enfin à attraper le chat. Mais l'animal n'avait pas l'intention de se laisser faire. Il griffa le jeune garçon puis, le croc planté dans la poupée, il courut se cacher sous un rosier. Louis-Auguste se mit à hurler. De rage plus que de douleur. Qu'était donc cette vie qui lui refusait les jeux et les courses ?

Alors, les domestiques accoururent. Mais Madame de Maintenon leur enjoignit de retourner à leur travail. Elle s'occuperait elle-même de l'enfant malade. Celui-ci montra le chat du doigt, il commença à expliquer qu'il voulait la figurine de tissu. Mais sa protectrice ne l'entendait pas, elle n'écoutait pas ses mots et ne paraissait s'intéresser qu'à ses jambes trop faibles. Elle le prenait dans ses bras. Lui, il ne faisait aucun effort pour l'aider. Il s'efforçait, même, de lui échapper, d'alourdir son corps. Mais privé de jambes, que pouvait-il faire ? Il était bien contraint, après avoir subi la mauvaise humeur du chat, de subir la volonté de la dame. Déjà, celle-ci l'emmenait dans la maison, loin du jardin, de ses dangers et de ses tentations... Et lui, réduit à l'impuissance, il ne pouvait rien faire d'autre que pleurer de colère...

C'était ces souvenirs enfouis qui, d'un coup, revenaient à l'esprit du duc du Maine. Enfant, il n'avait jamais connu, ou presque, sa véritable mère, Madame de Montespan. Aujourd'hui qu'il était un adulte, il devait supporter, comme par le passé, que celle qui l'avait élevé fasse de lui ce qu'elle voulait...

– Non, madame, je n'étais pas seul, en effet, répondit le bâtard d'une voix blanche.

– Pardonnez-moi. Je m'en veux. Je n'aurais pas pensé que...

La marquise devint tout à fait rouge. Alors, comprit le duc, l'abîme dans lequel il avait cru tomber se refermait soudain, sans aucun dommage. Le tonnerre qui grondait dans le lointain perdait de sa superbe, ne laissait pas la place à l'orage redouté.

Certes, Madame de Maintenon condamnait l'adultère. Elle aurait préféré que le duc du Maine, son cher mignon, soit en compagnie de son épouse. Ce n'était assurément pas le cas : pourquoi celle-ci se serait-elle enfermée dans le cabinet de garde-robe à l'arrivée de la marquise ? Mais l'homme était, depuis sa naissance, et de tous les enfants dont elle avait été la gouvernante, son préféré. Auprès d'un autre que lui, elle aurait fait part de ses reproches. Mais le duc du Maine, lui, disposait d'un crédit sans limite dans l'esprit de la seconde épouse du roi. À son égard, la marquise se montrait toujours généreuse, indulgente. En sa présence, elle en oubliait les principes sur lesquels elle avait bâti sa vie et aménagé celle du roi.

– Je me retire, dit-elle simplement, alors que le rouge de sa confusion se dissipait un peu.

Le duc s'avança. Il allait la raccompagner. Mais ce pas mit en évidence la fragilité de celle de ses jambes qui était restée très faible. Cette vision peina la marquise et l'incita à se retirer au plus vite.

– Laissez-moi, monsieur, je vous en prie : je connais le chemin.

Parvenue à la porte de l'appartement du duc, Madame de Maintenon se retourna et lui murmura :

– Veillez à ce que Sa Majesté n'apprenne rien. Vous savez que le roi est désormais l'ennemi du désordre et entend que les siens mènent une vie droite. De mon côté, je garderai le silence. Mais méfiez-vous de Bontemps et de ses espions.

Enfin, la porte se referma. La marquise était partie. Vite, le duc alla délivrer l'Espagnole.

35

Le récit de la profanation

Madame de Maintenon eut à peine le temps de regagner son appartement de la Porte dorée que le roi lui fit porter un message. Elle devait, de toute urgence, se rendre auprès de lui. D'ordinaire, Louis XIV rejoignait la marquise, pour s'entretenir avec ses ministres ou, simplement, deviser avec elle. Qu'il la fasse demander laissait présager qu'un événement important s'était passé.

En arrivant dans la chambre du roi, elle eut la surprise d'y trouver le premier valet de chambre. Elle connaissait trop Bontemps pour savoir qu'ici, en présence du roi, le serviteur ne lui parlerait pas de l'Espagnole, pas même à la dérobée : il avait trop le culte du secret et de la discrétion pour prendre le risque que Louis XIV surprenne cet aparté.

La marquise de Maintenon était d'une intelligence rare. Son élévation inouïe en témoignait. Partie de rien – ou presque – elle était maintenant l'épouse respectée et presque crainte du Roi-Soleil. Son esprit, donc, était délié. Parce qu'clle sc dcmandait ce que lui voulait le monarque, elle songea tour à tour à deux sujets. D'abord, elle pensa qu'il avait eu vent de la présence à Fontainebleau d'une ancienne femme de chambre de la reine, sa première épouse. Mais elle songea aussitôt que, pour le Roi-Soleil, il n'y avait pas matière à trop s'en alarmer. Ensuite, elle estima que le souverain avait été mis au courant de l'inconduite de son fils bâtard, le duc du Maine. Oui, c'était sans doute cela. Depuis qu'il avait épousé en secret la marquise de Maintenon, et comme elle venait de l'expliquer à son cher mignon, le roi exigeait des siens qu'ils calquent leur conduite sur la sienne. Lorsqu'il était jeune, Louis XIV s'était accordé tous les plaisirs, toutes les indulgences, toutes les permissions. Quand il partait à la guerre, il entassait sa femme, la reine Marie-Thérèse, et ses maîtresses dans les mêmes carrosses. À mesure que les années passaient, il regardait ces débordements avec horreur, et n'entendait pas que les jeunes membres de sa famille les reprennent à leur compte.

Pourtant, de tout cela, il n'était pas question, et la marquise ne tarda pas à le comprendre en voyant le roi d'un peu plus près.

– Madame, je vous ai fait venir parce que, dans tout le royaume, et sans compter Monsieur Bontemps, vous êtes la première personne qui doit entendre ceci.

Le roi désigna le large fauteuil où il prenait place d'ordinaire. Puis il reprit :

– Asseyez-vous, je vous prie. Quant à moi, vous comprendrez que je souhaite demeurer debout lorsque vous aurez entendu le récit que je veux, que je dois vous faire.

La Moresse. Madame de Maintenon en était certaine. Il s'agissait de la Moresse. Elle se demanda si elle devait avouer au roi qu'elle avait deviné de qui il souhaitait lui parler. Louis XIV en serait-il soulagé ? À y bien réfléchir, ce n'était pas si sûr... Et la marquise préféra ne rien dire. Ce dont elle se félicita peu après.

Louis XIV poursuivit :

– Je me dois de vous prévenir, madame, que ce que vous devez apprendre sans tarder constitue, sans doute, l'exposé le plus odieux que vous ayez jamais entendu.

Madame de Maintenon ne répondit pas. Le plus souvent, la carapace qui enserrait son âme était très solide. Cette coquille lui permettait, depuis de nombreuses années, de ne se laisser émouvoir par rien, afin de mieux tout contrôler, vérifier, mesurer et vaincre. Mais, cette fois-ci, la belle assurance se lézardait...

– En préliminaire, madame, sachez que j'ai reçu un premier rapport, envoyé par un homme, un militaire. Mais celui-ci n'a pu aller jusqu'au terme de son propos puisque, sitôt après m'avoir écrit, il n'a pas hésité à offenser Dieu, à jeter son âme dans les enfers : il s'est donné la mort. Donc, sa lettre était demeurée inachevée. Je n'avais en ma possession que certains des éléments que vous allez entendre. J'avais décidé de ne rien vous dire, en attendant d'être informé plus complètement. Je m'apprêtais à envoyer à mon tour un ordre enjoignant aux compagnons de cet homme de m'en dire davantage. Mais, instruites de l'inconduite infâme de ce soldat, d'autres personnes ont aussitôt décidé de m'écrire. C'est ce second rapport que je viens à l'instant de recevoir. Il complète fort bien le premier. Et, maintenant, j'ai une vision entière de ce qui s'est passé et que vous devez apprendre...

– Sire, mon alarme est extrême...

– Cela a à voir, madame, avec ce qui s'est passé à Paris, au palais du Louvre, au mois de novembre 1664, puis à l'abbaye de Saint-Denis, en décembre de la même année...

À l'évocation de cette époque maudite, riche de tant de tracas, la voix du roi se brisa. Vite, le Bourbon se détourna de la marquise. Cette petite lâcheté n'échappa pas au premier valet de chambre. Mais le souverain se reprit et il poursuivit son récit :

– Madame, vous savez que, le 16 novembre de cette année-là, un événement affreux est survenu au palais du Louvre.

La marquise aurait pu acquiescer. Elle n'en fit rien. Elle était trop heureuse que le Roi-Soleil dût lui exposer, une fois de plus, le récit de cette ignominie. De la sorte, en étant le témoin de cette humiliation, elle accroissait un peu le pouvoir qu'elle exerçait sur le maître de l'Europe... Quelles que soient les souillures projetées aux quatre coins du monde, aucun levier n'était à dédaigner dès lors qu'il permettait de soulever une lourde charge, de donner à la marquise un peu plus d'autorité sur le souverain... Aucun geste, aucune feinte ne devaient être méprisés quand ils étaient susceptibles de conférer la puissance.

Aussi, en un instant, la dame sut quel sentiment elle devait appeler sur sa figure marmoréenne, ce visage que les rides épargnaient depuis toujours. Pour ajouter une pierre à l'édifice qui lui permettait de dominer le roi de France – et de très haut – cette face allait donner à lire la compassion, la patience, l'apitoiement et, surtout, un dédain teinté de dégoût.

– Vous savez, madame, que... Vous n'ignorez pas...

Le roi hésita. Aux réticences qu'il avait à parler de cette affaire s'ajoutait le mal de dents qui, depuis son arrivée à Fontainebleau, ne lui laissait aucun répit. Mais, comme à son habitude, il réussit à passer outre ses douleurs.

– La reine mit au monde un enfant qui était, qui n'était pas... qui était différent des autres...

Le Roi-Soleil parut se reprocher de ne pas être capable de tenir ce discours d'une façon plus assurée. Et ce fut d'une voix plus ferme qu'il reprit :

– Vous le savez depuis de longues années. Un mois et demi plus tard, un carrosse de la Cour dut prendre le chemin de Saint-Denis, escorté par des serviteurs portant des torches éteintes.

La marquise souhaitait que le roi achève ces préliminaires et parvienne au cœur de son exposé : elle souhaitait, au plus vite, en savoir davantage afin d'articuler tout cela avec ce qui se passait à Moret. Elle avait de plus en plus de mal à cacher une impatience que le roi ne lui connaissait pas.

– C'était la volonté de Dieu, Sire ! s'exclama Madame de Maintenon.

Ce n'était pas cette remarque qu'attendait le roi. Aussitôt, il répliqua :

– Sans doute dites-vous le vrai, madame, car il semble que Dieu vous parle plus souvent qu'à moi.

Louis XIV s'avança vers la marquise. Lorsqu'il fut très près d'elle, il annonça avec froideur :

– Le cercueil fut porté dans le caveau des Bourbon.

Le roi marqua un temps d'arrêt, il s'éloigna de son épouse, puis revint vers elle :

– Or, madame, cette sépulture vient d'être profanée.

La marquise se leva soudain. Pour cette fois, elle ne put afficher l'impassibilité – parure, mais aussi une arme redoutable au service de sa volonté de puissance. Une profanation ? Dans la basilique de Saint-Denis ? Qu'était-ce à dire ?

– Le premier homme qui m'a écrit n'était autre que l'officier des Cent-Suisses chargé de veiller sur l'église. C'est lui qui n'a pas su mener à bien sa mission. Si des complices l'ont incité à garder le silence ou à tarder à m'avertir, ils seront châtiés. Dans un second temps, les moines se sont à leur tour aperçus de la profanation. Ce sont eux qui viennent de me faire parvenir, en grand secret, la seconde lettre dont je vous ai parlé.

– Mais, Sire, qu'ont-ils donc à ajouter ?

– Le barbare, l'être qui bafoue le droit divin qui est le mien, l'homme qui a renié le Tout-Puissant, le mécréant qui s'est lui-même retranché de la communauté des hommes... ce criminel immense a forcé la bière.

Cette nouvelle arracha un cri à Madame de Maintenon, saisie d'effroi. La plainte rassura presque le roi. Il avait tant pris l'habitude, depuis de longues années, de contempler la dureté de sa seconde épouse... Parfois, il en venait à se demander si la marquise avait un cœur...

– Mais qu'a-t-il pu contempler, alors ? demanda-t-elle. Je croyais que toutes les précautions avaient été prises. Il m'avait été dit que... Mais qu'a vu ce personnage infâme ?

– Madame, vous ne le savez que trop bien, répliqua sèchement le roi de France.

Le ton du monarque ne plut guère à sa seconde épouse. Plus que jamais, celle-ci savait qu'elle devait tirer parti de la situation. Louis XIV était dans une position de faiblesse et de vulnérabilité. Si elle parvenait à asseoir un peu plus la chape qui faisait sa force, sa puissance s'en trouverait par la suite décuplée. Sitôt qu'il aurait achevé son récit, quelles que soient les révélations dramatiques qu'elle allait apprendre, elle allait devoir retourner au plus vite chez les bénédictines du bord du Loing. Et, là-bas, tâcher d'en savoir plus, de façon à apprendre ce que le roi ignorait encore.

36

Vers la Cour des offices

– Je ne puis aller plus loin, déclara le duc du Maine. Ici, les princes ne s'aventurent guère. Passé cette aile du palais, c'est la Cour des offices. Ma présence risquerait fort de ne pas passer inaperçue. Et ce n'est pas ce que nous recherchons, n'est-ce pas ?

– Votre Altesse, je vous remercie de toutes vos bontés.

– Je vous l'ai déjà dit, madame. En agissant ainsi, je ne fais que défendre nos deux intérêts bien compris. Je vous viens en aide. Soit. Mais n'oubliez pas ce que vous me devez en échange.

L'ancienne femme de chambre de la reine s'inclina.

– À partir de maintenant, Votre Altesse ne dispose pas d'une servante qui lui soit plus dévouée que moi.

– Fort bien. Vous avez avec vous la lettre que je destine à la sœur Louise de la Miséricorde ?

– Oui, Votre Altesse. Je la tiens sur mon sein.

– Quand donc pensez-vous pouvoir faire remettre ce pli ?

– Je l'ignore. Mais je vous prie de croire que je vais tout mettre en œuvre pour aller au plus vite.

– Un homme de confiance va vous retrouver sous le grand pavillon qui flanque le côté nord de la cour, là-bas. Fiez-vous entièrement à lui.

Le danger rôdait, et le duc du Maine ne l'ignorait pas. De plus, et par des indiscrétions de prêtres attachés à la cour, le bâtard royal savait déjà que des événements fâcheux s'étaient produits dans le couvent de Moret. En outre, il venait d'apprendre que le roi, de fort méchante humeur, s'était enfermé dans sa Grande Chambre en la seule compagnie de Madame de Maintenon et d'Alexandre Bontemps. Les nuages noirs s'amoncelaient au-dessus du palais, et aussi au-dessus du duc. Alors, celui-ci s'efforça de plaisanter.

– À tout le moins, j'espère que ce protecteur saura vous garantir contre le Grand Veneur, ses chiens et ses sonneurs de cor !

– Le Grand Veneur ? Qui est-ce donc, Votre Altesse ?

– Vous n'avez donc jamais entendu parler de lui ?

Alors, il expliqua à l'Espagnole qui était ce personnage. Et aussi de quelle façon la Cour se partageait en deux camps à son sujet. Ceux qui haussaient les épaules lorsqu'ils entendaient parler de lui, estimaient que cette créature imaginaire – peut-être le lointain souvenir d'un chevalier des temps anciens – n'était bonne qu'à faire peur aux enfants et aux vieillards. Et les autres, dont plusieurs militaires très braves, ceux qui craignaient de rencontrer le Grand Veneur au détour d'une futaie et scrutaient toujours les environs, lorsque le roi chassait, de peur de voir foncer sur eux l'équipage infernal.

– Ce qui est certain, c'est que ce fantôme est apparu à mon arrière-grand-père, le roi Henri IV, un jour que celui-ci chassait en compagnie du comte de Soissons, du côté des gorges de Franchard ou d'Apremont. « Amendez-vous », a-t-il crié à mon aïeul. Depuis ce jour, un carrefour porte son nom.

L'Espagnole parut très intéressée par ce récit. Elle semblait passionnée, même, et nullement effrayée.

– Mais ce Grand Veneur, a-t-il été aperçu, récemment ?

– Il semble bien que oui. Du moins si l'on en croit des courtisans qui ont voulu suivre la chasse du roi, voici quelques jours, et qui se sont égarés à la Croix du Grand Maître, là où s'achève la Route ronde. Ils ont cru entendre hurler la meute de Sa Majesté, ont voulu couper à travers des taillis, puis ont dévalé une pente et se sont en fait trouvés pris au piège, tout au fond d'une sorte de fosse naturelle dont ils ne savaient plus comment ressortir. Vous le savez, la forêt est très accidentée. Soudain, en haut d'un talus rocheux qui bordait cette cavité, ils ont vu un homme tout de noir vêtu. Il les a exhortés à se repentir, leur a crié que la fin des temps était proche, puisque les églises étaient profanées et que les tombeaux s'ouvraient.

– Votre Altesse, je ne crois guère aux apparitions. Mais j'avoue que ce que vous me dites est propre à faire frissonner, fit remarquer l'ancienne femme de chambre.

– Ce n'était pas mon dessein, je vous l'assure. Mais nous avons assez parlé. Partez, maintenant. Et tâchez de m'apporter au plus vite des nouvelles du carmel de la rue Saint-Jacques.

L'Espagnole hocha la tête. Elle vit passer un groupe de marmitons et de filles de cuisine. Sa mise était assez sobre : elle pourrait aisément se mêler à eux et, en leur compagnie, gagner la porte du palais. Elle s'éloigna, sans même adresser un regard au duc du Maine.

37

Les viscères de la sœur Gabrielle

Et, de nouveau, sous une pluie battante, ce fut la route boueuse qui menait de Fontainebleau à Moret. Mais cette fois, Madame de Maintenon ne s'impatienta pas de devoir, une fois de plus, accomplir ce trajet dont elle connaissait par cœur chaque courbe, chaque pavé. Elle était trop préoccupée par les révélations affreuses que le roi lui avait faites.

Le forêt se parait depuis peu des ors, des pourpres et des ocres de l'automne, que la pluie faisait briller et scintiller davantage. La marquise n'avait jamais aimé le spectacle que donnait cette nature prétentieuse. Ces forêts, ces futaies étaient trop flamboyantes, trop majestueuses, trop éclatantes pour qu'elle ne s'en offusque pas. Plus que jamais, aujourd'hui, l'épouse du Roi-Soleil détestait ces feux. Même, il lui semblait qu'ils n'avaient jamais été aussi ardents : n'allaient-ils pas engloutir le souverain, les siens, la monarchie ? N'allaient-ils pas seconder le Démon qui, de toute évidence, était à l'œuvre dans la coulisse de ce théâtre trop flambant ? Pour quitter au plus vite cette forêt trop splendide, la marquise donna au cocher l'ordre de forcer l'allure, sans craindre de verser dans le fossé et, surtout, de compliquer la tâche des gardes du corps à cheval qui l'escortaient à la demande du roi.

Sitôt arrivée au couvent de Moret, Madame de Maintenon se rendit dans l'appartement de la Moresse, sans même aller saluer la mère Claire de Saint-Jacques.

Dès qu'elle vit le visage de la Noire, qui était debout au milieu de sa chambre, l'épouse du roi comprit que cet entretien allait constituer une épreuve. Ce que confirmèrent les premiers mots de la postulante :

– Madame, j'étais bien impatiente de vous voir, et surtout de vous parler.

– De quoi s'agit-il ? demanda la marquise. De plus en plus inquiète, et pour se donner une contenance, elle s'assit face à la Moresse.

– C'est là le rapport de l'examen qui a été réalisé, durant la nuit, sur le corps de notre infortunée compagne, la sœur Gabrielle de l'Eucharistie. Je viens d'en recevoir une copie, de la main de la mère Claire.

La marquise eut soudain très peur. Elle balbutia :

– De quelle inspection, de quel contrôle parlez-vous ?

– Il se trouve que j'ai fait part de vos révélations à notre supérieure.

Face à la catastrophe qui s'annonçait, Madame de Maintenon tenta de passer à l'attaque une dernière fois :

– Mais vous n'aviez pas le droit ! Vous auriez dû m'en entretenir auparavant ! J'ai tenu ces propos sous le sceau du secret !

– Madame, vous n'êtes pas en situation de me parler comme cela. Ce ton aurait été de mise si, en effet, vous m'aviez dit la vérité. Or, il n'en est rien !

– Comment osez-vous me parler de cette façon ?

La marquise aurait voulu parler d'une voix assurée. Or, celle-ci tremblait de plus en plus, se faisait tour à tour grave puis aiguë...

– Un jour prochain, bientôt, le roi mon père apprendra toute l'étendue de votre ignominie, madame.

– Enfin ! Allez-vous me dire ce qu'il y a sur ce papier que vous tenez à la main !

La Noire laissa un large sourire insolent signaler la jubilation qui s'emparait de son esprit :

– Il s'agit d'un compte rendu. Il concerne la défunte sœur Gabrielle.

– Hâtez-vous de vous expliquer ! Qu'y a-t-il dans cette lettre ? Dois-je vous rappeler que cette infortunée sœur était une amie d'enfance ?

La Moresse choisit de ne pas répondre, pas tout à fait, pas encore, aux questions sans ordre de la marquise :

– Donc, j'ai choisi de parler à la supérieure, de me confier à elle, de lui répéter ce que vous m'aviez dit au sujet de ma mère prétendue. À son tour, la mère Claire de Saint-Jacques a décidé de s'entretenir avec Monseigneur l'évêque.

– Mais vous n'aviez pas le droit ! Qu'avez-vous fait, malheureuse ?

– Monseigneur l'évêque a jugé que vos révélations – mais, madame, faut-il donner ce nom à vos paroles ? –, méritaient d'être jugées à l'aune d'une vérification pénible, mais nécessaire.

Madame de Maintenon ouvrit la bouche. Mais ses yeux qui roulaient disaient assez qu'elle était incapable de parler. Aussi, la Moresse poursuivit :

– À l'image de Monseigneur l'évêque, je suis certaine que Sa Majesté sera très satisfaite du travail accompli. Si Elle vient à en apprendre l'existence...

– Pour l'amour du Ciel, me direz-vous enfin...

– Vous vous doutez bien que la nature de votre récit a jeté le trouble et dans le couvent, et à l'archevêché. Alors, dans la nuit, avant même que les circonstances de l'assassinat de la sœur Gabrielle soient éclaircies et le meurtrier retrouvé, le corps de la malheureuse a été porté hors les murs. À la requête de l'archevêque, cette dépouille a été examinée par les meilleurs médecins, les plus illustres chirurgiens de la région. Toute la nuit, ils ont procédé à l'exploration des organes et...

Madame de Maintenon ne pouvait réprimer les tremblements qui s'étaient emparés de ses mains. Pour dissimuler ces mouvements, elle tenta de saisir les bras en bois tourné de son fauteuil. Mais son corps tout entier fut alors agité par des convulsions.

– Avec toutes les précautions et tous les égards requis, l'examen des viscères s'est fait devant de nombreux témoins, dont plusieurs religieux qui, comme les représentants de la faculté, ont tous juré le secret.

La marquise hurla presque :

– Et donc ?

– Il apparaît certain... Il ne peut être nié que sœur Gabrielle de l'Eucharistie...

– Mais dites les mots !

– La sœur Gabrielle, ma mère supposée, était depuis toujours privée des organes qui lui auraient permis d'enfanter. Sur ce point, les chirurgiens et les médecins sont formels : notre malheureuse compagne ne pouvait, n'a jamais pu avoir d'enfant.

Son propos aurait dû plonger la Moresse dans un abîme d'affliction. Il n'en était rien. Elle souriait.

La marquise tenta d'effectuer une retraite en bon ordre :

– Vous voulez dire que, après une première grossesse, sœur Gabrielle n'était plus capable de donner la vie ?

– Non, ce n'est pas le sens que je souhaite donner à mes paroles, affirma la Noire. La sœur Gabrielle n'a jamais pu être mère. Ni la mienne, ni celle d'une autre.

Le regard. Le regard de la Moresse... Madame de Maintenon était incapable de le soutenir. Et, pourtant, elle devait relever la tête, répondre, argumenter, reconquérir la confiance de la future religieuse.

– Mais que me dites-vous ! C'est impossible ! Sœur Gabrielle m'aurait donc menti ?

Depuis de nombreuses années, la marquise avait dû combattre mille dangers, réduire mille ennemis, franchir mille obstacles. Mais elle ne s'était jamais placée dans cette situation. Que devait-elle faire ? Pleurer, apitoyer la Moresse à sa guise, protester de sa bonne foi ?

Non. La postulante ne la croirait pas. Il fallait, au plus vite, trouver une ligne de défense.

– Jc puis tout expliquer, ma chère enfant. Je crois que, en effet, j'ai eu tort de ne pas dire la vérité. Croyez que j'ai les plus grandes difficultés à vous faire cet aveu car, vous le savez, je me suis toujours efforcée d'observer la plus grande rectitude dans toutes les circonstances de la vie. Je le répète, j'ai mal agi. Mais c'est la bonté qui m'a incitée à agir comme je l'ai fait.

– La bonté ? s'enhardit à répéter la Moresse, ulcérée.

– Oui. C'est bien d'humanité et de bienveillance dont il est question. Même si, je le dis une nouvelle fois, il m'est pénible de revendiquer ces qualités que j'aurais aimé vous voir me donner, sans que j'aie besoin de le solliciter. Croyez que je n'ai guère l'habitude, depuis plusieurs années, de me livrer à une telle confession. Mais enfin, les événements me le commandent, n'est-ce pas ? Et nous sommes tous placés sous le regard de la Providence...

Madame de Maintenon était très éprouvée. Elle porta un mouchoir à ses yeux. Puis elle s'obligea à sourire et tendit la main pour inviter la Noire à s'asseoir sur une chaise placée à côté de la sienne. Elle leva ensuite les yeux vers le crucifix placé sur le mur, juste en face. Elle soupira et reprit :

– Mon enfant, si j'ai menti, en effet, c'est parce que je vous ai prise en pitié. À cela, il n'y a bien entendu rien de nouveau. Mais l'autre jour, j'avoue que j'ai perdu la tête. Certes, vous l'avez deviné depuis toujours, vous êtes la fille du roi de France. Je ne puis plus longtemps retarder cette annonce. En revanche, comme vous l'avez appris sans même que je vous le dise, sœur Gabrielle n'était pas votre mère. J'ai travesti la vérité à la fois pour vous et pour elle.

– Je vous écoute. Une fois de plus, soupira la Moresse.

– Celle qui vous a mise au monde, mon enfant, n'est autre qu'une dame espagnole. Cette personne était jadis au service de la reine de France. Avec plusieurs autres caméristes, elle était venue de Madrid pour servir la jeune épouse du roi. Bien faite et aimable, cette femme n'a pas tardé à attirer l'attention du roi. L'année 1664, elle a mis au monde un enfant né de ces étreintes coupables. La reine a pleuré, protesté, et l'enfant a été porté ici, à Moret. Neuf ans plus tard, en 1673, toutes les femmes de chambre espagnoles de la reine furent convaincues d'avoir espionné pour le compte du roi d'Espagne qui régnait alors[1], et contre lequel la guerre avait repris. Elles furent renvoyées en Espagne. Ou, du moins, auraient dû l'être.

Madame de Maintenon se tut. De nouveau, elle regarda le crucifix, comme pour y puiser les forces que ce récit lui arrachait. La postulante était devenue très pâle. La marquise tourna son regard vers elle et reprit :

– Vous l'avez compris. Cet enfant, c'est vous. Votre mère véritable est cette femme venue de par-delà les Pyrénées. C'est elle qui vous a donné ce teint fort hâlé. Je n'ai pas eu la force de vous avouer qu'elle était votre mère. Quoique le roi ait bien voulu s'intéresser à elle, cette dame a trahi son royaume d'adoption. J'ai souhaité vous le cacher, dans un moment où l'affection que j'ai pour vous m'a un peu égarée. Je voulais vous épargner cette honte. Vous êtes la fille d'une renégate.

– Madame, dites-vous... dites-vous la vérité, cette fois ?

– Oui. Mais ce n'est pas tout, et j'en viens maintenant au second point dont je veux vous parler.

La marquise lui adressa un regard empreint de commisération :

– Croyez bien que j'ai conscience du trouble qui est le vôtre, maintenant que vous savez.

Madame de Maintenon était soulagée. L'air de rien, elle n'avait cessé de scruter la Moresse, d'étudier le moindre de ses gestes, chacune de ses attitudes et mimiques. Elle avait longtemps craint que la femme ne donne libre cours à sa colère. Maintenant, la marquise en était certaine : la future bénédictine était trop accablée par ces révélations et ces démentis successifs pour ne pas sombrer dans la

---

(1) Philippe IV, père de Marie-Thérèse.

mélancolie. D'une voix qui témoignait d'une ardeur retrouvée, l'épouse du roi reprit :

– Voici, articulée avec la première, la seconde partie du discours que je dois vous tenir. Je crois qu'elle est de nature à vous peiner. Mais cet aveu, je dois le faire. Ce n'est pas un hasard si j'ai cité le nom de la sœur Gabrielle. Comme vous vous en doutez, nous avons eu une longue conversation, l'autre jour. Mon amie d'enfance m'a fait part de son regret de ne pas avoir eu d'enfants. Je conçois que cette idée peut vous être douloureuse, puisqu'elle démontre que l'état de nonne ne satisfaisait pas la sœur Gabrielle. Mais, du moins, lorsque je vous dis cela, je vous dis la vérité. C'est ainsi. En quelque sorte, j'ai voulu offrir une maternité posthume à mon ancienne amie. Certes, j'ai inventé de toutes pièces la relation que notre compagne – alors Marguerite de Saint-Amand – aurait eue avec Sa Majesté. Mais faites le compte des années, des mois et des jours. Vous verrez aisément que j'ai eu le souci de respecter la mémoire de mon amie assassinée : cette aventure aurait pris place avant que la sœur Gabrielle ne prononce ses voeux. Voilà. Vous savez tout. Vous pouvez donc mesurer l'étendue de mes erreurs mais aussi, je l'espère, l'ampleur des efforts que j'ai cru devoir réaliser pour aider mon prochain. Je fais donc, devant vous, amende honorable, et j'espère que vous appréciez ce que me coûte cet aveu.

– Madame, je mesure le désagrément auquel vous ont conduite vos tromperies. Et je constate aussi l'ampleur des interrogations dans lesquelles me plongent ces mêmes paroles.

La marquise préféra ne pas relever ce propos effronté. Et, une fois de plus, elle tenta de se dépeindre en victime aux yeux de celle qui était sa proie :

– Il me reste maintenant à m'expliquer en confession auprès de Monseigneur l'évêque et à lui dire comment j'ai été amenée à travestir la vérité... Avouez que cette tâche n'est pas facile...

– Rassurez-vous, madame. Vous ne serez pas soumise à ce désagrément.

– Que voulez-vous dire ? demanda la marquise, soudain méfiante.

– Je ne me suis jamais ouverte de vos prétendues révélations, ni auprès des nonnes de ce couvent, ni même auprès de la supérieure.

– Je... je ne comprends pas ! Vraiment, que me chantez-vous ?

– Je vous dis, madame, que Monseigneur l'évêque ne vous demandera jamais que vous lui donniez des explications sur ce qu'il n'a jamais entendu. Le corps de la malheureuse sœur Gabrielle n'a jamais quitté ce couvent. Nul médecin, nul membre de la faculté ne l'a approché. L'examen dont je vous ai parlé n'a eu lieu que dans mon imagination. C'est la seule fable que j'ai pu trouver, et j'espérais qu'elle saurait vous tromper.

– Vous avez menti ! Vous êtes une effrontée d'une espèce qui m'était jusqu'à présent inconnue !

– Peut-être suis-je une insolente. Mais vous, vous vous êtes jouée de moi. Un jour, le roi mon père l'apprendra.

– Je saurai lui expliquer pourquoi j'ai agi de la sorte. C'était pour votre bien.

– Je voudrais en être certaine.

– Cela suffit. Je vais, de ce pas, m'entretenir avec votre abbesse. Il faut bien, n'est-ce pas, songer à la cérémonie, à votre prise de voile.

– Je veux, vous entendez, que cette messe soit annoncée, que la cérémonie soit connue de tous, et que toute la Cour y assiste.

– Ce n'est pas raisonnable.

– Et pourtant, c'est ainsi. Je gage que vous ne discutez pas les ordres du roi. Faites de même pour ce qui regarde les désirs de sa fille.

Madame de Maintenon serra les dents. Cette créature était donc toute-puissante. Décidément, il faudrait en passer par ses volontés, s'adapter à ses envies, à ses ambitions. À présent, comment la marquise pouvait-elle être certaine que la postulante ne risquait pas de revenir une nouvelle fois sur ses propres déclarations, et refuser de prononcer ses vœux ? Que pourrait dire ou opposer l'épouse du Roi-Soleil si la Moresse manifestait le souhait de ne plus vivre dans le secret, dans l'obscurité des couvents ? Que faire si elle voulait connaître le monde ?

Madame de Maintenon était hors d'elle. Elle ne se souvenait pas avoir connu une telle rage. Elle avait cru se jouer de la Moresse et c'était cette femme qui s'était moquée d'elle. La marquise tâcha de retrouver son calme. Si la Providence avait mis la Noire sur son chemin, c'était pour mieux l'éprouver.

L'épouse du roi devait maintenant imaginer un moyen de quitter Louise-Marie-Thérèse sans laisser prise à la moquerie, sans donner l'impression qu'elle battait en retraite. La sœur Gabrielle. Bien sûr. Comment n'y avait-elle pas songé plus tôt ? Elle devait, elle avait à s'entretenir avec la supérieure de la mort de la nonne caramélisée.

38

Les soupçons de la marquise

– Qu'avez-vous à m'apprendre, ma mère, au sujet de la mort de sœur Gabrielle ? Je vous le répète : pour le moment, Sa Majesté ne sait rien. Nous avons eu raison, je le crois, en décidant de ne rien dire au roi avant de pouvoir lui révéler le nom de l'assassin. Du reste, j'ai parlé de la disparition odieuse de la nonne au premier valet de chambre, qui est de quartier ces jours-ci. Je parle, et vous le savez, de monsieur Bontemps qui, depuis toujours, est lui aussi au fait de ce qui concerne votre jeune pensionnaire, Louise-Marie-Thérèse. Il approuve notre façon de faire. Cependant, vous comprendrez aisément que nous n'allons pas pouvoir longtemps laisser le roi dans l'ignorance de ce crime...

– Hélas, madame, je n'ai rien à vous dire de plus. J'ai bien sûr entendu chacune de nos sœurs en particulier. Je n'ai rien pu apprendre d'elles. Et je les connais assez pour être certaine, ou presque, qu'aucune ne me cache quoi que ce soit.

– C'est fâcheux, remarqua la marquise.

D'un geste dénué de grâce, elle repoussa la boîte de sucres d'orge que lui tendait la mère Claire de Saint-Jacques. Elle reprit :

– Et si les bénédictines étaient entendues en confession ? Si le prêtre savait aiguiller leurs propos, présenter les questions adéquates, rebondir avec pertinence sur leurs remarques et leurs commentaires, elles pourraient peut-être parler. Car il n'est guère possible qu'aucune d'entre elles n'ait assisté, de près ou de loin, à la mort de la sœur Gabrielle. Il y a, j'en suis certaine, des nonnes qui savent et qui se taisent, par peur ou par lâcheté.

– Enfin, madame ! Y pensez-vous ? Les paroles échangées lors d'une confession ne peuvent être répétées à quiconque ! Que dites-vous là ? Vous me faites bien peur. Comment pouvez-vous songer un seul instant que...

La marquise haussa les épaules. Elle n'hésita pas à couper la supérieure :

– Tout cela, je le sais fort bien ! Ne vous méprenez pas sur le sens de ma proposition. Sans briser le secret du confessionnal, il serait possible au prêtre d'exhorter les sœurs à parler, à s'adresser à vous ou à moi. Et, qui sait, sans doute pourrait-il, sans même le savoir, convaincre la meurtrière de se livrer à vous ?

La proposition de Madame de Maintenon parut bouleverser la supérieure :

– Qu'osez-vous donc insinuer ? On dirait que vous suggérez que...

– Ma mère, je ne laisse rien entendre. J'affirme. Depuis que le corps de la religieuse a été retrouvé, c'est la première fois que nous nous entretenons de manière un peu sérieuse au sujet de cette affaire. Je pense que la sœur Gabrielle n'a pu être tuée que par l'une de ses compagnes.

– Vous pensez à tort, madame. Certes, la règle veut que nul n'entre ici qui appartienne au monde séculier. Il y a, à cela, quelques exceptions, et vous faites partie des personnes qui ne sont pas soumises à cette règle. Mais vous paraissez ne pas songer au délabrement qui est celui des bâtiments de notre petite communauté. Nous ne disposons pas, ici, des biens, des terres et des prébendes qui sont le lot de couvents bien plus riches que le nôtre. Sortez, allez dans le cloître et les jardins. Partout, çà et là, vous verrez des lézardes dans les murs, des trous, des murailles éboulées. Il n'est pas bien difficile, à celui qui le déciderait, de franchir la clôture, de s'introduire chez nous et d'y faire ce que bon lui semble. Je ne vous cache pas que c'est l'hypothèse que je privilégie pour expliquer la mort de la sœur Gabrielle. Comment osez-vous penser que l'une d'entre nous aurait pu accomplir ce forfait épouvantable ? Toutes les femmes qui se trouvent ici ont prononcé leurs vœux...

Non. Ce n'était pas le cas de toutes les recluses, songea la marquise. Celle-ci n'osa cependant pas faire part à la supérieure de cette pensée coupable et secrète. D'ailleurs, une nonne vint interrompre la conversation. Le sujet, assura-t-elle, était de nature à intéresser et la supérieure et Madame de Maintenon.

39

Le père de la Moresse

Le voile de travers, la jeune bénédictine semblait tout à fait affolée :

– Ma mère, n'entendez-vous pas ?

La supérieure ne goûta pas d'être interrompue. Les insinuations de Madame de Maintenon avaient déjà porté son esprit à ébullition. L'arrivée impromptue de la nonne acheva de l'exaspérer :

– Que dites-vous ? Pour quelle raison nous dérangez-vous ? J'avais pourtant donner l'ordre qu'il n'en aille pas ainsi !

– Pardonnez-moi, ma mère. Et que madame la marquise veuille bien faire de même. Nous nous trouvions dans la cuisine, avec plusieurs des autres sœurs. C'est alors que nous avons entendu ces hurlements. Tout d'abord, nous n'y avons pas pris garde. Mais les cris ont repris de plus belle. Ils étaient si forts qu'ils sont parvenus sans mal à couvrir le vacarme de la pluie.

– De quels cris parlez-vous ? Nous direz-vous, enfin ?

– Ma mère, mettez-vous à la fenêtre. Celle-ci donne vers le Sud et c'est l'orientation la plus propice à vous permettre de comprendre. Il se tient sans doute près de la Grosse Tour, ou de la porte de Grez.

– Enfin, vous voyez bien qu'il règne dehors une pluie battante ! Souhaitez-vous donc que nous soyons trempées ? Et de qui parlez-vous ?

– Pardonnez-moi, ma mère, mais vous devriez...

Madame de Maintenon laissait à la supérieure le soin de parler avec la Sœur. Elle eut donc le loisir de s'approcher de la baie, giflée par la pluie qui redoublait d'ardeur. Elle écarta le rideau – surtout destiné à atténuer les courants d'air – puis resta un moment contre le carreau. Alors, elle se tourna vers l'abbesse :

– Ma mère, il me semble bien entendre des cris, au loin. À moins qu'il ne s'agisse des jeux du vent qui se perd dans les ruelles de la cité et s'amuse à caresser en hurlant le clocher de Notre-Dame.

La marquise se tut, et reprit :

– Pourtant, il me semble bien l'entendre, en effet...

– Oui. Sa voix est très distincte, remarqua la sœur.

– Enfin, me direz-vous de qui vous parlez, toutes deux ?

– Le père de la Moresse, ma mère, répondit la jeune bénédictine, le visage tout entier dévoré par la peur qui lui serrait le cœur.

– Que dites-vous ? Vous êtes donc devenue folle ! s'exclama la supérieure.

Elle marcha droit sur la croisée. Avec vigueur, elle écarta le rideau et ouvrit en grand la fenêtre.

En un instant, la mère Claire de Saint-Jacques fut complètement trempée : la pluie qui tombait sur la forêt de Fontainebleau depuis le début de la journée semblait vouloir l'amener à la suffocation, la noyer. Le premier geste de l'abbesse fut de repousser le châssis. Mais elle y renonça aussitôt.

– Non ! Ce n'est pas possible ! Quel est donc ce sortilège ? demanda-t-elle à haute voix.

– Taisez-vous ! ordonna la marquise, sans craindre de se montrer cassante et brusque.

Une voix caverneuse, grave et décidée retentissait dans les airs :

– Elle est la chair de ma chair, le sang de mon sang, le fruit des entrailles de celles que j'ai aimée. Je veux la voir ! C'est à la pluie que je commande, faute de pouvoir ordonner aux hommes, mes semblables, de me laisser voir ma fille. C'est le vent, le froid de l'automne, les souffles humides de la forêt, les frémissements des arbres, l'odeur de pourriture des feuilles mortes qui sont ma force. Laissez-moi passer. Ouvrez les portes ! Je suis son père !

La voix tonnante, formidable et assourdissante se tut soudain. Le vent prit aussitôt sa suite. Et, après ces mots ce furent des mugissements, des sifflements dénués de sens. La supérieure, la marquise et la jeune bénédictine se regardèrent, incapables de parler. Avaient-elles rêvé ? Ces paroles proférées dans le plus sombre de la tempête avaient-elles été prononcées ? Ou n'était-ce pas plutôt le fruit de leur imagination ?

– Mais nul ne peut dire cela, murmura la mère Claire de Saint-Jacques. C'est impossible...

Elle se tourna vers Madame de Maintenon :

– Cela ne se peut, n'est-ce pas ?

Par-delà le mur de clôture, on pouvait voir l'une des ruelles qui parcouraient à cet endroit la petite ville de Moret. La chambre de la supérieure était même la seule pièce qui permettait ainsi de distinguer ce qui se passait dans les rues. Et aussi, depuis l'extérieur, de risquer un regard indiscret dans le couvent.

Tout à fait saisie, stupéfaite, l'épouse du roi ne disait rien. Elle regardait tour à tour la jeune nonne puis l'abbesse comme si l'une ou l'autre allait pouvoir lui expliquer ce prodige. Bien sûr, les deux bénédictines demeuraient muettes.

– Nous sommes comme des folles, dit alors la marquise. C'est la mort de la sœur Gabrielle qui nous joue des tours. Dans nos esprit malmenés et tourmentés par cet événement affreux, se sont réveillées des pensées enfouies. Ce sont des craintes anciennes et stupides, des songes maudits qui se rappellent à nous, pauvres créatures toujours enclines à oublier la lumière de Dieu et à céder à de vieilles lunes, des chansons soufflées par le Démon.

À leur tour, la mère Claire de Saint-Jacques et la jeune nonne s'étaient approchées de la fenêtre.

– Mais les autres sœurs aussi l'ont entendu, madame, risqua alors la petite religieuse.

– Taisez-vous ! s'écria la supérieure. Vous ne savez pas ce que vous dites.

– Regardez ! s'écria alors Madame de Maintenon. Là, il est là !

L'abbesse se pencha. Un homme, à cheval, tout de noir vêtu, qui portait à la main un flambeau. Indifférent à la furie des éléments déchaînés, il restait droit. Pour autant que l'on puisse voir, il était entièrement vêtu de noir, du chapeau jusqu'aux bottes. Même sa figure, mangée par son couvre-chef, paraissait toute sombre. De part et d'autre de lui, un peu en arrière, marchaient à pied deux valets, courbés, la tête baissée. Avant tout soucieux de ne pas donner prise à la bourrasque et au vent, l'un et l'autre portaient des torches.

– C'est le Grand Veneur ! s'écria l'abbesse.

– Non. Écoutez-le : c'est le père de la Moresse, corrigea la jeune religieuse.

– Ce n'est peut-être qu'une seule et même personne, compléta Madame de Maintenon.

Pour contourner une maison biscornue, la venelle décrivait un coude brusque. L'homme et ses deux serviteurs disparurent un instant derrière un toit. Puis, soudain, ils réapparurent juste en face des trois femmes.

Mais les hommes les apercevaient-ils ? Ce n'était pas certain, tant la pluie tombait dru. Et, de nouveau, la marquise se demanda si ce n'était pas des apparitions qui progressaient dans la rue. Si elle avait été crédule, superstitieuse, si ses jeunes années passées dans les lumières de la Religion, prétendue réformée, n'avaient pas doté son esprit d'une grande lucidité – jamais tuée par la religion catholique – la marquise aurait pu penser que s'étaient mises en marche les sculptures farouches et étranges qui peuplaient les murs et les portails de Notre-Dame de Moret.

– Jésus, Marie, Joseph... souffla la petite religieuse. Elle se signa.

– Taisez-vous ! ordonna la supérieure.

– Satan et ses pompes ? se demanda la marquise à haute voix.

– Voyez ! hurla la jeune nonne. Ils nous regardent ! Ils nous font signe !

– Pour la dernière fois, et pour l'amour du Ciel, taisez-vous ! ordonna l'abbesse, sans grande conviction.

Les trois hommes parvinrent sous un auvent qui surplombait une sorte de grange, ouverte sur la ruelle. Pour la seconde fois, ils cessèrent d'être visiblcs.

– C'est fini, annonça la supérieure, nous ne les reverrons plus. À partir de ce point, les passants échappent à la vue que l'on a de cette chambre.

– N'avons-nous pas rêvé ? s'interrogea de nouveau Madame de Maintenon.

Tout à fait interloquée par les propos entendus, l'épouse de Louis XIV ne se résolvait pas à accepter cette vision sans broncher.

– Ah ! madame, s'écria la jeune nonne, vous êtes toute trempée. Il faut vous sécher et vous changer. Je vais vous apporter des linges.

– C'est cela, faites vite, dépêchez-vous, déclara la supérieure.

Celle-ci semblait avoir hâte de se retrouver seule à seule avec la marquise. Cela n'échappa pas à la jeune nonne. Était-ce pour lui proposer une explication propre à éclaircir tout cela ? Ou, au contraire, pour lui demander, dans le plus grand des secrets, si elle, l'épouse du roi de France, avait la clef de cet événement extraordinaire ?

Mais avant même que la jeune bénédictine ait pu esquisser le moindre geste, de nouveau, la voix de l'homme à l'aspect si sauvage retentit.

– C'est ma fille ! Hormis le jour de sa naissance, je ne l'ai jamais vue. Tant d'années ont passé que je ne puis souffrir davantage d'en être séparé, de ne pas la voir, de ne pas la serrer dans mes bras. Je veux la contempler. Je veux lui dire que je l'aime. Je veux la regarder à mon aise. Si vous n'ouvrez pas ces portes, si vous ne me laissez pas entrer, demain, je forcerai la clôture. Que cela plaise ou non, que Dieu s'en accommode ou pas, je pénétrerai dans ce couvent et je verrai ma fille. Ma fille !

Puis, soudain, l'homme se tut. Une fois de plus, seul le vent lui répondit ou, plutôt, prit sa suite.

– C'est fini. Nous ne l'entendrons plus, s'exclama la jeune bénédictine.

– Qu'en savez-vous ? demanda la supérieur, méfiante.

– Je ne sais pas. Mais j'en ai la certitude.

– Pour l'amour du Très Haut, refermez la fenêtre, à présent, demanda la marquise de Maintenon. Je suis trempée et j'ai froid. De toute façon, qu'il se taise ou bien qu'il recommence à parler, nous en savons maintenant assez. Je crois qu'il nous a tout dit et que nous n'avons plus rien à apprendre de lui.

– Mais qui était-ce donc ? demanda la supérieure.

– Le Grand Veneur, le Grand Veneur ! dit la jeune nonne, incapable de mettre un terme à l'exaltation qui s'était emparée d'elle, sitôt que l'homme et ses deux serviteurs étaient apparus.

– Allez donc, je vous prie, et comme vous l'avez proposé à madame la marquise avec à-propos, apportez-nous des linges propres et secs.

La jeune nonne s'inclina et sortit.

Demeurées seules, la supérieure et l'épouse du roi s'approchèrent de la cheminée. La chaleur s'empara de leurs vêtements trempés, ce qui leur procura une caresse tout à la fois chaude et froide, désagréable.

– Que s'est-il donc passé ? demanda la marquise.

Elle aurait aimé avoir rêvé. Elle aurait aimé que la supérieure la rassure, lui affirme que ce spectacle infernal, les propos de l'apparition n'étaient qu'un cauchemar né de la pluie, de la mort de sœur Gabrielle. Oui, elle en était certaine, ce n'était qu'un mauvais rêve. Quelques instants auparavant, sans doute, elle s'était approchée avec l'abbesse de la fenêtre restée ouverte, sans raison, mue par le seul désir de contempler la pluie battante sur les toits et les murs de Moret. D'ailleurs, jamais la mère Claire de Saint-Jacques ne lui parlerait du fantôme et de ses deux acolytes. Ni eux, ni les gestes, ni les paroles du spectre n'avaient existé.

– Le Grand Veneur... commença la supérieure.

Non. Qu'elle se taise ! Elle n'avait pas le droit, elle ne pouvait rien dire, pensa la marquise... Mais l'abbesse, qui ne pouvait entendre les pensées les plus intimes et les plus secrètes de Madame de Maintenon, poursuivit, au grand effroi de cette dernière :

– C'est la première fois que je le vois. J'en ai, bien sûr, maintes fois entendu parler. Mais je n'avais jamais pensé qu'il existait vraiment. Et, pourtant, depuis plusieurs siècles...

– Taisez-vous, ordonna la marquise, sans se soucier des égards dus à une religieuse.

Fort bien, songeait déjà l'épouse du Roi-Soleil. Elle n'avait donc pas rêvé. Les trois hommes venaient de parader dans la cité de Moret. Et le plus important d'entre eux trois avait réclamé, à cor et à cri, de rencontrer la Moresse. Qu'à cela ne tienne ! Elle n'avait qu'à tenir compte de ce fait et penser en conséquence, affiner ses idées :

– Nous avons certes vu un homme. Mais ce n'était pas une apparition. Avez-vous remarqué comment sa torche menaçait de s'éteindre à chaque pas que faisait son cheval, et la peine qu'avaient à le suivre ses deux serviteurs ? Ma mère, je vous le dis, cet individu voulait se jouer de nous. Il ne faut pas tomber dans la peur, dans le piège qu'il nous a tendu. Ce ne peut être qu'un imposteur. Il n'est ni le père de la Moresse, ni le Grand Veneur. Le reste n'est que baliverne.

La supérieure allait répondre lorsque l'on frappa de nouveau à la porte. C'était, à n'en pas douter, la petite bénédictine qui revenait avec des linges et des vêtements secs.

40

Le souterrain

Certes, la jeune nonne était bien de retour, avec les serviettes et les habits promis. Mais elle n'était pas seule. La sœur Hélène de Saint-Augustin était avec elle, et souhaitait s'entretenir au plus vite avec la supérieure. Mais, tout comme l'épouse du roi, elle était épuisée, et aurait aimé rester seule avec la marquise.

– Ma sœur, si vous souhaitez me parler de l'homme qui vient de parcourir les rues de Moret, je tiens à vous dire que je l'ai vu et entendu. Avant tout autre entretien, je souhaiterais deviser avec Madame de Maintenon.

– Ma mère, ce n'est pas de cela dont je souhaiterais parler avec vous.

– Est-ce de la mort de la sœur Gabrielle ? intervint la marquise.

– Pas davantage. Cela a à voir avec la pluie.

– Êtes-vous devenue folle ? Qu'avez-vous donc à me dire à ce sujet-là ?

– Ma mère, répondit la sœur Hélène, la tourmente a emporté la cabane aux araignées.

– Cette masure en ruine ? Allons, je crois que c'est un bienfait. Songez que depuis longtemps nous voulions la faire jeter à bas. Elle encombrait toute la petite cour et empêchait de s'approcher du puits de manière commode. Avec ses pierres, nous ferons réparer toutes les brèches qui trouent la muraille. Mais cette annonce ne pouvait-elle donc attendre ?

– Ma mère, c'est que cela n'est pas tout, répondit la sœur Hélène, avec hésitation.

– Qu'y a-t-il donc d'autre ?

– Au milieu des décombres de la hutte, un énorme trou est apparu, que la pluie s'est chargée d'agrandir très vite. En quelques minutes, un orifice béant s'est formé devant nous, à mesure que les cailloux, la terre et les plantes grimpantes qui l'obstruaient ont chu tout au fond d'une sorte de galerie.

– Bon. Nous demanderons aux maçons de le combler. En attendant, faites prévenir les nonnes. Que nulle d'entre elles ne s'aventure seule aux abords de ce gouffre, si son service la conduit à s'en approcher.

– Mais ce n'est pas tout, ma mère...

La bénédictine paraissait embarrassée. Alors, l'abbesse comprit. Jean-les-Gros-Pieds. Elle l'avait oublié, celui-ci ! Le puits, sans doute, possédait une issue, située un peu au-dessus du niveau le plus élevé de l'eau qui sourdait là, et aménagée de façon à être invisible depuis la margelle. Située aux portes de la Bourgogne, la petite cité avait été jadis maintes fois l'objet d'attaques et de sièges : en témoignaient les murailles qui l'enceignaient toujours. Ces issues secrètes, ces passages dérobés étaient souvent découverts à mesure que de vieilles maisons étaient rasées et que de nouvelles prenaient leur place.

La supérieure pesta contre sa propre imprudence, son inconséquence. L'idiot n'avait pas péri dans sa chute. Il était parvenu à s'accrocher à une plante qui grimpait à l'assaut du puits, à une pierre qui dépassait, ou bien à un seau oublié qui flottait entre deux eaux. Cela lui avait permis de se maintenir à flot, le temps de se hisser jusqu'à l'ouverture cachée. Il est vrai, pensa la mère Claire de Saint-Jacques, que ces gens-là sont souvent dotés d'une force peu commune...

Donc, Jean-les-Gros-Pieds avait réussi à se hisser dans le souterrain dont le puits constituait l'un des accès. Là, soit il avait finalement expiré, vaincu par l'effort accompli, soit sa chute l'avait précipité contre les parois du puits et blessé mortellement. À moins que les pierres de la cabane mangée par la pluie ne lui soient tombées dessus et ne l'aient à demi enseveli.

Non. Cela n'avait pu se dérouler de la sorte. À voir le visage qu'offrait sœur Hélène de Saint-Augustin, l'abbesse ne devinait que trop ce qui s'était passé, et ce que la religieuse souhaitait lui dire : Jean-les-Gros-Pieds venait d'être découvert. Vivant. Blessé ou non, il avait parlé, il avait dit le nom de la supérieure et l'avait accusée de l'avoir poussé. Elle était perdue.

Jésus ! Sainte Vierge ! Saints du Paradis ! Qu'ils viennent tous en aide à la mère Claire de Saint-Jacques ! En agissant de la sorte, la bénédictine n'avait pensé qu'au bien, à l'honneur, à la dignité de la petite communauté. Dieu ne pouvait la laisser succomber maintenant : à n'en pas douter, c'était lui qui avait ouvert son esprit et guidé son bras.

Nier. Protester de sa bonne foi. Nier encore et toujours. Lever les yeux vers le Ciel et ses bienheureux. Et, surtout, s'approcher de Jean-les-Gros-Pieds. Le plaindre, prendre soin de lui, de son corps et de son esprit. Feindre de ne pas en vouloir au garçon, contrefaire la pitié, ordonner que l'on s'occupe de lui. Et, par-dessus tout, dire, redire et répéter que, décidément, il fallait que le Tout-Puissant prenne soin de lui. Et agir comme si les propos de l'imbécile étaient dénués de toute valeur, de tout intérêt. Oui. C'était ainsi que la supérieure parviendrait à réduire à néant les paroles du crétin. Elle l'envelopperait de ses caresses et de sa commisération, elle jetterait sur lui des regards apitoyés, elle le rendrait encore plus ridicule qu'il n'était. Et cela ne lui serait pas difficile.

– Le malheureux ! Il faut prendre soin de lui ! Lui donner à boire une bonne soupe bien chaude, et panser ses plaies ! s'écria alors Claire de Saint-Jacques, dont l'esprit était tout entier tourné vers Jean-les-Gros-Pieds, son assassinat manqué et sa survie bien gênante.

– Mais de qui voulez-vous donc parler, ma mère ? demanda sœur Hélène.

L'abbesse considéra la religieuse. Se pouvait-il que celle-ci ne parle pas de l'imbécile ? Soudain, elle se rendit compte qu'elle n'avait fait que céder à ses rêveries et à ses remords. Il n'était pas question de l'idiot, elle s'était trompée : d'abord la mort de sœur Gabrielle, ensuite le meurtre du crétin, puis l'apparition mystérieuse du Grand Veneur, qui revendiquait la paternité de la Moresse... Tout ceci avait troublé son entendement. Elle avait oublié, durant un moment fatal, de considérer la réalité, et elle seule. Et voici que, à présent, elle s'était trahie. Qu'y avait-il donc à faire, maintenant, qui puisse la tirer des périls où elle venait de donner tête baissée ?

Dans le pire des cauchemars, la supérieure n'aurait pas songé se trouver dans une situation si détestable, si dangereuse. Elle le lut dans le regard de Madame de Maintenon.

La marquise, à l'image de la sœur Hélène, considérait l'abbesse avec une curiosité qui ne demandait qu'à laisser la place au soupçon.

Alors, par chance, le personnage du Grand Veneur se présenta à l'esprit de l'abbesse. Oui ! Le fantôme ! Elle devait faire croire qu'elle parlait de lui !

– Cet homme, qui vient de passer dans les rues en hurlant des mots dénués de sens. Je pense qu'il est venu frapper à notre huis. C'est cela que vous voulez me dire, n'est-ce pas ? Il faut l'accueillir avec célérité. C'est sans doute un fou, qui devrait être conduit dans un hospice. Mais en attendant qu'on l'enferme, il serait bon de le réconforter un peu, de lui prodiguer des secours.

La remarque était habile. La supérieure éprouva de grandes difficultés à ne pas sourire. Elle s'était tirée d'affaire. En une poignée de mots, elle avait dissipé la méfiance qu'elle avait fait naître avec si peu de prudence...

– Il ne s'agit pas de cela, ma mère. La galerie dont l'effondrement a révélé l'existence paraît appartenir à un réseau plus vaste. C'est sans doute là le vestige des souterrains creusés par les templiers et qui irriguent, selon la tradition, tout le sous-sol de Moret.

– Oui. Je veux bien le croire, ma sœur. Nous savons tous que de tels couloirs cachés existent partout dans le pays.

– Mes compagnes n'avaient pas encore eu connaissance de vos commandements, ma mère. Sans craindre les risques encourus, les plus jeunes sont descendues dans le trou, en utilisant les pierres éboulées comme un escalier.

Cette fois, le récit de la nonne était arrivé à son terme, pensa la supérieure : elles avaient découvert Jean-les-Gros-Pieds. Mais était-il mort ou bien encore vif ?

– Là, elles ont accompli quelques pas de part et d'autre de la galerie. D'un côté, ce souterrain paraît traverser la ville. Dieu sait où il peut bien aller. Peut-être vers la maison de la Croix rouge. Pour le savoir, il faudrait y envoyer des hommes aguerris et bien équipés, avec des torches et des cordes, pour ne pas risquer de tomber dans un autre gouffre.

– Sans doute, remarqua la supérieure. Mais cela peut attendre, n'est-ce pas ?

La mère Claire de Saint-Jacques était, par-dessus tout, désireuse que la Sœur Hélène parvienne au terme de son récit. Elle était sur des charbons ardents et ne s'y plaisait pas.

– Mais, de l'autre côté... ah ! Ma mère !

– Allons ! Voici un trop long moment que, je le devine, vous différez l'essentiel de votre récit. Alors finissez-le, je vous prie.

– Si on la suit de l'autre côté, la galerie mène à l'intérieur même de notre couvent.

– Je ne saisis pas votre propos. Selon ce que je comprends et ce que je sais, le souterrain est situé sous nos pieds. De quelle façon peut-il tout à la fois se trouver dans notre couvent et y mener ?

– Je voulais dire, ma mère, que le couloir secret conduit jusqu'à l'intérieur de cette maison. Nos sœurs l'ont bien compris. Sous réserve que des architectes confirment leur propos, il apparaît que cette galerie aboutit même à la chambre de l'une d'entre nous. Certes, une porte de belle apparence leur a barré la route. Mais celle-ci semble être dotée d'un mécanisme qui lui permet d'être ouverte et fermée à volonté. Et plusieurs d'entre nous sont d'ailleurs occupées à étudier la configuration de cette trappe, afin de pouvoir s'en servir.

– Vous voulez donc dire, ma sœur que, sous nos pieds, les nonnes tentent de forcer une porte qui, peut-être, n'a pas été poussée depuis le temps où les templiers étaient les maîtres tout puissants de la région ? C'est insensé : comment voulez-vous donc qu'elles parviennent à faire pivoter un battant qui est demeuré coincé depuis l'époque du roi Philippe IV le Bel ? Du reste, j'ai bien du mal à comprendre comment cette porte n'est pas tombée en poussière depuis tant de siècles...

– Ma mère, selon ce que je sais, la porte a l'air solide.

– Voulez-vous dire qu'il existe un accès secret à notre couvent ?

La sœur Hélène s'était mise à trembler.

– Oui. Et il semble que la porte s'ouvre dans l'appartement de la Moresse.

Jusqu'à présent, Madame de Maintenon était demeurée silencieuse. Elle s'était contentée de s'essuyer le visage et les mains, et de tamponner un peu sa robe avec les linges dont la toute jeune religieuse à son service avait fait une grande provision. À mesure que progressait le récit de sœur Hélène de Saint-Augustin, elle y avait cependant accordé une importance croissante. Au prononcé du nom de la Moresse, elle ne put retenir complètement une exclamation de surprise.

41

Le serment de la Moresse

Quelques instants plus tard, la mère Claire de Saint-Jacques questionnait la postulante en la seule présence de Madame de Maintenon.

– Vous me promettez, mon enfant, que vous ignoriez l'existence de cette galerie souterraine.

– Bien entendu. Dans le cas contraire, je me serais empressée d'aller vous trouver et de vous en faire part. Certes, je ne suis pas peureuse. Mais je n'aurais jamais pu dormir, pas même me reposer, un seul jour, une seule nuit, si j'avais su que cette galerie débouchait dans ma chambre...

La Moresse ne put cacher le tremblement qui s'empara d'elle. Elle avait peur, c'était certain, constata la marquise. Sans doute était-ce cette simple éventualité qui la terrorisait, la simple mention de cette exploration souterraine...

Madame de Maintenon s'était bien gardée de descendre dans le souterrain, et la supérieure avait adopté cette même conduite. Mais, selon les sœurs qui s'y étaient aventurées, il était difficile de dire si le couloir était ou non fréquenté, utilisé. La pluie qui s'était aujourd'hui engouffrée dans ce corridor enfoui y avait porté de la boue et des pierres. Des ruisseaux s'étaient formés qui, devançant les nonnes, avaient commencé à transformer cette galerie en rivière. Si des empreintes avaient été laissées là voici peu de temps, la tourmente de ce jour les avait effacées aussi sûrement qu'elle avait emporté les toiles d'araignée. Quant au bon état de la porte qui donnait accès à la chambre de la Moresse, il était bien difficile, de l'avis même de l'abbesse, d'en déduire quoi que ce fût. Bien que le Loing coulât à proximité du couvent, l'endroit était sec. Le bois du vantail semblait ancien. Mais, là encore, la tempête avait charrié des masses de boue et de feuilles mortes, repoussé devant elle – et jusque dans l'intérieur de la galerie – des racines arrachées, des nuages de poussières. Tout ceci ne permettait guère de dire si, oui ou non, ce passage était un lieu toujours utilisé ou bien s'il était ignoré, oublié et abandonné depuis des siècles, ce qui était du reste fort probable.

– Savez-vous où mène cette galerie que les sœurs de notre communauté, aidées par la tourmente, viennent de découvrir ?

– Non, ma mère. Pas du tout.

– Vous n'avez donc pas la moindre idée de sa configuration et de l'endroit où les personnes qui l'empruntent peuvent ressortir, quel que soit le nombre d'issues dont ce couloir dispose ?

– Pas davantage. Je vous l'assure.

– Fort bien. Donc, vous êtes en mesure de m'assurer que vous n'avez jamais emprunté ce corridor souterrain ?

– Je vous en fais la promesse.

– Vous promettez. C'est fort bien, et je m'en réjouis. Pourriez-vous le jurer ?

– De la même manière, ma mère.

Des soupçons insistants étaient nés dans l'esprit de l'abbesse. D'ailleurs, celle-ci n'était pas loin de penser que ces idées affreuses lui étaient soufflées par l'esprit de Jean-les-Gros-Pieds. Depuis qu'elle avait précipité l'imbécile dans le puits, la supérieure était en effet la proie d'idées funestes, sombres, tout aussi noires que le visage de la Moresse. Comment, d'ailleurs, aurait-il pu en aller autrement ? C'était le premier homme dont elle avait souhaité la mort... C'était le premier homme qu'elle tuait. Certes, c'était pour l'honneur du couvent. Mais tout de même...

– Parfait. Vous comprenez, mon enfant, que cette affaire est très grave.

– Je le sais fort bien, ma mère.

– D'autant que vous vous proposez de prendre le voile et de vous unir à Dieu.

Ici, la postulante ne dit rien, ce qui ne laissa pas d'étonner la marquise et, même, de la contrarier un peu. Mais Madame de Maintenon mit ce mutisme soudain sur le compte de la fatigue. Il ne se pouvait, tout de même, que la femme ait une nouvelle fois changé d'avis ! Puisqu'elle lui avait dit qu'elle était la fille du Roi-Soleil, la Moresse ne pouvait pas songer un seul instant ne pas obéir à son père. À moins qu'elle n'ait pas cru l'épouse de Louis XIV...

Pendant un instant, la mère Claire de Saint-Jacques suspendit son interrogatoire. Ce qui permit à la marquise de s'abîmer dans de nouveaux doutes. Mais, déjà, la supérieure refermait le placard qu'elle venait d'ouvrir. Elle tenait à la main un livre relié d'un beau cuir rouge, doré au fer.

– Cet ouvrage, mon enfant, a été offert à la première abbesse de ce couvent par notre bienfaitrice, Jacqueline de Bueil, comtesse de Moret par la grâce du roi Henri IV. Il est, après la foi que nous plaçons en Jésus-Christ, le bien le plus précieux qui se puisse trouver entre ces murs.

– Il est très beau, murmura la Moresse.

– Êtes-vous prête à jurer sur les Saintes Écritures ?

La marquise s'efforçait d'observer la Noire à la dérobée. Tout à la fois pour ne pas la mettre mal à l'aise en ce moment crucial, mais aussi afin de pouvoir examiner ses traits à sa guise. La question posée par l'abbesse ne venait-elle pas d'altérer la physionomie de la future bénédictine ? Était-ce là une illusion ? La dame n'en était pas certaine... Elle aurait tant voulu que la supérieure reformule sa demande, afin de mieux pouvoir scruter la réaction de Louise-Marie-Thérèse...

Celle-ci parut hésiter un moment, ouvrit la bouche, émit un soupir puis demanda :

– Ma mère, à quoi voulez-vous donc que je m'engage ?

– D'abord, mon enfant, je veux que vous prêtiez serment sur cette Bible, de la manière la plus solennelle qui soit, de toute votre âme. Ensuite, je veux que, ce faisant, vous m'assuriez que vous n'avez jamais passé cette affreuse porte secrète et que, donc, vous ne vous êtes jamais aventurée dans cette galerie ou dans celles qui peuvent lui être adjointes, dans les profondeurs de la terre.

– Ah ! Ma mère, sur le Livre saint, je peux bien sûr le répéter et le jurer.

Un instant plus tard, la supérieure rangeait la Bible. Elle ne pouvait se départir de la puissante expression de satisfaction qui se lisait sur son visage. Il était manifeste que l'abbesse était transportée de joie. Elle accorda un bref regard à Madame de Maintenon. Et cela suffit aux deux femmes pour se comprendre parfaitement. Alors, la marquise s'adressa à la Moresse :

– Mon enfant, nous vous remercions. Vous pouvez aller, maintenant. Nous avons à parler, la mère Claire de Saint-Jacques et moi-même. Entre autres sujets, nous devons dès à présent nous occuper de faire combler ces galeries, du moins dans la partie qui touche au couvent. Il y a aussi cette porte, qu'il va nous falloir murer. Car, vous en conviendrez, il n'est guère convenable que notre demeure dispose ainsi d'un accès non surveillé et qui peut, un jour, se révéler bien dangereux.

La marquise ne put voir qu'un grand désarroi s'emparait soudain du visage de la Moresse : révérence faite, celle-ci avait déjà tourné les talons et s'apprêtait à sortir de la pièce.

42

Chez Bontemps

Il avait cessé de pleuvoir et le vent ne soufflait plus. Madame de Maintenon aimait l'aspect piteux et pitoyable de la forêt malmenée. Partout, c'était des branches rompues qui restaient accrochées au tronc des arbres ou comme suspendues dans les airs, maintenues par d'autres ramures. Bref, le massif de Fontainebleau avait beaucoup perdu de sa superbe. Certes, la marquise savait que ce spectacle de désolation serait de courte durée. Dès le printemps prochain, la nature réparerait les plaies laissées par la tourmente. Mais, du moins, maintenant, elle savourait cet abaissement.

En fait, l'observation de ces arbres dépouillés l'aidait à réfléchir, à se remémorer les événements qu'elle venait de vivre. Interrogée par l'abbesse, la Moresse avait affirmé, avec fermeté, qu'elle ignorait tout du couloir secret. Elle avait juré. Disait-elle la vérité ? Oui, bien sûr. Elle n'avait pu se parjurer, offenser Dieu à quelques jours de sa prise de voile. La marquise le pensait, et elle s'en était d'ailleurs ouverte à la mère Claire de Saint-Jacques. Voici de longues années qu'elle venait ici, à Moret, et s'entretenait avec la Noire lors de chacune de ses visites, ou presque. Certes, la future bénédictine possédait un caractère entier, qu'il n'était pas toujours aisé de dompter. En témoignaient les innombrables revirements accomplis par la Moresse sur le chemin des vœux perpétuels, ses hésitations, ses menaces, ses exigences. Surtout, l'attestaient les innombrables questions posées par la Noire pour ce qui regardait ses origines. La marquise avait depuis trop longtemps dû mentir et tergiverser, lorsqu'elle parlait à la Moresse de ses parents, pour ne pas savoir que celle-ci était dotée d'un esprit opiniâtre. Mais du moins n'était-elle pas menteuse, l'épouse du roi en était certaine.

La dame soupira. Oui, pour s'être souvent opposée à elle, elle croyait en la Moresse. Du reste, était-il raisonnable de penser que, la nuit venue et une fois le loquet tiré, la femme quittait le couvent des bénédictines et s'en allait courir la campagne ? La marquise la connaissait trop pour supposer que celle-ci pouvait se livrer à de telles escapades, ou même les envisager.

Depuis toujours enfermée avec les autres nonnes, la Moresse ignorait tout, ou presque, du monde. Depuis quelque trente années, son univers se réduisait à son appartement, aux cellules de ses compagnes, à la chapelle – où le prêtre de l'église voisine, Notre-Dame de Moret, venait célébrer la messe – au cloître étroit, au cimetière attenant et aux deux ou trois petits jardins, coincés entre les maisons voisines qui partaient de droite et de gauche, tout de guingois.

Dans son appartement qui formait tout son royaume, la postulante savait se montrer fière et rebelle, tenir tête à la marquise. Il fallait d'ailleurs reconnaître que son propos ne manquait pas de justesse quand elle s'opposait à

Madame de Maintenon, quand elle récriminait. Mais l'épouse du roi savait bien que derrière cette assurance, il n'y avait que de la peur, de l'appréhension. S'il en avait été autrement, pourquoi donc la femme se serait-elle montrée si désireuse de connaître le nom de son père et celui de sa mère ?

Non. Penser que la Moresse avait découvert l'existence de la porte secrète qui se trouvait tout au fond de sa cheminée, imaginer que la femme était assez hardie pour l'ouvrir et pénétrer dans la galerie qui commençait là, admettre qu'elle avait emprunté ce couloir jusqu'à son terme et, ensuite, était ressortie à l'air libre - on ne savait d'ailleurs où - pour courir dans les champs à la seule lumière de la lune... Tout cela relevait du rêve, de la fantaisie. D'ailleurs, la Noire avait juré, sur la Bible offerte au couvent par Jacqueline de Bueil...

Au regard de ses seules déductions, la marquise était maintenant absolument rassurée. À présent que son esprit était débarrassé de ce nuage, elle allait pouvoir songer à la manière dont elle se livrerait à la seule tâche qui, ces jours-ci, ne lui coûtait pas : plaider sans faillir la cause de son cher mignon, le duc du Maine, auprès de Louis XIV. Et, dans le même temps, essayer d'apaiser la colère que le souverain éprouvait à l'endroit de son fils bâtard. Surtout, faire en sorte que personne à la Cour ne se doute que le monarque tenait son fils adultérin pour responsable de l'échec essuyé par l'armée royale devant la ville de Namur. Car, avant tout, il ne fallait pas que Louis-Auguste puisse prêter le flanc à la critique des courtisans, entendre des moqueries saluer son passage dans la Petite Galerie...

Allons, dans quelques jours, ce serait, enfin, la prononciation des vœux tant attendue. Ensuite, la Moresse ne causerait plus guère de soucis à la marquise de Maintenon.

Ce serait le terme d'un calvaire qui durait depuis si longtemps... Seule dans son carrosse, l'épouse du Roi-Soleil sentit une larme rouler sur sa joue.

La voiture fut contrainte de ralentir, de rouler au pas. À cet endroit, la route était mauvaise. Cela faisait plusieurs années qu'elle devait être réparée. La tourmente qui venait de s'abattre sur la forêt et ses abords avait achevé de disjoindre les pavés ; elle avait fait naître de grandes ornières tout emplies de boue au beau milieu de la chaussée.

Désireuse de chasser ses tristes pensées en respirant un peu d'air froid, la dame repoussa le rideau de satin et se pencha à la fenêtre. Épuisés parce qu'ils avaient lutté durent de longues heures pour empêcher les vents d'emporter les planches de leur cahute, de pauvres hères virent la marquise. Misérables et dévorés par les impôts et les taxes, mourant de faim et allant pieds nus à une lieue de l'un des plus beaux palais du royaume de France, les paysans reconnurent l'épouse de Louis XIV. Elle avait tant l'habitude de venir par ici... Et ils furent bien aises de voir pleurer l'amie du roi, cette dame si puissante. Si elle répandait ainsi des pleurs en les voyant, c'est qu'elle était bien bonne et compatissante, cette marquise de Maintenon. La prochaine fois, ils lui demanderaient l'aumône, s'ils savaient se montrer assez hardis. En attendant, ils pourraient toujours contempler le beau mouchoir brodé qu'elle avait laissé tomber, et respirer le parfum délicat qui s'en échappait. Soudain, le paysan eut peur. Pourvu qu'on ne l'accuse pas de l'avoir dérobé, ce mouchoir immaculé, si beau, si blanc qu'il semblait être de neige...

43

L'homme à la peau sombre

Déjà, par-dessus les arbres, à mesure que le carrosse se trouvait dans l'axe des voies triomphales qui, taillées dans le vif de la forêt, menaient toutes au château, l'on pouvait apercevoir les innombrables toitures du palais, longs alignements aux lignes parfois droites parfois brisées, toits d'ardoise où alternaient les clochetons et les cheminées, les dômes et les lucarnes aux chaînages de brique.

Mais, parvenue devant un vieux calvaire mangé de mousse, la voiture de la marquise bifurqua et, au lieu de suivre la route principale, elle s'engagea dans une rue qui desservait quelques demeures d'apparence modeste, mais néanmoins bien tenues.

Encore quelques tours de roue, et le carrosse s'arrêta devant la maison la plus éloignée du palais bâtie un peu en retrait, derrière de grands arbres. Aussitôt, un homme âgé en sortit et se porta au devant de la dame. C'était Bontemps.

Voici plusieurs années que le premier valet de chambre du roi louait cette demeure, petite mais confortable. Située à un jet de pierre du château, celle-ci lui offrait un logement plus agréable que la suite de deux ou trois petits cabinets obscurs qui constituaient son appartement. Certes, cette maison ne pouvait se comparer à celle que le serviteur possédait en propre, à Versailles. Mais du moins, ici, il pouvait installer son épouse et, donc, disposer là d'une habitation douillette et bien chauffée, tout le temps que la Cour demeurait à Fontainebleau, du moins lorsque le roi lui en laissait le loisir. Surtout, elle lui permettait de recevoir les visiteurs que le service du roi lui demandait de voir en secret.

C'était la première fois que l'épouse du monarque venait en ce lieu. Elle regardait partout et regrettait déjà de ne pas être logée dans les mêmes conditions. Commode, cette maison lui semblait être mille fois plus attrayante que l'appartement trop somptueux, trop doré, trop venté que le roi lui avait donné au palais, et où l'obligation lui était faite de résider sans maugréer.

– Madame, je me réjouis de vous voir venir ici si promptement.

– Monsieur, me voici. Je m'apprêtais à quitter le couvent lorsque j'ai reçu votre message. Quoique j'aie froid et aspire à me reposer, je n'ai pas pris le temps de passer au château pour me changer, ni même pour m'entretenir avec Sa Majesté. Mais je ne doute pas que, si vous m'avez fait venir ici, c'est pour m'annoncer quelque nouvelle d'importance, me faire part d'une information capitale. Je ne me trompe pas, n'est-ce pas ?

– Madame, il était nécessaire que vous veniez ici, répondit Bontemps. Un homme se trouve à l'intérieur de cette maison. D'après ce que j'en sais, il n'a guère fait de difficultés pour suivre les soldats qui se sont rendus à

Moret, dès que nous avons appris sa présence dans cette petite cité.

– Mais qui est-ce donc, monsieur ?

– Celui que nous recherchons depuis tant d'années...

– Je ne vous comprends pas. Montrez-vous plus précis.

Le vieil homme ne put celer sa surprise :

– Le père de la Moresse, madame, le misérable qui a séduit la reine de France...

Ce fut au tour de la marquise de vaciller. Bontemps avait-il perdu la tête ? Parlait-il du roi ? Avait-il soudain perdu la tramontane ? La dame jugea périlleux de le questionner plus avant, que ce soit pour éclaircir ce propos obscur, ou bien vérifier que sa raison s'était bel et bien égarée. Le mieux consistait sans doute à savoir qui se trouvait là, dans cette maison charmante et bien peu faite pour le mystère. En fait, dans le secret de son cœur, la dame se réjouissait déjà ; si le premier valet de chambre était devenu fou, elle allait régner sans partage sur l'esprit du roi.

– Fort bien, ne perdons pas de temps. Allons rencontrer cet homme.

Elle le regarda de nouveau. Ses gens voulurent la suivre, mais elle les retint d'un geste et leur enjoignit de demeurer près du carrosse. Elle se tourna cependant vers Bontemps :

– Mais je ne vois pas les chevaux des soldats...

– Il n'y a plus de militaires. Ils sont repartis à ma demande.

La marquise regarda Bontemps. Elle semblait ne pas comprendre.

– Rassurez-vous, madame, il est très calme. Et j'ai sa parole qu'il ne tentera rien pour s'enfuir.

– Pensez-vous que l'on puisse accorder sa confiance à un homme tel que lui ?

– Rien ne me permet de penser le contraire, répondit le serviteur du roi avec quelque froideur.

– Mais ne se peut-il qu'il soit armé ? demanda encore la marquise.

De toute évidence, celle-ci n'avait pas songé que cet entretien impromptu allait se dérouler de la sorte. Et elle avait perdu la belle assurance qui l'habitait d'ordinaire.

– Madame, il a été fouillé. Et, je vous le répète, il a juré.

– On jure beaucoup, ces temps-ci, soupira-t-elle, sans craindre de ne pas être comprise par Bontemps.

D'abord, la marquise goûta beaucoup la douce tiédeur qui régnait chez le premier valet de chambre. Voilà qui changeait de son appartement glacial. Ici, elle serait bien demeurée un moment, à réchauffer ses pauvres os malmenés par les ornières de la route, les vents et les pluies. Mais tout désir de paresse s'évanouit lorsqu'elle aperçut le personnage qui se tenait dans la pénombre, debout, enveloppé dans une grande cape, tout au fond de la pièce.

– Est-il bien seul ? demanda-t-elle.

– Oui, madame. Les soldats qui ont été dépêchés à Moret selon votre suggestion ont laissé repartir les deux hommes qui l'accompagnaient. Il est vite apparu qu'il ne s'agissait que de deux habitants de cette ville, qui avaient accepté de lui tenir lieu de serviteurs, moyennant quelques pièces. Ils ne savaient rien, et sont innocents de tout.

– C'est mieux ainsi, remarqua la marquise. Ils ne seront donc pas inquiétés.

– Oui. Ils n'ont même rien compris à tout ceci, aux propos que l'homme a tenus près du couvent des bénédictines.

Jusqu'à présent, Madame de Maintenon avait manié l'allusion, car elle ne savait pas où Bontemps voulait en venir. À présent, elle avait compris. Le Grand Veneur, frémit-elle. C'était le Grand Veneur, ce spectre effrayant, que le serviteur avait fait venir chez lui, le fantôme qui depuis tant de siècles effrayait les chasseurs et brandissait devant eux la menace de l'Apocalypse, l'apparition que même le roi de France craignait de rencontrer. Non, l'épouse du monarque ne pouvait croire aux spectres, à ces sornettes. L'homme n'était qu'un imposteur. Que ce soit ou non celui qui avait semé la terreur dans les ruelles de Moret, il ne pouvait s'agir que d'un être de chair et de sang. Bontemps était devenu fou, et le personnage qui se trouvait là était lui aussi un dément. Pour une raison ou pour une autre, les deux pauvres insensés avaient fraternisé. Ensemble, et pour une raison obscure, ils allaient s'en prendre à elle. La marquise sentit la panique la gagner. Elle voulut s'en retourner, appeler à l'aide. Mais le premier valet de chambre, qui se trouvait derrière elle, l'empêchait de battre en retraite.

Alors, songea Madame de Maintenon, il ne lui restait plus qu'à faire front. Ils allaient voir, ces deux fous, de quelle manière la petite-fille d'Agrippa d'Aubigné savait tenir tête à deux déments et, surtout, ne pas les craindre.

L'homme vêtu de noir fit un pas en avant.

– Madame, je crois que j'ai quelque peu perdu la tête. Si je vous ai effrayée, si j'ai fait peur aux bénédictines du couvent de Moret, j'en suis très triste, et je vous prie de bien vouloir accepter, en leur nom, mes excuses.

L'homme s'était exprimé d'une manière posée et calme, d'une voix qui possédait un timbre agréable et qui ne semblait pas être celle d'un fou. Mais ce ne fut pas sa seule surprise : à présent que l'homme – le Grand Veneur ? – ne se trouvait plus dans l'ombre, la marquise s'aperçut qu'il avait la peau fort brune.

L'épouse du Roi-Soleil en fut si étonnée qu'elle ne sut, parmi toutes les pensées qui se bousculaient dans son esprit, laquelle exprimer et si, même, elle devait parler.

– Monsieur, vous n'êtes donc pas le Grand Veneur ?

Rassurée par le ton du nouveau venu, la dame n'attendit pas la réponse à sa question. Elle poursuivit :

– Vous en avez pourtant l'apparence, voyez comme vous êtes mis. J'ai les plus grandes difficultés à concevoir que vous ne vous êtes pas habillé ainsi à dessein.

L'homme au teint bistre adressa un pauvre sourire à la marquise.

– Vous parlez de ce spectre qui serait parfois aperçu par les forestiers et les chasseurs à courre ?

Le Noir baissa les yeux et examina ses bottes, ses chausses et sa cape, puis il partit d'un grand éclat de rire :

– Madame ! Jusqu'à présent, je n'avais pas prêté attention à ma tenue. Mais vous avez raison, celle-ci peut tromper son monde. J'aurais pu et dû me montrer plus prudent. Car je vous le répète : loin de moi le désir d'effrayer mes semblables.

– Monsieur, je prends acte de vos déclarations. Cependant, n'était-ce pas vous qui vous promeniez, il y a peu, dans les ruelles de Moret. N'est-ce pas vous qui hurliez à tue-tête, dans le vent et la bourrasque ?

– Si, madame, en effet. Il s'agissait bien de moi. Mais si je criais, c'était pour réclamer et défendre mes droits.

C'était pour voir ma fille. Je reconnais que le procédé peut paraître étrange, sujet à controverses. Je n'avais d'autre choix, hélas. D'ailleurs c'est bien parce que j'étais désespéré et sans espoir que j'ai agi de la sorte : je savais que je ne réussirais pas à pénétrer dans le couvent. Et je me doutais aussi que les soldats du roi ne tarderaient pas à s'emparer de ma personne. Mais convenez, je vous prie, que mon comportement n'est que le reflet du traitement qui m'a été réservé, jadis et aujourd'hui.

Là, Madame de Maintenon se tourna vers Bontemps. Elle ne savait que penser de cet homme. Tantôt, celui-ci tenait un discours sensé, tantôt ses paroles ne pouvaient être décryptées. Il continuait donc à prétendre que la Moresse était sa fille ? Que lui avait-on donc fait subir et quel sort était le sien ?

Le premier valet de chambre fit alors un pas en avant.

– Monsieur est la personne que nous recherchons depuis si longtemps. Parce qu'il paraît vouloir se plier aux ordres du roi, et aussi en raison de la protection dont il fait l'objet, j'ai pensé que vous deviez le rencontrer...

Elle ne comprenait pas. Que voulait dire le vieil homme ? Selon ce qu'il révélait, Louis XIV semblait s'intéresser à cet homme. Mais qui était-il donc ?

Les paroles du Noir ne concoururent pas à éclairer la marquise :

– Il est vrai, madame, que je m'étais jadis engagé à ne plus jamais reparaître auprès du roi et de la Cour. Je suis parvenu à tenir ma promesse durant de très longues années. Mais je n'ai pas pu faire taire davantage les sentiments que la nature fait naître dans le cœur des parents. Aussi, sans craindre les réprimandes, je me suis mis en route depuis la ville où je me trouvais. Au début de ce périple, j'ai pris soin d'éviter les espions qui, je le sais, travaillaient pour le roi et me surveillaient depuis toujours, tenaient le compte de chacun de mes pas, du moindre de mes propos.

Ici, l'homme se tourna vers le premier valet de chambre :

– Vous voyez, monsieur, je n'ignorais rien des rets que vous tendiez tout autour de moi. D'ailleurs, s'il en avait été autrement, croyez-vous que je me serais ainsi jeté dans la gueule du loup ? Pensez-vous que je serais venu à Moret, que j'y aurais fait un tel tapage et que je me serais laissé arrêter aussi aisément par les soldats du roi ?

Le Noir fit quelques pas vers la fenêtre. Il regarda au travers, et Madame de Maintenon ne put manquer d'être frappée par l'expression de grande lassitude et de tristesse qui s'empara alors de ses traits. Ensuite, l'homme revint vers la marquise :

– Madame, vous m'avez sans doute vu à Moret, tout à l'heure. À la vérité, voici plusieurs jours que j'étais arrivé près du château de Fontainebleau. En quittant mon exil, j'avais pensé aller m'adresser au roi, lui demander de me laisser voir ma fille. Ne souriez pas, madame, je vous en supplie. J'avais tellement perdu l'habitude de la Cour, j'avais tant oublié l'étiquette que, en effet, je m'étais imaginé un temps pouvoir approcher Sa Majesté, lui remettre un placet lorsqu'Elle se rend chaque jour à la messe. Parvenu aux abords du palais, j'ai vu les regards qu'attiraient la couleur de ma peau, la texture de mes cheveux. Tout entier aux prises avec ma douce folie, j'avais oublié, madame, à quel point je ne pouvais passer inaperçu, à quel point je ne pouvais ressembler à un autre gentilhomme... Alors, je suis sorti du palais, j'ai trouvé auprès d'un comédien une pâte propre à me blanchir et je m'en suis enduit le visage et les mains. Je suis revenu au château et j'ai commencé à le visiter. Mais la pâte s'est mise à fondre, et j'ai dû m'enfuir au plus vite, sans me soucier des regards que j'attirais de nouveau.

Pour la première fois depuis le début de cette entrevue, l'épouse du roi considéra alors l'homme du point de vue de sa seule grâce. N'était son teint très sombre, le nouveau venu était beau. Et, quoique menu, il possédait une prestance certaine. À l'image de ses paroles, ses manières étaient raffinées. Du reste, la marquise était habitée par l'impression confuse qu'elle l'avait déjà vu, exception faite, bien entendu, de la rencontre de Moret.

Dans son jeune âge, Madame de Maintenon avait vécu dans les îles de l'Amérique qui appartenaient à la France[1]. Là-bas, sa famille avait eu des serviteurs à la peau brune, dont les plus jeunes lui avaient bien souvent servi de compagnons de jeu. Face à un Noir, et parce que ses souvenirs étaient intacts et lui présentaient encore de nombreux éléments de comparaison, elle était donc fort capable d'apprécier le charme d'un enfant de l'Afrique. Bref, la dame, qui avait été coquette, se laissa aller à contempler la beauté réelle de l'inconnu qui se trouvait chez Bontemps. Quel âge pouvait-il bien avoir ? Il était sans doute moins jeune qu'il n'y paraissait, songea-t-elle.

– Alors, madame, j'ai décidé de gagner les bois. Là, j'ai vécu un peu comme une bête. Heureusement, j'avais quelque argent et j'ai pu acheter de quoi manger et boire à des paysans qui vivent à sa lisière ou à des forestiers.

– Je vois... Sans doute est-ce vous qui avez été pris pour le Grand Veneur, à plusieurs reprises.

---

(1) Mme de Maintenon vécut à la Marie-Galante et à Saint-Christophe, sans doute de 1644 à 1647.

– C'est à mon corps défendant, je vous l'assure, que j'ai pu passer pour ce spectre. C'est vous qui, il y a un instant, m'avez parlé de lui. Mais il n'y avait rien de calculé, ni dans mes allées et venues, ni dans mon accoutrement. Si, ces jours-ci, un être s'est présenté comme le Grand Veneur, croyez que c'était donc le vrai fantôme ! J'ai erré dans les bois ne sachant quel parti adopter. Peu à peu, je me suis approché de Moret. Je me suis caché dans des ruines, j'ai marché dans des chemins creux, je me suis même aventuré sur le Loing, à demi couché au fond d'une barque. Hier, enveloppé dans un grand manteau et un chapeau à large bord rabattu sur le visage, les mains gantées, j'ai même franchi l'une des portes de la ville et je me suis approché du couvent. Aujourd'hui, je suis revenu. Et je ne suis pas parvenu à maîtriser mon envie. Dans ce manque de prudence, il y avait sans doute le désir d'être remarqué et attrapé. Je souhaitais probablement qu'il soit mis un terme à cette escapade promise à l'échec depuis son origine. Hélas, je crois bien que je ne reverrai jamais ma fille.

Voilà. Il recommençait, constata la marquise. Mais qu'était-ce donc que cet homme tout noir qui pensait être le père de la fille du roi de France ? Et pourquoi donc Alexandre Bontemps semblait-il accepter ce récit et ne pas le remettre en cause ?

– Monsieur, dit la marquise en s'adressant au premier valet de chambre, pourrais-je vous dire un mot en particulier ?

Le vieil homme ne parut pas trouver sa demande saugrenue. Il prit soin, d'un geste, de demander son accord au personnage qui paraissait tout à la fois être son hôte et son prisonnier. Celui-ci hocha la tête : il ne voyait pas d'inconvénient à cet entretien.

Un instant plus tard, le serviteur du roi et Madame de Maintenon passaient dans une chambre attenante. L'homme noir soupira et s'assit, résigné, l'air doux et malheureux.

44

Un malentendu

La marquise jeta un rapide coup d'œil aux meubles, aux objets qui se trouvaient dans la pièce et la décoraient avec sobriété. Voilà un cadre tel qu'elle les aimait. Voilà une demeure confortable et simple qui lui convenait cent fois, mille fois mieux que les appartements dorés et rutilants où le Roi-Soleil la contraignait à vivre... Certes, elle avait depuis longtemps appris à réprimer son goût de la simplicité. Et elle avait compris qu'en acceptant de vivre au milieu des fastes, elle méritait chaque jour davantage la félicité éternelle. Mais enfin, elle ne pouvait s'empêcher de songer qu'il était étrange qu'elle ne puisse demeurer comme elle l'entendait, dans une telle maison.

Déjà, Bontemps approchait un fauteuil de la grande cheminée où un feu crépitait.

– Que souhaitiez-vous me dire, madame ?

Et, sans attendre sa réponse, le premier valet de chambre poursuivit :

– N'êtes-vous pas bien aise que nous nous soyons assurés de la personne de cet importun, et cela sans difficulté ?

– Monsieur, je ne sais si cette nouvelle me satisfait ou me plonge dans l'embarras. Car, à la vérité, je ne sais qui est cet homme.

Bontemps aurait été moins surpris s'il avait vu marcher vers lui le véritable Grand Veneur, les satyres de bronze de la Salle de bal, ou bien encore les poissons diaprés de l'Étang des carpes. Cette question était dépourvue de sens. Pourquoi l'épouse du roi se moquait-elle ainsi de lui ? Avait-elle donc décidé sa perte ? Le vieil homme ne savait que répondre. Si la marquise disait vrai, par où devait-il commencer ses explications ? Allons ! Tout cela n'était pas possible. À la demande du roi, Madame de Maintenon prenait soin de la Moresse. De la même manière, ou presque, qu'elle s'était autrefois intéressée aux enfants de Madame de Montespan et du Bourbon. Par nécessité, elle savait...

Il y eut un moment de silence. L'épouse du monarque attendait qu'il lui réponde. Et le premier valet de chambre, lui, guettait la prochaine raillerie, le prochain mensonge. Ce trouble, cette incompréhension n'échappa pas plus longtemps à la marquise :

– Enfin, monsieur, je vois que mon questionnement vous gêne. Je vous le redis : contrairement à ce que vous paraissez penser, je ne sais pas qui est cet homme à la peau brune. Alors, je vous prie, dites-le moi.

Peu à peu, la vérité se fit dans l'esprit du serviteur. Donc, elle ne savait pas. Cela pouvait paraître extraordinaire, mais c'était ainsi. Durant tant d'années, Bontemps avait pensé, il avait agi comme si l'épouse du roi partageait le même savoir que lui. Or, il n'en était rien. Alors, il se jeta à l'eau.

– Madame, ainsi qu'il vient de le dire, cet homme n'est autre que le père de la Moresse. C'est lui qui est parvenu, jadis, à séduire la reine de France, la défunte Marie-Thérèse.

– Que dites-vous ?

– Je dis le vrai.

Le vieil homme eut un geste d'excuse, puis il tourna le dos à la marquise. Il alla ouvrir un placard aménagé dans le mur. Avec précaution et quelque difficulté, il en sortit un grand paquet très plat, enveloppé dans une étoffe. Il revint vers Madame de Maintenon, posa l'objet sur une table et défit les liens qui maintenaient le tissu. Un tableau apparut.

– Voyez, madame.

Sur la toile déballée par Bontemps, Marie-Thérèse apparaissait dans tout son éclat. Cette lumière n'était pas celle de la beauté, car la reine n'avait jamais été jolie, mais celle de la jeunesse. La souveraine avait sans doute été représentée telle qu'elle était arrivée à la Cour de Louis XIV après que la paix des Pyrénées[1] avait mis fin à la guerre entre l'Espagne et la France.

La dame s'approcha du tableau.

Marie-Thérèse occupait, bien entendu, le centre de la composition. Derrière elle, des palais imaginaires alignaient leurs colonnes, leurs péristyles, leurs balustrades ciselées. Les grandes lignes de ces édifices magnifiques conduisaient le regard vers la reine, souriante. Faisaient de même les cordes dorées qui, de l'autre côté du tableau,

(1) Signée en 1659.

retenaient les pans lourds d'un rideau de velours cramoisi. Mais, à côté de la souveraine, se trouvait un homme jeune – plutôt un adolescent à boucles d'oreille – qui, avec un geste aimable, lui tendait une corbeille emplie de fruits superbes et de fleurs tout aussi extraordinaires.

Ce page avenant à la peau sombre, Madame de Maintenon le reconnut. Ce qui causa à la dame une morsure bien plus grande que celle provoquée par la conscience du temps qui passait. C'était l'homme qui se trouvait aujourd'hui dans la maison de Bontemps, celui qui prétendait être le père de la Moresse.

– Vous ne l'aviez donc pas identifié ? demanda le serviteur. Pourtant, il accompagnait partout notre souveraine, du moins jusqu'à cette année 1664.

– Monsieur, souvenez-vous : à cette époque, je n'appartenais pas encore à la Cour, loin de là !

– Fort bien. Mais, du moins, vous connaissiez l'existence de ce garçon, puisque vous avez parlé de lui à maintes reprises, aussi bien avec Sa Majesté qu'avec moi...

– Avec le roi, jamais. Et avec vous, pas davantage, monsieur.

– C'est à mon tour, madame, de ne pas comprendre.

La marquise réfléchit un moment. Alors, elle comprit qu'un malentendu résidait entre elle et le premier valet de chambre. L'un et l'autre ne parlaient pas de la même personne... Compte tenu des circonstances, était-ce étonnant ? Non, sans doute... Tout cela était si embrouillé, si compliqué qu'elle-même s'y était trompée... Surtout, elle venait de s'apercevoir que le roi ne lui avait pas tout dit.

– Monsieur, je crois que, durant ces années, nous avons vous et moi redouté que ne vienne auprès de la Moresse deux personnes différentes, alors que nous pensions qu'il s'agissait de la même. En d'autres termes, je commence à discerner qu'un malentendu immense a fait que nous ne nous sommes pas accordés, alors que nous croyions l'être.

– Je vois, madame, qu'il est enfin temps de nous entendre. Je vais donc vous révéler ce que sais, et bien que je ne puisse comprendre pourquoi vous l'ignorez.

– En retour, monsieur, je m'engage à vous enseigner ce que je connais, pour ce qui regarde cette affaire, dès que vous aurez achevé votre propre récit.

45

Le fils de la Ménagerie

D'abord, l'homme sombra dans une sorte de délire. Par tous les pores de sa peau, la boue qui l'enveloppait suscitait dans son âme des pensées à la fois imprécises et pénétrantes. Ces songes qui seraient sans doute les derniers mêlaient tout à la fois la vision horrible qu'il avait eue dans la basiliquc dc Saint-Denis, les conversations qui l'avaient mis en face du duc du Maine et les échanges, marqués par la fausseté, qui lui avaient fait rencontrer la Moresse.

Avait-il mal agi en ouvrant la tombe ? Il ne le croyait pas. Il devait être sûr et certain. D'ailleurs, *a posteriori*, il savait qu'il n'avait pas dérangé les trépassés...

Devait-il regretter de s'être mis au service du bâtard du roi ? Non. À y bien réfléchir – autant qu'il le pouvait, déjà à demi mort – il ne croyait pas avoir enfreint la morale véritable. En conscience, il pensait même que c'était son droit le plus strict.

Les seuls regrets que le mourant pouvait concevoir avaient trait à la Noire. Il lui avait toujours menti, lui disant qu'il l'aimait et souhaitait la conseiller au mieux de ses intérêts, alors qu'il n'en avait fait que son instrument. Cependant, là encore, il se donnait presque l'absolution : la femme n'avait jamais pu penser un seul instant qu'en fait, l'homme qui s'introduisait chez elle par effraction la trahissait. Il ne lui avait jamais permis de deviner qu'il n'était qu'un vil félon œuvrant pour une tout autre cause que la défense de ses intérêts. Si, un jour ou l'autre, la femme apprenait qu'il avait péri, englouti sous les voûtes écroulées des anciennes galeries des templiers, elle soupirerait, elle verserait peut-être une larme, elle prierait sans doute pour lui et regretterait qu'il ne soit plus en vie. Mais ce serait tout. Elle n'associerait jamais des pensées pétries de reproches et de désapprobation au souvenir de l'homme disparu.

Oui, il pouvait mourir en paix. Il n'aurait pas fait naître le malheur et la rancune dans le cœur de la Moresse. Tout au plus, avant que celle-ci prononce ses vœux, il aurait mis un peu de joie dans son âme, dans son petit appartement et aussi son avenir. Il aurait fait connaître le monde, un peu, à celle qui, sans lui, en aurait fort peu entendu parler. Cela, c'était l'essentiel.

Si, un jour, en un autre monde, l'homme en venait à rencontrer ses parents disparus depuis longtemps, il n'aurait pas à rougir de son attitude, du moins pas trop. Son père, sa mère le questionneraient. Point par point, il leur répondrait. Ensemble, ils exploreraient le passé de concert. Ils reliraient les événements de l'année 1664. Ils ne pourraient que convenir, tous les trois, que le fils n'avait pas trop mal agi, compte tenu des circonstances.

Et, d'un coup, le mourant revit le passé. C'était, donc, en 1664. La Ménagerie de Versailles était sortie de terre depuis peu[1]. Mais, cette année-là, le jeune Louis XIV s'était beaucoup intéressé à cet édifice que, par souci d'hygiène, il avait fait bâtir en un point assez éloigné du château.

Le corps glacé par la terre humide qui l'embrassait à chaque instant davantage, l'homme se souvint des jours heureux de son enfance, des moments, des journées passées à attendre le roi et sa Cour. Il se remémora le beau pavillon central, entouré de son large balcon. Il se rappela l'enchantement qui naissait dans son esprit lorsque, petit garçon, il voyait le roi et les courtisans se promener sur cette large terrasse. Il contempla, aussi brillants qu'autrefois, les habits de soie multicolores, les flots de rubans, les diamants qui étincelaient sur le vêtement du roi et jusque sur les boucles de ses souliers. Il revit les yeux pétillants de jeunesse et d'allégresse. Il entendit les paroles trop lestes, les bons mots, les plaisanteries grossières qui fusaient jusque dans l'entourage du souverain et de son épouse, la reine Marie-Thérèse.

Surtout, il se souvint de sa joie lorsque, en compagnie de ses parents, il allait donner à manger aux animaux qui peuplaient les huit cours distribuées autour du pavillon : les poules, les gazelles, les éléphants et les chiens.

Était-ce la force de l'imagination ? Ou bien, par magie, était-il transporté, par-delà l'espace et le temps, dans la Ménagerie de son enfance ? Dans la tombe qui, peu à peu, se refermait sur lui, l'homme crut discerner les odeurs pénétrantes, les senteurs épicées, de la sueur et des excréments des bêtes. Il entendait leurs cris, leurs plaintes, leurs hurlements. Quel était donc ce sortilège ?

---

(1) Aujourd'hui disparue, la Ménagerie de Versailles fut sans doute édifiée entre 1662 et 1663.

Non. C'était la fin. Il était épuisé : la faim, la fatigue, le froid... Cette odeur, c'était celle des pourritures, des charognes enfouies dans la terre depuis de longues années et que les pluies torrentielles, les glissements intestins de la terre avaient mis au jour. C'était les exhalaisons putrides de racines pourries qui trouvaient leur chemin entre les pierres et venaient le troubler. C'était, peut-être, des caches jadis creusées sous Moret par les templiers et qui, d'un coup, leur muraille ébréchée par la tourmente, restituaient un air confiné, des vapeurs enfermées depuis plusieurs siècles...

Mais ces vociférations, ces criaillements... Qu'était-ce donc ? Sans doute, des diables qui se trouvaient non loin de lui, un peu plus bas, dans les entrailles de la terre qui le mangeait tout cru. L'homme se trompait. Il ne voulait pas regarder la vérité en face, et n'en était d'ailleurs peut-être pas capable. Il avait mal agi, depuis toujours, à l'encontre de Louis XIV, de la Moresse, de ses parents. La Providence avait décidé de le punir, de l'abandonner. Sitôt trépassé, il serait précipité dans les enfers. Déjà, il entendait les démons qui préparaient le grand chaudron où il allait être mis à bouillir pour l'éternité, si ce n'était le brasier où il allait rôtir. Oui, ces cris sourds étaient ceux des diables qui se réjouissaient déjà d'accueillir un nouveau venu.

D'ailleurs, depuis le grand balcon ceint d'un beau fer forgé, le roi était là, en compagnie de Louise de La Vallière. Il faisait très beau. Le Grand Canal n'avait pas encore été creusé jusqu'à la Ménagerie flambant neuf. Dans les airs, resplendissaient les ors des carrosses qui avaient emmené jusqu'ici le monarque et les siens.

Le jeune garçon avait reçu l'ordre de se cacher, afin de ne pas troubler la visite du souverain qui souriait, qui riait, qui disait aux dames des paroles aimables. Mais, bravant les ordres de ses parents, il avait grimpé jusqu'au petit lanternon qui coiffait le dôme du grand pavillon. Depuis cet observatoire, et à condition de demeurer tapi, il pouvait observer le roi et les courtisans à loisir, et aussi les bêtes et ses parents, restés à la porte de la Ménagerie.

Parce qu'il était petit, il ne prêtait alors guère d'attention, en ce beau jour de l'année 1664, à la particularité que présentaient son père et sa mère. Il ne s'étonnait pas davantage de ce que lui, leur fils, il ne possédait pas les mêmes caractéristiques. Le jeune enfant qu'il était en ce temps n'accordait aucune importance au fait que les gardiens de la Ménagerie, ses parents, ne lui ressemblaient pas.

Non. Rien de tout cela n'était vrai, hurla à l'homme sa propre conscience, sa propre intelligence qui se mourait sous terre. De l'an 1664, il ne pouvait garder aucun souvenir. Cette année était celle de sa naissance. L'homme qui étouffait peu à peu sous la terre était venu au monde au mois de novembre, le 16, le même jour que la Moresse. La petite enfant née dans la chambre de la reine de France, devant des courtisans et des médecins ébahis, était officiellement morte quelques jours plus tard. Quant à lui, il avait bien failli périr aussi. C'était du moins ce qu'avaient pensé son père et sa mère, tant leur nouveau-né était chétif, paraissait souffreteux, semblait avoir du mal à respirer, ne bougeait pas et n'avait pas même la force de s'alimenter. Oui, les gardiens de la Ménagerie du Roi-Soleil avaient songé que ce bébé-là ne vivrait pas. Peu leur importait, d'ailleurs. Des enfants, ils en avaient déjà d'autres, et celui-ci ne serait sans doute pas le dernier. Les limbes étaient peuplées de ces bébés disparus dès leur naissance ou lors des premières semaines de leur jeune vie. Du reste, avait pensé le couple de serviteurs chargés de veiller sur les animaux du roi, qu'était donc cet enfant qui avait si peu à voir avec eux ? Certes, cette petite créature peu désireuse de vivre était bien sortie du ventre de la jeune mère. À cela, nul doute ne pouvait être objecté. Mais pourquoi donc ce bébé avait-il la peau si pâle alors que les deux gardiens de la Ménagerie, eux, avaient la peau si noire, possédaient un teint d'Africain ? Et pourquoi donc lui seul avait survécu, au contraire de sa jeune sœur, emportée par la mort quelques jours après sa naissance, comme tant d'autres enfants ?

46

Nabo l'Africain

Bontemps et Madame de Maintenon s'étaient tous deux assis, sans plus de façon, à l'abri d'un paravent de tapisserie. Rapidement, le premier valet de chambre entama son récit :

– Un jour, madame, une tempête a jeté l'une de nos galères contre les côtes d'Afrique. Le capitaine ne pouvait plus piloter son navire. Et, à chaque instant, les vagues furieuses drossaient l'embarcation, l'emmenaient vers de nouveaux rochers tapis sous les eaux. Les hommes d'équipage étaient déjà occupés à recommander leur âme à Dieu lorsque, soudain, les vents se calmèrent et les nuages se dissipèrent. La galère put s'approcher de la côte. Le capitaine voulut y réparer les dégâts causés par la tourmente et trouver de l'eau potable. Mais à peine les hommes avaient-ils débarqué que des Maures vociférants les attaquèrent. Une fois de plus, nos marins crurent que leur dernière heure était arrivée. Mais ils se rendirent vite compte que le danger n'était pas bien grand : les Barbaresques étaient mal armés et mal commandés. Nos hommes, donc, menèrent et remportèrent une contre-attaque rapide. Ils parvinrent même à capturer plusieurs guerriers, et aussi une poignée de femmes et d'enfants que ces gens, vous le savez, mènent souvent avec eux à la bataille, et qui étaient demeurés en arrière. Parmi eux, se trouvait un garçon espiègle et à la jolie figure.

– Il s'agit du page de feue la reine, n'est-ce pas ? demanda la marquise.

– En effet, madame. Le capitaine le prit sous sa protection et, avec quelques grands principes regardant les bonnes manières, lui inculqua les rudiments de la religion catholique. Nabo était intelligent. Le temps d'arriver à Marseille, et il était capable de s'exprimer assez bien dans notre langue. Lorsqu'il vint à Paris présenter au roi les résultats de sa campagne, le capitaine de la galère en profita pour faire sa cour à la reine. Celle-ci aperçut Nabo, qui servait de domestique au marin valeureux. Elle le demanda, et le capitaine céda le garçon sans trop de mauvaise grâce. Dès ce jour, et durant de longues années, le jeune Africain ne quitta pas les appartements de la souveraine. Il la charmait par ses reparties tout à la fois sincères, drôles et inattendues. Je vous le répète, il avait l'esprit affûté, il savait observer, et il apprit très vite. Puisqu'il était encore un enfant, Nabo pouvait rester auprès de la reine et de ses dames. La licence était de notoriété publique. Madame, ne prenez pas en mauvaise part ce que je vais vous dire. Si vous vous étiez alors trouvée à la Cour, vous auriez rencontré Nabo : il se tenait souvent auprès de la reine lorsque celle-ci jouait aux cartes ou aux dés, ou se promenait dans les jardins étagés de Saint-Germain.

– Monsieur, rassurez-vous. Je ne suis pas froissée par cette remarque. Je ne regrette pas de ne pas avoir connu les honneurs que je n'ai jamais cherché à obtenir. Voyez, maintenant, le peu de pompes qui m'entoure...

– Fort bien, madame. Le temps a passé et Nabo a grandi. Il n'a rien perdu de son charme et y a même ajouté la séduction que donne l'âge viril.

– Ah ! Monsieur, ne me dites pas !

Bontemps baissa les yeux. Donc, Madame de Maintenon ne mentait pas : elle ne savait pas. Quoique dissimulatrice et manœuvrière à l'extrême, elle ne pourrait porter jusque-là son talent de comédienne. Mais comment cela était-il possible ? Fallait-il croire que le roi, son époux, ne lui avait rien dit ?

– Souvenez-vous, madame. En 1664, la faveur de Louise de La Vallière était à son zénith. Certes, le roi l'aimait depuis plusieurs années. Mais, pour la première fois, il décida de braver sa mère, Anne d'Autriche, et de ne plus ménager son épouse, Marie-Thérèse. Vous le savez, il offrit à Louise de La Vallière une fête somptueuse dans les jardins du palais de Versailles, encore bien modeste. Ce furent les Plaisirs de l'Île enchantée. Si vous faites le décompte, madame, vous vous apercevrez que les dates concordent : c'est lorsque les tapissiers, les charpentiers et les peintres des Menus-Plaisirs[1] commencèrent à préparer cette fête que la reine s'abandonna dans les bras de son page...

– Ces réjouissances... soupira la marquise. Elles étaient si coûteuses, si inutiles. Elles favorisaient tant de débordements. Heureusement, le goût en est passé à Sa Majesté... Mais reprenez votre récit, je vous prie.

---

(1) Administration chargée de mettre en œuvre les fêtes et les divertissements.

– Cette grossesse fut différente de toutes celles que l'épouse du roi mena à terme. La reine eut des malaises, des écœurements, des indispositions. Elle formulait de telles demandes au service de la Bouche que les maîtres queux éprouvaient les plus grandes difficultés à la satisfaire, et les plats repartaient intacts à l'office. À l'inverse, la reine faisait entasser les mets les plus étranges dans ses placards et ne cessait d'y grappiller. À mesure que ses flancs s'arrondissaient et que s'approchait la date de la délivrance, elle sombra dans la mélancolie. Elle s'emportait contre ses femmes alors qu'il n'y avait pas matière et que, d'ordinaire, ses manières étaient douces. Même le roi, qu'elle chérissait et vénérait – comme vous le savez – dut à maintes reprises subir ses emportements. Puis, quelque temps avant le terme déterminé par la Faculté, il y eut ce jour affreux, pénible pour tous. Je pense que tous ceux qui se trouvaient au Louvre et qui ne sont point morts s'en souviennent, de ce matin du 16 novembre 1664. Ce fut la reine qui hurlait et se débattait, toute pâle ; le roi, tout aussi blanc, qui était à son chevet. Ce fut la course des domestiques, des chirurgiens, des prêtres, des gardes et des courtisans qui se pressaient dans les vestibules et jusque dans la chambre de Sa Majesté. Ce fut la stupeur et la peur, la honte et la confusion.

Très affecté par ce long exposé, le premier valet de chambre se tut. Son air hagard et las impressionna la marquise, qui voulut lui venir en aide :

– Monsieur, il est inutile de poursuivre. Pour ce qui est de la suite, je la connais. Il y eut la naissance de cette enfant à la peau brune, presque violette. Elle fut nommée Marie-Anne, ainsi que l'attestent les registres conservés à Saint-Germain-l'Auxerrois. Et, durant quelques jours, elle fut appelée Madame par les courtisans et les serviteurs.

– Hélas, je crois que je dois au contraire poursuivre mon récit, bien que je souhaiterais l'interrompre, ainsi que vous le comprenez aisément. D'après ce que je discerne peu à peu, vous ne possédez pas non plus la suite de cette histoire, par-delà l'épisode de l'accouchement.

– Croyez bien que je tremble déjà. Que pouvez-vous ajouter ? Quelle autre faute cette malheureuse reine égarée a donc commise ?

– Il ne s'agit pas de cela. Comme vous le savez, la petite fille était mal en point. L'on crut, l'on espéra très fort qu'elle ne vivrait pas et qu'il plairait à Dieu de la rappeler à lui sans tarder. Il n'en fut rien. La jeune créature s'accrocha à la vie. Pourtant, et vous savez cela, sa mort fut partout annoncée le 26 décembre, et son corps porté à Saint-Denis.

– Cela, monsieur, je l'ai appris depuis longtemps.

– J'en prends acte. Mais, sans vouloir vous déplaire, vous comprenez que je ne sais pas bien ce que vous connaissez. C'est pour cela que je n'ai fait que brosser les grandes lignes. À présent, j'en reviens à Nabo. D'abord, le roi voulut le faire mettre à mort. Mais la reine se jeta aux pieds de son époux et demanda sa grâce. Après tout, l'enfant noire, la fille de ce Maure, possédait aussi dans ses veines le sang des Habsbourg et celui des Bourbon[1]. Il paraissait donc difficile de tuer le père d'une princesse...

– C'était plus sage, en effet.

– L'emprisonnement ne sembla pas pouvoir être prononcé à l'encontre de celui qui était devenu, en quelque sorte, le gendre du roi d'Espagne[2] et qui devait

(1) Marie-Thérèse était petite-fille de Henri IV.

(2) Philippe IV, père de Marie-Thérèse, mort en 1665.

donc recevoir des égards, quand bien même il avait observé un comportement hautement condamnable.

Madame de Maintenon tressaillit.

– Pardonnez-moi de présenter crûment la chose. Mais pour aller au plus vite, c'est ainsi que le roi et la reine considérèrent la situation. D'ailleurs, il semble que ce Nabo soit issu d'une noble famille d'Afrique. Sa tournure et ses manières en témoignent, je pense. Le page dut cependant quitter la Cour. Le risque ne pouvait être pris que la reine succombe une seconde fois. Le roi m'a demandé de m'occuper de lui. J'ai donc organisé son exil, une relégation bien douce, en vérité. le garçon partit à Calais. J'avais pensé que dans ce port proche de l'Angleterre, au milieu des équipages des bateaux en partance, des marchands, des voyageurs, il n'aurait guère de difficulté à passer inaperçu, pour peu qu'il accepte de mener une vie calme et retirée. Je me suis occupé de lui trouver une petite maison et de lui faire parvenir, chaque mois, une pension. Pendant toutes ces années, au nom du roi, et en le tenant informé de loin en loin, au gré de ses demandes, j'ai fait surveiller Nabo. Je vous avoue, madame, que depuis quelques temps, je ne pensais plus guère à lui.

– Mais qu'a-t-il dit, après que la mort de la petite Marie-Anne a été annoncée ?

– Rien. Ou, plutôt, je ne le sais pas. Enfin, voici quelques semaines, l'un des hommes qui me renseignait, titulaire d'une petite charge à la capitainerie du port, a fait prévenir que Nabo avait disparu. D'abord, j'ai pensé qu'il avait décidé de retourner en Afrique, vivre chez les Barbaresques qui, après tout, lui sont liés par le sang, même s'il a vécu plus longtemps dans le royaume de France que dans ces déserts brûlants et peuplés d'animaux féroces.

J'ai fait enquêter. Mais aucun des navires qui, partis de Calais, ont ensuite fait relâche à Brest ou à Bordeaux ne transportait notre homme. Je pensais avoir perdu sa trace. Puis, sa présence a soudain été signalée dans une auberge, située aux portes de Paris. Des soldats que j'avais prévenus, sont allés dans ce faubourg. Nabo est parvenu à leur échapper. Il s'est alors rendu à Saint-Denis. Mais cela, madame, vous le savez.

– Je ne comprends pas. Dans quel but ?

– Cette question rejoint celle que vous m'avez posée tout à l'heure. En trente années, il a eu le temps de s'interroger sur les circonstances de la naissance et de la mort de sa fille. Peut-être a-t-il conçu des soupçons dès l'annonce du rappel à Dieu de Marie-Anne, je ne saurais le dire. À moins que certaines personnes autrefois attachées à la Cour ne l'aient rencontré et ne lui aient fait part de ce qui s'était réellement passé au Louvre, puis à Saint-Denis. Du temps où il appartenait à la Maison de la reine, Nabo avait su gagner la confiance de plusieurs des dames qui entouraient et servaient la souveraine. Je ne serais pas étonné que l'une d'entre elles ait recueilli les confidences de Marie-Thérèse. En tant que mère, celle-ci avait à cœur de raconter ce qui était vraiment arrivé à sa fille. Certes, l'épouse du roi avait sans doute fait promettre à sa confidente de ne jamais rien révéler. Puis, au fil du temps, cette promesse a été oubliée, peu à peu. Avec la mort soudaine de la reine, l'année 1683, la dame qui avait été mise dans le secret a pu penser qu'elle était délivrée de cette promesse. Bref, d'une manière ou d'une autre, elle a rencontré Nabo, ou bien a retrouvé sa trace. Elle lui a dit la vérité pour ce qui regardait le sort de la petite fille. Et, pour en avoir le cœur net, le Noir a voulu se rendre jusqu'à la tombe où était inscrit le nom de la jeune Marie-Anne et le voir de ses propres yeux.

– Mais c'est là un dessein bien étrange, tout à fait horrible, éminemment condamnable !

– Hélas, madame, je partage votre indignation. Mais rappelez-vous que l'homme est né chez les Barbaresques. Il a été élevé en Afrique et y a grandi dans l'impiété. Quand bien même la reine Marie-Thérèse lui avait fait apprendre quelle était la vraie religion, il a pu garder de ses premières années des idées curieuses, que nous ne saurions certes avoir. Je ne sais si ces gens-là ont l'esprit conformé de la même manière que le nôtre. Mais songez qu'il a cru que sa fille était morte et que, trente ans après ce trépas supposé, il a soudain appris qu'elle était peut-être vivante. Même chez un Maure, il y a là de quoi inciter à commettre des actes irréfléchis, ne trouvez-vous pas ?

– Monsieur, tout se tient, en effet, dans votre discours. Cependant il y a...

– Quoi, madame ?

– Ce récit ne correspond pas à la relation que Sa Majesté m'a faite, pour ce qui regarde la Moresse. Même s'il y a des points de convergence – d'ailleurs assez modestes – entre ce que vous m'avez dit et ce que je sais. C'est, vous le comprenez, ce qui explique mon incompréhension première et mes nombreuses questions.

– Pourtant, madame, j'ai toujours pensé que vous et moi avions en partage ce que je viens de vous raconter. Du reste, ne vous êtes-vous pas occupée de la Moresse, durant tant d'années ?

– En effet, monsieur. C'était à la demande de Sa Majesté que je me suis rendue à Moret, de façon assez régulière, afin de veiller sur la pensionnaire des bénédictines. Et cette action de tutelle ne fait que poursuivre, en quelque sorte, la mission que le roi m'avait confiée autrefois, après la naissance du duc du Maine, en me demandant de m'occuper des enfants que lui avait donnés Madame de Montespan.

– Voulez-vous dire que le roi ne vous a jamais expliqué ce que je viens de vous raconter ?

– Encore une fois, monsieur, certains faits m'étaient connus. D'autres pas. Et, surtout, nos connaissances divergent sur plusieurs points fort importants.

– Mais quels sont-ils donc, madame ?

La marquise se demanda si elle devait répondre ou non au premier valet de chambre. Certes, celui-ci était depuis longtemps l'homme de confiance du roi. À ce titre, il était le dépositaire de bien des secrets. Mais, elle, elle était l'épouse de ce même monarque. Certes, elle le connaissait depuis moins longtemps, mais c'était d'une manière plus complète. La dame avait bien du mal à savoir quelle attitude elle devait adopter. Elle craignait même d'en avoir trop dit et de passer aux yeux d'Alexandre Bontemps pour une sotte ou, pire, pour une femme qui ne connaissait pas tous les secrets de son époux, du moins les plus intimes, les plus délicats. Que serait alors son pouvoir à la Cour si les courtisans apprenaient que le roi ne lui accordait pas sa confiance pleine et entière ? Après tant d'années de travail et de patience, d'efforts et de manœuvres, une chute sans espoir de relèvement s'annonçait-elle ? Non. Cela ne se pouvait.

– Monsieur, je vous sais gré de votre obligeance, et vous remercie de m'avoir narré tout cela par le menu. Apprenez que...

Un grand claquement vint interrompre la marquise. Ce bruit provenait de la pièce voisine, de la chambre où était demeuré Nabo. Madame de Maintenon et Bontemps échangèrent un regard. Le premier valet de chambre aurait souhaité être plus prompt. Il se leva tant bien que mal, ouvrit la porte et demeura immobile.

De là où il se trouvait, il pouvait embrasser la pièce tout entière. Sans recoins, sans placards ni gros meubles, celle-ci était dépourvue de cachette. L'homme n'était plus là. La fenêtre était demeurée grande ouverte.

– Il s'est enfui, murmura le serviteur. Il m'avait pourtant promis de rester ici.

L'épouse du roi s'approcha de la croisée et regarda au-dehors :

– Voyez : il y a des traces de pas, des plantes ont été piétinées. Nabo a reçu de l'aide. Quelqu'un sera venu l'aider...

– Mais où a-t-il pu aller ?

– Si, comme vous paraissez le penser, il n'a plus toute sa raison et veut à tout prix revoir sa fille, il est peut-être en train de galoper vers Moret.

– Je vais faire prévenir les officiers qui commandent la Maison militaire du roi, annonça le premier valet de chambre.

– Surtout pas, monsieur, rappelez-vous que Sa Majesté a horreur du scandale. Au demeurant, le Noir ne va pas pouvoir prendre d'assaut le couvent, ni même y pénétrer de force. Le mieux est que je me rende moi-même et sans escorte à Moret. Là-bas, avec la supérieure, je verrai ce qu'il y a à faire. D'ailleurs, j'espère pouvoir enfin démêler l'écheveau des mystères qui entourent la mort de la sœur Gabrielle...

– Madame, je ne sais si je dois vous suivre... Le roi m'a fait confiance. En ne lui disant pas qu'un assassinat a été commis dans le couvent où demeure la fille de sa première épouse, en ne lui annonçant pas que le vil séducteur responsable de son infortune conjugale s'est enfui après avoir été attrapé par ses soldats, je crois que je le trahis...

Pas plus que Bontemps, Madame de Maintenon ne voulait mentir au roi. Cependant, elle ne put s'empêcher de songer que tous ces événements tragiques étaient le fruit des anciens écarts du monarque, le résultat catastrophique de ses adultères passés. La Providence avait décidé de punir Louis XIV, de lui faire sentir tout le poids des débordements commis au temps de sa jeunesse. À n'en pas douter, cette même Providence avait décidé que le soin de panser ces plaies revenait à la marquise.

47

Les révélations de l'abbesse

Madame de Maintenon choisit de relater à la mère Claire de Saint-Jacques la totalité, à quelques détails près, de l'exposé que lui avait fait Bontemps, sans toutefois mentionner le nom du premier valet de chambre. Elle raconta l'arrivée en France de Nabo, la faiblesse coupable de la reine, la venue au monde d'une petite fille noire, l'exil consenti puis le retour inopiné du séducteur sans scrupules. En effet, la marquise n'ignorait pas que la supérieure, depuis toujours, savait que la Moresse était d'un sang illustre. En revanche, songeait-elle, l'abbesse devait méconnaître l'essentiel...

– Je comprends tout, à présent, dit alors la religieuse. Voyez-vous, madame, je savais qu'il existait un mystère autour de notre jeune pensionnaire à la peau sombre. Je ne sais pas si l'abbesse qui était là avant moi fut mise dans le secret, mais elle ne m'a laissé aucune instruction. J'ai eu beau fouiller le couvent de fond en comble, je n'y ai jamais trouvé la cassette dont, pourtant, j'ai soupçonné l'existence en de maintes occasions. De plus, je ne sais si l'ancienne abbesse s'était confiée à l'une des sœurs dont elle avait la charge. Mais les plus âgées des bénédictines, celles qui ont connu l'abbesse de ce couvent pendant l'année 1664, sont mortes les unes après les autres. La dernière a rendu l'âme voici deux ans. J'ignore ce qu'elle savait. Mais elle non plus n'a laissé aucun papier, et elle ne s'est pas davantage confiée à moi. Bien entendu, je n'ai pas manqué, au cours de ces années, de réfléchir, de penser, de mettre bout à bout les bribes de renseignements, les fragments d'informations dont je disposais. Mais je dois vous dire, madame, que ce que vous venez de me dire m'est très précieux.

– J'en suis bien aise, ma mère. Croyez que si j'avais pu vous parler plus tôt, je l'aurais fait. Mais je devais obéir au roi, vous le savez, et je devais observer la plus extrême des prudences. La présence probable, à cette heure, du dénommé Nabo à Moret m'a conduite à rompre le silence qui m'avait été demandé.

– Moi aussi, madame, je suis tout à fait réconfortée et ravie du tour que prennent les événements, du moins si nous acceptons de faire abstraction des malheurs qui s'abattent sur notre petite communauté. Voyez-vous, jusqu'à maintenant, je ne savais que faire. Mais vous venez de me soulager d'un grand poids.

– Que voulez-vous dire ?

– La sœur Gabrielle est venue me parler, peu avant de périr. Elle paraissait tourmentée. Elle m'a fait promettre de garder le secret sur cette conversation, quoi qu'il lui arrive par la suite.

– Pensez-vous dire qu'elle se savait en danger de mort ?

– Madame, je ne peux l'affirmer. Mais si je me remémore chacun de ses mots, de ses attitudes, sans doute puis-je le penser maintenant.

– Mais vous ne m'avez rien dit de cela, après que le corps de cette pauvre sœur Gabrielle a été découvert dans les cuisines. Pourquoi décidez-vous de me parler à présent ?

– Je viens de vous le dire à demi-mot. Compte tenu des événements, vous-même, vous vous estimez délivrée de la promesse que vous fîtes jadis au roi, et vous venez de m'exposer le secret qui présidait à la naissance de la Moresse. Mon point de vue est semblable. Toutes ces révélations, et aussi le désir ardent de voir châtier l'assassin de cette pauvre nonne m'incitent à vous parler.

– Fort bien. Je vous comprends et j'estime que vos raisons sont louables. Que voulez-vous donc me déclarer ?

– Tout d'abord, je dois vous dire que je n'avais pas pleinement pris la mesure des déclarations de la sœur Gabrielle. En d'autres termes, il m'avait été difficile de comprendre plusieurs de ses propos. Maintenant, je lis beaucoup mieux le récit qu'elle m'a tenu alors.

– Vous me placez sur des charbons ardents. Parlez !

– La personne qui renseignait celui que vous nommez Nabo n'était autre que la sœur Gabrielle. Celle-ci était jadis demeurée à la Cour. De noble naissance, elle était désargentée. Aussi ne put-elle garder son rang bien longtemps. Le peu d'argent qu'elle avait ne lui permit pas de se meubler, d'engager des domestiques en nombre suffisant. Lasse de devoir compter sur la générosité de lointains cousins qui, à Paris, la chaperonnaient, elle était sur le point de repartir dans le Poitou. Lui parvint alors une nouvelle affreuse : ses parents venaient de mourir. Au chagrin causé par cette annonce s'ajouta bientôt un autre, d'une nature différente. Son père laissait derrière lui une montagne de dettes et, déjà, les créanciers se saisissaient du château familial, une ruine, et des rares terres qui lui étaient accolées.

– Ce château, soupira Madame de Maintenon, je l'ai en effet connu, jadis. Seules des bêtes sauvages auraient pu y demeurer. Mais continuez, je vous prie.

– Bref, en peu de temps, celle qui se nommait encore Marguerite de Saint-Amand se trouva ruinée. Déçus de ne pouvoir récolter les miettes d'une succession qu'ils convoitaient depuis toujours, ses cousins la mirent à la porte, du jour au lendemain, ou presque.

– Pauvre Marguerite ! Elle ne m'avait pas dit cela.

– Elle ne voulait pas vous apitoyer. Et il y avait tant d'années... C'est à ce moment-là qu'elle décida de rentrer dans les ordres. Je vous rappelle que, en ce temps-là, la Cour demeurait encore assez souvent à Paris. Au Louvre, Gabrielle – c'est-à-dire Marguerite – avait eu le temps de rencontrer le jeune Nabo. Comme nombre des dames de la Cour, elle s'intéressa de très près au garçon qui accompagnait la reine. Je ne puis affirmer qu'elle lui a accordé ses faveurs. Au demeurant, elle ne me l'a pas dit, je ne le lui ai pas demandé, et rien ne me permet de penser qu'il en a été ainsi. Mais toujours est-il que, selon ses propres paroles, elle s'est beaucoup attachée à lui. Elle n'avait sans doute pas assisté à la naissance de la jeune Marie-Anne. Mais, comme tous les courtisans qui étaient présents à la Cour, elle avait appris que la jeune princesse avait été inhumée à Saint-Denis et, aussi, que Nabo avait disparu et ne se trouvait plus dans les appartements de la souveraine – que ce soit à Paris, à Saint-Germain ou à Fontainebleau.

– Je le comprends aisément, remarqua la marquise. Nulle publicité n'a été faite autour de son exil.

– Et pourtant, celle qui était entre-temps devenue la sœur Gabrielle a retrouvé sa trace. Elle lui a même écrit.

– Alors qu'elle se trouvait ici ? Dans ce couvent ?

– Hélas, madame, je dois le reconnaître, du moins si je me fie à ce qu'elle m'a dit. Croyez que, à regret, je dois convenir que ces murailles sont poreuses. Je ne sais si elle disposait de complicités à l'intérieur et à l'extérieur du couvent. Toujours est-il qu'elle a réussi à retrouver Nabo, du moins à savoir dans quelle ville de province le roi l'avait envoyé. Elle lui a donc fait parvenir, en secret, une première lettre. Et il lui a répondu. Divers courriers ont donc ainsi été échangés. Je ne sais avec exactitude ce que la sœur Gabrielle a appris ou dit à ce Maure. Mais, selon ce qu'elle m'a rapporté, c'est lui qui lui a appris son infortune, et aussi la disparition de la jeune Marie-Anne. La religieuse a ainsi appris que la petite princesse n'était pas morte en bas âge.

– Et elle a donc fait le rapprochement entre Marie-Anne et la femme à la peau sombre qui se trouvait à Moret.

– C'est cela, répondit l'abbesse. À moins que, grâce à d'autres informations, Nabo ait déjà appris que sa fille était ici. En ce cas, ce fut peut être lui qui aida la sœur Gabrielle à comprendre qu'elle vivait dans la même communauté que la fille de la reine de France.

– De toute manière, quelles qu'aient été les connaissances de l'homme en la matière, la sœur Gabrielle a pu, presque jour après jour, le renseigner sur la vie de la Moresse, sur ses peines et sur ses joies. Toutes les lettres qui ont dû se succéder n'ont pu que porter à incandescence l'amour paternel du Maure. Puis, qu'il ait ou non prévenu la religieuse, il a quitté la ville où le roi, voici trente et un ans, lui avait ordonné de rester. Sans penser à la façon dont il pourrait clore son voyage, il est venu jusqu'aux environs de Moret. La suite, vous la connaissez tout aussi bien que moi.

– Oui, se contenta de répondre Madame de Maintenon. Tout ceci est bien triste et risque fort de susciter la colère du monarque. Il va bien nous falloir, tôt ou tard, apprendre au roi quels événements se déroulent en ce lieu ou dans ses environs depuis quelques jours. Dans un premier temps, j'ai pensé qu'il valait mieux laisser Sa Majesté en dehors de tout et, en décidant cela, j'avais le sentiment d'avoir agi au mieux des intérêts de la famille royale et de la couronne. Maintenant, je me demande si je ne me suis pas trompée.

– Je crois, madame, que le mieux serait, en effet, de prévenir le roi. Tout de même, un meurtre a été commis dans le couvent où demeure la fille de son épouse, feue la reine de France !

– Certes. D'ailleurs, j'ai déjà mis son premier valet de chambre au courant. Mais une autre idée vient de naître dans mon esprit. Tenez : pour vous prouver que vous avez toute ma confiance, je vais vous la faire partager. Peut-être le roi a-t-il des secrets pour moi. Après tout, je ne suis rien à la Cour, et je ne participe point aux affaires du gouvernement. Pourquoi ne pas imaginer que Sa Majesté a eu vent des indélicatesses de la sœur Gabrielle et de l'échange épistolaire qui la liait à un proscrit. Il est permis de penser que Louis XIV a voulu la perte de celle qui rallumait des cauchemars anciens, des feux qu'il aurait voulu voir éteints à jamais...

L'abbesse ne put cacher la stupéfaction que suscitait en elle la suggestion de la marquise :

– Comment, madame ? Qu'insinuez-vous ? Pensez-vous sincèrement, un seul instant, que le roi de France et de Navarre ait pu ordonner que soit mise à mort une pauvre bénédictine sans défense, de surcroît au sein d'un lieu de paix et d'adoration, pour le seul motif qu'elle aurait écrit à un exilé ?

– Non, madame, bien entendu, cela ne se peut. Mais l'un de ses conseillers ou de ses secrétaires particuliers a eu vent de toute l'affaire. Cette personne a dû mal interpréter une parole du roi. Ou, pour faire sa cour, il a cru pouvoir prendre sur lui d'ordonner une telle action. Et, d'une manière ou d'une autre, il est parvenu à faire tuer la sœur Gabrielle.

– Dit comme cela, madame, la chose me paraît en effet possible, quoiqu'elle soit bien effroyable.

– Il est à craindre, cependant, que tout se soit déroulé ainsi. Pour le moment, je ne vois, du reste, pas d'autre explication au meurtre de la bénédictine, compte tenu de ce que nous savons.

Madame de Maintenon se tut. Puis elle reprit :

– Et la Moresse ?

– Elle se montre très calme, depuis ce matin. Je ne pense pas qu'elle ait pu obtenir des nouvelles de Nabo. J'ignore même si elle a pu entendre ses vociférations, hier soir. D'ailleurs, s'il en est ainsi, je me fais fort de lui dire que ces cris étaient ceux d'un dément, et de détourner son attention de ce tumulte.

– C'est très sage, en effet. À présent, veuillez me pardonner, ma mère, mais je dois regagner Fontainebleau. Le roi, sans doute, s'impatiente de ne pas me trouver à ses côtés. Donc, comme vous venez de me le dire, je puis assurer à Sa Majesté que la cérémonie aura lieu demain ?

– Oui, c'est ce dont nous avons convenu, avec Louise-Marie-Thérèse.

La marquise soupira. Enfin, la date était fixée...

48

Dans la Grotte des Pins

– Madame, cet endroit est bien étrange, dit Nabo.

– Monsieur, répondit l'ancienne femme de chambre espagnole, il se trouve que les soldats du roi qui nous barraient le chemin ne m'ont pas laissé le choix de notre retraite. J'avoue que j'aurais préféré un autre refuge. Mais, vous l'avez vu, nous n'avons pas été les maîtres de notre route. De plus, ce lieu est si proche des endroits les plus fréquentés du palais que les gardes qui sont à notre poursuite ne risquent pas de venir nous chercher ici. Ils pensent sans doute que nous avons essayé de nous cacher dans l'une des maisons particulières qui composent le bourg ou, plus sûrement, que nous sommes occupés à nous tapir dans l'une des gorges profondes qui entaillent la forêt.

– Sans doute avez-vous raison, madame. Mais où sommes-nous ?

– Dans la Grotte des Pins, bâtie sous le règne du roi François Ier. Voyez comme elle est d'une architecture bizarre. Je comprends aisément qu'elle n'ait pas la faveur du monarque, aujourd'hui.

Édifiée au revers de la façade sud de la Cour du Cheval blanc, la Grotte des Pins avait été voulue par le roi François Ier. Ici, ce dernier venait écouter les poètes et les musiciens de la Cour. Ce lieu autrefois très fameux était maintenant voué à la solitude. Depuis des décennies, quatre colosses se lamentaient et pleuraient sur leur gloire passée. C'était les quatre termes chevelus, puissantes statues aux muscles noueux sculptées dans un grès à peine dégrossi. Leurs corps impressionnants et nus étaient encore à demi engagés dans la muraille aux blocs de pierre grossièrement joints. Au fond, il y avait une fontaine où, selon la tradition, une princesse occupée à se baigner s'était jadis moquée d'un roi d'Écosse lui demandant sa main[1]...

L'homme, Nabo, et la dame, l'Espagnole qui était jadis au service de la reine de France, reprirent leur souffle. Ce fut le Maure qui parla le premier.

– Madame. Pouvez-vous me dire la raison pour laquelle vous m'avez enjoint avec autant d'empressement de quitter la maison du premier valet de chambre du roi ? Du reste, il me semble que votre visage m'est quelque peu familier. Ou, à tout le moins, qu'il éveille en moi des souvenirs anciens. Cela est-il possible ?

– Pour répondre à votre seconde question, monsieur, sachez que nous nous sommes vus à maintes reprises, jadis, dans l'entourage de la reine Marie-Thérèse. Comme vous, je me trouvais à son service voici trente et un ans.

(1) Madeleine de France, fille de François Ier, fut cependant contrainte d'épouser Jacques V d'Écosse et en mourut de chagrin peu après.

Parce que nous étions amis, je crois, lorsque j'ai appris que vous vous trouviez ici, à Fontainebleau, j'ai décidé de vous venir en aide, car je sais que vous avez encore de nombreux ennemis à la Cour de France. Vous étiez en danger chez monsieur Bontemps et il valait mieux que vous lui échappiez. Je vous supplie de me faire confiance. Je vous assure, nous nous sommes beaucoup fréquentés, jadis. Depuis peu, j'ai couru mille dangers pour vous. Je me suis cachée, je me suis terrée. Quand j'ai appris que vous étiez à Fontainebleau, j'ai accouru pour vous secourir. Croyez-moi, je dis la vérité.

– À vous regarder, madame, en effet, je me souviens de vous. Vous apparteniez à la Cour des premières années du règne, n'est-ce pas ? L'accent qui était alors le vôtre s'est complètement estompé. Car vous veniez d'Espagne pour accompagner en France la jeune souveraine, c'est bien cela ?

– Votre mémoire est bonne, en effet.

– Mais ne pouvez-vous m'en dire plus au sujet des périls qui me guettent. Et que comptez-vous faire pour m'aider à leur échapper ?

– Il vaut mieux, pour le moment, que je me taise. Mais je crois détenir la clef de votre liberté. Une fois de plus, je vous demande de vous en remettre à moi. Vous n'avez pas affaire à une insensée, ni à une aventurière.

– Fort bien. Mais quand comptez-vous revenir ?

– Ce soir, si tout marche comme je l'entends. Sinon, je serai là demain matin au plus tard.

Le Maure eut le cœur à rire :

– Et vous souhaitez que je vous attende jusqu'à demain matin dans cette caverne humide et abandonnée, sans boire et sans manger, sans même une couverture ou un feu, alors que les soldats du roi retournent toute la ville à l'heure qu'il est ?

– Ah ! Non, monsieur ! Nous sommes venus ici parce que c'était le plus commode, lorsque nous nous sommes enfuis de la maison du serviteur du roi. Nous allons attendre un moment encore. Quand le chemin sera libre, je me fais fort de vous mener dans une petite maison, sise dans la forêt, où vous trouverez tout le nécessaire pour attendre mon retour.

– Très bien, madame, je m'en remets à vous. Il y a cependant une question que j'aimerais vous poser.

L'Espagnole parut contrariée par la requête de Nabo :

– Si elle regarde votre situation présente ou bien la façon dont je pense pouvoir vous venir en aide, elle est prématurée, croyez-moi.

– Cela a à voir ou bien n'a pas de rapport. C'est selon.

– Je ne vous comprends pas.

– Si vous accomplissez toutes ces actions pour moi, c'est que vous m'avez aimé, n'est-ce pas ?

L'ancienne femme de chambre avait de l'intuition. Aussi s'attendait-elle à ce que l'Africain lui fasse cette reflexion. Elle n'en fut donc que peu surprise. Sa réponse en fut d'autant plus franche :

– Monsieur, dans l'entourage de la reine, toutes, nous vous aimions. Je ne connais pas une seule servante, une seule dame que vous laissiez indifférente. Il a passé tant de temps, depuis, que ma passion pour vous s'est éteinte, et j'espère que vous n'en serez ni surpris ni dépité. Tout ce que je fais aujourd'hui, je l'accomplis en mémoire de ma jeunesse. Je vous le répète, j'éprouvais à votre endroit une passion ardente, vous l'avez deviné. Mais vous ne me regardiez pas. J'ai survécu à cette douleur. En souvenir de cet amour qui ne marcha que sur une seule jambe, je viens à votre secours, c'est tout. Trouvez-vous cela étrange ?

– Pas du tout. Je vous remercie de vos bontés présentes. Pour ce qui est de mon attitude passée, je vous demande pardon.

– Il n'y a pas lieu, monsieur. La vie est ainsi faite, voilà tout. C'est là le génie de monsieur Racine, dont le roi apprécie tant les vers : on est rarement aimé de la personne que l'on désire. Et l'on est convoité par ceux qui ne vous attirent point.

– La vie est donc bien tragique...

– Pas tout à fait. Du moins, cette manière de voir est-elle incomplète. Car, *a contrario*, on est toujours poursuivi par une foule d'importuns qui vous offrent leur cœur et les sentiments qui vont avec, quoique vous n'en vouliez pour rien au monde. Cela, c'est la partie distrayante et flatteuse de notre existence.

– Votre raisonnement n'est pas dénué d'attrait. C'est égal. Si, dans le passé, je vous ai froissée, avec quelque trente années de retard, je m'en excuse.

– J'accepte, monsieur, les marques de votre amabilité. Je ne sais qui était votre famille véritable et ne connais pas non plus les contrées lointaines où vous êtes né. Mais je vous demande de croire que votre comportement ne le cède en rien aux plus courtois des seigneurs de la Cour que j'ai pu côtoyer. À présent, je crois que la voie est libre. Suivez-moi. Et prenez soin de rabattre votre chapeau et vos plumes sur votre visage. Autant cacher tout ce sombre...

49

La cruauté du roi

– Fort bien, madame, je prends acte des désirs de cette femme. Demain, la Cour se rendra jusqu'au couvent des bénédictines de Moret pour la voir prendre le voile.

Madame de Maintenon soupira. Ainsi, c'était donc fait, ou presque. Demain, la Moresse prononcerait ses vœux, que la mort de la sœur Gabrielle ait été ou non élucidée, et que le Maure ait été ou non retrouvé. Il suffirait de continuer à taire le trépas de la nonne si l'assassin n'était pas découvert. Pour ce qui concernait Nabo, une fois déployés, comme à l'accoutumée, les soldats de la Maison militaire du roi n'auraient aucun mal à le tenir à distance, à l'empêcher de quitter le trou de bête où il devait être caché à cette heure.

Louis XIV considéra la marquise en silence. Celle-ci s'efforça de cacher l'inquiétude que ce geste fit naître en elle. Le roi n'était pas coutumier du fait. Avait-il appris quoi que ce soit ? Concevait-il des soupçons ou bien Bontemps lui avait-il parlé ? Surtout, songea la dame, elle ne devait rien faire qui puisse donner à penser au monarque qu'elle avait quelque reproche à s'adresser. Quand bien même, en croyant servir le souverain, elle avait été à l'encontre de ses volontés, elle n'avait qu'à contrefaire la pureté et l'innocence : le roi lui pardonnerait. Depuis toujours, depuis qu'elle avait été élevée dans la religion romaine, puis était passée à la religion prétendue réformée - avait fait un nouvel aller-retour avant d'embrasser de nouveau le catholicisme - la marquise était passée maître dans l'art de mentir et de simuler...

Enfin, Louis XIV reprit la parole :

- À présent, madame, venez avec moi, je vous prie. Je veux vous montrer quelque chose qui se trouve dans l'arrière-cabinet.

De quelle chambre le roi voulait-il parler ? se demanda Madame de Maintenon. Le ton du Bourbon était devenu fort grave. Elle prit peur. Le souverain passa devant elle et alla ouvrir lui-même une porte. Dans le petit couloir qui se trouvait là, se tenait Bontemps, portant un flambeau à la main. Le serviteur s'inclina devant la marquise mais ne dit rien. La demi-pénombre qui régnait empêcha la dame de lire ses sentiments, ce qui accrut son alarme. Les trois personnages n'eurent que quelques pas à faire. Une nouvelle porte franchie, et ils se retrouvèrent dans une pièce dont la dame ignorait l'existence. C'était, en fait, une sorte de réduit dépourvu de fenêtre, pratiqué dans l'épaisseur des murs du vieux château médiéval, autour duquel les rois avaient agrandi le palais, de règne en règne, depuis le Moyen-Âge. Madame de Maintenon remarqua avec amertume - et déjà un peu de rage - qu'elle ne connaissait pas cette pièce. Louis XIV avait donc encore des secrets pour elle ? Elle n'aimait pas cela. Elle y mettrait bon ordre avant longtemps.

Une large table occupait presque la moitié de l'espace. Y était posée une grande caisse de bois vermoulue par endroits. On ne pouvait bien distinguer ce qui se trouvait à l'intérieur... À la demande du souverain, Bontemps alla allumer deux flambeaux de bronze qui étaient accrochés aux boiseries. Cela apporta une grande lumière, mais ne permit pas pour autant à la marquise de bien distinguer ce que recelait le coffre, car son contenu était enveloppé d'une étoffe fanée et qui le recouvrait tout entier.

Soudain, elle manqua défaillir. Elle avait enfin compris. Un corps. Elle avait devant elle un cercueil. Et celui-ci contenait un cadavre desséché, des ossements blanchis, à en juger à l'état de décrépitude de la caisse qui les renfermait, et aussi à l'absence de toute odeur de putréfaction.

– Madame, dit alors le roi d'une voix caverneuse. Je vois que vous êtes sur le point de vous évanouir, et je m'en voudrais qu'il en aille ainsi. Rassurez-vous. Il n'y a rien de bien affreux dans cette caisse. Du moins, à ce que je pense, il n'y a rien qui puisse éveiller le dégoût. Je ne suis pas un tyran venu d'Orient. Approchez-vous, je vous prie.

Le souverain prit alors le chandelier qui se trouvait toujours dans les mains de Bontemps, demeuré silencieux. Il fit un pas vers la caisse et invita la marquise à l'imiter. Le cœur battant à tout rompre, Madame de Maintenon obéit à son époux, sans s'arrêter aux ombres monstrueuses que leurs corps projetaient sur les murs de chêne noir. Le roi tendit sa main libre ; avec de grandes précautions, il écarta l'étoffe. Parce que le monarque ne pouvait voir son visage, la marquise s'enhardit jusqu'à clore à demi les yeux. Alors, elle vit.

– Vous l'avez compris, madame, dit-il alors. Ce cercueil vient de l'abbaye de Saint-Denis. C'est cette bière qui a été profanée.

– Mais, Sire, demanda la marquise d'une voix blanche et très altérée par l'émotion, qu'est-ce donc que cela ? Plutôt, pourquoi cela se trouve-t-il donc dans ce cercueil ?

– Je ne le sais pas. Ce n'est pas ce que j'avais commandé. Je m'aperçois aujourd'hui que, voici trente et un ans, je n'ai pas été obéi. Mais je vous assure, madame, que le temps passé ne m'incite pas à modérer ma colère. Que tremblent ceux qui m'ont menti, s'ils sont encore de ce monde !

Il sembla à Louis XIV que Madame de Maintenon était la proie d'une très grande émotion. Le roi convia alors sa seconde épouse à regagner la pièce principale, puis l'aida à s'asseoir. Ensuite, il se tourna vers Bontemps et, le sourcil froncé, se mit à le questionner :

– Je me souviens de chacun des jours qui ont pris place entre le 16 novembre et le 26 décembre de cette année affreuse, l'an 1664. Chacune des paroles que j'ai alors prononcées entre ces deux dates, aussitôt après la délivrance de feu la reine mon épouse est demeurée dans mon esprit. Monsieur, qu'avez-vous à me dire à ce sujet ?

Le premier valet de chambre fit un pas en avant. Depuis quelques années, Alexandre Bontemps se voûtait et ses cheveux blanchissaient. Mais, ce jour-là, il réussit à redresser son dos courbé. Un éclat juvénile revint dans son regard, et jusqu'aux rides qui marquaient son visage parurent s'estomper. Le serviteur savait qu'il était coupable et ne pouvait évoquer aucune circonstance de nature à atténuer sa faute. Mais il n'était pas lâche. Alors, le courroux du roi, cette colère méritée, il souhaitait l'affronter de face.

– Sire, mes actes sont la cause de tout.

C'était la première fois qu'il faisait au souverain un tel aveu. D'ailleurs, celui-ci décontenança beaucoup le Roi-Soleil. En un instant, le Bourbon vit son esprit envahi par une double crainte : la peur de ce que Bontemps allait révéler et le déplaisir que cette confidence soit entendue de Madame de Maintenon. La marquise ne disposait-elle donc pas d'une emprise, d'un empire assez grand sur le roi pour que le destin s'amuse à renforcer ce pouvoir en lui confiant des secrets inavouables ?

Le roi, à son tour, était devenu très pâle :

– Que voulez-vous dire ?

– Je demande pardon à Votre Majesté.

Louis XIV s'impatientait. Mais qu'il parle donc, qu'il s'explique, celui en qui le roi avait mis toute sa confiance, depuis toujours !

– Monsieur, au nom de la souveraine qui n'est plus, poursuivez ! Vite !

– Sire, ce jour-là, j'ai proposé à Votre Majesté de substituer un enfant à... à celui que feue la reine avait mis au monde au mois de novembre.

– Oui, dit le roi.

Sa voix était basse et sourde. Elle n'en était que plus tonnante.

– J'avais pris sur moi de suggérer à Votre Majesté de placer dans le petit cercueil qu'un carrosse devait emporter à Saint-Denis le corps d'un enfant né le même jour que l'autre et qui venait de périr.

– Tout ceci, je m'en souviens fort bien. N'est-ce donc pas ce que vous avez fait ?

– Hélas, non, Votre Majesté. L'enfant que je pensais substituer à celui que la reine avait mis au monde quelques semaines auparavant choisit de lutter contre la maladie qui, de l'avis de tous, devait l'emporter. Contre toute attente, au mépris de toute règle, ce nouveau-né survécut aux fièvres qui auraient dû le faire périr et qui m'avaient permis de concevoir le plan approuvé par Votre Majesté.

– Mais pourquoi ne m'avez-vous fait part de la survie de cet enfant-là ? s'étonna Louis XIV. Je ne lui souhaitais pas de mal, mais son trépas servait mes intérêts. Nous étions convenus de lui faire connaître *post mortem* un sort enviable, et de l'ensevelir sous les voûtes de la plus sacrée des églises du royaume, mais c'est tout ce que nous lui voulions. Je ne suis pas un nouvel Hérode : si vous m'aviez appris la survie de cette créature, je n'aurais pas ordonné sa mise à mort. Nous aurions trouvé une autre petite victime des fièvres qui, cette année-là, emportait les nouveau-nés de ma capitale.

– Oui, Sire ; c'est bien ce que j'aurais dû faire. Depuis de nombreuses années, je me suis remémoré ces jours maudits. Je suis maintenant un vieil homme et je sais que je dispose de la confiance de Votre Majesté. Même si le récit que je fais aujourd'hui prouve à quel point ce crédit ne devrait pas m'être accordé. Je ne puis que le répéter : l'enfant mis au monde par les gens de la Ménagerie a réussi à repousser la langueur qui était née en sa compagnie. Il ne mourut pas. Ce garçon, car c'en était un, est peut-être aujourd'hui un bel homme vigoureux.

Bontemps se tut. Il attendait que le roi lui reproche de lui avoir jadis caché la vérité. Eu égard aux autres services rendus, il attendait que, malgré tout, le Bourbon lui renouvelle sa confiance. Mais Louis XIV ne fit rien de cela. Alors, le premier valet de chambre reprit :

– Je me suis donc détourné de ce petit enfant qui, décidément, ne voulait pas périr...

Ballottée au gré des événements et des révélations, la marquise de Maintenon sentait le sol se dérober sous ses pieds. Elle ne savait plus que faire, que dire, que proposer.

– Le mauvais sujet ! tenta-t-elle de plaisanter, soucieuse d'avancer son pion dans la partie incertaine qui se jouait.

– Madame, ce n'est pas le moment, je vous prie ! s'emporta son époux.

Non sans difficulté, Bontemps reprit son récit douloureux :

– Le temps pressait, Sire. Et le trépas de l'enfant mis au monde par la reine avait déjà été annoncé. L'autre, donc, n'était pas mort. Alors, j'ai cru que je pouvais prendre sur moi d'agir comme je l'entendais. Je suis allé trouver une vieille lingère, morte depuis. Elle m'a aidé toute la nuit. Et voici le résultat...

– C'est abominable, murmura la marquise.

– Je ne comprends pas, fit remarquer Louis XIV. À quoi tout cela devait-il servir ?

– À vrai dire, Sire, je ne le sais pas, je ne le sais plus. Il m'avait alors semblé qu'il était plus convenable que le cercueil ne soit pas vide.

– Oui, c'était peut-être mieux ainsi, concéda le roi. Aujourd'hui, il n'aurait été guère différent que le responsable de ce sacrilège infâme trouve une bière inoccupée. Il aurait su, du moins entrevu la vérité...

Bontemps s'inclina :

– Je vous remercie, Sire, de me témoigner tant de bonté.

– Voyez, monsieur, décidément, je suis porté à l'indulgence dès lors qu'il est question de vous. J'aurais certes préféré que, ce jour-là, vous m'exposiez la vérité. Mais je ne pense pas qu'en agissant de la sorte, vous ayez voulu nuire à la couronne. Il reste néanmoins à déterminer, maintenant, la conduite que nous devons tenir, et les ordres que nous avons à donner pour retrouver et punir le coupable de cette abomination, de cette profanation.

Le roi se tut. Plus que jamais, Madame de Maintenon savait qu'elle devait tirer partie de la situation. Le monarque était dans une position de faiblesse et de vulnérabilité. Si elle parvenait à asseoir un peu plus la chape qui faisait sa force, sa puissance s'en trouverait par la suite décuplée. Et, pour s'occuper d'un sujet plus vulgaire, elle avait à se venger du roi, à lui faire payer l'existence du réduit dérobé dont elle n'avait appris la présence que ce jour. Qui sait si, là, dans l'épaisseur des murs du Fontainebleau médiéval, le roi son époux n'étreignait pas, encore et toujours, les lingères dont son corps usé ne pouvait en fait se passer, malgré les assurances qu'il donnait à la marquise et le remarques de ses confesseurs ?

Alors, la dame prit la parole, avec le ton le plus assuré dont elle fut capable :

– C'est égal ! On ne m'enlèvera pas de l'esprit que c'est là une coutume bien étrange ! Sans cette tradition venue de je ne sais quel temps, de je ne sais quel territoire barbare, nous n'en serions pas là !

Louis XIV avait fait venir son épouse pour que celle-ci soit informée au plus près de la situation, du scandale immense qui menaçait la couronne. Mais, ce faisant, il n'avait pas souhaité que celle-ci s'exprimât d'une manière aussi franche :

– Que voulez-vous dire, madame ?

Madame de Maintenon voulait tant revêtir l'habit du vainqueur qu'elle oublia toute prudence :

– Je parle, Sire, de cet usage qui veut que les reines de France accouchent en public, devant les serviteurs et les courtisans qui se trouvent alors dans leur chambre. Je veux bien croire qu'autrefois, cette coutume ait été nécessaire, afin de prévenir les substitutions d'enfants. Mais aujourd'hui, cette règle est obsolète[1]. Et, j'ajoute que, ce 16 novembre 1664, si personne ne s'était trouvé auprès du lit de la défunte reine, il n'y aurait pas eu à prendre toutes ces précautions. Et maintenant, nous ne risquerions pas la catastrophe.

Par ce discours, la marquise pensait impressionner le roi, lui faire voir le ridicule d'une pratique immémoriale et tirer ensuite la conversation, puis la situation à son avantage. Mais il n'en fut rien. La critique déplut au Bourbon, et celui-ci s'emporta, avec une impétuosité qui surprit et Madame de Maintenon et Bontemps :

– Je vous prie de vous taire, madame ! Que je sache, vous n'avez jamais été mère, ni n'êtes reine de France. Je ne vois donc pas que vous puissiez donner votre avis sur le chapitre que vous abordez et qui regarde d'autres que vous !

La remarque était sans appel car elle atteignait la marquise dans ce qu'elle avait de plus intime. Certes, l'épouse secrète du roi ne portait pas la couronne. Mais, de cela, elle ne se souciait pas, elle en avait pris depuis longtemps son parti. En revanche, elle n'avait jamais eu d'enfant, ni de son premier mari, le poète Scarron, ni de Louis XIV. Le sujet était depuis toujours douloureux et le propos du souverain jeta donc la marquise dans la peine et le silence.

Bontemps redoutait que l'affrontement qui opposait les deux plus puissants personnages du royaume ne s'enve-

---

(1) Cette tradition fut supprimée par Louis XVI, en 1781.

nime et ne lui cause quelque contusion supplémentaire. Aussi voulut-il y mettre un terme :

– Votre Majesté, que dois-je faire avec... avec ce que contient la bière ?

Le souverain ne parvenait pas à quitter le pays de la colère, cette contrée où l'avait précipité la remarque de Madame de Maintenon. Comment avait-elle pu se permettre de critiquer l'un des plus anciens usages de la Cour de France, celle qui n'avait aucun titre avant que le roi ne lui accorde le marquisat de Maintenon ?

Certes, le Bourbon avait un jour décidé de faire célébrer le mariage secret qui, depuis, l'unissait à la marquise. Certes, il avait accepté de contracter cette union sans gloire, de faire de sa seconde épouse une reine sans couronne, de devoir tenir seul sa Cour, sans princesse à son côté. Certes, il avait accepté de se marier avec une femme dont les quartiers de noblesse n'étaient guère patents, mais dont les mérites spirituels lui avaient paru certains. Tout cela, Louis XIV l'avait consenti par amour, par tendresse, et aussi, pour ne plus continuer à offenser Dieu en allant de maîtresse en amante, de duchesse en femme de chambre.

D'ordinaire, le roi acceptait tous les exposés et toutes les vues de son épouse. Mais, parfois, il venait à l'orgueilleux des bouffées de fierté. Dans le secret de son âme, il reprochait à la marquise de n'être pas de sang royal, avec d'autant plus de hargne qu'il s'en accommodait la plupart du temps.

Alors, sans se soucier des représailles qui, un jour, le jetteraient sans doute à terre et le conduiraient à implorer un pardon, le Bourbon décida de se montrer cruel. Il se tourna vers Bontemps :

– Ce que contient ce cercueil, offrez-le donc à Madame la marquise de Maintenon. Elle a, par le passé, bien voulu des enfants que m'avait donnés Madame de Montespan, et veiller aussi sur la pensionnaire des bénédictines de Moret et dont nous nous occupons beaucoup depuis plusieurs jours. Elle saura, je crois, que faire de tout ceci.

Adressée à l'ancienne gouvernante des bâtards du roi, à une femme qui n'avait pas eu le bonheur d'être mère, la remarque était odieuse, atroce, cruelle... Mais elle n'étonna pas la marquise outre mesure. Dans son particulier, dès lors qu'il était contrarié, le Roi-Soleil n'hésitait à prononcer des paroles féroces.

Sans déplaisir, Bontemps constata que la froide colère du roi s'abattait maintenant sur son épouse. Il choisit de masquer son triomphe et baissa les yeux pour ne pas rencontrer ceux de la dame. Mais le courroux du monarque n'était pas encore apaisé. Tout à l'heure, en quelques remarques imprudentes, la marquise avait tenté de se hisser à la place de feue la reine. Le roi, qui était sujet à de fréquents mouvements d'humeur, ne lui pardonnait pas d'avoir oublié quel était son rang, celui d'une épouse morganatique, sans statut, sans véritable existence à la Cour. Et, de nouveau, le Bourbon se tourna vers Madame de Maintenon.

– Lorsque vous nous aurez débarrassés de ce cercueil et de son contenu, madame, vous vous rendrez à Moret sans tarder.

– Ce soir, Sire ? Vous me demandez de prendre la route, de traverser la forêt en pleine nuit ?

– Oui, madame. Tenez, lisez ceci.

Le roi tendit une lettre à la marquise. Celle-ci la prit d'une main qu'elle eut du mal à garder des tremblements qui menaçaient.

– Je ne comprends pas, Sire.

– Quoi donc, madame ?

– D'abord, je ne sais pas pourquoi la femme dont nous nous occupons ne veut pas prononcer ses vœux. La dernière fois que je l'ai vue, cette personne m'avait assurée qu'elle entendait se conformer aux désirs de Votre Majesté. Et voici que, maintenant, sans s'expliquer, elle annonce qu'elle a changé d'avis...

– C'est en effet troublant, très fâcheux.

– Et, surtout, je ne parviens pas à deviner comment cette lettre est parvenue jusqu'à vous.

– Pour le premier point que vous soulevez, je pense que cela ressort davantage de votre compétence et, d'ailleurs, je vais y revenir. Pour le second, monsieur Bontemps doit en effet s'occuper de savoir qui a pu déposer ceci sur la cheminée de ma chambre, lors des grandes entrées[1].

Le roi reprit la lettre et la donna au serviteur. Puis il reprit :

– Donc, pour voir ce qu'il en est avec cette femme, je vous demande d'aller trouver la supérieure de ces bénédictines, afin de mettre la main aux derniers préparatifs, au plus vite et au mieux, et faire en sorte que la cérémonie se déroule bien demain, comme cela a été prévu. Toute la Cour est prévenue, et il ne serait pas convenable qu'un contretemps survienne maintenant. Bien sûr, et parce que j'ai le souci de votre sécurité, vous serez accompagnée d'une escorte. Voyez la pensionnaire à laquelle je m'intéresse. Tâchez de la convaincre de prononcer ses vœux. S'il le faut, dormez là-bas.

---

(1) L'une des phases de la cérémonie du lever.

La marquise s'en alla. Elle aspirait à retrouver son appartement, ne serait-ce qu'un instant. Il était fort rare qu'elle se rende chez le roi. D'ordinaire, c'était Louis XIV qui venait chez sa seconde épouse, que ce soit pour deviser avec elle ou pour s'entretenir avec ses conseillers. Ici, chez le monarque, la dame n'était pas à l'aise, elle n'y avait pas sa place. Elle préférait regagner son territoire, donc ses forces, toute l'étendue de ses talents qui lui permettaient, depuis toujours, de dire une parole en pensant son contraire, de manier le sous-entendu et l'allusion, de ne jamais prendre le roi de front.

50

Les inquiétudes de la supérieure

En cette avant-veille de sa prise de voile, la Moresse avait décidé de passer la nuit à prier, seule dans son appartement. Peut-être, ainsi, Dieu l'éclairerait-Il sur ses véritables origines. Peut-être accepterait-Il de lui dire de qui elle était vraiment la fille, et pourquoi elle se trouvait chez les bénédictines depuis son plus jeune âge.

La mère Claire de Saint-Jacques, elle non plus, ne dormait pas. Comment l'aurait-elle pu ? Elle tournait, se retournait, soupirait sur sa couche. La mort de la sœur Gabrielle et le mystère, de plus en plus angoissant, qui entourait la personnalité de la Moresse se conjuguaient pour lui ôter toute envie de sommeiller. Comment était-il possible que ce couvent, qui aurait dû être un havre de paix, un sanctuaire protégé des tourments de la vie séculaire, soit à ce point devenu le théâtre de débordements aussi affreux ? Quelle faute avait-elle commise ? Quel relâchement de la règle était la cause de ces malheurs ?

Et ici, les nonnes étaient-elles en sécurité, au moins ? Ce n'était pas si sûr... Cette porte dotée de verrous lourds à manœuvrer, ces fenêtres étroites, ces murs épais ne les garantissaient pas des dangers du monde... D'ailleurs, la sœur Gabrielle n'avait-elle pas été assassinée par un homme venu du dehors, un intrus qui voulait sans doute faire taire à jamais la nièce de l'ancienne abbesse ? Voilà où résidait la faute de la supérieure. Par négligence, parce qu'elle était uniquement préoccupée des âmes dont elle avait la charge, parce qu'il fallait, depuis de longues années, veiller sur la Moresse, elle avait quelque peu négligé de s'occuper du couvent proprement dit. Elle le savait, Jean-les-Gros-Pieds s'était introduit au sein de la petite communauté en passant par l'une des brèches qui enlaidissaient les murs des jardins. Mais ces lézardes larges n'étaient rien au regard des fissures qui minaient son cœur depuis une poignée de jours. Dieu ! Elle avait bien été contrainte de précipiter l'imbécile dans ce puits ! Certes, mais elle avait tué. Par pans entiers, la supérieure voyait s'écrouler sa vie, sa vocation, ses certitudes...

Non. Il ne fallait pas regretter ce geste criminel. Il fallait débarrasser le troupeau d'agneaux dont elle avait la garde de cet idiot lascif. La rumeur voulait que le surnom de Jean-les-Gros-Pieds – ce crétin aux gestes impudiques – aurait pu être légèrement différent ou, tout au moins, ne pas prendre pour seul objet les membres inférieurs du garçon...

La supérieure gémit. Certes, l'idiot était hors d'état de nuire. Mais comment pouvait-elle être certaine que d'autres hommes n'étaient pas occupés à entrer dans le couvent ? Jean-les-Gros-Pieds avait pu se vanter de sa bonne fortune dans l'un des cabarets de la cité, toujours emplis de gens sans aveu ni bagages... Certes, toute la journée, la mère Claire de Saint-Jacques avait fait obstruer les brèches les plus larges. Mais si l'ennemi ne passait pas à l'attaque de ce côté-là, il pouvait fort bien se montrer plus sournois, et décider de s'en prendre aux bénédictines en se gardant d'être vu... Oui. Les souterrains, les galeries autrefois creusées par les templiers étaient autant de trappes. Il n'y avait pas à douter, la nouvelle de leur découverte s'était sans doute répandue dans la petite ville. Déjà, des hordes de brigands affreux marchaient sous terre, des flambeaux à la main. L'esprit enfiévré par le vin, ils riaient et s'esclaffaient. C'était à celui qui dirait le plus d'horreurs, qui annoncerait des prouesses dont les religieuses seraient les actrices contraintes et les victimes.

La mère Claire était en nage. Dehors, peut-être, des soldats dépêchés par le roi veillaient à la porte du couvent, l'abbesse ne savait plus. Mais, ici, l'issue du souterrain qu'avaient révélée les pluies étaient sous la seule garde des sœurs Hélène de Saint-Augustin et Anne de la Vraie Croix. Elles étaient encore assez jeunes l'une et l'autre, courageuses et vaillantes. Mais que pèseraient-elles face à une troupe de canailles déterminées ? Assurément peu de chose. La supérieure se releva. Elle devait aller voir. Elle devait prévenir les deux nonnes du danger qui les guettait.

Un instant plus tard, la mère Claire de Saint-Jacques foulait de ses pieds nus le carrelage aussi glacé que la pierre d'une tombe. Mais elle ne s'arrêta pas à un tel détail. Dans le jardin, deux bénédictines étaient en péril. Elle n'avait pas su protéger la sœur Gabrielle. Tout au moins devait-elle soustraire ses compagnes à des outrages indicibles...

Dehors, la religieuse eut soudain très froid. En cette fin d'année, l'humidité venue de la forêt se conjuguait aux brouillards que soufflait le Loing pour enserrer Moret et ses habitants dans des vapeurs glaciales. Pourquoi donc avait-elle ordonné aux deux bénédictines de demeurer à l'extérieur ? Avait-elle perdu l'esprit ?

La supérieure savait que, dans l'ombre, rien n'était comme à la lumière du jour. Pourtant, cette nuit-là, il lui parut que le couvent était tout entier occupé par des diables attirés là par ses erreurs de jugement et la mise à mort de Jean-les-Gros-Pieds. Ces ombres, dans les jardins, derrière les colonnes du cloître, dans l'obscurité du hangar où la charrette était remisée... Était-ce bien des plantes, des reflets, des toiles d'araignée et de vieux chiffons oubliés ?

N'était-ce pas, plutôt, tout le petit peuple qui hantait les portails de l'église Notre-Dame de Moret, si proche, la vouivre et la truie allaitante, Mélusine et la grenouille, l'escargot et le singe vêtu comme un humain, toutes ces sculptures horribles et païennes que le curé aurait dû faire démolir, qui venaient danser ici une sarabande démoniaque ? Indifférente aux cailloux qui lui blessaient la plante des pieds, la supérieure eut peur, à tel point qu'elle fut sur le point de rebrousser chemin, de regagner sa chambre. Mais elle se reprit. Deux nonnes étaient menacées, là-bas, à quelques pas, derrière la remise où s'entassaient les ballots d'herbes aromatiques...

Mes sœurs... où êtes-vous ? voulut demander la religieuse. Mais elle n'y parvint pas. Elle avait trop peur, elle était trop certaine de buter, tout à coup, sur le corps étendu, exsangue, de l'une des deux religieuses.

Soudain, l'abbesse entendit le bruit que font les roues d'un carrosse sur un sol inégal. Le piétinement des chevaux. Des exclamations, des lueurs par-dessus la muraille. C'était toute une petite troupe qui arrivait devant le couvent. À cette heure tardive, ce ne pouvait être que le roi... Déjà, une main ferme agitait la cloche. Déjà, un autre bras manœuvrait le lourd heurtoir. Sa Majesté, ici, à cette heure ! Et les bénédictines qui dormaient déjà ! Et la Moresse qui n'avait pu être avertie ! Que faire ? Où aller d'abord ? Revenir dans son appartement pour y revêtir un habit plus décent... Et aussi faire préparer une collation par les nonnes cuisinières. Non, vite, demander aux sœurs Hélène et Anne de la suivre. Elles allaient l'aider à accueillir Louis XIV et sa suite. Au diable les brigands ! À présent que, soudain, la vie et le tumulte s'emparaient du couvent, la supérieure savait bien que les criminels n'avaient jamais existé que dans son esprit... Elle faillit éclater de rire. Un instant auparavant, elle craignait que le couvent soit assailli par des malfaiteurs. Maintenant, elle redoutait seulement que la chandelle vienne à manquer et que, dans les cuisines, il ne se trouve rien à offrir au souverain. Il ne s'agissait plus de se prémunir contre une attaque qui n'avait jamais menacé, mais bien d'accueillir le roi de France qui arrivait sans crier gare. La supérieure se demanda si le monarque était venu seul ou en compagnie de toute la famille royale. Peut-être, d'ailleurs, toute la Cour suivait...

Vite, les sœurs Anne et Hélène... Enfin, l'abbesse arriva devant le trou béant que la tourmente avait creusé. Mais où étaient donc les deux religieuses qui auraient dû se trouver là ? La mère Claire s'avança, pas à pas, avec précaution. Derrière elle, là-bas, le vacarme, les cris, les appels se multipliaient, s'amplifiaient. Ensuite, tout se mêla dans l'esprit de la supérieure, et aussi devant ses yeux.

51

Les deux nonnes

Sans doute les deux bénédictines étaient-elles fort occupées, à ce point intéressées l'une par l'autre... Car elles ne prêtaient aucune attention au tapage qui allait croissant, ni même à la présence de l'abbesse. Elles étaient l'une et l'autre enlacées. Malgré le froid qui mordait le jardin, la sœur Hélène avait découvert son sein. Et c'était cette chair blanche, nacrée et vierge que pétrissait et adorait l'autre religieuse.

– Je vous aime très tendrement, ma chère amie. Nul amour n'est plus fort que le mien, susurra la sœur Hélène.

– Cela n'est pas vrai, protesta Anne...

– Vous me blessez ! Que voulez-vous dire ?

– C'est ma passion pour vous qui est à nulle autre pareille.

– Mon cœur...

Un hurlement répondit à cette double déclaration et y mit un terme aussi. La mère Claire de Saint-Jacques venait de comprendre que, depuis de longues années sans doute, le péché, le diable, le vice étaient dans le couvent. Avant même de fondre sur les fautives, la bénédictine se demanda combien de nonnes étaient souillées par cette débauche et, surtout, si la Moresse partageait ces goûts qui attentaient à la nature et à la gloire de Dieu.

– J'ignorais, ma mère, que cette maison abritait de tels dérèglements !

Cette voix, ce ton, l'abbesse connaissait ce timbre impérieux... Le regard encore sali de cette vision indécente, elle se retourna. Madame de Maintenon... La femme la plus puissante de France, celle qui avait l'oreille du roi et régnait sur son cœur et sa volonté, celle que la rumeur disait être sa seconde épouse, se trouvait à son côté. Comme elle, la marquise venait d'arriver. Et elle contemplait la scène affreuse qu'offraient les deux religieuses prises en faute.

– Madame, s'écria la supérieure à l'adresse de l'épouse du roi. La honte me submerge. À l'instant, comme vous, je découvre cette abomination.

L'abbesse se retourna vers les amantes :

– Disparaissez ! Folles ! Impudiques ! Enfermez-vous dans vos cellules et allez y attendre les premiers châtiments !

– Si je ne craignais pas d'offenser Dieu, ma mère, je vous demanderais si vous ne vous apprêtiez à vous mêler à cette bacchanale. Car, après tout, vous voilà à demi dévêtue, non loin de ces deux nonnes. Avouez que la situation n'est pas à votre avantage.

– Ah ! Madame ! Je proteste de mon innocence. Je viens de vous le dire, j'arrivais à l'instant.

– Fort bien, ma mère, j'accepte de vous croire, du moins pour le moment. Mais vous vous doutez bien que je ne suis pas venue ici pour assister à de tels écarts, à la fois scandaleux, malpropres et placés au-delà de l'inconvenance. Aucune cellule, aucun autre couvent ne sera assez froid, assez éloigné, assez rude pour faire expier à ces deux-là leur faute immense.

– Dès demain, elle sera portée à la connaissance de Monseigneur l'évêque, madame.

– Cela ne vous exonère en rien de votre responsabilité. Oubliez-vous, par ailleurs, qui se trouve entre ces murs, par la grâce et la volonté du roi ?

Folle de colère, la supérieure n'hésita pas à faire front. Sans doute s'était-elle perdue en permettant aux sœurs Anne et Hélène – et peut-être à d'autres – de salir le couvent, d'inscrire sur ces pierres le souvenir de leurs étreintes immondes. Aussi, puisqu'elle-même allait être reléguée dans un établissement lointain et déchue de ses prérogatives, autant relever la tête, une dernière fois. Dieu, qui la savait innocente, ou presque, saurait lui pardonner cette bouffée d'orgueil.

– Au moins, madame, il aurait fallu que je connaisse son identité véritable !

– Quelle insolence ! Mais pourquoi donc est-ce ici que le roi de France et de Navarre a voulu que vive la fille de feue la reine Marie-Thérèse ?

– Vous parlez de la Moresse ?

La mère Claire de Saint-Jacques se troubla. Décidément, tout ceci était un long cauchemar... Les situations pénibles se succédaient, et un tableau sombre ne disparaissait que pour être remplacé par un autre, plus noir encore... L'abbesse songea aux premiers martyrs chrétiens. Ses propres tourments ne pouvaient se comparer, elle en était certaine, qu'à ceux de ces saints, sortis de cachots humides et obscurs pour être menés dans les arènes aux pierres surchauffées, livrés soudain aux lions ou à des taureaux furieux...

Madame de Maintenon n'était pas dans les mêmes dispositions d'esprit. Ses yeux lançaient des flammes de tous côtés. Elle regarda tour à tour la supérieure et les deux nonnes fautives qui étaient demeurées dans l'ombre. De la colère, du dégoût, du mépris, tels étaient les sentiments dont ces regards étaient chargés. De nouveau, la marquise s'adressa à l'abbesse :

– Je vous recommande, ma mère, d'engager ces deux malheureuses créatures égarées à prier toute la nuit. Moi, je pense m'adresser à Dieu en compagnie de notre future bénédictine. Nous ne serons pas de trop, si nous nous y mettons toutes, à tenter d'attirer l'attention de l'Éternel sur ce couvent et à Lui demander de ramener ici la paix.

La supérieure adressa un sourire empli de tristesse à la marquise. Elle joignit les mains en un geste de prière, puis adressa un regard au ciel étoilé. Ensuite, elle se tourna vers les sœurs Hélène et Anne. Celles-ci comprirent qu'elles devaient se retirer.

Alors, l'abbesse s'approcha de l'épouse du roi.

– Notre compagne, celle qui va prononcer ses vœux, notre chère Louise-Marie-Thérèse, n'est donc pas la fille du roi ?

– Je viens de vous le dire, ma mère.

– Certes. Mais comprenez ma surprise, mesurez mon émoi.

– Vous avais-je jamais tenu un autre discours ? Le roi vous avait-il fait porter un message qui comportait d'autres renseignements ?

– Non, non, jamais. Vous le savez sans doute fort bien. Mais je pensais, depuis toutes ces années, que cette femme était effectivement la fille du roi de France.

– Vous pensiez à tort. Voilà tout. À présent, je vous prie, conduisez-moi jusqu'à la jeune postulante. Et faites-moi préparer un appartement. Une cellule me suffira.

La supérieure ne put cacher ni la stupéfaction, ni la contrariété que lui inspirait la requête de la marquise.

– Ah ! Madame ! Avez-vous donc l'intention de dormir ici ?

– Pourquoi me regardez-vous de la sorte ? Il est minuit passé, et je voudrais me reposer un instant. Avez-vous déjà reçu un émissaire du Grand Turc et vous apprêtiez-vous à lui accorder l'hospitalité ?

Ce trait acheva de plonger l'abbesse dans un abîme de perplexité. La marquise de Maintenon avait donc parfois l'humeur caustique. Le doute régnait sur la cérémonie du lendemain, le corps d'une bénédictine gisait dans une pièce voisine, deux nonnes à l'esprit égaré avaient été surprises dans une attitude impure... Comment Madame de Maintenon pouvait-elle s'amuser ainsi ?

52

Le refus de la Moresse

– Non, répondit la Moresse avec calme. J'ai changé d'avis, voilà tout.

– Mais vous ne pouvez pas, vous n'avez pas le droit !

La marquise hésitait sur la conduite à tenir. Fallait-il manier la persuasion, la menace ? Devait-elle apitoyer, tempêter ?

– Et pourquoi donc, madame ?

– Cela ne se peut. Prendre le voile revêt une importance trop grande pour qu'une telle décision puisse être envisagée, repoussée, adoptée et de nouveau délaissée...

– Je ne vous comprends pas, répondit la Moresse d'une voix à laquelle elle sut conférer une douceur irritante. C'est bien parce qu'une telle décision ne peut se prendre à la légère qu'elle est susceptible d'être mise en question. Il y a là, me semble-t-il, matière à réfléchir et à calquer son attitude sur ce que dicte sa conscience. D'ailleurs, madame, il faut vous rassurer. Je vais certes conserver l'état qui est le mien aujourd'hui. Mais, peut-être, d'ici quelques mois, quelques années, je prononcerai les vœux que vous me demandez de dire.

– Pour la dernière fois, mon enfant, je vous le répète. Demain, le roi, la famille royale et la Cour vont venir ici. Plus rien ne peut être décommandé. Songez-vous au désordre et au scandale qui résulteraient d'un contrordre ?

Parce qu'elle demeurait impassible, la marquise, à court d'arguments, décida de forcer le trait, de brandir la peur :

– Votre position deviendrait difficile. Vraiment, vous vous exposeriez à devoir essuyer des reproches incessants.

– Madame, j'ai cru comprendre, au cours de toutes les messes que j'ai entendues depuis ma naissance, auprès de la supérieure, de mes compagnes et des prêtres, qu'il fallait toujours se soumettre aux volontés de Dieu et les adorer. L'Éternel me dit à présent que mieux vaut attendre et, plus tard, envisager vraiment ce que vous me demandez de faire.

La Moresse n'avait pas l'air de daigner changer d'avis. De ce côté, songeait la marquise avec horreur, la situation semblait pétrifiée. Folle de colère et d'inquiétude, elle n'osait pas demander à la Noire de quelle manière elle s'y était prise pour faire parvenir une lettre d'intention au roi. Madame de Maintenon jeta un œil sur la pendule. Il était déjà cinq heures du matin. Il y avait donc plusieurs heures qu'elle parlait avec la postulante. Jusqu'à présent, elle avait tout à fait échoué à faire revenir la femme sur sa décision. Bientôt, songeait la marquise, à Fontainebleau, les valets allaient se lever. Peu à peu, le château se mettrait en marche, ses cours s'empliraient de filles de charge, de domestiques affairés – occupés à porter des seaux d'eau, des paniers de légumes, des piles de linges. De nouveaux militaires viendraient remplacer les soldats qui avaient veillé toute la nuit dans la Salle des gardes. Et Louis XIV serait réveillé. Comment allait-elle s'y prendre pour lui faire savoir qu'elle avait failli ? Une fois annoncée cette nouvelle, un autre écueil se présenterait : il serait certes possible de cacher au roi les pratiques impudiques des deux bénédictines surprises dans le jardin. Mais, tôt ou tard, il faudrait parler à Sa Majesté de la mort de la sœur Gabrielle.

Moret serait donc le tombeau de la marquise. Après tous ces échecs, le roi lui demanderait sans doute de quitter la Cour. Madame de Maintenon espérait que le Bourbon lui permettrait de s'installer dans la maison de Saint-Cyr. Mais, en fait, elle redoutait que le souverain ne la contraigne à se retirer en province. Après tout, son mariage avec le roi était demeuré secret, même si des courtisans et des domestiques en soupçonnaient l'existence. Elle, qui n'était rien à la Cour, pouvait en être chassée du jour au lendemain.

Non. Cela ne se pouvait, frémit-elle. Mais que faire ? la Moresse paraissait si déterminée, si butée...

– Mon enfant, nous sommes toutes deux fatiguées. Reposons-nous un moment. Nous reprendrons cette conversation plus tard.

– Comme vous le voulez, madame. Mais croyez que, dans une heure, ma position n'aura pas varié.

La marquise choisit de ne rien répondre. Elle se leva, réprima un long soupir et gagna la cellule de feue la sœur Gabrielle, libre depuis l'assassinat de la religieuse, et que l'abbesse venait de faire préparer à son intention. Dans les couloirs, allaient et venaient, silencieuses, les nonnes tôt levées, obéissantes, résignées.

Il fallait bien ce spectacle à Madame de Maintenon pour qu'elle ne cède pas à la fureur. Car la dame en était certaine : c'était l'orgueil seul qui dictait sa conduite à la Noire. Si elle n'avait pas en tête qu'elle était de sang royal, la protégée du roi aurait accepté sans mot dire le sort que Louis XIV et elle-même lui avait assigné. Convaincue d'être une fille de peu et de rien, elle aurait accepté son destin de bénédictine sans rien dire.

53

Les rois morts

La terre, sans doute, après l'avoir englouti, l'avait longuement digéré. L'homme avait été poussé par des langues de boue, tiré par des laves brûlantes tout au long de boyaux souterrains. Des fleuves de pierre et de vase obscure l'avaient mené depuis les environs de Fontainebleau jusqu'en un lieu inconnu et lointain. Presque inconscient, presque mort, presque ressuscité, il n'avait cessé de voyager dans les entrailles du sol. Combien de lieues avait-il ainsi franchies ? Il ne le savait pas, il ne pouvait le deviner, car il n'était pas même sûr d'être encore en vie.

Voici quelques mois, il avait violé l'une des sépultures de Saint-Denis. La Providence l'avait puni. À cela, il n'y avait rien à redire. Il avait mal agi, il devait rendre compte. Mais où donc étaient les tourments éternels ? L'Enfer ne pouvait tout entier résider dans ces rivières de fange mouillée qui le léchaient et l'emportaient au loin. Cette punition trop douce, au lieu de le réveiller en lui faisant mal, l'endormait peu à peu, l'entraînait vers un sommeil éternel...

– Viens par ici.

Au milieu des racines et des rocs enfouis, il aperçut un regard. C'était l'un des rois, l'un des gisants de Saint-Denis. La terre avait obéi aux anciens souverains trépassés. Par-dessous les arbres, les herbes et les plantes, par-dessous les forêts, la Seine et Paris, les monarques expirés avaient ordonné que le sacrilège leur soit livré.

L'homme était mort, mais son esprit se souvint quand même des hommes de pierre qui gisaient dans la basilique, les rois sculptés, tantôt agenouillés, tantôt couchés au côté de leur reine, sous des catafalques de marbre, les mains jointes ou bien tendus vers Dieu. Était-ce François Ier, le roi chevalier, ou bien son fils, Henri II, mortellement blessé lors de la joute affreuse de l'ancien cours Saint-Antoine ?

L'homme ne pouvait bien distinguer la personne qui lui parlait. Non, ce n'était pas un être humain, c'était une effigie de pierre, un souverain de calcaire qui venait lui demander des comptes, le tourmenter parce qu'il avait osé briser une tombe, voici peu. D'ailleurs, au travers des pluies d'eau et de boue qui ne cessaient de tomber sur lui, de l'envelopper, l'homme aperçut les yeux.

– Pitié ! hurla-t-il.

À sa grande surprise, l'enterré entendit le son de sa propre voix.

– Donner la main à moi, dit le roi vengeur.

Était-ce Louis XII ? Un des premiers Capétiens ? Que pouvait donc bien dire l'homme pour excuser son geste ? Rien. Implorer le pardon royal, crier grâce, il n'y avait rien d'autre à faire.

– Venir ici, répéta la statue de pierre.

Oui, autant en finir. Ne plus rester dans ce demi-monde tiède. Autant connaître, tout de suite, les flammes de la damnation éternelle.

À son grand étonnement, l'emmuré parvint à tendre la main. Le roi l'attrapa et le tira vers lui, vers les voûtes de l'abbaye, vers la lumière et l'air libre, vers la liberté et la vie, la survie.

– Toi gros, toi lourd. Mais moi fort.

Enfin, l'enterré quitta son linceul de terre et de boue. Nul monarque ne se trouvait en sa compagnie. Exténué, le rescapé n'avait à son côté que l'idiot qu'il avait croisé parfois dans les rues de Moret, ce crétin auquel il n'avait jamais prêté attention. En le tirant hors de la galerie écroulée, qu'avaient envahie des eaux et des vases immondes, Jean-les-Gros-Pieds lui avait sauvé la vie.

Ricanant tout seul, l'homme se laissa aller à respirer, à respirer encore, de toutes ses forces. Avec ses doigts, il débarrassa ses lèvres et ses narines des masses glaireuses qui y avaient trouvé refuge. C'était fini. Le cauchemar avait pris fin. Il était sauvé. Sans prêter attention à l'idiot qui lui serrait le corps comme dans un étau, sans se rendre compte qu'il était à demi nu, depuis que les pierres et les bois enfouis avaient déchiré ses habits.

Il cria sa joie, malgré sa fatigue, son épuisement. Il n'en finissait pas de rire de bonheur. L'homme vivait, il aimait la Moresse, il allait le lui dire.

D'abord, il n'écouta pas le sot lorsque celui-ci lui expliqua qu'il était tombé tête la première dans le puits, comment, par chance, il ne s'était pas fracassé sur les parois moussues, de quelle manière il avait pu surnager, un instant, le temps de repérer la galerie secrète qui était invisible depuis la margelle.

– Alors, j'ai monté, j'ai monté avec mes mains et mes pieds. J'ai accroché et j'ai suspendu par les doigts ! s'écria l'imbécile, heureux et triomphant.

Grâce à sa force peu commune, l'idiot avait donc réussi à se tirer d'affaire, du moins à gagner le souterrain jadis aménagé au fond du puits par des templiers qu'inquiétait la duplicité de Philippe IV le Bel.

– J'ai marché tout droit. Et il y a eu les pluies, et le toit qui est tombé. Et moi qui t'ai vu, et moi qui t'ai sauvé.

Cet imbécile, il le prendrait sous sa protection, songea l'homme. Il en ferait son domestique, mais ce serait lui qui le servirait. Cet idiot lui avait sauvé la vie : c'était bien le moins que pouvait faire pour lui le fils des anciens gardiens de la Ménagerie du château de Versailles...

– Merci...

L'homme ne put aller plus loin. Il était trop fatigué pour parler. Il regarda autour de lui. Quelques murs nus et écroulés, une maison sombre, une autre dont la cheminée fumait. Dans la pénombre, pour autant qu'il pouvait le voir, il comprit qu'il se trouvait dans la petite cité de Moret, à l'intérieur des remparts. Était-il loin du couvent, de la Moresse ? Il ne le savait pas.

– Oui. Merci ! Merci ! répéta l'idiot en agitant les bras.

De sa grosse main si forte et si charnue, il commença à caresser, doucement, le visage de l'homme.

– Moi partir, et moi revenir.

– Non, je t'en prie, reste ici, ne m'abandonne pas.

– Moi, je dois aller voir la mère Claire, dit le crétin. Je dois lui dire que je suis tombé et que je ne suis pas mort.

– Non, tenta de crier l'homme. Je te demande de rester ici.

C'était peine perdue. Déjà, l'idiot avait disparu dans l'obscurité.

L'homme l'entendit crier dans la nuit :

– Mon ami est sauvé. Maintenant, je dois voir la mère Claire. Maintenant, je dois lui dire que moi sauvé aussi.

Oui, Jean-les-Gros-Pieds allait maintenant retrouver la supérieure. Il devait aller la rassurer, lui dire avec ses mots qu'il avait survécu à cette chute malencontreuse.

54

La confession de Louise de La Vallière

Le duc du Maine marchait de long en large dans son appartement. Il aurait voulu être imposant, princier. Mais il savait que, claudiquant, boitillant comme un crabe, il était ridicule. Les valets qui se pressaient à sa porte se résolurent enfin à gratter. Puis, le moins peureux apporta au bâtard du roi la lettre qui venait d'arriver.

Sur le papier replié et cacheté figurait un sceau que le duc ne connaissait pas. Il le brisa et ses yeux se posèrent aussitôt sur la signature qui était au bas de la missive et les quelques lignes qui l'accompagnaient. *Sœur Louise de la Miséricorde, depuis le couvent des carmélites de la rue Saint-Jacques, à Paris.*

Le duc du Maine frémit. Cette missive, il l'avait tellement attendue... Il posa la lettre sur une table puis s'approcha de la fenêtre. Là-bas, c'était les Grands Appartements, le logement de Louis XIV et celui de son fils aîné, le Grand Dauphin, l'héritier du trône, celui qui succéderait au Roi-Soleil[1]... Enfin, le duc allait savoir. Il sonna, déclara à ses domestiques que, sous aucun prétexte, il ne voulait être dérangé. Puis il revint s'asseoir et reprit la lettre de la carmélite.

Avec lenteur, lisant et relisant chaque mot, il déchiffra l'exergue dans lequel la sœur Louise de la Miséricorde se plaçait sous la protection de Dieu et, en Son nom, réclamait l'indulgence du lecteur tout en protestant de son repentir sincère.

Le duc du Maine s'interrompit. Il soupira. Avant même qu'elle prononce ses vœux, Louise de La Vallière était connue pour sa grande rectitude morale. Quand elle avait quitté la Cour, autrefois, elle avait d'abord gagné l'annexe du carmel, sis dans la rue du Bouloi. Or, la reine Marie-Thérèse faisait des visites fréquentes dans cet établissement. Louise de La Vallière craignit ces allées et venues, ce déploiement de fastes et de politesses qui accompagnaient ces courtes retraites, en dépit des ordres donnés et de la règle du couvent. Elle demanda donc, et obtint d'être acceptée par la supérieure du couvent de la rue Saint-Jacques, dont la règle était connue pour être rude et aussi rigoureuse qu'au premier jour. À présent, voici vingt ans qu'elle portait le voile[2]. Sous peine d'être damnée pour l'éternité, la religieuse ne pouvait mentir... Quel besoin avait-elle donc de prendre ces précautions et supplier ainsi qu'on la croie ?

En ces affreux mois qui achevaient l'année 1664, ma faveur, hélas, était immense. À la passion coupable que Sa Majesté éprouvait à mon

---

(1) En fait, il mourut prématurément, avant Louis XIV, en 1711.

(2) Soucieuse d'assurer son salut, Louise de La Vallière prit l'habit des carmélites en 1674 et prononça ses vœux l'année suivante.

endroit, je répondais par une inclination semblable et tout aussi fautive. Après les fêtes de Versailles, toute la Cour s'était tournée vers moi. La malheureuse reine – je verse aujourd'hui bien des larmes sur son souvenir, sa piété et sa patience – dut dès lors endurer ma présence. Il en allait de même de la reine-mère[1]*, qui avait tout tenté pour faire cesser le scandale que constituaient les attentions que le roi avait pour moi, et que je ne savais ni ne voulais repousser.*

Le duc du Maine était pressé d'aller au-delà de ces préliminaires. Mais le ton de cette lettre l'incitait à respecter la volonté de la sœur Louise de la Miséricorde, à lire chaque mot, l'un après l'autre.

Certes, admirée de tous et aimée du roi, je ne songeais pas à me repentir. Mais je ne sus pas davantage me contenter de ce qui m'était donné. Je crois, aussi, que cette faveur soudaine et complète me tourna l'esprit. Car j'en vins à jalouser la reine, à regretter de ne pas me trouver à sa place. Alors, je commis l'irréparable.

Qu'avait accompli Louise de La Vallière ? se demanda le duc du Maine. Quel acte affreux l'avait-il contraint à se retirer de la Cour, quelques années plus tard, et à expier dans le secret d'une cellule froide ? Quelle était cette action noire dont le souvenir, par-delà les années, l'accablait et la contraignait à s'exprimer ainsi aujourd'hui ?

Il y eut ce matin du 26 novembre 1664. Au Louvre, la reine mit au monde une petite fille. Durant toute sa grossesse, Sa Majesté s'était plainte de cauchemars, de nausées, de pensées funestes, de désirs insolites et qui ne pouvaient jamais être satisfaits. Les médecins, les sages-

---

(1) Anne d'Autriche.

femmes, les courtisans et les serviteurs présents ne furent donc pas surpris que l'enfant eût la peau sombre.

Le duc du Maine exultait. Enfin, il avait la preuve qu'il cherchait depuis tant d'années...

À la vérité, la petite princesse n'avait pas le teint plus hâlé qu'une autre enfant dotée d'une carnation foncée. Certains allèrent même jusqu'à parler d'une peau couleur de violette. Ce n'était que des fantaisies de courtisans en mal de médisance et de bavardage. Néanmoins, ces propos me soufflèrent une conduite affreuse. La Cour ne résidait pas encore de manière définitive à Versailles. Mais j'accompagnais souvent le roi qui ne cessait de visiter ce petit château, alors perdu au milieu d'un parc où il se trouvait presque noyé. Sa Majesté aimait beaucoup se rendre à la Ménagerie. Là, j'appris que le couple de serviteurs maures qui prenaient soin des bâtiments et des animaux avait eu des enfants, dans le même temps que la reine, une fille et un garçon. Les pauvres gens étaient désemparés, car ils ne pensaient pas être en mesure d'élever ces deux petites créatures, qui ne faisaient que s'ajouter aux enfants qu'ils avaient déjà. Lors de l'une de mes visites à Versailles, je proposai un jour à la femme de m'occuper de sa fille, de la faire élever et de pourvoir à tous ses besoins. La servante maure accepta avec joie et soulagement. Le soir même, un valet qui avait toute ma confiance vint prendre la petite et l'emmena à Paris. Depuis que Louis XIV avait organisé les Plaisirs de l'Île enchantée en mon honneur, les dames avaient reçu l'ordre du roi de me suivre, de m'accompagner en tout lieu, malgré les membres de la vieille Cour qui, eux, me battaient froid. Je cessais donc de me cacher à demi et, quand le monarque était au Louvre, je demeurais dans l'un des logements de ce château, situé non loin de celui de la reine. Le soir, lorsque les courtisans se retiraient, il m'était assez aisé d'aller d'un appartement à l'autre : le vieux Louvre, que la Cour a maintenant déserté depuis longtemps, est riche en passages et en escaliers dérobés.

À ce point de sa lecture, le duc du Maine défaillit. Non, cela ne se pouvait ! La sœur Louise de la Miséricorde

s'avançait sur un chemin que refusait de prendre le bâtard. Le fils illégitime du souverain ne devinait que trop où voulait en venir l'ancienne favorite du roi. Telle n'était pas la route qu'il pensait suivre en lançant toutes ses forces dans la bataille sourde qui, depuis plusieurs jours, dévastait les cellules du couvent de Moret, désolait le souverain et la marquise de Maintenon. La confession, qui n'était certes pas celle qu'il avait attendue, jetait à bas l'édifice qu'il avait patiemment bâti, d'abord dans son seul esprit, puis dans les faits.

Le duc du Maine manqua jeter la lettre. Mais il n'y parvint pas. Alors, il en reprit la lecture, quels que soient son effroi, son amertume et son dégoût.

Deux ou trois jours à peine, après la naissance de la jeune princesse nommée Marie-Anne, en grand secret, un soir, je me suis rendue dans l'appartement de l'enfant – Puisse Dieu avoir pitié de moi ! Je n'avais guère eu de mal à éloigner pour un instant les nourrices et les remueuses chargées de veiller sur la fille du roi et de la reine. Je portais, caché dans ma robe, la petite fille des gens de la Ménagerie de Versailles. Un valet fidèle faisait le guet. Vite, je me saisis de la princesse, la passais à une vieille servante qui m'était attachée depuis mon plus jeune âge et qui m'était entièrement dévouée. Vite, je pris l'enfant et je la mis à la place de la très jeune Marie-Anne. Je n'eus que le temps de faire demi-tour et de pousser une porte aménagée dans les lambris : les gardiennes de la princesse étaient de retour.

Le duc du Maine soupira. Qu'avait-il donc fait ? Quelle machine avait-il contribué à mettre en route, qui allait tout détruire sur son passage ? Un instant, le bâtard du roi tenta de retrouver les pensées qui étaient les siennes, voici peu de temps, lorsqu'il n'avait pas encore pris connaissance de cet aveu affreux... Mais il était trop tard, désormais. Il

devait aller jusqu'au terme de la lettre, quoi qu'il lui en coûte, maintenant et plus tard.

La demi-pénombre qui régnait dans la chambre, la ressemblance qui existait entre les deux petites filles, la similitude de leurs habits, tout cela concourut à ce que nul ne s'aperçoive de la substitution. Du moins, aucune des femmes de la Maison de la reine n'en dit mot. Si l'une d'elle conçut quelque soupçon, sans doute elle n'osa pas en parler, de peur d'être accusée d'avoir abandonné son poste et, donc, d'être une sorte de déserteur. À moins qu'elle ait pensé être la victime d'une imagination exaltée, de rêves trop prenants. Toujours est-il que, dès ce jour, ce fut la petite fille des Maures de la Ménagerie qui devint l'objet de l'attention générale. À mesure que passèrent les jours, les traits de la fausse princesse ne firent que ressembler à ceux de ses véritables parents. C'est pour cela que la rumeur apparue sans raison ou presque sitôt après l'accouchement de la reine trouva le meilleur des terreaux pour croître et s'accroître. Bientôt, les courtisans et les valets purent dire que la jeune enfant qui se trouvait au Louvre ressemblait plus à une Africaine qu'à toutes les princesses qui s'étaient succédées en France.

Vous vous demandez sans doute, Votre Altesse, pourquoi j'ai commis cet acte. Trente et un ans plus tard, je me le demande encore moi-même. Je pense que, simplement, je souhaitais nuire à la reine, la mettre dans l'embarras, la faire convaincre d'adultère. Je sais qu'en ce temps-là, la reine de France avait à son côté un jeune page maure. Il ne manquait pas de méchantes langues, dans l'entourage de Leurs Majestés, pour soutenir que l'épouse du roi avait parfois des regards coupables à l'endroit de ce jeune garçon à la peau sombre. Certains, même, pris dans la vieille Cour qui entourait Anne d'Autriche, assuraient que Marie-Thérèse avait à plusieurs reprises oublié son rang, son devoir, son honneur dans les bras du dénommé Nabo.

Je souhaitais donc avec ardeur que la reine soit placée dans une situation intenable. Pensais-je devenir reine à sa place ? Je ne puis le dire. Du moins, sans le dire je ne peux exclure que je ne le pensais pas...

À vrai dire, je ne sais pourquoi je ne suis pas morte de honte depuis. Car ma faute a été abominable, je le sais. Sans doute Dieu m'a-t-Il laissée en vie pour me faire mieux apprécier le poids de cette infamie... Quant à la petite fille mise au monde par la reine, je décidai de la placer à la campagne. Je ne pouvais pas la garder avec moi : était-il possible que la favorite du roi de France – et qui par ailleurs en avait des enfants – élevât chez elle la fille de ce même souverain et de son épouse légitime ? Non, cela ne se pouvait. Alors, faute de pouvoir donner à cette malheureuse son véritable rang, je la confiai à la Providence et à une famille de nobles normands. J'ai ensuite veillé sur elle de loin en loin. Je lui ai fait donner une bonne éducation et j'ai veillé à lui constituer une dot. J'ignore ce qu'elle est devenue aujourd'hui, mais je sais qu'elle n'a jamais rien appris de ce qui concernait sa véritable naissance, pas plus que les différentes personnes qu'elle a rencontrées depuis la substitution.

Quelques semaines après l'enlèvement dont je me rendis coupable, j'appris la mort de la princesse Marie-Anne ou, plutôt, de celle que j'avais mise à sa place. Je n'ignore pas les rumeurs qui, dès lors, se répandirent à la Cour et à la ville. Je ne sais qu'en penser. Soit l'enfant mourut vraiment. Soit, comme l'assurent certains, c'est cette enfant devenue femme qui se trouve aujourd'hui au couvent des bénédictines de Moret. Je suis au demeurant certaine que Dieu, dans Son infinie sagesse, a fait pour le mieux.

Le duc du Maine était tout à fait abattu. Comment se pouvait-il que le destin se moque ainsi de lui ? Né bâtard et boiteux, délaissé par sa mère, Madame de Montespan dont, du reste, il n'était pas aimé et qu'il n'aimait pas, voici maintenant que ses projets se brisaient sur un écueil insoupçonné : la félonie sotte, la témérité extrême de l'ancienne favorite royale. C'était à pleurer... Allons, il lui fallait achever au plus vite cette lettre... Car elle recelait peut-être de nouvelles révélations. Autant boire le calice jusqu'à la lie, goûter pleinement son malheur et son infortune...

À vrai dire, lorsque j'ai pris conscience de la gravité extrême de mon acte, je suis tombée dans un état de prostration qui, d'ailleurs, n'est pas passé inaperçu. Si la postérité veut bien se souvenir de moi, je pense que l'on se rappellera mes escapades, des tentatives que je fis pour échapper au roi et à la situation d'adultère que nous vivions tous deux. Surtout, je désirais ardemment oublier mon attitude, les images horribles qui me faisaient périr à petit feu. J'épuisais mon confesseur qui, d'ailleurs, préféra ne plus m'entendre parler de ce secret trop lourd et s'en alla, me laissant seule avec des remords inhumains. Je ne sais comment je parvins à rester à la Cour, auprès du roi et de la malheureuse reine dont j'avais ravi la fille. J'avoue que, bien souvent, je fus à cette époque plus morte que vive. D'ailleurs, c'est pour cette raison que je perdis peu à peu l'amour du roi. Au fil du temps, celui-ci se tourna chaque jour davantage vers Madame de Montespan. Comment aurait-il pu en aller autrement ? Je me consumais de désespoir, de chagrin et de honte. La nouvelle favorite, elle, n'était que vie et joie, splendeur et magnificence.

Sept ans après cet horrible forfait, j'allai trouver refuge au monastère de la colline de Chaillot[1]. Pour mon malheur, le roi me contraignit à abandonner ce refuge, et je dus reprendre ma place à la Cour ou, du moins, celle que me laissait Madame de Montespan, désormais rayonnante, dominatrice et toute-puissante. Je ne cessais alors de m'infliger des pénitences pour tenter d'expier ma faute[2]. Enfin, trois ans plus tard, en 1674, je parvins à obtenir du roi l'autorisation d'entrer chez les carmélites. Depuis, je demande à chaque heure pardon à Dieu de mes offenses...

Ici, la sœur Louise de la Miséricorde avait dû s'interrompre et reprendre plus tard sa plume. L'exposé qui précédait avait été écrit dans la hâte et la fièvre. En témoignaient des jambages nerveux, une écriture rapide, parfois à peine lisible. Sans doute était-ce la première fois que la

(1) Louise de La Vallière fit un court séjour au couvent de la Visitation, à Chaillot, en 1671.

(2) Durant ces années, Mme de La Vallière portait un cilice sous ses robes de cour.

carmélite couchait son abjection sur le papier. Revenue à sa table, la religieuse avait dû éprouver quelque satisfaction. Ses lettres étaient maintenant mieux tracées, plus rondes, plus déliées. Se confier au duc du Maine lui avait fait du bien, sans doute.

> *Je ne sais combien de temps il va plaire à l'Éternel de me laisser en vie. Mais je vous prie de bien vouloir garder cette lettre dans quelque cassette. La Providence a voulu que Votre Altesse me fasse parvenir une demande. Si j'y ai répondu, c'est avec la certitude que, ce faisant, je me conforme à la volonté divine. Je souhaite seulement que, lorsque je serai morte et mon âme dans la contrée qu'il plaira alors à Dieu de désigner, cette lettre soit portée au roi. Sa Majesté décidera alors quel sort lui donner, et aussi quelle suite, quant à l'existence de sa véritable fille, que j'espère heureuse, et aussi de la femme de Moret.*

Le duc reposa la lettre de la carmélite. Les yeux dans le vide, il demeura ainsi, immobile. Le temps passa. De l'autre côté de la porte, les valets demeuraient cois eux aussi : la consigne n'avait pas été levée et ils ne voulaient ni ne pouvaient entendre le duc. En fait, le bâtard était si bouleversé qu'il ne savait ni que faire ni de quelle façon ordonner ses pensées. Alors, comme cela lui arrivait bien souvent lorsqu'il éprouvait une telle mélancolie, il se laissa aller jusqu'à pleurer sur son propre sort, l'état qui, partout, faisait de lui moins qu'un prince, le contraignait à marcher – à boitiller plutôt – derrière le Grand Dauphin, le seul fils véritable du Roi-Soleil.

Soudain, le duc pâlit. Comment n'y avait-il pas songé plus tôt ? Si Louise de La Vallière avait jadis fait disparaître la jeune Marie-Anne du Louvre et placé dans le berceau princier la fille des serviteurs de la Ménagerie de Versailles, cela voulait dire que le propre fils de ces Maures, l'homme dont il avait fait depuis longtemps l'instrument de sa vengeance était le frère de sang de la Moresse. En d'autres termes, la future bénédictine et l'homme qui venait parfois dans sa chambre avaient les mêmes parents. Si l'un et l'autre s'étaient laissés aller à passer outre les futurs vœux de la femme noire, un péché abominable avait été commis dans le couvent des bénédictines. Un inceste affreux avait pu être consommé.

Ivre de colère et de douleur, le duc se leva soudain. Il maudit alors son père, ce roi qui pouvait se comparer aux pires tyrans dont parlait la Bible, ce souverain barbare qui n'avait jamais hésité à faire vivre presque ensemble son épouse et ses maîtresses. Lui, l'enfant d'une liaison doublement adultérine, il n'avait fait qu'accroître tout ce désordre. Cette famille était donc maudite...

De l'autre côté de la porte lambrissée, les domestiques de Son Altesse entendirent alors un grand vacarme, une pluie étrange qui crépitait sur les lambris et les parquets. Ils ne pouvaient deviner que le duc, en ahanant, brisait à coups de canne les vases qu'il réussissait à atteindre à force de contorsion, et en prenant bien garde de ne pas choir, vaincu non par sa fureur, mais par une mauvaise jambe qui se dérobait sous lui et menaçait de le faire tomber, à chaque pas, sur le tapis de la Savonnerie.

55

La fin de la nuit

– Non, madame, je n'ai pas changé d'avis, déclara la Moresse à la marquise. Et il y a à cela une fort bonne raison.

Épuisée, moulue par cette réponse qu'elle espérait autre, l'épouse du roi se mit tout à coup à espérer follement, contre toute attente. Si, au moins, la Noire lui exposait un motif, un seul, elle parviendrait à le réduire à néant, à le retourner à son avantage. Madame de Maintenon, depuis de longues années, avait trop l'habitude de discuter afin de faire valoir ses points de vue, de manier la langue et toutes ses ressources pour échouer ici.

– Je vous écoute, mon enfant, dit la marquise d'une voix qu'elle s'efforça de ne pas rendre trop doucereuse.

– Voyez-vous, malgré toutes vos belles assurances, je ne sais pas qui je suis, je ne le saurai peut-être jamais. Aussi, suis-je contrainte de ne pas devenir religieuse. J'ai en effet le projet de quitter ce couvent dès que possible. J'espère qu'une fois hors de ces murs, je parviendrai à questionner, à interroger certaines personnes et, ainsi, à savoir qui je suis vraiment.

– Que dites-vous ? C'est impossible ! C'est insensé ! C'est contraire à la volonté du roi !

– Voici longtemps que je caressais ce projet. J'ai failli y renoncer. Mais je me suis souvenue, tout à l'heure, de vos mensonges répétés, incessants, de vos faux aveux et de vos prétendues confidences. Ce sont ces tromperies et ces feintes qui, pour finir, m'ont convaincue de prendre la décision que je viens de vous exposer.

La persuasion, la douceur ne suffisaient pas. La menace non plus : la Noire n'avait pas même bronché lorsqu'elle avait mentionné le nom du roi. La peur, alors, la terreur était la dernière arme dont disposait Madame de Maintenon.

– Mais, mon enfant, songez-vous à ce que vous dites ? Le monde recèle des dangers sans nombre, auxquels succombent de plus préparés que vous. Depuis votre plus jeune âge, vous demeurez ici. Que pensez-vous qu'il vous arriverait si vous vous frottiez aux dangers du siècle ?

– Il n'est pas besoin de voyager pour s'instruire. Sans quitter ce couvent, j'ai regardé mes compagnes, j'ai écouté vos fables. Je crois que tout cela constitue un choix des petitesses, des lâchetés humaines. Vous voyez : j'en sais déjà beaucoup...

– Vous me décevez, mentit Madame de Maintenon.

En fait, les déclarations de la Moresse la plaçaient dans le désespoir. Le spectre de l'exil approchait à grands pas et, avec lui, la perte de son pouvoir. Dans quelques heures, à présent, Louis XIV et toute la Cour allaient venir ici. Le Roi-Soleil se heurterait à l'obstination de cette femme butée. Le scandale serait immense.

– Cependant...

La postulante venait-elle de changer d'avis ?

56

L'Espagnole et le fils des Maures

La femme de chambre acheva enfin son récit. Ses révélations plaçaient l'homme dans une grande confusion.

– C'est donc moi, madame, qui aurait dû me trouver dans le tombeau de Saint-Denis ?

– Oui. Vous étiez si chétif, lors de votre naissance, que nul n'aurait pensé que vous alliez survivre. Vous étiez si petit, vous paraissiez si malade... Croyez-moi : j'ai bien connu vos parents, qui s'occupaient jadis de la Ménagerie de Versailles. Lorsque le roi et son épouse s'y rendaient, c'est moi qui accompagnais la reine. Il est probable qu'autrefois, je vous aie vu lorsque vous étiez enfant, occupé à jouer ou à donner à manger aux animaux. Mais j'avoue que je n'en ai pas le souvenir. Vos parents, je tiens à le dire, étaient de braves gens. Je crois qu'ils seraient tout à fait désolés et confus, s'ils revenaient à la vie aujourd'hui, de voir que leur nom, leurs actions passées et votre existence sont mêlés à ce qui survient à présent à Moret et à Fontainebleau.

Elle se tut et regarda tout autour d'elle, une fois de plus. Elle paraissait avoir peur. Pourtant, l'endroit offrait quelque sûreté : au moindre bruit, il était assez facile de quitter cette ruine et de prendre l'un ou l'autre des chemins qui menaient à Moret ou s'en éloignaient, voire contournaient la petite ville. Fuir à la première alerte ne serait guère difficile, à moins, bien sûr, qu'une troupe nombreuse et décidée ne vienne les encercler...

L'Espagnole scruta un bosquet obscur, fit un signe à l'homme, s'arrêta presque de respirer. Rassurée, enfin, elle reprit :

– C'est moi, monsieur, qui avais été chargée par Leurs Majestés de procéder à l'échange des bébés.

– Pouvez-vous me répéter cet épisode, je vous prie. C'est précisément ce moment-là dont je n'ai pas saisi tous les aspects et les implications.

L'ancienne femme de chambre manqua s'emporter. Ils ne pouvaient l'un et l'autre passer leur temps à deviser ainsi, sans rien décider, sans rien faire. Mais, au prix d'un effort immense, elle expliqua une fois de plus :

– Je devais agir en compagnie de monsieur Bontemps. La raison d'être de ce duo est bien aisée à comprendre. Alexandre Bontemps est, depuis fort longtemps, l'homme de confiance du roi. Quant à moi, j'étais entièrement dévouée à l'épouse du monarque. Nous attendions donc votre trépas prochain. À partir de ce jour du 16 novembre 1664, des courriers étaient envoyés chaque jour à Versailles. Nous avions besoin de vous ou, plutôt, de votre corps. Nous devions faire croire à la disparition prématurée de la princesse, mais nous devions porter un cercueil à Saint-Denis.

– Mais pourquoi n'avez-vous pas pris un autre enfant ?

– Il n'est pas aussi facile, pour le roi de France ou ses gens, de parcourir les rues de Paris à la recherche d'un petit mourant. M'imaginiez-vous, avec monsieur Bontemps, aller à la Cour des Miracles et exposer l'achat auquel nous devions procéder ? Non, croyez-moi. Si Dieu vous avait rappelé à Lui, toute cette machination aurait été fort aisée à réussir... Mais, finalement, votre étoile n'a pas pâli. Vous avez vécu et, ce faisant, vous nous avez plongés dans un embarras extrême.

– J'en suis désolé pour vous, tenta de plaisanter l'homme.

Il avançait dans une contrée éthérée. Mais cette marche n'en était pas pour autant agréable et aisée. En fait, il éprouvait un vertige d'une intensité inouïe. Voici quelque temps, au péril de sa vie et de sa liberté, il avait pénétré dans la basilique vénérable, il était descendu dans le caveau des Bourbons puis avait ouvert la bière qui portait le nom d'une princesse mort-née. Là, il avait fait la découverte qui, aujourd'hui encore, le tenait souvent éveillé la nuit, accompagnait ses journées et ternissait ses joies et ses espérances.

Voici à peine quelques jours, pensait-il, il était parvenu à apprivoiser cette angoisse. Il avait manqué périr enterré vivant. Il venait d'être sauvé par un crétin. Et, soudain, cette ancienne femme de chambre venait à sa rencontre et lui apprenait qu'il aurait dû se trouver dans le petit cercueil de chêne. Il y avait là de quoi sinon perdre la raison, du moins s'interroger sur les hasards de la destinée. C'était donc un tour monstrueux que le destin lui jouait.

– Ce que je ne comprends cependant pas, madame, c'est pourquoi vous m'avez dit tout cela.

– Monsieur, je vous propose une sorte d'alliance. J'ai certaines raisons de vouloir que cette vérité soit dite, ou du moins connue de plusieurs personnes. Je veux sauver un Maure, qui n'est pas votre père ; je ne sais comment le convaincre qu'il n'est pas le père de la Moresse. Seule, je n'ai pu, jusqu'à présent, y parvenir. Unissons nos forces.

– Mais que voulez-vous faire ?

– Fort bien. Je vais tout vous dire. Je sais que, depuis de longues années, plus de trente ans, le mystère plane sur la naissance de la Moresse et sur les raisons de sa présence à Moret. Il a été dit, à maintes reprises, que cette femme n'est autre que la fille née des amours de feue la reine Marie-Thérèse et d'un serviteur africain, le page Nabo. Voici trente et un ans que cette fable perdure. Et je sais, moi, qu'il n'en est rien.

– Comment pouvez-vous en être certaine ?

– Cela, c'est mon affaire.

– Si vous voulez que je m'accorde à vos projets, il va falloir que vous m'en disiez plus.

– C'est impossible. Il y a là un secret d'État. Vous seriez d'ailleurs en grand danger si vous le connaissiez. Songez que moi-même, et bien que je disposais de la confiance et du soutien de la reine, j'ai été renvoyée de la Cour en l'année 1673.

– Lors du renvoi des dames espagnoles de la Maison de la reine ?

– C'est cela. Le prétexte en fut que nous conspirions pour le roi d'Espagne ! La belle affaire ! Non, monsieur, comme vous pouvez le deviner aisément, ce ne fut qu'un faux motif. La reine, et surtout le roi conçurent une grande peur, ils craignirent que le secret ne s'évente. J'ai beaucoup réfléchi à mon sort. Je ne suis pas loin de penser que ma mise à mort fut envisagée par Louis XIV ou ses conseillers. Je pense que je dois la vie sauve à Sa Majesté Marie-Thérèse : elle a dû intercéder en ma faveur, faire valoir que j'étais innocente. Il a été décidé de m'éloigner. Afin de ne pas attirer l'attention sur ma seule personne, ce sont toutes les dames de la Maison de la reine qui ont été renvoyées. Le calcul qui fut alors fait est facile à comprendre : quand bien même je me serais mise à parler, à raconter ce que je savais ou ce que je devinais, par-delà les Pyrénées, nul ne se serait soucié de ces propos. Passé la Bidassoa[1], je ne représentais plus aucun danger. En fait, et je vous l'ai déjà dit, j'ai réussi à ne pas retourner en Espagne.

– Fort bien. Je vous plains, très sincèrement, et je vous crois en tout point, répondit le garçon. Mais est-ce donc le seul amour de la vérité qui vous incite à braver ainsi le roi ?

L'ancienne femme de chambre le considéra un moment avant de répondre. Elle chercha sur le visage encore enfantin l'assurance qu'il ne la trahirait pas. Puis elle expliqua :

– Depuis toujours, j'aime l'ancien serviteur maure de la reine, le dénommé Nabo, bien que je lui aie dit le contraire. Je veux que, tous deux, nous puissions vivre enfin, sans jamais avoir plus rien à craindre du roi.

– Je n'ai pas encore compris les derniers éléments du plan que vous voulez mettre en œuvre pour convaincre Sa Majesté de vous laisser aller sans plus vous persécuter.

– Là, monsieur, je n'en dirai pas plus. Mais je sais que vous avez l'oreille du duc du Maine. Je vous dirai en temps utile ce que vous lui rapporterez. Le roi est son père, et il saura s'entretenir avec lui.

---

(1) Fleuve pyrénéen qui sépare pour partie la France et l'Espagne.

– Fort bien. Une dernière question, cependant : comment avez-vous su que, après avoir échappé à un enfouissement fatal, je me trouvais ici, dans cette ruine ?

– De mon séjour à la Cour, jadis, j'ai gardé certaines amitiés parmi les serviteurs. Je venais autrefois à Fontainebleau et de braves gens sont restés mes amis. Ce sont eux qui m'ont renseignée. Soyez sans crainte, ils ne constituent aucun danger et...

Soudain, l'ancienne femme de chambre se tut. Un bruit, dans le lointain. L'homme hocha la tête. Ce n'était rien, seulement le Loing qui murmurait, un souffle de vent qui passait dans les arbres ou agitait les flots de la rivière.

Rassurée, elle reprit :

– Mais je crois qu'il vaut mieux que nous tâchions de pénétrer sans plus attendre chez les bénédictines. Cela ne va guère être facile, depuis que le souterrain s'est effondré.

– La galerie... vous saviez donc ?

– Je vous l'ai dit : je suis bien informée. Voici longtemps que je travaille au succès de mon entreprise. Croyez-vous que je n'ai pas pris mes précautions ? Mais je dois vous faire une confidence : la sœur Gabrielle, qui a été assassinée, m'était d'un grand secours pour me renseigner. Sans elle, le brouillard qui menace de m'engloutir à chacune de mes actions est un peu plus épais...

– La sœur Gabrielle ? Qui était-elle, exactement ? Et que savez-vous donc de son assassinat ?

L'ancienne femme de chambre allait répondre. La rivière s'était remise à respirer avec quelque bruit. Non, ce n'était pas le Loing. C'était un carrosse qui arrivait par la route de Fontainebleau.

Stupéfaits, l'Espagnole et l'homme se regardèrent. Un visiteur de marque, à cette heure ? C'était impossible... Il ne faisait pas encore jour et personne, ni le roi, ni aucun de ses courtisans ne pouvait déjà être là...

Le Maure quitta le recoin où ils se tenaient. Il passa la tête par-dessus un pan de mur recouvert de lierre, afin de tenter d'en savoir plus. À quelques pas de lui, il vit une voiture qui tournait dans l'une des ruelles avoisinantes. Le carrosse paraissait se diriger vers le couvent. L'homme se retourna. L'ancienne femme de chambre avait disparu.

57

La meurtrière

Les sœurs Anne et Hélène étaient très pâles. Elles pleuraient.

– Par souci des convenances, mes sœurs, vous participerez à la prise de voile de notre compagne, Louise-Marie-Thérèse. Votre absence dans la chapelle ne manquerait pas d'être remarquée, et il faudrait donner au roi des explications qui seraient soit marquées par la fausseté, soit de la plus grande inconvenance.

Afin de leur communiquer ses décisions, la supérieure avait, pour un court instant, convoqué les deux nonnes fautives dans son propre appartement. La mère Claire de Saint-Jacques ne voulait pas consacrer trop de temps aux deux coupables, en cette heure si importante pour la petite communauté : dans une poignée d'heures, la Cour serait là, la Moresse prononcerait ses vœux. Et il y avait tant à faire encore, pour mener à bien les préparatifs. Le roi ! Ici ! Ces deux démones avaient bien choisi leur moment pour faire étalage de leur bestialité immonde !

Depuis qu'elles avaient été séparées l'une de l'autre, c'était la première fois que la sœur Hélène et la sœur Anne se retrouvaient. Mais, toutes deux, elles tenaient pour le moment leur tête tournée vers l'abbesse, et leurs regards éteints, résignés et fatigués, ne se rencontraient pas.

– Ensuite, j'écrirai à Monseigneur l'évêque. Je ne veux pas vous cacher mes interrogations. Votre conduite est à ce point affreuse, inimaginable, votre crime est si étendu que je ne sais, pour le moment, quel châtiment je dois vous infliger en attendant que votre faute soit examinée plus avant. En attendant, il ne sera pas de trop que vous tourniez votre âme vers l'Éternel lors du service divin.

La supérieure considéra avec dureté l'une puis l'autre des deux religieuses. À cette sévérité se mêla aussi beaucoup du dégoût qu'elle éprouvait. C'est cette répugnance qui suscita chez Hélène de Saint-Augustin un sentiment étrange, nouveau et que la bénédictine sentit s'accroître très vite.

– Évidemment, je ne puis deviner quelles seront les peines qui seront prononcées. Mais je ne doute pas que vous serez envoyées dans deux établissements distincts et que, chacune dans la communauté qui vous accueillera, vous serez soumise à un régime qui, peut-être, incitera Dieu à vous prendre en pitié. À moins, bien entendu, que vous ne soyez, l'une ou l'autre, responsable de la mort de la pauvre sœur Gabrielle. Après tout, le meurtre d'une religieuse n'est pas d'une nature différente que les liens qui vous unissent. Je ne vois là que des crimes immenses, et j'aurais bien du mal à définir lequel offense le plus notre Créateur !

À la pensée qu'elles allaient être éloignées l'une de l'autre, les deux bénédictines se regardèrent soudain. Cet échange tendre, cet adieu muet et poignant, cette double déclaration passionnée n'échappa pas à l'abbesse qui en conçut une grande fureur.

– Voulez-vous bien ! Je vous interdis !

C'en fut trop pour la sœur Hélène de Saint-Augustin : elle fit un pas en avant. Avec insolence, détermination et fureur, elle s'adressa à la supérieure, sans craindre que sa voix forte et assurée franchisse les portes et les murs, et parvienne jusqu'aux autres religieuses :

– Puisque nous sommes perdues toutes deux et que nous allons désormais vivre en des lieux distincts, je proclame que la vie m'est désormais insupportable !

– Taisez-vous ! Vous n'avez pas le droit ! Votre existence est un don de Dieu !

– C'est à vous de m'écouter ! Je le répète et le crie : je ne veux plus vivre sans la sœur Anne. Aussi, c'est bien volontiers que je confesse l'assassinat de la sœur Gabrielle !

– Que dites-vous ?

– Oui ! C'est moi qui l'ai tuée ! C'est moi qui ai précipité cette religieuse malfaisante dans la cuve de cuivre !

Abasourdie, interdite, la mère Claire de Saint-Jacques n'en croyait pas ses oreilles et regardait sœur Hélène. Elle cherchait non seulement ses mots mais aussi les pensées qui avaient fui son esprit, tant l'aveu de la bénédictine était inattendu et incroyable. Elle ne pouvait que prononcer des mots sans suite, sans enjeu :

– Quoi ? Que dites-vous ? Allons ! C'est insensé !

Quant à la sœur Anne, elle n'était pas moins effarée que l'abbesse. Elle fit un pas en avant et tenta de prendre la sœur Hélène dans ses bras :

– Tais-toi ! Je t'en prie ! C'est inutile !

Mais la religieuse avait décidé d'aller jusqu'au bout de son propos et de son intention.

– Oui, la vieille chienne nous avait surprises. Elle s'apprêtait à nous dénoncer. J'ai voulu la raisonner, mais il n'y avait rien à faire. Elle a commencé à m'insulter. Alors, je l'ai poussée dans la cuve emplie de sucre bouillant.

– Tais-toi, c'est inutile ! hurla la sœur Anne. (Elle se tourna vers la supérieure :) Ma mère, ne la croyez pas. C'est un mensonge ! Elle est désespérée !

Mais la bénédictine n'avait cure des protestations de sa compagne, de ses objurgations. L'air ahuri de la supérieure, même, agissait sur elle comme un stimulant :

– Ça, elle a gigoté, cette truie, lorsqu'elle a commencé à caraméliser. Mais je me suis servie de la grande cuiller en bois qui sert à taper sur les moules pour en faire sortir les bonbons une fois qu'ils sont cuits. En tenant bien fort le manche, je lui ai appuyé sur la tête pour l'empêcher de quitter la cuve. Je n'ai pas eu à insister beaucoup : le sucre bouillonnant n'a pas tardé à saisir cette catin, à la rôtir.

– Une meurtrière, murmura l'abbesse, tout aussi effondrée que la sœur Anne. Tu as tué une servante de Dieu et tu te roules dans le stupre le plus abominable. Tu es une démone...

– Appelez-moi comme vous le voulez. Cela m'est bien égal, à présent.

– Pourquoi ? Pourquoi as-tu dit cela ? gémit la sœur Anne, qui s'était jetée aux pieds de son amie.

Les yeux baignés de larmes, elle étreignait les jambes de la meurtrière. Elle se tourna vers la supérieure :

– Ma mère, ne la croyez pas. Tout cela est une invention. Elle ne peut supporter d'être séparée de moi et veut hâter son trépas.

D'un geste, la mère Claire de Saint-Jacques ordonna à la sœur Anne de se taire. Celle-ci comprit qu'elle ne réussirait pas à persuader l'abbesse de l'innocence de la bénédictine. Aussi, elle s'adressa à celle qui venait d'avouer :

– Tu me tues, en t'accusant ainsi. Ta mort est certaine, maintenant. La vie va t'être ôtée. J'aurais pu accepter de continuer à exister en te sachant vivante. Mais je vais donc te perdre complètement. N'as-tu donc pas pitié de moi ?

Ce reproche acheva de porter la fureur de la supérieure à incandescence.

– Taisez-vous l'une et l'autre ! Pourquoi donc la honte, le remords, la conscience d'offenser Dieu à chaque instant, à chaque parole ne vous incitent donc pas à vous taire et à vous conformer à ma volonté ? Vous êtes des moins que rien, des bêtes, des animaux sans âme. Je vais, de ce pas, tout dire à Madame de Maintenon. Elle doit savoir, sans attendre, quelles turpitudes, quels crimes ces murs ont vus ! Retournez dans vos cellules respectives, en attendant que je me sois entretenue avec elle.

Une fois de plus, la sœur Anne, que n'atteignait pas le discours de la mère Claire de Saint-Jacques, voulut répondre. Mais une voix nouvelle s'éleva dans le fond de la pièce :

– Ma mère, il est inutile de vous déplacer. Nous allons pouvoir causer ici de tout cela.

58

Un carrosse dans la nuit

Tant pis pour l'Espagnole. Le fils des Maures de la Ménagerie s'occuperait d'elle par la suite. À présent, il hésitait quant au chemin à suivre. Son séjour dans le souterrain éboulé l'avait beaucoup fatigué. Le pain qu'il venait d'avaler avec un verre de vin ne l'avait pas encore remis sur pied. De plus, il n'avait pas l'habitude de se rendre au couvent en cheminant dans les ruelles de Moret. Enfin, passée la Grande Rue, l'homme parvint non loin de la porte d'entrée. Aussitôt, il vit le carrosse qui était arrêté devant. C'était l'une des voitures de la Cour.

Attendre ici, dans l'ombre ? Il n'y fallait pas penser. Si la Moresse n'avait pas renoncé à prononcer ses vœux, toute la Cour allait arriver ici avant longtemps. Si l'homme souhaitait lui faire part de sa passion, il fallait pénétrer maintenant chez les bénédictines. Laissant là toute prudence, il s'avança à découvert. Peut-être connaissait-il le cocher qui avait mené la voiture jusqu'ici. S'il savait y faire, il parviendrait peut-être à être instruit par lui de ce qui se passait au palais de Fontainebleau ou à l'intérieur du couvent. D'ailleurs, l'homme était là-bas. Il attendait que ressorte la personne de qualité qu'il avait menée ici ; il tentait de se réchauffer en faisant les cent pas, enveloppé dans un grand manteau sombre.

– Salut, l'ami. Il fait grand froid, n'est-ce pas ? C'est cette rivière qui nous recrache toute son humidité et nous trempe le dedans des os.

Le cocher se retourna d'un coup. Et cette volte-face arracha à l'homme un cri de surprise.

– Votre Altesse ! Vous, ici ! À cette heure !

– Ah ! Je suis bien aise de vous voir ! soupira le duc du Maine. Je suis venu tout exprès pour vous !

L'homme n'en croyait pas ses oreilles. Le fils du roi était venu le trouver à Moret, de bon matin. Pourquoi donc le bâtard n'avait-il pas hésité à braver la nuit et ses dangers, sans escorte, à rompre le secret dont il avait voulu jusqu'à présent entourer leurs entretiens.

– Votre Altesse... Ma surprise est immense, je ne peux le cacher...

– Montez, nous pourrons nous parler plus commodément.

Sans le consulter davantage, le fils du Roi-Soleil poussa le fils des Maures de la Ménagerie dans son carrosse. Puis il referma lui-même la portière. Pour lutter contre le froid qui venait à la fois de la rivière et de la forêt toute proche, le duc repoussa les volets doublés d'étoffe. Et ce fut dans une quasi-obscurité que commença ce tête-à-tête étrange, cette conversation qui mettait, face à face, le fils du roi de France et celui d'un couple de pauvres Africains.

– La Moresse, l'avez-vous vue, aujourd'hui, cette nuit ?

– Non, Votre Altesse.

– Et les jours précédents ?

– Je ne vous comprends pas... Bien sûr, oui, nous nous sommes parlé à plusieurs reprises. Votre Altesse le sait d'ailleurs bien. Je ne lui ai jamais rien caché de ce qui regardait mes entretiens avec cette femme.

– Est-ce bien certain ? Me le promets-tu ?

– Assurément. Mais Votre Altesse me permet-Elle de Lui demander quelle est la raison de ce questionnement ?

Alors, le duc du Maine narra à l'homme l'aveu que lui avait fait la sœur Louise de la Miséricorde, en n'en omettant rien. Surtout, il peignit l'inceste qui aurait pu résulter de transports que l'homme, selon ce que le duc avait compris, ne demandait qu'à laisser librement s'épancher.

Ce récit plongea le Maure dans un monde horrible. Le simple fait d'avoir frôlé l'ignominie lui brouilla l'esprit et, s'il n'avait été assis sur la banquette de la voiture, il aurait sans doute perdu connaissance. Décidément, aucune épreuve ne devait lui être épargnée...

Mais le duc du Maine voulait à la fois distraire un peu son interlocuteur, et aussi se confier à lui. Aussi, il lui déclara sans attendre :

– Vous vous demandez peut-être pourquoi j'ai pris tant de soin à vous mettre en garde et à m'assurer que le pire n'avait été commis. Vous l'allez comprendre aisément. Je suis, bien entendu, le fils très obéissant et très respectueux de Notre Sainte Mère l'Église, et je serais confondu que, par mon fait, un tel péché soit perpétré. Mais voyez, monsieur, il y a autre chose, et je vais vous ouvrir mon cœur comme je ne l'ai jamais fait, pour vous prouver que j'ai tremblé avec sincérité en songeant à votre salut. Je suis bâtard. Et tous les titres, les rangs, les distinctions que le roi mon père a accumulés sur ma tête n'y changeront rien. Je sais trop ce que souffrent ceux qui ont été conçus dans le péché et sont mal nés. À vrai dire, j'ai en horreur, depuis que je suis en âge de les comprendre, tous ces égarements et ces situations fausses. Je n'aurais pu supporter, et je vous le dis avec franchise, que vous-même et votre sœur infortunée soyez ainsi damnés.

– Votre Altesse...

– Laissez-moi terminer. Voyez, monsieur, Dieu n'a d'ailleurs pas voulu que les enfants donnés au roi par ma mère, Madame de Montespan, vinssent au monde sans tare. Nous sommes tous infirmes ! Je boite ainsi que ma sœur, la duchesse de Bourbon. Mon autre sœur, la duchesse de Chartres, ne parvient pas à prononcer une seule phrase sans trébucher, se reprendre et décourager son auditoire. Et je me souviens fort bien que la petite Louise-Marie-Anne[1] louchait à fendre l'âme...

Le duc retint le sanglot qui perçait dans ses paroles et reprit :

– Certes, le roi mon père m'a fait général des galères, puis maréchal de camp et, voici deux années, colonel des Royal-Carabiniers. En disant cela, je suis loin d'avoir énuméré toutes mes charges et je suis certain que, si Dieu prête vie au roi, il y en aura d'autres. Malgré tout, voyez-vous, je ne puis ignorer que je suis né d'un adultère. Et j'ai tous ces débordements en horreur. Je ne voulais pas que vous fassiez par ma faute une expérience semblable...

La voix de l'homme était tout à fait à l'unisson des sentiments du bâtard royal, presque éteinte, moribonde :

– Votre Altesse, je ne saurais jamais vous remercier assez de votre sollicitude...

---

(1) Dans leur jeunesse, ces trois filles de Louis XIV et de Mme de Montespan avaient été respectivement titrées : mademoiselle de Nantes, mademoiselle de Blois et mademoiselle de Tours.

– Il n'y a pas à me remercier. Ce que j'ai fait en venant ici, c'est me prémunir contre de nouveaux désagréments. Ceux que je connais déjà me suffisent amplement.

Le duc du Maine se tut. Malgré sa peine, il ne pouvait se confier au jeune homme. Il ne pouvait lui dire la vérité tout entière. Il ne pouvait avouer que, depuis de longues années, il avait souhaité savoir si, oui ou non, la Moresse était bien, elle aussi, une bâtarde de sang royal. Et pourtant, le duc avait tant interrogé, questionné, vérifié, soudoyé... Il avait même facilité le sacrilège, l'entrée du jeune homme dans la basilique de Saint-Denis... Et il avait été jusqu'à pousser à la mort l'officier des militaires chargé de veiller sur l'édifice...

Le bâtard était si seul, depuis toujours. Et les trois parents dont il était affligé n'avaient jamais pu répondre à son questionnement, lui dire si, oui ou non, il méritait d'être venu au monde, lui qui n'était qu'un prince *légitimé* et non un enfant *légitime*. Le duc était terrorisé par son père, le Roi-Soleil, inaccessible et fou d'orgueil. Sa mère véritable, Madame de Montespan, ne lui avait jamais prêté la moindre attention et ne l'avait guère distingué de ses animaux de compagnie. Quant à la marquise de Maintenon, les sentiments qui l'unissaient à elle formaient une sorte d'amour pétri de haine. Non, le duc ne pouvait se confier à cette femme toute-puissante dont il ne savait s'il l'adorait ou s'il l'abhorrait. De la même manière, il ne pouvait ni ne voulait parler de sa naissance indigne avec les autres légitimés, trop fiers de leur race.

En revanche, le duc avait toujours pensé que la Moresse ne devait pas être loin de partager sa mélancolie, le vague à l'âme qui l'avait empêché de remporter la bataille de Namur, la tristesse qui le faisait renoncer à agir. Il aurait voulu pouvoir parler avec sa demi-sœur de leur condition étrange. À cette démarche, il n'y aurait rien eu d'inconvenant : le duc et la Moresse étaient parents, l'un et l'autre d'un sang illustre.

Mais il le savait, maintenant. Les portes de Moret allaient bientôt se refermer sur la Noire pour l'éternité. Il ne pourrait jamais s'entretenir avec elle, ni mesurer ses pensées sombres à l'aune de celles de la demi-captive...

Les deux hommes restèrent silencieux. À travers les interstices qui séparaient les portières et les volets du carrosse, le soleil tant attendu apparut et jeta des zébrures pâles sur les soies qui tapissaient l'intérieur de la voiture.

– Maintenant, j'ai juste le temps de retourner à Fontainebleau, de me changer et de me mêler aux courtisans qui vont accompagner le roi jusqu'ici. Peut-être, même, est-il déjà trop tard. Mais vous ne dites rien, monsieur ?

– Votre Altesse, c'est que, depuis plusieurs jours, je dois entendre des faits incroyables ou vivre des événements extraordinaires. Ce que vous venez de me dire, la pensée de ce qui aurait pu survenir si vous ne m'aviez pas mis en garde ajoute à mes rêveries et à mes interrogations. Pour être clair, Votre Altesse, je ne comprends plus rien.

– Que dites-vous ?

– Une dame que je crois digne de confiance, et dont le discours me paraît marqué par la sincérité la plus grande vient de me déclarer que la princesse mise au monde par la reine le 16 novembre 1664 était bien la personne qui se trouvait aujourd'hui dans ce couvent.

– C'est impossible. Je ne puis que vous répéter ce que m'a écrit Louise de la Miséricorde. Il ne m'est pas possible d'admettre que celle qui fut autrefois Louise de La Vallière m'a menti ! Songez qu'elle a confié son âme à Dieu depuis de longues années ! C'est sans doute la carmélite la plus pieuse de tout le royaume.

– En effet, Votre Altesse, je sais tout cela. Il faut donc admettre que la dame qui m'a présenté ses propres confessions a travesti la vérité. J'ai bien du mal à le croire. Mais ce ne peut être qu'ainsi...

– Mais cette femme dont vous me parlez, ne pouvez-vous donc me dire qui elle est ?

– Votre Altesse, compte tenu de la situation, je crois que je puis vous révéler son identité.

En quelques mots, le fils des gens de la Ménagerie de Versailles parla au duc du Maine de l'ancienne femme de chambre. Il ne cacha rien de la passion que celle-ci éprouvait à l'endroit de Nabo. Puis il acheva par la confidence que l'Espagnole lui avait faite, un instant auparavant, et insista sur la droiture dont il avait crédité la proscrite. Enfin, il conclut :

– Je vois que j'ai sans douté été berné. Cette femme est une aventurière...

– Sans doute, monsieur. Cette situation est bien obscure, et je n'y vois plus rien.

– Pour tirer cela au clair, Votre Altesse, je ne vois qu'une attitude à suivre : je vais tâcher de retrouver cette femme. Ainsi que je vous l'ai dit, je me trouvais en sa compagnie il y a peu. La cité n'est pas bien grande, et je me fais fort de découvrir où elle se terre avant longtemps, qu'elle ait ou non trouvé refuge dans la maison d'un comparse.

Un instant plus tard, l'homme sortait du carrosse du bâtard royal. Aussitôt, la voiture s'éloigna dans le petit matin, tous volets tirés.

59

L'arrivée de la Moresse

– J'ai tout entendu, déclara Madame de Maintenon.

Glacée d'effroi, la supérieure se retourna. La seconde épouse du roi ne parut pas s'émouvoir de la terreur que suscitait son arrivée. Et elle poursuivit :

– Du moins, j'en ai surpris assez pour comprendre ou deviner l'essentiel. En disant cela, je veux parler de la mort de la sœur Gabrielle et de ce qui semble lier les deux religieuses que je vois ici en votre compagnie, ma mère.

– Madame, c'est une succession d'infamies...

– Nous en reparlerons plus tard. Pour le moment, j'ai une déclaration à vous faire. Et cette profession est d'une tout autre importance que ce que je viens d'entendre.

Les sœurs Anne et Hélène s'étaient placées l'une près de l'autre, dans un recoin, sous la protection d'un tableau de la Vierge. Quant à l'abbesse, elle aurait souhaité périr, maintenant. À n'en pas douter, le Roi-Soleil avait enfin appris quels excès avaient été commis dans le couvent de Moret. Il venait d'en décider la fermeture et Madame de Maintenon allait avoir le privilège de l'annoncer aux bénédictines. La mère Claire de Saint-Jacques baissa la tête. Comment aurait-il pu en aller autrement ? Elle avait failli, depuis toujours. Elle n'avait pas su taire la présence de la Moresse entre ces murs. Elle n'avait su prévenir l'assassinat de la pauvre sœur Gabrielle, ni même deviner quelles étreintes abjectes unissaient deux de ses nonnes, peut-être davantage...

– La cérémonie qui était prévue aujourd'hui n'aura pas lieu, annonça l'épouse du roi.

Une longue nuit de veille, une discussion épuisante qui l'avait opposée à la Moresse et l'avait contrainte à trouver en elle toutes les ressources possibles, le refus obstiné et répété mille fois qu'elle avait rencontré... Tout cela avait épuisé la marquise. Celle-ci était très pâle, livide.

Dans son for intérieur, la supérieure assistait déjà à la fermeture du couvent. Elle voyait les soldats du roi ouvrir de force la grande porte puis se répandre, les soudards, dans les bâtiments consacrés. Elle regardait les pauvres nonnes qui se serraient les unes contre les autres, moutons apeurés, et qui étaient poussées sans ménagement dans les voitures qui allaient les mener dans des monastères dispersés aux quatre coins du royaume. Elle contemplait les plus âgées, contraintes de quitter Moret pour la première fois depuis de longues années... Elle plaignait les plus jeunes, les novices, effrayées par la soudaine intrusion dans leur vie et leur intimité d'un monde qu'elles avaient cru abandonner à jamais. Et, ensuite, c'était la mise à sac du couvent, la démolition des bâtiments...

– Et il faut donc nous préparer à affronter la colère du roi.

La mère Claire de Saint-Jacques leva les yeux vers le Ciel. La fureur du monarque. Elle ne s'était pas trompée : il s'agissait bien de cela...

– Pardonnez-moi, madame, mais j'ai changé d'avis.

Ce fut au tour de la marquise de Maintenon de se retourner. C'était la Moresse.

– Je vous ai suivie jusqu'ici lorsque vous avez quitté mon appartement, expliqua-t-elle. Comme vous, j'ai tout entendu. J'ai une déclaration à faire et je prie chacune des sœurs présentes et vous aussi, madame, d'y accorder la plus grande attention. Ce discours, vous allez le voir, est de la plus grande importance. Il vous concerne, il nous concerne toutes. Et il regarde aussi le roi. Voici de quoi il s'agit.

La Moresse s'avança et se plaça au centre exact de la pièce. Le silence le plus complet se fit. Les nonnes présentes retinrent leurs larmes, leurs soupirs et leurs gémissements. Chacune comprit que, sans doute, sa propre vie était sur le point de basculer.

60

Le départ du Roi-Soleil

Au palais de Fontainebleau, les conversations allaient bon train. Tous les courtisans, même ceux qui étaient arrivés la veille depuis leur terre de province savaient que le roi, ce jour-là, allait entendre la messe à Moret. Devaient accompagner Sa Majesté tous les membres de la famille royale, les plus hautes charges de la Cour, les plus appréciés des courtisans.

La présence de la postulante dans le couvent de Moret était depuis longtemps connue des nobles les mieux informés. Depuis de longues années, les vaniteux se vantaient de connaître l'identité exacte de la femme. C'était les mêmes qui, aujourd'hui, assuraient connaître les raisons de sa prise de voile. Parmi eux, le jeune vidame de Chartres allait et venait, écoutait les conversations, les gravait dans son esprit, interrogeait et répondait à propos, épiait, repartait, revenait. Plus tard, il en était certain, il raconterait ce qu'il entendait alors[1]...

---

(1) Louis de Rouvroy, alors vidame de Chartres et futur duc de Saint-Simon (1675-1755) parla de la Moresse dans ses très fameuses *Mémoires*.

Selon les règles de l'étiquette, de toutes les parties du château, les nobles désignés pour aller à Moret traversaient les antichambres et les salons, et se dirigeaient vers la Petite Galerie. Il s'agissait de n'être ni en avance ni en retard, de manière à arriver lorsque le roi quitterait ses appartements. Hormis de ses quelques familiers, l'absence de Madame de Maintenon ne fut pas remarquée. Puisqu'elle n'était pas l'épouse officielle du roi, la marquise n'avait jamais accès à la table royale, ne dormait jamais avec le monarque, ne participait jamais aux cérémonies. Sa place à la Cour était marquée par la fausseté. Sous les salamandres dorées sculptées pour le compte de François Ier, les conversations allaient bon train.

Le vent de la nuit avait dispersé les nuages. Il faisait très beau. À travers les vitres, les dorures des lambris, les verts et les pourpres des marbres les plus rares brillaient et étincelaient. Au-dehors, la pierre blanche flamboyait. Elle n'était pas moins éclatante que les briques rouges qui encadraient les portes et les fenêtres, ni moins lumineuse que les ardoises des toits qu'avait lavées la tempête.

Dans la Petite Galerie, véritable salle des pas perdus, la cohue était plus importante encore que d'habitude. Ce dont se réjouissaient les marchands installés dans l'immense corridor. Soudain, les visages se tournèrent vers le Couchant. Nul signal n'avait été donné. Mais les courtisans avaient depuis longtemps fait leur le cérémonial et ses rendez-vous. À l'extrémité est de la Petite Galerie, les domestiques ouvrirent la porte à deux battants[1].

---

(1) Sauf pour les têtes couronnées, les portes ne s'ouvraient qu'à un seul battant dans les demeures royales.

– Messieurs, le roi ! hurla un serviteur.

Le Bourbon apparut, suivi de son frère, le duc d'Orléans, de son fils le Dauphin, des autres membres de la famille royale et de leurs principaux serviteurs, des huissiers, des membres de la chambre du roi. La canne à la main, le monarque parcourut tout le corridor, tandis que les conversations reprenaient, à voix basse. Les quémandeurs étaient, ce jour-là, particulièrement nombreux. Mais l'air soucieux de Louis XIV ne leur laissa pas espérer que leurs requêtes seraient exaucées. Enfin, le cortège parvint au fond de la Petite Galerie. C'est à ce moment qu'un messager envoyé par Madame de Maintenon se présenta à la Porte dorée. Il demanda à rencontrer le premier valet de chambre de toute urgence.

Vite prévenu, Bontemps se dépêcha de recevoir l'émissaire. Aussitôt, ce dernier lui remit un pli. L'homme de confiance du roi invita le serviteur à aller se restaurer aux cuisines. Puis il décacheta la missive sans plus attendre. En quelques mots griffonnés à la hâte, la marquise lui demandait de bien vouloir annoncer au roi que la cérémonie était ajournée.

Au même instant, les valets refermaient la portière du carrosse royal. Regroupés sur les marches de l'escalier du Fer à cheval, les courtisans qui ne faisaient pas partie des heureux élus conviés à se rendre à Moret regardaient ce spectacle, avec regret. L'une après l'autre, s'ébranlaient les voitures de la Cour, au milieu des cris des cochers, des courses des valets de pied retardataires, des hennissements que lançaient les chevaux des gardes qui accompagnaient Sa Majesté. Décidément, tout ce désordre codifié avait grande allure.

61

La décision de Louise-Marie-Thérèse

La Moresse se tourna vers la marquise de Maintenon :

– Madame, je vais prendre le voile...

– Mon enfant !

– Mais j'y mets des conditions.

La marquise se raidit. Elle n'en aurait donc jamais terminé, avec cette forte tête !

– J'accepte de prononcer mes vœux. Mais, pour cela, j'exige de la manière la plus solennelle que ni la sœur Hélène, ni la sœur Anne ne soient inquiétées. J'entends qu'elles puissent demeurer au couvent et qu'elles aient le loisir de prier Dieu ici et de se comporter comme elles l'entendent. Je sais trop le malheur qu'il y a à se trouver seul. Et je ne vois pas quel mal il y aurait à ce que deux êtres se chérissent.

– C'est impossible, c'est affreux ! s'exclama Madame de Maintenon. Vous ne pouvez demander cela !

– Et pourtant, c'est ainsi, répliqua la Moresse, d'un ton qui montrait assez qu'elle ne voulait plus être interrompue. Elle reprit :

– C'est auprès de la sœur Hélène de Saint-Augustin que j'ai trouvé dans ce couvent les conseils les plus précieux et les plus sages.

Madame de Maintenon et la supérieure échangèrent un regard.

– Et, aussi, les avis les plus désintéressés, acheva la Noire, avec mépris et froideur.

– Mais il y a la mort de la sœur Gabrielle ! s'enflamma l'abbesse. Voulez-vous donc que ce meurtre demeure impuni à jamais ? La sœur Hélène est une meurtrière !

Elle désigna la fautive :

– Souhaitez-vous donc, pauvre égarée, que nous soyons toutes contraintes de vivre en compagnie d'une grande criminelle ? Allons, vous déraisonnez ! Taisez-vous ! Repentez-vous de vos mauvaises pensées...

– Ma mère, répondit la Moresse, la sœur Gabrielle était une créature malfaisante, toujours occupée à espionner, à médire. Vous le savez fort bien. Je ne suis jamais sortie de ce couvent. Mais je sais que cette religieuse appartenait à la lie de l'espèce humaine. Il est heureux qu'elle ne se trouve plus parmi nous. Je vous demande instamment de ne plus me dire de me taire. Maintenant, il y a une seconde condition, et j'entends qu'elle soit tout autant respectée. Elle me concerne.

– Non ! cria la supérieure. Il ne sert à rien que vous alliez plus loin ! Cela ne sera pas !

L'abbesse chercha l'appui de Madame de Maintenon. Mais la marquise détourna son regard. La supérieure comprit que la dame plaçait le respect des convenances au-dessus de tout, et mettrait maintenant tout en œuvre pour que la cérémonie ait lieu.

– J'interromprai la messe ! Je prendrai Dieu à témoin ! J'interpellerai le roi ! Je lui dirai la vérité ! cria la mère Claire de Saint-Jacques, hors d'elle.

Madame de Maintenon avait l'esprit délié. Elle mesura aisément qu'elle devait calmer la supérieure, lui montrer qu'il fallait passer sous les fourches caudines dressées par la Moresse.

– Ma mère, dit la marquise, je crois que le mieux serait que nous puissions nous entretenir en particulier.

– Il n'en est pas question, intervint la Moresse. Tout doit être dit ici et maintenant.

La femme noire jeta un regard vers la grande pendule placée en face d'elle.

– Vous avez raison, déclara l'abbesse, tout à fait en fureur. En effet, tout doit être décidé à présent. Pour la dernière fois, je repousse absolument vos demandes. Je les mets sur le compte de l'exaltation qui est sans doute la vôtre. La perspective de devenir un membre à part entière de notre communauté est la cause du trouble qui s'empare de votre esprit, je l'imagine volontiers. À l'avenir, je tâcherai d'oublier votre ton et vos prétendues exigences. Dans quelques années, en priant toutes deux côte à côte, nous en reparlerons et vous me remercierez de vous avoir tenu ce discours aujourd'hui.

Madame de Maintenon s'impatienta.

– Vraiment, ma mère, nous devons examiner plus avant ce que nous dit la fille de Sa Majesté.

– Ah ! s'exclama la Moresse. Vous l'avez dit ! Vous l'avez dit !

– Devant Dieu, je le proclame : je ne céderai rien ! Je ne permettrai pas que la gloire de Notre Seigneur soit insultée ici ! Tout ce qui se dit ici sera répété au roi, à Monseigneur l'évêque !

La supérieure avait prononcé ces dernières paroles d'une voix très forte. Il y eut, derrière une cloison de brique, des murmures, des cris étouffés. Nul doute que les bénédictines avaient eu vent de la venue de la marquise. Cette visite n'était pas inhabituelle. Mais elle revêtait une importance et un intérêt particuliers alors que le roi et la Cour étaient attendus. À cela s'ajoutait la présence inexpliquée des sœurs Hélène et Anne dans l'appartement de la mère Claire de Saint-Jacques...

Il n'était pas bien difficile d'imaginer que, dans le plus grand des silences, les bénédictines s'étaient regroupées derrière le mur mince. Elles souhaitaient écouter, effarées, et commenter les propos qui étaient tenus chez l'abbesse.

Soudain, la porte s'ouvrit. Une nonne venue annoncer que le carrosse du roi de France était en vue ? Non, c'était Jean-les-Gros-Pieds.

– Maman ! Pas mort ! Maman !

62

Dans le carrosse du roi

D'ordinaire, les conversations allaient bon train dans le carrosse du Roi-Soleil. Ce jour-là, le beau temps, la lumière qui incendiait les arbres aux feuilles rousses auraient dû inciter le monarque à se montrer joyeux et disert. Il n'en était rien. Sa Majesté était perdue dans la contemplation de la forêt. Les familiers qui se trouvaient dans sa voiture étaient à l'unisson : le silence régnait dans cet écrin de soie couleur de prune.

Le front au plus près possible de la vitre, le roi songeait à son épouse, la reine Marie-Thérèse, morte depuis douze ans déjà, et qu'il avait trompée dès son arrivée à la Cour, ou peu s'en fallait. Il pensa à la première grande favorite, la douce Louise de La Vallière, si droite et si désintéressée, qui était certes encore bien vivante, mais qui avait jadis choisi d'abandonner la Cour... Le souverain rêva, enfin, à Madame de Montespan, la mère de la plupart des enfants qui avaient survécu aux maladies du jeune âge. C'était sans doute elle qu'il avait le plus aimée. Il revit la magnificence de son allure, se souvint de ses reparties cinglantes et drôles. Madame de Montespan ne paraissait plus à la Cour. Et Louis XIV le préférait. L'embonpoint monstrueux qui affectait maintenant cette dame orgueilleuse, les rides profondes qui striaient sa face, tout venait rappeler au roi que la mort n'était plus très loin, maintenant que la vieillesse s'était emparée du souverain et de tous ceux qui avaient partagé la gloire, le bonheur et la joie de vivre des premières années du règne.

Marie-Thérèse... Le Bourbon fut sur le point de regretter le destin malheureux qu'il avait offert à sa première épouse. Mais était-ce sa faute, aussi, si la fille du roi d'Espagne était sotte, effacée, sans grâce, sans brillant, sans autorité naturelle, incapable, ignorante, puérile et dotée d'un esprit étroit ? N'avait-il pas tout fait pour qu'elle reçoive tous les honneurs, tous les égards, toutes les attentions ?

Le Roi-Soleil avait une trop haute opinion de lui-même pour envisager qu'il avait mal agi en se détournant de sa première épouse au lendemain de leur première nuit de noce. Il n'avait pas à se reprocher d'avoir partagé la couche de Louise de La Vallière, de Marie-Angélique de Fontanges, de Madame de Montespan. Il ne devait pas se blâmer d'avoir engrossé des filles d'honneur, des chambrières, des nobles et des bourgeoises... Il avait été mal marié, voilà tout. Il avait épousé la fille du roi d'Espagne parce qu'il fallait bien faire la paix avec cet État. Qu'y pouvait-il si sa première épouse ne s'était jamais trouvée à la hauteur de la gloire de son époux ? Le roi avait fait venir à la Cour les plus grands peintres, les tragédiens les plus inspirés, les jardiniers et les sculpteurs les plus admirés. Qu'avait-il donc à se reprocher, puisque son épouse les avait ignorés et avait toujours préféré demeurer dans le secret de ses appartements, en compagnie d'une poignée d'intimes aussi bornés qu'elle et de quelques pages africains ?

Par-delà ce hameau, il y avait la cité de Moret et, par-delà les remparts de la petite ville, le couvent de bénédictines où demeurait une femme noire. Louis XIV soupira. Instruit par Bontemps, il n'ignorait pas que les courtisans la nommaient la Moresse...

La lumière était trop forte pour les yeux fatigués du roi. Le Bourbon s'écarta de la fenêtre. Peu lui importaient, en vérité, le sort et l'avenir de celle qui allait prononcer ses vœux aujourd'hui. Ce qu'il voulait par-dessus tout, c'est qu'il n'y ait pas de scandale. Le monarque détestait les éclats, du moins lorsque ce n'était pas ceux de la pompe dont il aimait s'entourer. Le souverain désirait ardemment que, passée la cérémonie, la Noire entre dans l'ombre et n'en ressorte plus jamais. Il aspirait tant à ce que la postérité ne garde aucun souvenir de celle qui, depuis son plus jeune âge, avait été enfermée dans un monastère modeste... Et il savait gré à Alexandre Bontemps, plus tard secondé par sa deuxième épouse, madame de Maintenon, de ne jamais avoir mesuré leur peine pour exaucer ces désirs... Tous deux, sinon ensemble - le vieux serviteur et la marquise - avaient tout fait pour cacher l'existence de la Moresse, ou du moins faire en sorte que jamais personne ne puisse connaître ses parents...

Le roi n'était pas parvenu au terme de ses pensées pétries d'orgueil et de suffisance lorsque le cortège royal parvint sous la porte de Samois. Dans un instant, songea-t-il, il allait voir la Moresse, la fille de la défunte reine de France. Puisse cette rencontre être la dernière de cette sorte... Puissent la pénombre, le silence s'emparer à jamais du couvent et de ses pensionnaires.

63

L'abbesse vaincue

– Regarde ! Moi suis là ! Maman !

C'était Jean-les-Gros-Pieds qui venait de faire irruption dans la pièce où se tenaient Madame de Maintenon, la Moresse et les trois religieuses.

La supérieure demeura interdite. Mais sa froideur extrême, fruit de la stupeur et de la surprise ne découragea pas l'imbécile qui s'élança vers elle :

– Tu as voulu jouer, toi ! Tu m'as poussé dans le puits ! Mais moi, j'ai trouvé la sortie. Je suis remonté. Tu as bien ri, maman ?

– Je ne comprends pas... murmura-t-elle, sans aucune conviction. Que se passe-t-il ? Que dit ce pauvre garçon ?

– Ah ! La prochaine fois, on change ! hurla l'idiot. C'est moi qui te pousse ! C'est moi qui te mets dans le puits du jardin ! C'est drôle ! C'est rire !

– Cet insensé a perdu la tête. Ses paroles n'ont pas de sens...

Madame de Maintenon avait compris la situation, et aussi tout le parti qu'elle pouvait en tirer. Il en allait de même pour la Moresse.

– Moi, ma mère, je crois que le discours de ce garçon est, au contraire, marqué par la plus grande clarté : vous l'avez poussé dans le puits du jardin. Par miracle, et grâce à la force que l'on peut deviner à voir ses mains puissantes, l'infortuné est parvenu à s'extraire de ce tombeau liquide.

Là, la marquise baissa la voix. Et, toujours à l'intention de la supérieure, elle poursuivit :

– Par chance, il est doté d'une confiance certaine dans le genre humain. Il n'a pas compris que vous lui vouliez du mal et, au contraire, semble vous chérir.

Elle se tut, puis reprit :

– Par ailleurs, il a bien utilisé le terme de « maman », n'est-ce pas ?

– Je ne sais pas. Je ne sais que dire. C'est un imbécile ! Ces mots n'ont pas de valeur, pas de sens. Il est possédé !

La Moresse décida alors d'intervenir dans cet échange, et de s'appuyer sur cette situation insolite pour servir son point de vue.

– Selon ce que dit ce garçon, vous êtes sa mère et vous avez voulu le noyer. Je crois qu'il y a là de quoi soutenir la comparaison avec le meurtre avoué par la sœur Hélène, ne croyez-vous pas ?

– D'autant que je retire ce que j'ai dit, déclara cette dernière, qui était demeurée jusqu'à maintenant silencieuse.

Devant la sœur Anne, qui paraissait soulagée au-delà du raisonnable, elle précisa :

– C'est par dépit que je me suis accusée, tout à l'heure, de l'assassinat de sœur Gabrielle. En vérité, je ne suis pour rien dans sa mort affreuse. Je suis prête à le jurer !

La marquise fit une moue. Et même la Moresse parut partager cette incrédulité. La bénédictine saisit ces regards sceptiques. Alors, elle résolut de continuer à plaider sa cause :

– Seule la perspective d'être renvoyée d'ici et de me trouver séparée à jamais de la sœur Anne m'a incitée à endosser une faute imaginaire. J'étais désespérée et prête à abandonner la vie sans déplaisir si elle m'était ôtée. Il m'était égal d'être châtiée pour ce crime dont je me suis accusée. Mais je le redis : de l'assassinat de la sœur Gabrielle, je suis pleinement innocente.

L'abbesse s'assit ou, plutôt, se laissa tomber dans le fauteuil de tapisserie qui occupait le coin de la pièce. Elle paraissait accablée.

– Elle dit la vérité. C'est moi qui ai tué la sœur Gabrielle. Je l'avais surprise avec ce garçon.

Elle désigna Jean-les-Gros-Pieds qui souriait en se balançant d'une jambe sur l'autre.

– Elle se trouvait avec lui, elle était à demi nue... Je n'ai pu le supporter. J'ai perdu la tête. Et je l'ai poussée dans la bassine de cuivre.

La supérieure se releva d'un bond, puis s'avança vers la marquise de Maintenon :

– Je vous en prie : si je confesse cette faute, c'est pour mieux repousser le nom que me donne cet idiot. Je ne suis pas sa mère, je ne puis l'être, et je ne sais pourquoi il le prétend. Me croyez-vous, madame ? Voyez : je mesure les conséquences de mes paroles. Non, je n'ai pas mis ce crétin au monde. Oui, j'ai tué la sœur Gabrielle, parce que son inconduite était arrivée à un point qui ne pouvait être toléré.

– Oui ! La sœur Gabrielle ! Elle voulait toucher mon guilleri ! cria Jean-les-Gros-Pieds. Alors, moi l'ai mise dans la marmite des bonbons !

La marquise sursauta. Dans ces nouveaux propos de l'idiot, fallait-il voir un aveu ? Mais si ce garçon était, pour la raison qu'il venait d'exposer, l'assassin de la sœur Gabrielle, cela innocentait du même coup la supérieure... Et si elle s'était accusée d'un crime qu'elle n'avait pas commis, n'était-ce pas pour dissimuler le fait qu'elle était bien sa mère ?

– Mais quel est donc ce couvent ? s'interrogea la dame à voix haute. Est-ce donc cet établissement que le roi a choisi jadis pour son calme et sa sérénité ?

– J'accepte... j'accepte de me taire à jamais. Je m'y engage devant ce crucifix, murmura la supérieure. Les désirs de celle qui va aujourd'hui prononcer ses vœux seront observés dans leur moindre détail. Que je sois damnée si je reviens sur cette parole. Quoi qu'il m'en coûte, les sœurs Hélène et Anne ne seront pas inquiétées. Je le jure également avec solennité. Que je brûle en Enfer si je manque à ma promesse.

La marquise de Maintenon était abîmée dans des pensées qui se poursuivaient l'une l'autre. Elle se demandait qui, de l'abbesse ou de Jean-les-Gros-Pieds, avait bien pu tuer la sœur Gabrielle. Et, aussi, si elle était ou non sa mère. La Moresse décida de tirer parti de cette confusion générale :

– Bien. Je vois que Dieu nous a toutes éclairées et que, grâce à Sa bonté, nous nous sommes entendues.

Ici, elle s'adressa à l'épouse du roi :

– Madame, je suppose que, à l'image des religieuses qui sont ici présentes, vous vous engagez à respecter la discrétion la plus absolue et à ne jamais révéler ce qui vient d'être dit.

Ce ton impérieux, direct, cette demande qui paraissait ne pas souffrir d'appel ne plurent pas à Madame de Maintenon. Celle-ci était habituée à plus de respect, plus de docilité.

– Quel est ce ton, mon enfant ?

La réponse de la Noire ne se fit pas attendre :

– Il est, madame, celui d'une personne à qui le roi de France et de Navarre vient rendre visite, accompagné de toute sa Cour.

L'argument était sans appel. Vaincue, la marquise s'inclina. À la vérité, songeait-elle, ce qui comptait était que la postulante prît le voile. Vite.

Tout à coup, il se produisit un grand vacarme dans le couloir. Il y avait de l'affolement dans cette bousculade, mais surtout de la joie. Les carrosses de la Cour arrivaient. Dans un instant, le Roi-Soleil allait faire son entrée dans le couvent. Les religieuses, exaltées au plus haut point, couraient dans tous les sens, ivres de joie et de fierté.

– Oui. Elle voulait me toucher le guilleri, répéta Jean-les-Gros-Pieds aux sœurs Hélène et Anne, qui s'efforçaient tant bien que mal de le tenir à distance.

64

De douces perspectives

Désormais certaines de pouvoir rester dans le couvent de Moret en toute tranquillité, les sœurs Hélène et Anne s'étaient hâtées de rejoindre leurs compagnes. Toutes étaient maintenant prêtes à accueillir le roi et la Cour avec la décence, la modestie, la piété et l'ordre requis. Quant à Madame de Maintenon et à la supérieure, elles avaient suivi la Moresse dans son appartement pour l'aider à passer la robe couleur de neige dans laquelle la femme noire allait s'unir à Dieu.

La marquise et la mère Claire de Saint-Jacques avaient connu bien des émotions au cours des jours et des heures derniers. Aussi ne furent-elles pas trop surprises lorsqu'elles virent basculer la plaque qui occupait le fond de la cheminée et, aussitôt après, apparaître un homme.

Le premier mouvement du fils des anciens serviteurs de la Ménagerie fut de faire demi-tour. Mais, d'un geste, la Moresse le retint.

– Allons, monsieur, ces dames ne diront rien. J'ai leur parole.

– Qu'est-ce à dire ? voulut protester la supérieure, à demi convaincue par ce qu'elle allait dire. J'avais donné l'ordre que ces souterrains soient comblés et je n'ai jamais donné ma permission, que je sache, à ce que vous receviez ainsi des visites...

La Moresse sourit :

– Vous vous trompez, madame. Cet élément constitue l'un des points que j'ai présentés tout à l'heure et auquel vous avez souscrit en promettant de m'accorder tout ce que je demandais. Et Madame de Maintenon, ici présente, en est le témoin.

– Cela est vrai, ma mère, reconnut la seconde épouse du roi. Nous avons garanti à cette femme le libre accès de ce souterrain, et aussi l'engagement que celui-ci ne sera jamais obstrué, ni ses issues condamnées, que ce soit dans le couvent ou partout ailleurs.

– Mais cela ne se peut, gémit la supérieure.

– Et pourtant, c'est ainsi, déclara la Moresse. Mais rassurez-vous, ma mère : j'ai pris l'engagement de ne jamais révéler que cette galerie demeurerait praticable. J'affirme qu'aucune des bénédictines de ce couvent ne saura que je puis recevoir des visites de cette manière commode. Pas même les sœurs Hélène et Anne.

– J'ai juré ! j'ai juré, répéta l'abbesse, qui constatait et maudissait son impuissance à revenir dans le temps, à reprendre la parole donnée, à remettre de l'ordre dans les affaires du couvent, qui allaient à vau-l'eau.

Le roi approchait. C'est ce que disaient les cris, les clameurs, les rires qui résonnaient entre les murs des maisons de Moret, ces demeures modestes qui se groupaient autour du couvent. La fine fleur de la Cour de France était là, amusée, musarde, ravie de la distraction. Des talons rouges, des souliers enrubannés et gainés de soie foulaient le sol aux pavés inégaux, s'amusaient à éviter les flaques d'eau et les ornières, repoussaient les oies, les cochons et les canards qui n'avaient jamais vu une telle affluence. Personne ne savait, au juste, qui était cette Moresse qui allait prononcer ses vœux. L'enfant du roi ? La fille de la reine ? La belle affaire ! Cela importait peu. Cette cérémonie était en tout cas bonne à prendre, puisqu'elle permettait de bousculer un peu le triste ordonnancement qui présidait sans surprise aux occupations du roi, désormais trop souvent sérieux.

L'abbesse décida de ne plus demeurer face à l'homme : elle devinait qu'elle allait devoir endurer ses visites fréquentes et secrètes, aussi longtemps quelle demeurerait la supérieure du couvent. Elle se tourna vers Madame de Maintenon :

– Souffrez, madame, que je me porte au-devant de Sa Majesté. Il ne serait pas convenable que je n'accueille pas le roi en un jour comme aujourd'hui.

– En effet, ma mère, répondit simplement la marquise qui ajouta :

– Je vous rejoins à l'instant. Si Sa Majesté me demande, veuillez lui dire, je vous prie, que je m'entretiens une dernière fois avec la future bénédictine.

L'abbesse eut à peine quitté la pièce que l'homme s'approcha de la Moresse. Et il s'adressa à elle comme si la marquise ne s'était pas trouvée là :

– Comment avez-vous su, mon cœur, que je souhaitais venir vous retrouver autant que possible ? Je ne vous avais jamais dit que je vous aimais.

– Monsieur, ce n'est pas parce que je ne suis jamais sortie de ce couvent que j'ignore la nature humaine. Certes, vous ne m'aviez jamais déclaré votre flamme, mais le souvenir que vous avez laissé dans mon esprit l'a fait pour vous. Ainsi que vous l'avez compris, tout est arrangé. Nous nous verrons autant qu'il nous plaira. Que vous ne m'ayez pas dit la vérité lors de nos premières rencontres m'importe peu : vous êtes pardonné.

Dehors, Jean-les-Gros-Pieds amusait les courtisans qui attendaient de pénétrer dans la chapelle. Il riait, cabriolait, s'esclaffait, grimaçait. À ces beaux messieurs et à ces dames si bien mises, il racontait de quelle manière il avait poussé une religieuse dans une cuve emplie de sucre brûlant. Cet imbécile ! Il était sot comme une bête, mais qu'il était drôle ! Et comme cette affaire de bénédictine caramélisée était distrayante ! Pour sûr, ce crétin avait une belle imagination, à défaut de l'intelligence. Nulle nonne n'avait été tuée ici ! Dans le cas contraire, cela se serait su. Et le roi ne serait pas venu ! Hurlant de joie, au comble du bonheur, Jean-les-Gros-Pieds ramassait les piécettes que les nobles lui jetaient à la figure en se moquant de lui, et qui allaient se perdre dans la fange qui tapissait les ruelles.

Titubant de fatigue, Madame de Maintenon aida la Moresse à placer sur son front la couronne de fleurs blanches, légère, aérienne, qui allait proclamer son mariage. La femme se regarda un instant dans un miroir. Puis, tout à coup, elle se retourna vers la marquise. Et d'une voix forte et assurée, elle s'écria :

– Enfin, madame, pour l'amour du Ciel, me direz-vous qui je suis ? À l'heure de faire à Dieu le don de ma personne, ne puis-je savoir de qui je suis la fille ?

L'épouse du roi regarda la postulante. Elle n'eut pas le temps de répondre : soudain, une nonne ouvrit la porte.

– Le roi !

Louis XIV venait voir la Moresse. Promptement, celle-ci adressa un signe à son galant. Blanc de terreur, les jambes déjà flageolantes, le fils des Maures éprouva les plus grandes difficultés à regagner la cheminée, à découvrir le mécanisme qui lui permit enfin, l'instant d'après, de disparaître derrière l'âtre. Il était temps. Le Roi-Soleil faisait son entrée dans la chambre de la femme à la peau brune.

65

L'aveu de Louis XIV

– Mon enfant, dit simplement le souverain. Venez ici. Embrassez-moi. À défaut de pouvoir étreindre votre mère, laissez au moins votre père vous regarder et vous câliner un peu.

– Sire... Votre Majesté...

– Ne dites rien. Sachons apprécier pleinement ce moment.

Il y eut un silence, puis le Bourbon reprit :

– Un couvent n'a pas besoin d'être aussi somptueux qu'un palais, ni aussi majestueux. Les murs de ce monastère sont bien minces. Donc, il y a un instant, j'ai entendu la demande que vous avez adressée à Madame de Maintenon. Dieu en soit loué. J'aurais voulu qu'il arrive plus tôt.

Et, sans s'apercevoir de l'énormité, de l'invraisemblance de son propos, le roi ajouta :

– Les affaires du royaume ne l'ont pas permis...

La marquise demeurait à l'écart, par gêne et par pudeur. Et aussi parce qu'elle ne savait pas ce qu'allait dire le souverain et, donc, quel tour allaient prendre les événements. Alors, elle tira de sa manche une sorte de ruban, qu'elle se mit à nouer, à dénouer, à renouer avec nervosité. Quant au roi, il tira de sa poche un papier.

– Voyez, mon enfant, c'est un message que vient de m'apporter un cavalier parti après moi du palais de Fontainebleau. Il m'est envoyé par mon premier valet de chambre, Alexandre Bontemps, qui a toute ma confiance. Celui-ci m'avertit que vous avez renoncé à prononcer vos vœux.

Il contempla la robe blanche de la Moresse, puis la couronne de fleurs. Il ajouta alors :

– Le spectacle que je contemple dans cette chambre me dit pourtant le contraire.

La marquise voulu prendre la parole. Elle ne doutait pas que le roi allait la mettre en cause. Elle voulait se justifier. Mais, d'un geste assuré, Louis XIV la retint. Il poursuivit :

– Comme je ne puis me défier de mon serviteur, je ne puis que penser que vous avez changé d'avis. Je devine vos pensées, mon enfant. Dans un premier temps, vous avez cédé à l'humilité et vous vous êtes crue indigne d'adorer Dieu en revêtant le bel habit d'une bénédictine. Par crainte de ne pas vous montrer assez droite et assez pieuse pour emplir les devoirs qui allaient être ici les vôtres, vous avez songé à ne pas devenir religieuse. Mais enfin, vous avez entendu l'appel du Créateur, vous vous êtes reprise, et je m'en réjouis.

– Sire...

– Non, laissez-moi terminer. Il y a si longtemps que j'attendais ce moment... Mais le temps presse. Les plus grands noms de France, tous les membres de la famille royale, les princes du sang sont venus ici pour vous entendre prononcer vos vœux perpétuels. Nous ne pouvons trop les faire attendre.

Le roi s'approcha de la cheminée où le fils des gens de la Ménagerie demeurait caché. Puis il revint vers la Moresse.

– Jadis, quelques jours après votre venue au monde, vous nous avez placés, la reine et moi-même, devant un gouffre insondable. Votre teint, en effet, a pris au fil du temps une couleur tout à fait sombre et qui aujourd'hui est encore plus brune. Je n'ai jamais pu imaginer un seul instant que mon épouse ne m'était pas demeurée fidèle jusqu'au jour de son trépas. Les médecins et les chirurgiens, voyez-vous, n'ont jamais pu expliquer clairement pourquoi vous présentiez cet aspect. Beaucoup ont incriminé le chocolat. Mon épouse raffolait en effet de cette boisson rapportée d'Amérique au siècle dernier et que ses femmes préparaient dans ses arrière-cabinets. Quant à moi, je m'en suis à maintes reprises entretenu avec mes premiers médecins : il y a quelques jours, Fagon[1] m'a assuré qu'il avait suffi à la reine de demeurer trop longtemps, durant sa grossesse, en la compagnie du page noir qui la servait alors.

Le roi regarda sans mot dire Madame de Maintenon. Il reprit :

– Je sais, je devine que, depuis longtemps, vous avez accepté votre sort. Du reste, ce couvent est un paradis, eu égard au tumulte et au fracas qui sont ceux du monde. Ici, Dieu veille sur vous plus sûrement qu'ailleurs. Si vous aviez grandi à la Cour, la couleur de votre peau n'aurait

---

(1) Guy-Crescent Fagon, premier médecin de Louis XIV de 1693 à 1715.

pas manqué d'intriguer, de susciter des commentaires désobligeants, malveillants. Vous le savez : il n'y a jamais eu de princesse à la peau sombre à la Cour de France. C'est la raison pour laquelle la reine et moi, nous sommes convenus de vous faire élever ici. À ma demande, mon premier valet de chambre, puis, quelques années plus tard, Madame de Maintenon se sont donc appliqués à brouiller les pistes, à vous inventer toutes sortes de paternité et de maternité possibles. J'avoue que mon amour-propre de roi en a souffert. Mais je n'avais pas le choix. Du reste, les rumeurs se sont nourries d'elles-mêmes, elles se sont développées, ont suivi leur cours et nous ont dès lors échappé. Il a été question, je le sais, car je suis bien renseigné, d'une servante venue des îles de l'océan, d'un page mauresque de la reine... Que sais-je d'autre ?

Le souverain s'approcha de nouveau de l'âtre.

– Comment se fait-il, mon enfant, que vous ne fassiez pas de feu, ici ?

– Sire... malgré la pluie de la journée d'hier et les vents, la température n'a pas encore chuté. Et il est bon, je crois, qu'une bénédictine sache ne pas trop écouter son corps et fasse montre d'un peu d'endurance...

– Vous êtes bien ma fille. Je sais que mes familiers se plaignent souvent de ce que je fais toujours laisser les fenêtres ouvertes et de ce que je les oblige à me suivre au-dehors, même lorsqu'il gèle à pierre fendre. Venez donc dans mes bras.

Une nouvelle fois, le souverain pressa la Moresse contre lui. Louis XIV en parut satisfait. La femme, elle, réussit à ne pas laisser deviner ses sentiments. Durant de longues années, elle s'était demandée qui étaient son père et sa mère. Le jour où elle les avait trouvés, cette fois d'une façon certaine, elle apprenait que sa mère était morte et que son père n'était autre que le roi de France. Certes, elle avait souvent pensé qu'elle était bien de sang royal. Mais, puisque le Roi-Soleil se trouvait aujourd'hui devant elle et le lui disait, cela devait donc être vrai. Et, malgré tout, elle n'éprouvait aucune affection à l'égard de ce vieil homme égoïste, occupé à justifier la raison d'État devant une recluse, une femme qu'il avait condamnée sans appel à un enfermement perpétuel, à ne rien connaître des plaisirs et des joies du monde. Qu'était donc ce père dont les sentiments ne s'éveillaient que trente et un ans après la venue au monde de son enfant ? Et qu'était donc cette mère qui avait accepté qu'un tel sort soit réservé à sa fille ? Non, vraiment, cet homme vieilli, édenté, emperruqué, elle ne l'aimait pas, ne le pourrait jamais.

Renoncer à devenir religieuse ? Hurler au roi de France qu'elle le haïssait ? Non. Elle aurait été punie. Mieux valait plier, obéir. Là était sa force. Du reste, il y avait, dans la cheminée de quoi illuminer un avenir qui n'appartenait pas au monarque, et pas davantage à Madame de Maintenon, ces deux vieillards perdus dans un pays fait d'obstination, de peur, de lâcheté et de vanité. La Moresse ne voulait pas s'aventurer dans cette contrée. Elle les y laisserait aller seuls. Quant à elle, forte de ce qu'elle savait désormais, elle vivrait, ici, d'une manière plus intense et plus passionnée, plus humaine que ces créatures décrépies, insensibles, monstrueuses.

– *Benedictus Dominus Deus Israel,*
Quia visitavit et fecit redemptionem plebis suae.
Et erexit cornu salutis nobis,
in domo David pueri Sui.

Non loin de là, dans la chapelle, les nonnes rendaient grâce au Créateur... La messe allait commencer. C'était une belle matinée d'automne. Le soleil brillait dans un ciel clair et pur. N'eut été les feuilles pourpres des arbres, il était même difficile de penser que l'hiver approchait. Pour le mariage mystique de la Moresse, il semblait que la nature avait voulu lui offrir une journée d'été. Elle s'approcha de la cheminée, sourit au miroir. Derrière elle, la marquise regardait à terre. Le roi se leva.

– Ma fille, rejoignez vos compagnes. Moi, je dois parler à Madame de Maintenon.

66

Les ordres du roi

D'un geste, le roi invita son épouse à s'asseoir près de lui. Puis il resta silencieux, tout à la fois pour mieux penser et pour être certain que nul ne se trouvait derrière la porte. Alors, il demanda :

– Pensez-vous qu'elle m'ait cru, madame ?

– Je ne le crois pas, Sire.

– Tant mieux, souffla le Roi-Soleil.

Il se leva, alla à la fenêtre et regarda au-dehors en demeurant de biais, de façon à ne pas être vu.

– C'est que, pour en arriver là, nous nous sommes donnés beaucoup de mal. Vous, surtout, et aussi mon premier valet de chambre.

Le roi soupira puis ajouta :

– L'essentiel est qu'elle rejette tout à fait ce que je viens de lui dire... Qu'elle repousse la vérité ! Qu'elle refuse d'être la fille du roi et de la reine de France !

– Sire, il y a de si nombreuses années que, sur vos ordres, nous semons le doute dans les esprits...

– Oui. Je vous en sais gré. Je sais que cela vous a souvent contrainte à mentir, contre votre volonté.

– Je remercie Votre Majesté de prononcer ces mots...

– Vous voyez : je ne suis pas si ingrat, si insensible qu'on le dit à la Cour...

Il fit quelques pas vers le miroir, mais il n'aima pas l'image que celui-ci lui renvoyait. Alors, il revint vers la marquise.

– C'est étrange... Après ce que je lui ai dit, elle va sans doute penser qu'elle n'est autre que la fille de ce page africain...

– Oui. Ce pauvre fou est bien convaincant... Il faut vouloir ne pas le croire quand il déclare être son père...

– Quel insensé ! s'exclama le roi. Comment un homme peut-il se mettre une telle folie en tête ?

– Je vous l'ai dit, Sire. Dans son pays, il était prince. Ici, il n'était qu'un page.

– Je ne vous entends pas bien, madame. Et donc ?

– Puis-je parler franchement ?

– Madame, vous le savez bien. Je vous écoute...

– En disant qu'il avait été l'amant de la reine de France, il reprenait un peu de la royauté qu'il avait abandonnée sur les côtes d'Afrique... Il se hissait à une place qu'il avait connue dans son enfance, mais qui n'était plus la sienne...

– Vous avez raison, sans doute. Et l'Espagnole ?

– Sire, elle nous a puissamment aidés. Elle a fort bien œuvré, elle aussi, de son côté, pour mêler les pistes et les embrouiller.

Là encore, Louis XIV ne put cacher l'agacement dans lequel le plongeaient les menées de la marquise. Il oubliait, d'ailleurs, que Madame de Maintenon avait agi sur sa demande, dans le dossier de la Moresse :

– Elle s'est comportée à votre image, madame. N'avez-vous pas rédigé cette fausse lettre, prétendument écrite par Louise de La Vallière ?

– Majesté... c'était pour le bien de la Couronne...

– Je le sais, cela aussi. Je vous en remercie.

– Cependant, Sire...

– Qu'y a-t-il, madame ?

Elle n'était pas certaine que l'Espagnole soit demeurée fidèle au roi de France au cours des dernières heures. N'avait-elle pas voulu contrecarrer ses projets ? Si la marquise avait choisi de mettre Alexandre Bontemps dans la confidence, elle aurait pu prendre conseil auprès du premier valet de chambre. Elle aurait pu lui demander ce qu'il pensait de l'ancienne cariériste. Certes. Mais, depuis qu'elle avait jeté l'Espagnole dans la bataille, la marquise avait préféré tenir Bontemps à l'écart de cette nouvelle intrigue. Elle devait donc affronter seule la trahison de l'Espagnole, sans doute victime d'un retour de flamme, ainsi que le devinait déjà la marquise... La peste soit des femmes et de leurs humeurs changeantes...

En fait, Madame de Maintenon préférait taire cette possible trahison. Car elle avait deviné, depuis quelques jours, que son mignon, le duc du Maine, avait joué son propre jeu dans cette affaire, et que l'Espagnole l'y avait aidé. Cela, le souverain ne devait pas l'apprendre. Le bâtard avait déjà fort à faire pour reconquérir l'affection d'un père qui souffrait de sa couardise, de la lâcheté montrée devant Namur. Il était inutile d'ajouter un nouveau grief qui aurait attisé les braises de la colère royale.

Du reste, si le duc du Maine s'était rebellé contre sa mère adoptive, celle qui l'avait éduqué et soigné, c'était à elle de le ramener à la raison. Oui, déjà, Madame de Maintenon se réjouissait d'inciter le duc à implorer son pardon... Oui, elle materait la révolte du fils. Et, ensuite, elle s'occuperait du père. Louis XIV ne lui avait-il pas caché une partie de la vérité ? Durant de longues années, ne lui avait-il pas demandé de mentir, de semer la calomnie et la tromperie sans même lui révéler l'existence de Nabo ? Oui, avant longtemps, la marquise se le promit, elle prendrait sa revanche sur le roi et le duc du Maine, ces deux hommes qui l'avaient défiée.

– Non, je ne voulais rien dire, Votre Majesté, je ne souhaitais rien ajouter. Mes pensées sont celles d'une vieille femme : elles sont embrumées et, parfois, périssent avant d'être nées. Il est temps, je crois, de gagner la chapelle.

– Vous avez raison, madame. Ne faisons pas attendre la fille du roi et de la reine de France.

L'instant suivant, le Bourbon et sa seconde épouse quittaient le logement de la Moresse.

67

La poupée de paille

L'homme demeura encore un long moment immobile, le souffle coupé et le geste retenu. Lorsqu'il fut certain que le roi, Madame de Maintenon et la Moresse venaient de quitter l'appartement, il actionna le mécanisme qui permettait de faire pivoter la plaque de la cheminée.

La situation était étrange. L'homme se demanda s'il n'avait pas rêvé, imaginé la venue du roi. Après tout, il n'avait pas vu le souverain, et l'avait seulement entendu. Le Roi-Soleil, ici, dans cette chambre ? Non, c'était impossible. Lui, le fils des humbles et anciens serviteurs de la Ménagerie de Versailles, il n'avait pu surprendre les paroles du roi de France et de Navarre.

L'homme avait rêvé. Rien de cela ne s'était passé. Certes, il se trouvait bien dans la chambre de la Moresse. Mais c'était la première fois qu'il y pénétrait et il ne savait d'ailleurs pas ce qu'il y faisait. Il ne s'était jamais entretenu avec Louise-Marie-Thérèse. La sœur Gabrielle n'avait pas été assassinée. Bien sûr, il n'avait jamais été prisonnier de la galerie effondrée. De la même manière, la Cour de

France ne se trouvait pas ici aujourd'hui, et le roi Louis XIV pas davantage.

Partir... S'en aller d'ici... L'esprit essoré, l'homme resta un moment, les bras ballants, épuisé, exténué. Soudain, son regard fut attiré par une forme noire qui tachait le parquet. Il s'approcha, se pencha, ramassa un ruban, *le* ruban.

De nouveau, un grand vertige. Il était enfant et se trouvait avec ses parents, dans leur logis de la Ménagerie de Versailles. C'était, toujours, les mêmes conversations, des mots voilés, des allusions. Le soir, la nuit, il était invariablement question des enfants substitués, des enfants du roi. Ensuite, au fil des ans, ses soupçons croissaient, ses parents mouraient, ses doutes revenaient. Il devait savoir.

Un jour, voici quelques mois, il rencontrait le duc du Maine, qui reconnaissait en lui un ancien compagnon de jeu. D'emblée, les deux hommes évoquaient des temps révolus, les amusements qui, dans la Ménagerie, avaient charmé le fils du roi et de Madame de Montespan. Oubliant un peu la différence qui existait en matière de rang, fidèles à la familiarité qui unissait souvent, à Versailles, les maîtres et leurs valets, les deux hommes parlaient, échangeaient des souvenirs. Le bâtard se laissait aller à s'intéresser de très près au récit du Maure : cette Moresse, dont il avait lui aussi entendu parler depuis longtemps, il voulait tout apprendre à son sujet. D'ailleurs, il n'avait jamais bien compris ce que voulait le duc : souhaitait-il protéger sa demi-sœur ? Ou, au contraire, révéler à la Cour sa présence, par une fausse lettre ? Désirait-il détruire la jeune femme en la plaçant dans le plus grand des doutes ? L'homme craignait que le duc du Maine, ce lâche boiteux, ce bâtard indécis ne l'ait jamais su lui-même...

Alors, afin d'en avoir le cœur net, il avait décidé un jour de se rendre à Saint-Denis. Mais sans rien en dire à Son Altesse : le duc n'aurait pu admettre que le tombeau - si tombeau il y avait - soit profané. Au prix de nombreux efforts, il était parvenu enfin dans le caveau des Bourbons. Il avait ouvert le cercueil, il s'était penché.

Dans la bière, il avait vu une sorte de pantin rembourré d'une paille qui s'échappait par endroits. Cette poupée était habillée de vêtements grossièrement assemblés, cousus à la hâte, et que le temps avait en partie mangés et mités. Des traits, dessinés à l'aide d'un charbon de bois qui avait depuis longtemps terni, figuraient des yeux, un nez et une bouche. Un flot de gros rubans noirs formaient une chevelure rudimentaire. C'était l'un de ces morceaux de tissu qui se trouvait sur le sol de la chambre de la Moresse. Ce souvenir, l'image de cette poupée grotesque manqua lever le cœur de l'homme.

Le fils des anciens serviteurs de la Ménagerie comprenait ce qui s'était passé voici quelque trente années. Le roi venait de dire la vérité. En décembre 1664, lui et la reine avaient décidé d'organiser la fausse mort de la jeune Marie-Anne. La princesse avait été menée jusqu'à Moret et, sans le savoir, était entrée dans le couvent dont elle ne devait jamais sortir... Dans le même temps, Alexandre Bontemps avait été chargé de trouver un enfant trépassé, afin de le placer dans la bière en lieu et place de la petite fille noire.

L'homme gémit. Cet enfant, c'était lui. Mais il n'avait pas voulu mourir. Le premier valet de chambre n'avait pas osé, pas voulu prendre l'avis de Leurs Majestés en un moment si douloureux, si affreux, si triste. Alors, dans un geste assez étrange, Bontemps avait décidé de placer cette effigie de tissu, de crin et de son dans le cercueil... Sans doute ne s'était-il pas résolu à voir le cercueil gagner, vide, la nécropole de Saint-Denis... Y placer le mannequin lui avait paru plus convenable...

Et c'était la contemplation de cette poupée qui, il ne savait pas pourquoi, avait suscité bien des cauchemars dans l'esprit de l'homme. En lieu et place de cette effigie d'étoffe et de paille, il y aurait pu, il y aurait dû y avoir ses propres restes. L'homme aurait dû se trouver là, s'il n'avait pas survécu autrefois aux fièvres puerpérales qui emportaient tant d'enfants en bas âge... Dans le secret du caveau des Bourbon, il avait, en quelque sorte, contemplé une représentation de son propre corps inanimé... Bien vivant, mais menacé d'être découvert à chaque instant, dénoncé et mis à mort, il avait dû regarder, à la lueur tremblante d'une torche, la poupée grotesque qui tenait son rôle et sa place depuis trente et un ans. Parvenu à l'âge adulte, il avait presque vu sa dépouille. N'était-ce pas pénible et féroce ? Qui aurait pu ne pas frôler la folie en étant confronté à une telle vision ? Il était, sans doute, le premier à connaître une telle épreuve...

Allons ! Maintenant, il devait se reprendre, chasser de son âme ces pensées morbides, se tourner vers le soleil, la lumière et l'avenir, et non plus vers l'ombre, les cimetières et les souterrains obscurs. La Moresse. L'amour qui les unissait était sa force... L'homme ne devait plus songer qu'à cela, s'il voulait ne pas perdre la raison...

68

Le secret du roi

Le couvent, ses dépendances et sa chapelle étaient trop étroits pour que les courtisans puissent tous y pénétrer. Bruyants, rieurs, indisciplinés, plusieurs nobles se pressaient dans la cour et jusque dans les ruelles qui menaient chez les bénédictines. À l'intérieur des bâtiments, l'affluence était grande. Le roi pénétra dans l'oratoire. Pour cette fois, Madame de Maintenon se trouvait à côté de lui : l'exiguïté des lieux et le caractère particulier permettaient de battre en brèche l'étiquette.

– *Sicut spina rosam genuit*
Judea Mariam.

La chapelle était divisée en deux parties, séparées par une cloison ajourée. Les religieuses se trouvaient dans le chœur, les courtisans dans la nef. Quant au roi, à Madame de Maintenon, au duc d'Orléans et au Dauphin, ils avaient pris place dans la galerie étroite qui courait à l'étage. Le souverain et la marquise occupaient à eux seuls une manière de logette. Deux petites colonnes les protégeaient un peu de la vue des autres fidèles.

Au travers de la grille de bois qui se dressait entre les courtisans et les nonnes, le monarque regarda la supérieure. Celle-ci était livide. Les concessions qu'elle avait dû promettre de respecter, la présence, à son côté, des sœurs Hélène et Anne, les propos insensés de Jean-les-Gros-Pieds, l'usage que la Moresse se promettait de faire du souterrain... Tout cela assombrissait l'esprit de la mère Claire de Saint-Jacques. Louis XIV regarda la Moresse. Au travers des croisillons de chêne, il tâcha de deviner ses sentiments : après tout, celle qui allait devenir une bénédictine était sa fille...

– *Canite fideles chori*
et alternantibus modulis
Carmina dulcisona miscete...

Certes, le Roi-Soleil savait que la femme noire était son enfant. Il ne pouvait, il n'avait jamais pu en douter. La reine Marie-Thérèse s'était toujours montrée trop obéissante, trop empressée de respecter les enseignements de l'Église, trop soumise à son mari, trop prompte à frémir lorsque ses confesseurs lui laissaient entrevoir l'Enfer. Elle possédait une trop haute idée de ses devoirs, elle songeait trop à son rang, à ses obligations, à la grandeur de la Maison des Habsbourg et à celle des Bourbon pour céder aux caresses d'un page africain.

Pourtant, pour la première fois de sa vie, et treize ans après la mort de la reine, Louis XIV se laissa aller à éprouver de la pitié pour elle. Cette pauvre femme, n'aurait-elle pas eu mille raisons de se laisser séduire par un jeune homme souriant et avenant ? Si, assurément. Du reste, le Roi-Soleil l'aurait souhaité. Cela aurait permis d'expliquer aisément pourquoi la Moresse avait la peau sombre...

Au lieu de cela, le roi de France était contraint, depuis des années, de cacher au fin fond d'un couvent modeste cette femme, sans doute sa fille, celle de la reine Marie-Thérèse, la lointaine descendante des souverains maures de l'ancien royaume musulman de Séville. Il n'avait qu'une idée imprécise des origines de ces rois ; il ne savait pas à quelles esclaves africaines, à quelle femme à la peau brune ces souverains s'étaient sans doute jadis unis. Mais il ne doutait pas que c'était leur sang qui, par-delà les générations, s'était soudain révélé dans les traits de la femme.

– *Nam ad nutum nostrum et*
Domini ditantis honorem.

Lorsque, le 16 novembre 1664, la jeune Marie-Anne était venue au monde, toute brune et toute noire, le roi avait aussitôt fait venir ses généalogistes. À la demande du souverain, ceux-ci avaient fouillé et cherché. Ils avaient même envoyé des messages par-delà les Pyrénées, en Espagne et jusqu'au Portugal. Surtout, ils avaient retrouvé la trace d'anciens parchemins, fruits de la prise de Grenade par les Rois catholiques[1]. Le résultat de leurs recherches, ils l'avaient communiqué au roi en tremblant. Alors, le trépas de la princesse avait été proclamé et celle-ci emmenée en grand secret jusqu'à Moret.

Peu de temps après, Louis XIV avait appris que celle qui était alors l'abbesse du couvent des bénédictines, la mère Élisabeth de la Visitation, s'intéressait elle aussi à la généalogie et avait envoyé plusieurs missives en Espagne. Sans doute s'interrogeait-elle sur les véritables raisons de la présence à Moret de la jeune Noire. Le roi, qui ne lui avait rien dit, était bien embarrassé.

(1) En 1492, Ferdinand d'Aragon et Isabelle de Castille s'emparèrent de la ville de Grenade, dernier royaume musulman d'Espagne.

Heureusement, la Providence était venue au secours des Bourbons. Et l'ancienne abbesse était morte.

Mais, dès lors, et par précaution, il avait fallu inventer toutes sortes de rumeurs, de fausses révélations, créer de prétendus témoignages, fabriquer de fausses preuves, répandre des sottises, tout mettre en œuvre pour que l'on ne puisse jamais connaître la vérité.

À condition que toutes les archives, toutes les lettres aient été détruites, pour peu que la mère Élisabeth de la Visitation n'ait pas laissé de documents destinés à faire part de ses soupçons à la postérité, la vérité demeurerait ignorée à jamais.

– C'est mieux ainsi, murmura le roi, à sa seule adresse.

Oui, il était préférable que nul ne sache jamais que, à l'image de son père et de sa mère, de Louis XIV et de Marie-Thérèse, Louise-Marie-Thérèse, la « Moresse » était l'héritière de l'antique lignée des rois maures de Séville et donc, à ce titre, celle du prophète Mahomet.

Car reconnaître cela était impossible... Les unions projetées en eussent été bouleversées. Et cela aurait pu conduire les princes d'Afrique ou du Levant, ces rois qui n'étaient pas catholiques, à solliciter la main de leur cousine lointaine, la princesse Louise-Marie-Thérèse, l'ancienne Marie-Anne. Que d'ambassades auraient été échangées en pure perte ! Il n'y avait guère de précédents dans les annales du royaume, et les secrétaires d'État n'auraient su que dire, le roi et ses ministres que décider. Tout cela aurait constitué une redoutable source d'ennuis, et aurait pu causer des guerres sans fin. Sans compter avec la papauté qui n'aurait pas manqué de s'agiter, et le titre de roi très chrétien, qui se serait peut-être trouvé en péril... Et les alliances, les traités qu'il aurait fallu revoir, reprendre, réviser... Rien de tout cela ne devait se produire. Quoi qu'elle fût innocente, la Moresse devait rester retranchée du monde.

– *Stabat Mater dolorosa*
Juxta Crucem lacrimosa,
Dum pendebat Filius.

Le Roi-Soleil avait déjà fort à faire avec les Protestants du royaume, ces obstinés, ces entêtés qui n'en finissaient pas de défier son autorité et de mal adorer Dieu. Il était inutile de proclamer à la face du monde qu'il était le parent de bien des dynasties qui régnaient chez les Barbaresques et tous ces peuples impies. Mieux valait, pour la paix du royaume, que la fille du roi et de la reine de France reste pour toujours dans ce couvent de Moret, demeure à jamais dans l'obscurité.

Note de l'auteur

La Moresse de Moret

À la fin de l'année 1664, une toute jeune enfant à la peau noire arriva dans la ville de Moret, cité fortifiée bâtie au bord du Loing, à l'est de Fontainebleau. La petite fille, un bébé, fut portée dans le couvent des bénédictines, le prieuré Notre-Dame-des-Anges, édifié non loin de la porte de Samois, entre la Grande Rue et le rempart. Sa vie durant, elle resta dans ce « petit couvent borgne », fondé au début du XVIIe siècle par Jacqueline de Bueil, faite comtesse de Moret par son amant, le roi Henri IV.

Le temps passa. Trente et un ans plus tard, à la fin de l'année 1695, devenue une femme, l'inconnue au teint sombre prononça là ses vœux perpétuels devant la Cour. Elle prit alors le nom de sœur Louise-Marie de Sainte-Thérèse. Quelque temps auparavant, la marquise de Maintenon avait déclaré : « Je donnerai, un de ces jours, le voile à une Maure qui désire que toute la Cour assiste à la cérémonie ; j'ai proposé de le faire à portes fermées, mais on nous a dit que ce serait un cas de nullité à ces vœux solennels ; il fallait se résoudre à voir rire le peuple »...

À l'occasion de cette cérémonie, le roi Louis XIV aurait fait remettre une pension de 3 000 livres à cette religieuse à la carnation alors insolite.

Cette nonne rendit le dernier soupir dans le premier tiers du XVIIIe siècle. Elle emporta ses secrets dans la tombe.

De son vivant, cette femme suscita la curiosité de ses contemporains. Il y avait certes matière à s'étonner : selon la tradition, elle reçut à plusieurs reprises, dans son modeste couvent, la visite des plus puissants personnages de la Cour et de la famille royale : le Grand Dauphin, fils du roi, et ses enfants ; Marie-Adélaïde de Savoie, épouse du duc de Bourgogne, petit-fils du roi. Avant sa propre disparition, la reine Marie-Thérèse en personne serait souvent allée à Moret. Plus tard, Madame de Maintenon se serait rendue à Moret lorsque la Cour résidait à Fontainebleau.

Le duc de Saint-Simon évoque cette femme mystérieuse. Selon le mémorialiste, c'est le premier valet de chambre du roi, Alexandre Bontemps, qui présida, pour le compte du monarque, à l'installation de l'enfant chez les religieuses de Moret, en 1664. Chaque année, le serviteur dévoué et discret paya la pension de la recluse, la protégea et lui procura mille agréments dont la femme ne cessait de se prévaloir, sans modestie. Voltaire lui-même se rendit au couvent de Moret et, muni d'une autorisation spéciale, rencontra la femme noire, la « Moresse ».

Un jour, celle-ci entendit le claironnant vacarme d'une chasse à courre qui traquait le cerf dans la forêt voisine. On lui dit qu'il s'agissait de Monseigneur le Grand Dauphin. Alors, elle dit simplement : « C'est mon frère qui chasse. »

Les contemporains du Roi-Soleil rapprochèrent l'existence de cette inconnue de la naissance d'une jeune princesse, troisième enfant de Louis XIV et de la reine Marie-Thérèse. Celle-ci, Marie-Anne de France, dite Madame, vit le jour avant terme, au Louvre, à Paris, le 16 novembre 1664, lors d'un accouchement difficile après une grossesse marquée par des malaises, des caprices et des nausées.

Selon des témoignages parvenus jusqu'à aujourd'hui, le bébé avait le teint très foncé et était couvert de poils noirs. Dès le lendemain de cette naissance, la reine fut très malade. Le roi ne quitta guère son chevet. Il fit donner des messes, ordonna de délivrer des prisonniers, multiplia les donations. Le monarque crut même que son épouse était perdue et alla jusqu'à lui demander d'accepter l'extrême-onction.

Si l'on s'en tient aux registres, la petite Marie-Anne mourut au Louvre le 26 décembre de la même année, puis fut inhumée dans la basilique de Saint-Denis. Mais il semble que les lettres qui font état de son trépas et furent envoyées par différents membres de la famille royale à leurs proches sont en désaccord sur la date de cette mort.

Différentes hypothèses ont été émises pour tenter d'expliquer ces mystères et de les relier entre eux : Marie-Anne et Louise-Marie-Thérèse, dite la « Moresse de Moret », n'auraient fait qu'une. Pour les uns, cette enfant était celle du roi et d'une servante noire. Mais le souvenir d'une telle femme n'a pas été conservé. Des courtisans déclarèrent tout simplement que la reine avait fait trop de cauchemars durant sa grossesse, s'était montrée trop angoissée et inquiète. Pour Madame de Sévigné, Marie-Thérèse avait bu trop de chocolat, sa boisson favorite.

Pour d'autres, Marie-Anne était venue au monde avec le teint noir parce que la souveraine avait, durant sa grossesse, trop regardé le serviteur noir qui ne la quittait pas... En fait, pour beaucoup, la princesse à la peau sombre n'était autre que la fille de ce page, dont la jeunesse et la fougue avaient su séduire la reine. Selon les traditions conservées, celui-ci aurait été capturé sur les côtes de l'actuelle Algérie lors d'une expédition menée contre les Barbaresques. Selon d'autres sources, il serait venu d'Afrique avec les ambassadeurs envoyés par un prince africain auprès de Louis XIV et serait resté en France après le départ des diplomates.

Les jeunes serviteurs africains étaient alors à la mode. Sur un tableau conservé à Versailles, un jeune page noir figure entre Madame de Blois et de Madame de Nantes, deux des filles de Louis XIV et de Madame de Montespan. Par ailleurs, celle-ci avait à son service plusieurs jeunes serviteurs maures, chargés de dresser et de pomponner des animaux de compagnie. Quant à Madame de Maintenon, elle aimait la compagnie des deux jeunes fils du roi de Macassar, un prince africain.

Quelle que soit son origine, le jeune garçon remarqué par la reine Marie-Thérèse se serait prénommé Nabo. Il aurait appris à parler et à bien manier le français. Il tenait compagnie à la reine, la distrayait par ses réparties. Il fut à plusieurs reprises portraituré à côté d'elle. Nabo passe pour avoir soudainement péri alors que la reine était enceinte de ses œuvres. Selon une autre tradition, il aurait été vu en province après la naissance de la jeune Marie-Anne ; puis il aurait disparu après s'être vanté d'être le père de l'enfant. Avait-il été exilé, puis puni par le roi ?

La petite fille, fruit de l'union de Marie-Thérèse et de ce Noir, aurait été soustraite à la curiosité des sujets du roi de France et de Navarre peu après sa naissance. Proclamée morte, elle aurait en fait été élevée dans le secret du petit couvent de Moret. Ce dernier a beaucoup été remanié depuis. Il en reste une petite cour et quelques bâtiments, situés rue des Granges. Demeure toujours un cadran solaire où est inscrit la devise *Utere dum numeras (Utilise-les [les heures] pendant que tu peux les compter)*.

Au XVIIIe siècle, la reine Marie Leczinska, l'épouse du roi Louis XV, déclara que la Moresse (parfois nommée Moresque ou Mauresse), n'était autre que l'enfant de Maures employés à la Ménagerie du parc de Versailles. Selon elle, ce couple de serviteurs n'aurait su que faire d'un nouveau-né, une petite fille, qu'ils n'avaient pas les moyens d'élever, et ils l'auraient confiée à Madame de Maintenon.

La Moresse n'est pas le seul hôte fameux de la cité de Moret. Après son arrestation, en 1661, le surintendant des Finances, Nicolas Fouquet, fut emprisonné quelque temps dans le gros donjon, la « grosse tour châtellenie » qui, édifié au XIIe siècle, se dresse toujours près du Loing. Le malheureux bâtisseur de Vaux-le-Vicomte fut quelquefois confondu avec le célèbre Masque de fer. Quant à celui-ci, il fut parfois considéré comme étant le père de la Moresse...

Pour ce qui est de la filiation entre le prophète Mahomet (vers 570-632) et Louis XIV, à grands traits, elle passe par : des rois musulmans de Séville, qui vécurent au XIe siècle ; des nobles espagnols ; des rois du Portugal, dont le célèbre Pierre Ier, l'époux d'Inès de Castro, la « Reine morte » (tous deux vécurent au XIVe siècle) ; et, enfin, les rois d'Espagne Charles Ier (Charles Quint) et son fils Philippe II, respectivement trisaïeul et bisaïeul de

Louis XIV et de Marie-Thérèse. Il est cependant tout à fait impossible que le roi et la reine aient jamais su qu'ils descendaient l'un et l'autre, environ à la trente-cinquième génération, du fondateur de l'islam.

Composition réalisée par
PARIS-PHOTOCOMPOSITION
36, avenue des Ternes, 75017 Paris

Impression réalisée sur CAMERON par
BRODARD ET TAUPIN
La Flèche
en mars 2000

Imprimé en France
Dépôt édit. 1220-03/2000
Édition 01
N° d'impression : 1256
ISBN : 2-7024-7920-0

52/6115/1